国家社科基金重大项目
上海市促进文化创意产业发展财政扶持资金项目
◆ 当代西方叙事学前沿理论的翻译与研究 ◆
当代西方叙事学前沿理论译丛

主编 ◆ 尚必武

媒介间性
与故事讲述

INTERMEDIALITY
AND STORYTELLING

编 ◆ 玛丽娜·格里沙科娃
玛丽-劳勒·瑞安

译 ◆ 段 枫等

上海外语教育出版社
SHANGHAI FOREIGN LANGUAGE EDUCATION PRESS

图书在版编目（CIP）数据

媒介间性与故事讲述 / (爱沙尼亚) 玛丽娜·格里沙科娃 (Marina Grishakova),
(美) 玛丽-劳勒·瑞安 (Marie-Laure Ryan) 编; 段枫等译. -- 上海：上海外语教育
出版社，2024

（当代西方叙事学前沿理论的翻译与研究. 当代西方叙事学前沿理论译丛）
ISBN 978-7-5446-7404-1

Ⅰ.①媒… Ⅱ.①玛… ②玛… ③段… Ⅲ.①叙述学—研究 Ⅳ.①I045

中国版本图书馆CIP数据核字(2022)第219429号

图字：09-2018-1242 号

出版发行：上海外语教育出版社
（上海外国语大学内）邮编：200083
电　　话：021-65425300 (总机)
电子邮箱：bookinfo@sflep.com.cn
网　　址：http://www.sflep.com
责任编辑：潘　敏

印　　刷：上海中华商务联合印刷有限公司
开　　本：635×965　1/16　印张 25　字数 407 千字
版　　次：2024年1月第1版　2024年1月第1次印刷

书　　号：ISBN 978-7-5446-7404-1
定　　价：98.00元

本版图书如有印装质量问题，可向本社调换
质量服务热线：4008-213-263

译 丛 总 序

2022 年,多萝特·伯克(Dorothee Birke)、埃娃·冯·康岑(Eva von Contzen)和卡琳·库科宁(Karin Kukkonen)在《叙事》杂志第一期发表了《时间叙事学:叙事学历时变化的模式》("Chrononarratology: Modelling Historical Change for Narratology")一文。文章伊始,伯克等人指出:

> 毫不自诩地说,叙事学不仅在 21 世纪成功地幸存下来,而且还在批评、适应与扩展的过程中重新发明了自己。在保留核心术语与特征的同时,叙事理论已经超越了形式主义和结构主义的源头,与诸如女性主义批评、社会学、哲学、认知心理学、神经科学以及医学、人文等许多学科结成了激动人心的联盟。叙事学家们再也无须为他们的方法辩护或驳斥那些认为他们过于形式主义、脱离叙事语境的指责。历经数十年,叙事学现在已经证明了自己对语境保持敏感的理论建构能力和分析能力。[①]

伯克等人对当下叙事学发展现状的描述切中肯綮。进入 21 世纪以来,叙事学非但没有死,反而在保留其核心概念与术语的同时,脱

[①] Dorothee Birke, Eva von Contzen, and Karin Kukkonen. "Chrononarratology: Modelling Historical Change for Narratology." *Narrative*, 30.1 (January 2022): 27. 除特别说明,本书译文皆为笔者自译。

离了纯粹的形式主义色彩,充分关注对语境的分析,同时与其他相邻学科交叉发展,涌现出诸多引人关注的前沿理论。

从某种程度上来说,当代西方叙事学前沿理论指的就是当代西方后经典叙事学理论。20世纪90年代,西方叙事学发生了令人醒目的"后经典"转向。后经典叙事学以"叙事无处不在"的理念为导向,以读者、认知、语境、伦理、历史、文化等为范式,在研究方法、研究媒介和研究范畴等多个领域取得了重要突破和进展,跃居为文学研究的一门显学。就其发展态势而言,当前盛行于西方叙事学界、具有"后经典"性质的前沿理论主要有女性主义叙事学、修辞叙事学、认知叙事学、非自然叙事学和跨媒介叙事学五大派别。

女性主义叙事学是女性主义批评与叙事学相结合的产物,重点考察叙事形式所承载的性别意义。女性主义叙事学不仅极大地复兴了叙事学这门学科,而且还直接预示和引领了后经典叙事学的崛起。1981年,苏珊·兰瑟(Susan Lanser)在《叙事行为:散文体小说中的视角》(*The Narrative Act: Point of View in Prose Fiction*)一书中,初步提出了关于女性主义叙事学的构想。1986年,兰瑟在《文体》杂志上发表了具有宣言性质的论文《建构女性主义叙事学》("Toward a Feminist Narratology")。此后,西方女性主义叙事学家笔耕不辍,发表了大量富有洞见的论著,其中代表性成果有罗宾·沃霍尔(Robyn Warhol)的《性别介入:维多利亚小说的叙事话语》(*Gendered Interventions: Narrative Discourse in the Victorian Novel*, 1989)和《痛快地哭吧:女性情感与叙事形式》(*Having a Good Cry: Effeminate Feelings and Narrative Forms*, 2003)、兰瑟的《虚构的权威:女性作家与叙事声音》(*Fictions of Authority: Women Writers and Narrative Voice*, 1992)、艾利森·布思(Alison Booth)的《著名的结语:性别变化与叙事结尾》(*Famous Last Words: Changes in Gender and Narrative Closure*, 1993)、凯茜·梅泽伊（Kathy Mezei）的《含混的话语：女性主义叙事学与英国女作家》（*Ambiguous Discourse: Feminist Narratology and British Women Writers*，1996）和艾利森·凯斯（Alison Case）的《编织故事的女人：18、19 世纪英国小说中的性别与叙述》（*Plotting Women: Gender and Narration in the Eighteenth- and Nineteenth-Century British Novel*，1999）。上述论著充分将历史语境、读者认知、叙事形式、性别政治进行有机结合，基本奠定了女性主义叙事学的批评框架。尤其是进入 21 世纪之后，西方女性主义叙事学以更加迅猛的态势向前发展，在理论建构与批评实践上都取得了诸多重要成果。譬如，琼·道格拉斯·彼得斯（Joan Douglas Peters）的《女性主义元小说以及英国小说的演进》（*Feminist Metafiction and the Evolution of the British Novel*，2002）、沙伦·马库斯（Sharon Marcus）的《女人之间：英国维多利亚时期的友情、欲望和婚姻》（*Between Women: Friendship, Desire, and Marriage in Victorian England*，2007）、露丝·佩奇（Ruth Page）的《女性主义叙事学的文学与语言学研究视角》（*Literary and Linguistic Approaches to Feminist Narratology*，2006）、伊丽莎白·弗里曼（Elizabeth Freeman）的《时间之困：酷儿时间与酷儿历史》（*Time Binds: Queer Temporalities, Queer Histories*，2010）、凯瑟琳·桑德斯·纳什（Katherine Saunders Nash）的《女性主义叙事伦理：现代主义形式的隐含劝导》（*Feminist Narrative Ethics: Tacit Persuasion in Modernist Form*，2013）和凯莉·A.马什（Kelly A. Marsh）的《隐匿情节与母性愉悦：从简·奥斯丁到阿兰达蒂·洛伊》（*The Submerged Plot and the Mother's Pleasure: From Jane Austen to Arundhati Roy*，2016）等。上述论著结合文类、语言学方法和性别身份对女性主义叙事学做了深度挖掘，一方面促进了女性主义叙事研究的繁荣，另一方面也使得女性主义叙事理论日渐多元化。女性主义叙事学多元化研究的最集中体现便是沃霍尔和兰瑟主编

的文集《解放了的叙事理论：酷儿介入和女性主义介入》（*Narrative Theory Unbound: Queer and Feminist Interventions*，2015）。

修辞叙事学是当代西方叙事学中最为成熟和最有活力的分支之一。按其学术思想和传统而言，修辞叙事学又可分为若干不同的派别。最值得一提的是自 R. S. 克兰（R. S. Crane）以降、以芝加哥批评学派为代表的修辞叙事学，其中尤以詹姆斯·费伦（James Phelan）的研究最为突出。费伦的修辞叙事学主要聚焦于作者、文本和读者之间的叙述交流，同时考察在叙述交流背后叙述者和作者的多重目的，在此基础上考察叙事的读者动力和文本动力，并对"隐含作者""不可靠叙述""双重聚焦""叙事判断""叙事伦理"等叙事学概念做了修正和拓展。费伦在修辞叙事学领域的重要成果包括《阅读人物，阅读情节：人物、进程和叙事阐释》（*Reading People, Reading Plots: Character, Progression, and the Interpretation of Narrative*，1989）、《作为修辞的叙事：技巧、读者、伦理、意识形态》（*Narrative as Rhetoric: Technique, Audiences, Ethics, Ideology*，1996）、《活着是为了讲述：人物叙述的修辞与伦理》（*Living to Tell about It: A Rhetoric and Ethics of Character Narration*，2005）、《体验小说：判断、进程与修辞叙事理论》（*Experiencing Fiction: Judgments, Progression and the Rhetorical Theory of Narrative*，2007）、《某人向某人讲述：修辞叙事诗学》（*Somebody Telling Somebody Else: A Rhetorical Poetics of Narrative*，2017）。与费伦一脉相承的修辞叙事学家还有彼得·J. 拉比诺维茨（Peter J. Rabinowitz）、戴维·里克特（David Richter）、哈利·肖（Harry Shaw）、玛丽·多伊尔·斯普林格（Mary Doyle Springer）等人。其次，与以芝加哥批评学派为代表的修辞叙事学相对应的是以色列特拉维夫学派主导的修辞叙事学。该修辞叙事学派的灵魂人物是《今日诗学》杂志前主编梅厄·斯滕伯格（Meir Sternberg）。斯滕伯格在其经典著作《小说的出场模式与时间顺序》(*Expositional Modes and Temporal Ordering in Fiction*, 1978) 和
其一系列长篇论文如《讲述时间：时间顺序与叙事理论》("Telling
in Time: Chronology and Narrative Theory", 1990, 1992, 2006)、
《摹仿与动因：虚构连贯性的两副面孔》("Mimesis and Motivation:
The Two Faces of Fictional Coherence", 2012) 中提出并完善了著名
的"普洛透斯原理"(Proteus Principle)，即一个叙事形式可以实现
多种功能，一个功能也可以由多种叙事形式来实现。与之相应的
是斯滕伯格关于读者在阅读时间顺序上决定叙事性的三种兴趣，
即"悬念"(suspense)、"好奇"(curiosity) 与"惊讶"(surprise)。受
斯滕伯格的影响，该学派的重要人物及其成果还包括塔马·雅各
比(Tamar Yacobi) 对不可靠叙述的研究，以及埃亚勒·西格尔
(Eyal Segal) 对叙事结尾的探讨等。此外，关于修辞叙事学的重
要研究还有迈克尔·卡恩斯(Michael Kearns) 在《修辞叙事学》
(*Rhetorical Narratology*, 1999) 一书中从言语行为理论视角对修辞
叙事学的探讨，以及理查德·沃尔什(Richard Walsh) 在《虚构性的
修辞学：叙事理论与虚构理念》(*The Rhetoric of Fictionality:
Narrative Theory and the Idea of Fiction*, 2007) 一书中从认知语用
学角度对修辞叙事学的研究等。

　　叙事学借助认知科学的最新发现和成果，促成了认知叙事学
的诞生。认知叙事学在心理与叙事之间建立关联，重点聚焦于叙
事理解的过程以及叙事之于世界的心理建构。作为一个术语，
"认知叙事学"由德国学者曼弗雷德·雅恩(Manfred Jahn) 1997
年在《框架、优选与阅读第三人称叙事：建构一门认知叙事学》
("Frames, Preferences, and the Reading of Third-Person Narratives:
Towards a Cognitive Narratology") 一文中提出。此后，认知叙事
学朝着多个方向发展，势头迅猛。戴维·赫尔曼(David Herman)
主编的文集《叙事理论与认知科学》(*Narrative Theory and the
Cognitive Sciences*, 2003) 便是认知叙事学多元发展态势的集中体

现。21世纪以来,认知叙事学发展迅速,取得了诸多重要成果。其中,可圈可点的研究有:(1) 戴维·赫尔曼借助认知语言学方法对认知叙事学的建构,其代表性成果有《故事逻辑:叙事的问题与可能性》(*Story Logic: Problems and Possibilities of Narrative*, 2002)、《叙事的基本要素》(*Basic Elements of Narrative*, 2009)《故事讲述与心智科学》(*Storytelling and the Sciences of Mind*, 2013)等;(2) 莉萨·尊希恩(Lisa Zunshine)从心理学,尤其是思维理论角度出发建构的认知叙事学,其代表性成果有《我们为什么阅读虚构作品:心智理论与小说》(*Why We Read Fiction: Theory of Mind and the Novel*, 2006)、《奇怪的概念及因之才有的故事:认知、文化、叙事》(*Strange Concepts and the Stories They Make Possible: Cognition, Culture, Narrative*, 2008)《进入你的大脑:认知科学可以向我们讲述怎样的通俗文化》(*Getting Inside Your Head: What Cognitive Science Can Tell Us about Popular Culture*, 2012);(3) 艾伦·帕尔默(Alan Palmer)对叙事文本中虚构心理和社会心理的讨论,其代表成果有《虚构的心理》(*Fictional Minds*, 2004)、《小说中的社会心理》(*Social Minds in the Novel*, 2010)等;(4) 玛丽-劳勒·瑞安(Marie-Laure Ryan)从可能世界理论和人工智能角度出发对叙事的认知研究,其代表性成果有《可能世界、人工智能与叙事理论》(*Possible Worlds, Artificial Intelligence and Narrative Theory*, 1991);(5) 帕特里克·科尔姆·霍根(Patrick Colm Hogan)从神经心理学角度对叙事的认知探索,其代表性成果有《理解民族主义:论叙事、认知科学和身份》(*Understanding Nationalism: On Narrative, Cognitive Science, and Identity*, 2009)、《心灵及其故事:叙事普遍性与人类情感》(*The Mind and Its Stories: Narrative Universals and Human Emotion*, 2003)《情感叙事学:故事的情感结构》(*Affective Narratology: The Emotional Structure of Stories*, 2011)、《叙事话语:文学、电影和艺术中的作者

与叙述者》(*Narrative Discourse: Authors and Narrators in Literature, Film, and Art*, 2013)。此外,还有莫妮卡·弗鲁德尼克(Monika Fludernik)以自然叙事研究为主的自然叙事学,其标志性成果为《建构"自然"叙事学》(*Towards a "Natural" Narratology*, 1996),以及马里萨·博尔托卢西(Marisa Bortolussi)和彼得·狄克逊(Peter Dixon)试图从实证角度建构的心理叙事学,其标志性成果为《心理叙事学:文学反应实证研究基础》(*Psychonarratology: Foundations for the Empirical Study of Literary Response*, 2003)等。

进入 21 世纪之后,非自然叙事学迅速崛起,在叙事诗学与叙事批评实践层面皆取得了诸多重要的研究成果,引起国际叙事学界的普遍关注。非自然叙事学以"反摹仿叙事"为研究对象,以建构"非自然叙事诗学"为终极目标,显示出异常迅猛的发展势头,迅速成长为一支与女性主义叙事学、修辞叙事学和认知叙事学比肩齐名的后经典叙事学派。自布莱恩·理查森(Brian Richardson)出版奠基性的《非自然的声音:现当代小说的极端化叙述》(*Unnatural Voice: Extreme Narration in Modern and Contemporary Fiction*, 2006)一书后,扬·阿尔贝(Jan Alber)、斯特凡·伊韦尔森(Stefan Iversen)、亨利克·斯科夫·尼尔森(Henrik Skov Nielsen)、玛丽亚·梅凯莱(Maria Mäkelä)等叙事学家纷纷撰文立著,从多个方面探讨非自然叙事,有力地促进了非自然叙事学的建构与发展。2010年,阿尔贝等人在《叙事》杂志联名发表了《非自然叙事,非自然叙事学:超越摹仿模型》("Unnatural Narrative, Unnatural Narratology: Beyond Mimetic Models", 2010)一文,正式提出"非自然叙事学"这一概念,并从故事和话语层面对非自然叙事做出了分析。随后,西方叙事学界连续推出了《叙事虚构作品中的奇特声音》(*Strange Voices in Narrative Fiction*, 2011)、《非自然叙事,非自然叙事学》(*Unnatural Narratives, Unnatural Narratology*, 2011)、《叙事中断:文学中的无情节性、扰乱性和琐碎性》(*Narrative Interrupted: The*

Plotless, the Disturbing and the Trivial in Literature，2012）、《非自然叙事诗学》（*A Poetics of Unnatural Narrative*，2013）、《非自然叙事：理论、历史与实践》（*Unnatural Narrative: Theory, History, and Practice*，2015）、《非自然叙事：小说和戏剧中的不可能世界》（*Unnatural Narrative: Impossible Worlds in Fiction and Drama*，2016）、《跨界的非自然叙事：跨国与比较视角》（*Unnatural Narrative across Borders: Transnational and Comparative Perspectives*，2019）、《非自然叙事学：拓展、修正与挑战》（*Unnatural Narratology: Extensions, Revisions, and Challenges*，2020）、《数字小说与非自然：跨媒介叙事理论、方法与分析》（*Digital Fiction and the Unnatural: Transmedial Narrative Theory, Method, and Analysis*，2021）等数部探讨非自然叙事的论著。尽管非自然叙事学的出现及其理论主张引发了一定程度的争议，但它毕竟在研究对象层面上将人们的学术视野转向了叙事的非自然维度，即"反摹仿"模式，以及逻辑上、物理上和人类属性上不可能的故事，同时又在学科理论体系层面上拓展和丰富了叙事学的基本概念与内涵。

如果说上述四种叙事学在研究方法上体现了后经典叙事学之于经典叙事学的超越，那么后经典叙事学对经典叙事学的另一个重要超越突出体现在叙事媒介上，即超越传统的文学叙事，走向跨媒介叙事。由此，跨媒介叙事学成为后经典叙事学阵营又一个举足轻重的流派。就总体发展和样态而言，西方学界对跨媒介叙事的研究主要分为对跨媒介叙事学的整体性探讨与针对某个具体叙事媒介的研究两种类型。就跨媒介叙事学的整体研究而言，可圈可点的重要成果有瑞安主编的《跨媒介叙事：故事讲述的语言》（*Narrative across Media: The Languages of Storytelling*，2004）、玛丽娜·格里沙科娃（Marina Grishakova）和瑞安主编的《媒介间性与故事讲述》（*Intermediality and Storytelling*，2010）、瑞安和扬-诺埃尔·托恩（Jan-Noël Thon）主编的《跨媒介的故事世界：建构有媒介意识的叙事学》(*Storyworlds across Media: Toward a Media-Conscious Narratology*, 2014)、托恩的《跨媒介叙事学与当代媒介文化》(*Transmedial Narratology and Contemporary Media Culture*, 2016)。就针对某个具体叙事媒介的研究而言,首先必须要提西方学界日渐火热的绘本叙事学,其主要成果有蒂埃里·格伦斯腾(Thierry Groensteen)的《漫画与叙述》(*Comics and Narration*, 2011)、阿希姆·黑什尔(Achim Hescher)的《阅读图像小说:文类与叙述》(*Reading Graphic Novels: Genre and Narration*, 2016)、凯·米科宁(Kai Mikkonen)的《绘本艺术的叙事学》(*The Narratology of Comic Art*, 2017)等。其次是电影叙事学的研究,其主要成果有爱德华·布兰尼根(Edward Branigan)的《叙事理解与电影》(*Narrative Comprehension and Film*, 1992)、彼得·福斯塔腾(Peter Verstraten)的《电影叙事学》(*Film Narratology*, 2009)以及罗伯塔·皮尔逊(Roberta Pearson)与安东尼·N. 史密斯(Anthony N. Smith)主编的《媒介汇聚时代的故事讲述:荧幕叙事研究》(*Storytelling in the Media Convergence Age: Exploring Screen Narratives*, 2015)。随着数字叙事的兴起,数字叙事和相关社交媒体的叙事研究也成为跨媒介叙事研究的一个重要范畴,这方面的重要成果有露丝·佩奇的系列论著,如《叙事和多模态性的新视角》(*New Perspectives on Narrative and Multimodality*, 2010)和《故事与社交媒体:身份与互动》(*Stories and Social Media: Identities and Interaction*, 2012),以及佩奇和布朗温·托马斯(Bronwen Thomas)主编的文集《新叙事:数字时代的故事和故事讲述》(*New Narratives: Stories and Storytelling in the Digital Age*, 2011)、瑞安的《故事的变身》(*Avatars of Story*, 2006)和《作为虚拟现实的叙事:文学和电子媒介中的沉浸与互动》(*Narrative as Virtual Reality: Immersion and Interactivity in Literature and Electronic Media*, 2001)等。此外,还有戏剧叙事学,这方面成果有丹·麦金太尔

（Dan McIntyre）的《戏剧中的视角：戏剧和其他文本类型中视角的认知文体学研究》（*Point of View in Plays: A Cognitive Stylistic Approach to Viewpoint in Drama and Other Text-Types*, 2006）、雨果·鲍威尔斯（Hugo Bowles）的《故事讲述与戏剧：剧本中的叙事场景研究》（*Storytelling and Drama: Exploring Narrative Episodes in Plays*, 2010）等。从某种程度上说，由于跨媒介叙事研究突破了传统叙事研究以文字叙事作为主要考察对象的做法，也不再狭隘地将叙事看作必须涉及"叙述者"和"受述者"的特定言语行为，它在后经典叙事学阵营中呈现出特殊的颠覆性，具有革命性的突破意义，既涉及对经典叙事理论不同概念的重新审视和调整，也包含对不同媒介叙事潜能和表现方式的挖掘和探索，由此不但可以为叙事理论的进一步拓展和深化提供动力，而且也可以为媒介研究和文化研究等相关领域提供重要的理论指导和实践分析工具。

此外，在后经典语境下西方学界还有诸多重新审视叙事学基本概念的研究成果问世，如汤姆·金特（Tom Kindt）和汉斯-哈拉尔德·米勒（Hans-Harald Müller）的《隐含作者：概念与争议》（*The Implied Author: Concept and Controversy*, 2006）、约翰·皮尔（John Pier）和何塞·安赫尔·加西亚·兰达（José Ángel García Landa）主编的《叙事性的理论化》（*Theorizing Narrativity*, 2008）、埃尔克·多克尔（Elke D'hoker）和贡特尔·马滕斯（Gunther Martens）等人的《20世纪第一人称小说的不可靠叙事》（*Narrative Unreliability in the Twentieth-Century First-Person Novel*, 2008）、彼得·许恩（Peter Hühn）等人的《视点、视角与聚焦》（*Point of View, Perspective and Focalization*, 2009）和《英国小说的事件性》（*Eventfulness in British Fiction*, 2010）、扬·克里斯托弗·迈斯特（Jan Christoph Meister）等人的《时间：从概念到叙事建构》（*Time: From Concept to Narrative Construct*, 2011）、多萝特·伯克和蒂尔曼·克佩（Tilmann Köppe）的《作者与叙述者：关于叙事学辩题的跨

学科研究》(*Author and Narrator: Transdisciplinary Contributions to a Narratological Debate*, 2015)、薇拉·纽宁的(Vera Nünning)的《不可靠叙述与信任感：媒介间与跨学科视角》(*Unreliable Narration and Trustworthiness: Intermedial and Interdisciplinary Perspectives*, 2015)、朱利安·哈内贝克(Julian Hanebeck)的《理解转述：叙事越界的阐释学》(*Understanding Metalepsis: The Hermeneutics of Narrative Transgression*, 2017)、弗鲁德尼克与瑞安合编的《叙事真实性手册》(*Narrative Factuality: A Handbook*, 2020)、拉塞·R. 加默尔高(Lasse R. Gammelgaard)等人的《虚构性与文学：核心概念重访》(*Fictionality and Literature: Core Concepts Revisited*, 2022)。

其间也不乏部分西方学者对当代叙事理论的发展态势做出观察和思考,如汤姆·金特等人在《什么是叙事学？——关于一种理论状况的问答》(*What Is Narratology?: Questions and Answers Regarding the Status of a Theory*, 2003)中对叙事学本质及其地位的考察,詹姆斯·费伦等在《叙事理论指南》(*A Companion to Narrative Theory*, 2005)中对当代叙事理论的概述,扬·克里斯托弗·迈斯特等人在《超越文学批评的叙事学》(*Narratology beyond Literary Criticism*, 2005)中对叙事学超越文学批评之势的探讨,桑德拉·海嫩(Sandra Heinen)等人在《跨学科叙事研究时代的叙事学》(*Narratology in the Age of Cross-Disciplinary Narrative Research*, 2009)中对跨学科视阈下叙事学内涵的分析,阿尔贝和弗鲁德尼克等在《后经典叙事学：方法与分析》(*Postclassical Narratology: Approaches and Analysis*, 2010)中对后经典叙事学发展阶段的划分,格蕾塔·奥尔森(Greta Olson)等人在《叙事学当代潮流》(*Current Trends in Narratology*, 2011)中对跨学科、跨媒介方法之于叙事学研究的反思,赫尔曼等人在《叙事理论：核心概念与批评性辨析》(*Narrative Theory: Core Concepts and Critical*

Debates，2012）中围绕叙事学研究的核心概念与基本原则展开的对话和争鸣，等等。

长期以来，国内学界对西方叙事学的接受与研究基本局限于经典叙事学的范畴。譬如，在经典叙事学翻译方面的重要成果有张寅德编选的《叙述学研究》（1989）、王泰来等人编译的《叙事美学》（1990）、热奈特的《叙事话语，新叙事话语》（王文融译，1990）、米克·巴尔的《叙述学：叙事理论导论》（谭君强译，1995）等。在经典叙事学研究方面的重要成果有罗钢的《叙事学导论》（1994）、胡亚敏的《叙事学》（1994）、傅修延的《讲故事的奥秘：文学叙述论》（1993）、申丹的《叙述学与小说文体学研究》（1998）、谭君强的《叙事理论与审美文化》（2002）等。直至 2002 年，这一状况才有所改变：这一年，北京大学出版社推出了包括戴维·赫尔曼的《新叙事学》、马克·柯里的《后现代叙事理论》、苏珊·兰瑟的《虚构的权威》、詹姆斯·费伦的《作为修辞的叙事》、希利斯·米勒的《解读叙事》等在内的"新叙事理论译丛"。随着申丹等人的《英美小说叙事理论研究》（2005）以及费伦、拉比诺维茨等人的《叙事理论指南》（2007）、赫尔曼等人的《叙事理论：核心概念与批评性辨析》（2016）中译本的问世，西方后经典叙事理论开始涌入中国，引起了国内学者的热切关注。

在"哲学社会科学工作座谈会"上，习近平总书记明确指出：

> 我们既要立足本国实际，又要开门搞研究。对人类创造的有益的理论观点和学术成果，我们应该吸收借鉴，……对国外的理论、概念、话语、方法，要有分析、有鉴别，……对一切有益的知识体系和研究方法，我们都要研究借鉴，不能采取不加分析、一概排斥的态度。

本着"立足中国、借鉴国外"的理念，为加强同国际叙事学研究同行的对话和交流,借鉴西方叙事学研究的优秀成果,继而立足本土实际,建设具有"中国特色""中国风格"和"中国气派"的叙事学,实现文学批评领域的"中国梦"等愿景提供坚实的学术支撑,对当代西方叙事学前沿理论展开翻译与研究,不失为一条重要的实践途径。

当下,距"新叙事理论译丛"的出版已逾20年之久,国内学界对西方后经典叙事学最新成果的认知亟待更新。近年来国内对西方经典叙事学的译介硕果累累,如普罗普的《故事形态学》(贾放译,2006),布斯的《修辞的复兴——韦恩·布斯精粹》(穆雷等译,2009),热奈特的《热奈特论文选·批评译文选》(史忠义译,2009),杰拉德·普林斯的《叙述学词典》(乔国强等译,2011),茨维坦·托多罗夫的《散文诗学:叙事研究论文集》(侯应花译,2011),热奈特的《转喻:从修辞格到虚构》(吴康茹译,2013),西摩·查特曼的《故事与话语:小说和电影的叙事结构》(徐强译,2013)、《叙事学:叙事的形式与功能》(徐强译,2013)、《故事的语法》(徐强译,2015),罗伯特·斯科尔斯等人的《叙事的本质》(于雷译,2015)等。与之相比,对当代西方后经典叙事学前沿理论的翻译明显滞后,这种局面亟须扭转。

作为国家社科基金重大项目"当代西方叙事学前沿理论的翻译与研究"的部分成果,本译丛坚持以"基础性、权威性、前沿性"为首要选择标准,既注重学科建设的根本价值,又力求引领国内叙事学研究的潮流和走向。如前所述,当代西方叙事学前沿理论主要是指当代西方后经典叙事学理论,代表性理论主要包括当代西方女性主义叙事学、当代西方修辞叙事学、当代西方认知叙事学、当代西方非自然叙事学和当代西方跨媒介叙事学,而它们自然也成为我们的主要研究对象和内容。在修辞叙事学部分,我们选择了詹姆斯·费伦的《体验小说:判断、进程与修辞叙事理论》。在认知叙事学部分,我们选择了戴维·赫尔曼的《故事讲述与心智科学》。在非自然叙事学部分,我们选择了扬·阿尔贝、布莱恩·理查森等人主编的《非自然叙事诗学》。在跨媒介叙事学部分,我们选择了玛丽娜·格里沙科娃和玛丽-劳勒·瑞安主编的《媒介间性与故事讲述》。希望本译丛可以达到厚植国内叙事学研究的史料性、前沿性和学科性的目的,进而深化叙事学研究在国内的发展,为中国叙事学的建构和发展提供借鉴,在博采众长、守正出新中推进中国叙事学的理论创新和学术创新。

我们已经竭力联系了本译丛所用图片和插图的版权方,如有疏漏,请版权所有者及时联系我们。本译丛是团队合作的结晶。衷心感谢胡全生教授、唐伟胜教授、段枫教授、陈礼珍教授及其研究团队的支持与友谊。感谢国家社科基金、国家出版基金的大力支持。感谢上海外语教育出版社孙静老师、梁晓莉老师付出的辛劳。

尚必武

2022 年 10 月

译　者　序

　　西方叙事学从20世纪50年代诞生以来,经历了20世纪60年代开始的转型,从结构主义式的故事语法研究扩展为更加重视文本研读的叙事批评,1990年以来在北美实现了某种"小规模复兴",发展为融合女性主义、作者修辞行为和读者认知等多方面语境因素的后经典叙事理论,历史、社会学、哲学等人文学科中出现的"叙事转向"更是推动了当代叙事理论在跨学科领域的广泛发展。随着电子信息交流形式的日益普及,广播、电影、电视、电子游戏等不同电子媒介形式在人类生活中开始占据越来越大的比重,媒体研究业已成为社会科学研究的一个重要组成部分。而在实践中,这些新兴媒介产业从事者已经开始自发从叙事理论中寻求理论及实践指导(如电子游戏产业在故事情节、叙事层次等游戏设计方面就有意识地借用了叙事学的相关理论),非文字领域媒介所具备的叙事特性也引起了来自不同学科和研究领域的关注,对传统叙事理论提出了越来越多的挑战,叙事个案研究随之呈现出多学科、跨媒介的发展态势。

　　因此,从20世纪90年代以来,越来越多的叙事理论学家开始将考察焦点投向图像、电影、戏剧、绘本、真人秀电视、雕塑、建筑、音乐等其他媒介形式的叙事文本,尝试探讨经典叙事术语在这些非文字叙事作品中的运用。正是由于这种跨学科、跨媒介的整体趋势,跨媒介叙事学在后经典叙事学的发展轨迹中,逐渐成为一个不容忽视的重要流派,相关学术成果不断涌现,如扬·克里斯托夫·迈斯特(Jan Christoph Meister)等主编的《超越文学批评的叙事学：媒介性和学科性》(*Narratology beyond Literary Criticism: Mediality, Disciplinarity*, 2005)、玛丽－劳勒·瑞安(Marie-Laure Ryan)主编的《跨媒介叙事：故事讲述的语言》(*Narrative across Media: The Languages of Storytelling*, 2004)，以及这本《媒介间性与故事讲述》(*Intermediality and Storytelling*, 2010)，构成当前西方跨媒介叙事理论发展历程中的代表性研究成果。

　　由于跨媒介叙事研究突破了传统叙事研究以文字叙事作为主要考察对象的传统做法，也不再狭隘地将叙事看作必须涉及"叙述者"和"受述者"的特定言语行为，在后经典叙事学发展的多个不同流派之中，跨媒介叙事学呈现出特殊的颠覆性，具有革命性的突破意义，既包括对经典叙事学不同概念的重新审视和定义调整，也涉及对媒介差异性与特性的探讨和对不同媒介叙事潜能及表现方式的挖掘和探索，由此它不但可能为后经典叙事理论的进一步拓展和深化提供动力，也将为媒介研究和文化研究等相关领域提供重要的理论指导和实践分析工具。我们看到，除对跨媒介叙事理论框架的整体性探讨之外，针对特定具体叙事媒介的专题研究，如戏剧叙事学、电影叙事学和日益成为研究热点的绘本叙事学、数字叙事及相关社交媒体的叙事研究，也已经构成跨媒介叙事研究当前发展过程中的重要组成部分，冠以特定媒介名称的叙事学著作，如《漫画与叙述》《电影叙事学》等将叙事学工具用于特定媒介研究的作品大量涌现，体现了相关研究的生命力和旺盛发展势头。

　　然而，跨媒介叙事学在将经典叙事理论运用于跨媒介叙事作品的阐释和分析实践的过程中，仍然遇到了很多问题，不但涉及对"叙事"概念的重新定义这一重大挑战，也需要对经典叙事理论"故事"与"话语"、"展现"与"讲述"等一系列基本两分结构进行全新审视，对"聚焦""声音""叙事分层"等核心术语在跨媒介叙事具体实践中的适用性进行检验；不同叙事媒介之间的差异性，也增加了跨媒介叙事学在整体理论建构方面的难度。我们这一项目组之所以选择翻译介绍格里沙科娃和瑞安所主编的这本《媒介间性与故事讲述》，正是希望将这一极富生命力的研究走向介绍给更为广大的中国读者及叙事与媒介文化研究者，推动其理论的进一步发展促进其在中国文本和中国叙事研究中的运用。

本译著不但涉及戏剧叙事、绘本叙事、电影电视叙事等相对确定的研究领域，还涉及网络时代的全新叙事形式，如联机游戏、网络讨论室、电视广告等强调互动和交流的叙事形式，能够相对全面地介绍西方跨媒介叙事实践发展的当前现状。这一论文集包括不同领域的相关研究文章，所涉及的具体文本十分丰富，其中很多是中国观众并不熟悉的叙事作品，正是这点给翻译工作带来了很大的困难。翻译团队由一群年富力强、多年来致力于叙事理论和相关领域研究的青年学者构成，他们来自北京大学、南京大学、复旦大学、华东师范大学、华中科技大学和国际关系学院等知名学府和研究单位。在翻译过程中，他们以严谨的治学态度谨慎对待相关术语，在涉及具体文本案例时也细查详考地确定译名，相信他们的辛勤工作能够进一步推动和促进我国跨媒介理论和批评实践的发展。本书的具体分工是：段枫(复旦大学)负责本书第三、九、十、十一章的具体翻译和全书审阅工作，陈星博士(南京大学)负责第一、二章，惠海峰博士(华中科技大学)负责第四(与张园园合作)、十四章，许娅博士(北京大学)负责第六、七章，李荣睿博士(国际关系学院)负责第五、八章，陈俊松博士(华东师范大学)负责第十二(与张雅君合作)、十三章(与孙茜合作)的翻译工作。在此也谨向相关译者、审阅者和编辑表示衷心的感谢。

段 枫

2022 年 10 月

目　　录

编　者　序

　　叙事的概念，在被法国结构主义者引入知识界之后，就像扔进宁静池塘中的石头一样，激起了一连串的涟漪，其相关性从以语言为基础、以书本为支持的文学虚构作品，一直扩展到其他学科（话语分析、医学、神学、法律、历史）、其他符号模式（如视觉、听觉、动力学、交互式等）和其他技术领域（绘画、摄影、电视、电影、计算机），后两者正是媒介间叙事的探讨对象。

　　针对不同媒介所具故事讲述能力的研究并非随着 20 世纪的技术爆炸而开始，在"媒介"一词还没有发展为一个学术概念的时候，相关研究就已经存在。柏拉图对故事讲述的"摹仿"和"纯叙述"模式之区分，莱辛对时间、空间艺术形式所具表达能力的反思，都可以被认为是叙事媒介研究的基础。在 20 世纪，沃尔特·翁（Walter Ong）的著作（Ong 1982）也是如此，他是媒介研究大师马歇尔·麦克卢汉（Marshall McLuhan）的信徒，后者考察了口述、写作和印刷技术对叙事形式所起的影响。尽管与文学叙事学和其他学科中基于语言的叙事研究相比，媒介间叙事学依然处于落后状态，但它却正在迅速地站稳脚跟。这一点在很大程度上要归功于过去 20 年间，数字技术作为一种全新叙事媒介所获得的迅猛发展。人文学科的"数字转向"（此处所借用的这种表述方式，也产生了结构主义的"语言转向"和跨学科研究的"叙事转向"）不仅将注意力转向了所谓的"新媒介"，也引发了对既有媒介的重新评估，考察其对思想、叙事和信息处理（在书面语言享有特权的领域中，这种处理会被称为"阅读"）等方面所起的配置性影响，这点同样重要。例如,数字研究学者 N. 凯瑟琳·海尔斯(N. Katherine Hayles 2002:28)曾经呼吁对文本进行一种"媒介特定性分析",将所谓"媒介的物质性"——她用这一术语来指代刻印文字(inscription)的物理支持——列入考虑范围。① 正是由于这种切入点,书籍这种长久以来被认为是理所当然的物件已经被重新发现,被视为能够提供独特认知处理方式的"技术";而写作,由于它将页面上的字素配置转变为一种示意工具,则被视为一种能够结合视觉和语言,即空间和时间的表达模式。

然而奇怪的是,尽管时下广受关注,媒介仍然是个不确定的概念。② 例如,简·奥斯汀(Jane Austen)的小说《傲慢与偏见》(Pride and Prejudice)采用了何种媒介,语言、书写还是书籍? 对这三种媒介的概念性理解,会影响什么样的故事能够被讲述,尽管研究《傲慢与偏见》的媒介到底是书籍还是书写,并不能体现这部小说与其他众多小说之间的区别。相比之下,专注于它对语言的处理将带来更加个性化的分析,因为所有对语言的使用都是原创性的,对作品而言是独特的。只有当《傲慢与偏见》被视为同类型常规小说中的一员,其书本或排版与更为实验性的做法形成鲜明对照的时候,它的学究气和图文设计才会被看作其重要特征。对于叙事媒介性研究来说,这意味着,我们如果想捕捉某一媒介的特定叙事能力,就必须习惯将单个作品视为这一类型的代表。但我们也不该忽略个别作品扩展其媒介表达潜力的能力,为此我们需要揭示其尚未被挖掘的种种可能性。这种现象的一个例子就是对视觉元素的创造性使用,例如近来在小说中出现的照片、地图和素描。正如我们希望在本书中所展示的那样,对单个作品的细读,也能如对特定媒介的一般性讨论那样推动叙事媒介研究的发展。

---

① 这种对"物质性"的强调,其缺点在于它忽略了口头语言之类的短暂物理表现形式。海尔斯专门关注印刷和数字写作。

② 它的英文形式也是如此:虽然其正确的拉丁语形式是 medium(单数)和 media(复数),但有些学者用 mediums 作为复数形式,而另一些学者则使用 media 作为单数形式。

在大多数词典提供的七到八种"媒介"定义中,对故事讲述的媒介研究来说,最有用的是针对其技术性(远程交流的一种渠道)和艺术性(艺术家、作曲家、作家使用的物质或形式)的相关定义。如果媒介要获得叙事学相关性,它必须是一种具有特定故事讲述能力的"语言",这意味着它是一种基本的符号学现象。言语、声音和图像本质上都是符号现象,但技术却不是。这并不是说它们不会影响叙事性(narrativity):一种传播渠道可以被想象成具有某种特定形状、仅允许某些物体通过的通道。实际上,大多数传播媒介都可以为其他媒介配置的故事提供通道,如电视上播放的电影和亚马逊 Kindle 电子书上显示的图书。但是渠道型媒介也可以产生独特的、能够充分利用其功能可供性的叙事形式。当这种情况发生时,作为符号现象的媒介与作为传播途径的媒介之间的区别就消失了,技术也就获得了真正的叙事学意义。

* * *

有必要对本书的书名《媒介间性与故事讲述》进行一些解释。尽管媒介的概念在叙事学中已变得非常重要,然而,可以用来指涉叙事与媒介之间关系的表述太多,术语由此甚至已成为一个真正的噩梦:跨媒介性(transmediality)、媒介间性(intermediality)、复媒介性(plurimediality)、多媒介性(multimediality),更别说多模态性(multi-modality)了。这些术语之间到底有何区别(如果它们有区别的话)?这种术语的模糊性延伸到了我们正在开展的这一研究:应该将其称为多媒介、跨媒介、媒介间,还是简单的"以媒介为中心"的叙事学? 我们为本书书名选择了"媒介间性"这个字眼,其目的在于尽可能广泛地考察叙事与媒介之间的关系。如沃纳·沃尔夫(Werner Wolf 2008)所言,媒介间性可以从广义和狭义两个角度来理解。从其广义、也是此书采用的含义上看,它是文本间性(intertextuality)的媒介等效物,涵盖不同媒介之间的任何关系。从狭义上讲,它指的是一部特定作品对多种媒介(或感官渠道)的运用。例如,歌剧采用了手势、语言、音乐和视觉舞台设置,由此必然是具有媒介间性的。如果对媒介间性做广义性理解,我们就必须制定其他术语来区分其不同形式,还需要一个新的术语来指代其狭义用法。尽管"多模态性"一词最近已被广泛使用,沃尔夫(Wolf 2005)则提出用"复媒介性"来指称包括多种符号系统的艺术品;用"跨媒介性"指称表现形式不受特定媒介束缚的现象,如叙事本身;用"媒介间转换"(intermedial transposition)表示从一种媒介到另一种媒介的改编;用"媒介间指涉"(intermedial reference)来指代以其他媒介为主题(如讲述画家或作曲家职业生涯的小说),对其进行引用(将文本插入绘画中)、描述(以艺格敷词手法在小说中再现某幅画作),或从形式上对其进行模仿(借用赋格曲结构的小说)的文本。沃尔夫所列的这一目录,其重要性在于其理念而非文字,即它对媒体和叙事之间各种关系所做的区分,而不是它对这些关系的具体命名。借鉴这一理念,我们也没有硬性要求撰稿者采用统一术语,只需明确其用法即可。

本书收集的论文对 2004 年出版的《跨媒介叙事》(*Narrative across Media*)进行了扩充,涵盖了故事讲述媒介的更多种类:摄影、电视和博客已经受到了应有的关注,还有电影、文学、音乐歌舞片、漫画、计算机游戏和广告——一种采用多种媒介的话语形式(而非一种严格意义上的媒介)。《媒介间性与故事讲述》在尊重前作的基础上,也对其进行了创新,如本书的聚焦点在于前作出版后评论界非常关注的两个现象。首先是多模态。尽管叙事几乎肯定起源于口头叙事——口头语言迄今为止仍然是最为有力的示意模式,能够展现让一个故事成为故事的东西,即人与人之间、人与世界之间的交互——可以比较肯定地说,它一直以来都依赖于面对面交流的众多资源:声音、手势和面部表情。叙事表演从一开始就是一种多模态现象,后来又出现了图像、电影和音乐。由于纯文字书籍的重要性,单媒介(monomedial)形式可能是西方文化中最常见的形式,但它们绝非唯一规范。与日益增长的媒体研究领域其他相关成果相比,这部论文集的另一个显著特色,是多篇论文都考察了某种广义上的艺格敷词形式,即如何展现媒介、符号类型及一部作品对依赖别种符号的其他媒介的感知模式。

* * *

本论文集以玛丽-劳勒·瑞安(Marie-Laure Ryan)的论文《虚构、认知与非语言媒介》("Fiction, Cognition, and Non-verbal Media")为开篇。瑞安批判性地考察了虚构概念在文学土壤之外的延伸。她提出,虚构理论不应仅是一种区分虚构与非虚构作品的分类工具:它应该提供某种对虚构性之实用和认知维度进行考察的途径,也应让我们对虚构体验的本质属性和虚构作品的认知意义有所了解。瑞安讨论了文学、电影、绘画和其他媒介中的虚构性,引入了"不确定性"概念来表示暂缓对虚构性所进行的判断。

布莱恩·麦克黑尔(Brian McHale)和威廉·库斯金(William Kuskin)探讨了漫画中的叙事性。麦克黑尔探讨的案例,是马丁·罗森(Martin Rowson)用戏仿图像小说形式对 T. S. 艾略特(T. S. Eliot)类叙事诗《荒原》(The Waste Land)所做的改编,展现了这一复杂的多模态文本中,多种叙事形式和诗歌段位性相互作用的具体形式。库斯金尝试将漫画和图像小说整合进 20 世纪的文学史,认为这些体裁形式也属于对书本媒介进行文学性重新评估的一部分。在他看来,漫画叙事的重要性在于其普遍性而非排他性,它能够让我们在日益繁复的叙事技巧领域,对文学书本的媒介层面有更深了解。

贾森·米特尔(Jason Mittell)和保罗·科布利(Paul Cobley)讨论了故事讲述媒介用以控制观众认知和情感反应的相关技巧。借助对记忆机制的认知,米特尔考察了电视故事讲述的相关策略。他的研究方法是,识别出电视连续剧用来吸引观众,保证观众在每周几集、每年几季的观看过程中还能把握剧情的手法。文中也讨论了电视剧用以在保持悬念和惊奇的同时提示前情的一些技巧。科布利分析了电影和电视中的一系列视听叙事,认为这些叙述由于受到"9·11"事件的影响,强化了叙事中本就包含的某种焦虑感。该文所讨论的多部后"9·11"叙事,通过监视、共谋等主题展现了这种焦虑,也正是这种主题引发了某种近乎偏执的"知道真相的欲望"。

接下来的两章主要介绍非标准类型的电影。塞缪尔·本·伊斯雷尔(Samuel Ben Israel)的论文引入了从社会心理学借鉴的方法,为研究包括多个主角的电影提供了新的视角。本·伊斯雷尔认为,多主角电影不仅在多个方面偏离了经典叙事,而且在这些偏离中也出现了另一种叙事,一种关系型叙事,它对应的是西方社会中关于人的一种新的社会与哲学观念。佩尔·克罗·汉森(Per Krogh Hansen)考察了音乐电影的叙事性,这种体裁不但借助对话和表演,也通过音乐、唱歌和跳舞等多种模态来讲述故事,并不凸显某一模态的优势地位。这篇论文通过考察故事如何在"交谈、唱歌和跳舞"的同时互动中产生,为研究叙事在音乐电影乃至多模态文本中的运行提供了一个样板。

在对摄影叙事的讨论中,让·贝滕斯(Jan Baetens)和米克·布莱恩(Mieke Bleyen)质疑了将摄影媒介看作"反叙事""无叙事"的本质主义式观点,并针对由单幅和多幅图像构成的摄影,勾勒出一种叙事解读的方法。摄影小说是以虚构性、序列性和文字为特征的一种体裁,贝滕斯和布莱恩的分析强调了摄影小说对摄影图像空白区域的管理,使其成为插入文本的空间。他们也对一组不含文字的照片序列——比利时摄影师玛丽-弗朗索瓦丝·普里萨尔(Marie-Françoise Plissart)的作品《今日》(*Aujourd'hui*)——进行了详细的叙事解读。马尔库·莱赫蒂迈基(Markku Lehtimäki)主要考察美国纪录片《让我们现在赞美名人》(*Let Us Now Praise Famous Men*, 1941),提出这一由詹姆斯·艾吉(James Agee)撰文、沃克·埃文斯(Walker Evans)摄影的作品,是一个质疑其自身再现实践的叙事实例。莱赫蒂迈基展示了该作品对多模态文本与残酷现实世界之间的关系提出质疑,并由此动摇读者偏见的具体过程。

露丝·佩奇(Ruth Page)和戴维·齐科里科(David Ciccoricco)的论文主要涉及新媒介。佩奇的主张是,数字叙事研究需要某种范式的转变,不仅应该包含文学文本,也应包含来自"日常"领域的在线故事讲述。她的分析整合了对话性故事的分析研究方法(社会语言学和话语分析)与文学理论的分析研究方法,而这两种方法在叙事研究中时常是分离开来的。正是由于对文本和对话的双重关注,该论文根据 Web 2.0 平台常用的计算机中介用户交互模式,对"交互性"(interactivity)这一核心概念重新进行了探讨。论文所分析的特定案例来自个人博客、社交网站、论坛和同人小说。齐科里科的论文考察了电子游戏《战神》(God of War, 2005)的叙事机制。在借鉴文学、电影和游戏研究理论概念的基础上,齐科里科指出,尽管玩家能够选择的动作仍限于可以轻松模拟的动作游戏操作,如移动、战斗和收集物品,游戏玩法仍然能够影响叙事机制,在互动环境中创造复杂叙事。他的论文表明,叙事理论框架可以应用于电子游戏,而不会损害游戏体验的特殊性。

艾尔莎·西蒙斯·卢卡斯·弗雷塔斯(Elsa Simões Lucas Freitas)分析了一种旨在推广公共电视频道的多模态广告运营活动。当该活动使用电视时,传播广告消息的媒介同时是(1)用于传达广告消息的渠道和(2)广告消息的对象。由于叙事功能的有效融合,媒介成为故事。此论文对多媒介运营模式的分析,为媒介间性、叙事和故事讲述等现象提供了新的见解。

艾莉森·吉本斯(Alison Gibbons)的研究案例是马克·Z. 丹尼尔列夫斯基(Mark Z. Danielewski)的《叶之屋》(House of Leaves, 2000),这本小说的图形设计非常复杂,其多模态特性要求读者高度参与。该文主要采用认知诗学和语篇世界的切入点,提出读者的这种积极参与创造了作者所称的"形意跨世界"(figured trans-world)。这个文本世界不仅邀请读者与人物角色产生认同,也通过邀请他们来扮演某个有血有肉的角色,戏剧化地呈现出他们作为读者的角色。根据吉本斯的观点,形意跨世界不但增强了读者对这一书本客体的自我意识,也敦促他们在这一文学体验中更多地参与叙事,而这一体验本身就可以被看作媒介间性的。

玛丽娜·格里沙科娃(Marina Grishakova)的论文借鉴了 W. J. T. 米切尔(W. J. T. Mitchell)的"元图片"(metapicture)概念,以及 W. 内特(W. Nöth)对"元图片"和"自我指涉性图片"(self-referential picture）所做的区分。格里沙科娃引入了"媒介间元再现"（intermedial metarepresentation）的概念来表示文字和视觉媒介内部媒介间、符号间的传递。媒介间元再现将自我指涉性（self-referentiality）与元描述（metadescription）相结合，反映了媒介所具有的混合式符号特征。在口头叙事中，叙述所具"表演"（讲述）和"认知"（展现）属性之间的脱节，造就了媒介图标性（iconic）和象征性（symbolic）成分之间的张力。在视觉叙事中，由于图像和语言元素间的差异，这一点变得非常明显。

此论文集的两大焦点问题是文本内的多模态性与媒介间的跨文本联系，所选论文不但关注这两大问题，还展示了媒介间研究和叙事研究如何相互促进，符号介入的过程如何约束讲述实践并大大增加这一领域的复杂性。

玛丽娜·格里沙科娃、玛丽-劳勒·瑞安

段枫　译

参考书目

Hayles, N. Katherine(2002). *Writing Machines*. Cambridge, Mass：MIT Press.
Lessing, Gotthold Ephraim (1984［1766］). *Laocoön: An Essay on the Limits of Painting and Poetry*, trans. and intro. E. A. McCormick. Baltimore：The Johns Hopkins University Press.
Ong, Walter J. (1982). *Orality and Literacy: The Technologizing of the Word*. London：Routledge.
Ryan, Marie-Laure, ed. (2004). *Narrative across Media: The Languages of Storytelling*. Lincoln：University of Nebraska Press.
Wolf, Werner (2005). "Intermediality," "Music and Narrative," and "Pictorial Narrativity." In：Herman, D., M. Jahn and M.-L. Ryan(eds.). *The Routledge Encyclopedia of Narrative Theory*. London：Routledge, 252－256, 324－329, and 431－435.
——(2008). "The Relevance of Mediality and Intermediality to Academic Studies of English Literature." In：Fischer, A., and M. Heusser (eds.). *Mediality/ Intermediality*, Swiss Papers in English Language and Literature. Tübingen：Gunter Narr Verlag, 15－43.

第一章

虚构、认知与非语言媒介

玛丽-劳勒·瑞安

（科罗拉多大学博尔德分校）

对于"虚构作品"（fiction）这一概念，凭直觉理解它很容易，要给它下个学术定义却极难。在线百科全书 Wikipedia 给出的定义很好地体现了普通人对它的认识："虚构作品（fiction 一词词源为拉丁语中的 *fingere*，意为'形成，创造'）是对想象中事件的故事讲述，与对现实做真实陈述的非虚构作品形成对照。"这后面紧接着列举了所有的虚构作品体裁：长篇小说、短篇故事、寓言、童话，还有文学以外的电影、漫画和电子游戏。若如此轻而易举就能定义虚构作品，那么对于在过去 20 年里一直为这个问题绞尽脑汁的哲学家和文学理论家而言，这可真是个坏消息。他们难道一直在白费力气？

不过理论家和哲学家还是走运的，因为还有许多相关问题，Wikipedia 的定义并没有给出解答。真正有意义的虚构作品理论不应仅是一个把所有的文本分类成虚构和非虚构作品的工具——我们是如何体验这些文本的，我们用它们来做什么，我们为何购买、阅读它们，以及为何区分虚构和非虚构作品十分重要，对于这些问题，这一理论也应该有所解释。换言之，这个理论应该具有现象学和认知维度。

我所说的"认知维度"，并不是指虚构作品理论应依赖于专业意义上的认知科学。这篇论文不准备讨论当我们体验虚构作品时大脑神经元如何被激活,也不讨论虚构世界的创造对精神生活的重要性,尽管这的确是一个极其重要的话题。[①] 我所谓"认知维度",意指"这是否虚构作品"这一判断须能对如何使用一个文本或解释一种行为存在意义。下面举三个例子,各例中产生特定反应的关键都在于对虚构性的判断。

第一个事例来自一个著名的虚构人物——漫画主角丁丁,不过我们可以把这一系列事件想象成发生在现实生活中,而不是一个虚构故事的一部分。在《法老的雪茄》(*Cigars of the Pharaoh*)中,丁丁听说有一个女人在撒哈拉沙漠被人毒打。作为一位模范童子军,他便赶去营救她。但他发现,自己闯入的是一个片场,此番侠义之举不仅未赢得别人的感激,反令他面对整个摄制组的怒火。打人的事是虚构的,参与者是些扮演角色的演员。

在这个故事里丁丁未能辨别事件的真假是无心之过,然而 1999 年的电影《女巫布莱尔》(*The Blair Witch Project*)则是有意误导。这部电影是一个在广告网站播放的三个年轻人的摄像录像,这三人听说某地有女巫出没,便前去调查,后被人发现死在马里兰州的一片森林里。不用说,这广告是个骗局:这部电影并非人们发现的真实遗作,而是演员们拍摄的赝品。和知道这部电影是如何制作出来的人相比,一个当真相信那个网站的观众观看电影时的恐惧感要大得多。

在文学作品中,有一部作品可以说明辨别虚构性的重要性,那就是德国作家沃尔夫冈·希尔德斯海默(Wolfgang Hildesheimer)创作的一部名为《马博特传》(*Marbot: A Biography*, 1981;英译本 1983 年出版)的小说。这部小说讲述了安德鲁·马博特爵士的一生,他是 19 世纪的英国知识分子,与德国和英国浪漫主义诗人多有往来,出版了不少关于美学的书。脚注和索引反映了这部作品的学术严肃性,插图则证明了主人公的真实性——例如马博特家族城堡的照片、欧仁·德拉

---

① 关于虚构作品对精神生活的重要性,请见 Schaeffer 1999、Dutton 2008 及 Boyd 2009。

克洛瓦（Eugène Delacroix）为他画的肖像、亨利·雷伯恩（Henry Raeburn）为他母亲画的肖像。文本没有使用典型的小说叙事技巧（比如展示人物内心活动），它还使用假设性结构来将推测性解读和可证实的事实报告区分开来。这些特征骗过了早期的一些批评家，他们认为这个文本是一本真正的传记，更何况希尔德斯海默以前写过一部莫扎特传。但是安德鲁·马博特爵士是一个虚构人物，那文本则是一部虚构作品。把此文本错当成传记的读者可能会想上 Wikipedia 搜索安德鲁·马博特爵士其人，去图书馆目录中查其作品，甚至写一篇关于他的论文。相比之下，正确将作品判定为虚构作品的读者则会从作者对学术写作的巧妙模仿中获得乐趣。

马博特的例子表明，仅靠审视文本，人们并不总能判断文本是否虚构。诚然，文学中有多丽特·科恩（Dorrit Cohn 1999）称之为"虚构性标识"（signpost of fictionality）的元素，这些标识既关乎内容，也涉及形式：大量使用意识流的文本，或者以"从前"开始的文本，或者讲述王子被变成蟾蜍的文本，都很可能是虚构作品。但这些都只是可选因素。[1] 虽然非虚构文本若使用虚构技巧，就必然丧失可信度，但虚构文本总是可以模仿非虚构作品的。由此可见，虚构性不是文本的语义属性，也不是文体属性，而是一种语用特征，它告诉我们该如何处理文本。

从哲学视角看虚构作品

现代文学批评（我指的是始于 20 世纪的学术批评传统）迟迟未意

---

① 在讨论"虚构性标识"时，科恩（Cohn 1999：117）敏锐地指出，瑟尔（Searle 1975：325）自称是随机选择而得，以证明"没有任何文本属性，无论是句法的还是语义层面的，可以将文本定性为虚构作品"的例子实际上公然推翻了他自己的观点——"十天不用见到马匹，多么美妙！安德鲁·蔡斯-史密斯中尉想道。他最近才获任加入爱德华国王骑兵团。1916 年 4 月里这个阳光明媚的周日下午，他正心满意足地在都柏林郊区的一个花园里闲逛"（选自艾丽丝·默多克［Iris Murdoch］的《红与绿》［*The Red and the Green*]）。内心活动描述令这一选段难以被视为非虚构作品。不过我认为这例子虽不合适，却并没有推翻瑟尔的主张，因为他所谈的是必要属性。

识到"虚构作品"概念的重要性。直到 70 年代,分析学派的哲学家才发现"虚构"是个颇有意义的议题。他们对文学体验和艺术作品欣赏并不很感兴趣,他们关心的是涉及虚构人物(例如安娜·卡列尼娜和圣诞老人)的那些句子的真值条件。而这个问题与通过形式定义寻找虚构作品本质的尝试密不可分。

虚构理论可以分为两类:一类以基于语言的故事叙述为出发点,另一类则不忽略媒介和叙事性。将虚构作品视为一种语言叙事形式的学者中,包括哲学家约翰·瑟尔(John Searle)、戴维·刘易斯(David Lewis)和格雷戈里·柯里(Gregory Currie)。

对瑟尔(Searle 1975)来说,虚构性冒充了断言这一言语行为。断言是一种令说话者承诺说真话的言语行为。但是在虚构作品中,作者只是假装做出断言,或者模仿做出断言。这种仿冒行为解除了作者履行与断言相关之真诚条件的责任,这一条件即有证据证明所断言之命题(P)的真实性,且相信 P 的真实性。瑟尔将欺骗性仿冒与非欺骗性仿冒区分开来,前者对应谎言,后者对应虚构。尽管从语言层面很难区分虚构与非虚构作品,但读者可识别作者的仿冒行为,因而不会将文本陈述视为真实信息。只要虚构性决定于作者的意图,那么文本便不能从非虚构转变为虚构,反之亦然。"虚构即仿冒"这一概念已被广泛接受,但是在处理虚构作品中涉及现实世界实体的陈述时,瑟尔的叙述仍存在问题。根据瑟尔的说法,柯南·道尔(Conan Doyle)在提到夏洛克·福尔摩斯时假装做出断言,但在提到伦敦时做出的却是真实断言。很难调和这种虚构与非虚构的拼凑物与夏洛克·福尔摩斯故事中的世界给读者的同质印象。此外,对于"谁在假装"这个问题,"假装断言"理论仍然模棱两可。瑟尔声称,对于隐身型异故事叙述者讲述的虚构作品(安·班菲尔德[Ann Banfield]的追随者们称之为"无叙述者类虚构作品")这种情况来说,作者假装是自己的一个变体,相信故事的真实性;而对于同故事叙述这种情况来说,作者假装是完全不同的一个个体。虽然对于作者来说,要远离匿名异质叙述者的观点确实比远离个体化的判断要困难得多(叙述者的人格充当了盾牌),但这种分析可能会导致读者将作者的个体化特征投射给异质叙述者,而这一观点是有问题的。最后,若这一理论要解释充斥虚构作品叙述中的那些反问和针对读者的假意命令的话,那么"假装断言"的概念就应扩展到"假装言语行为"。

分析学派中另一位讨论虚构性问题的哲学家是戴维·刘易斯,多重世界理论研究学者中最杰出的一位。对刘易斯(Lewis 1978)来说,虚构作品是作为真实事件讲述的一个非现实或然世界(possible world)的故事,而讲述者便身处这个世界。相比之下,非虚构故事则作为真实事件讲述一个关于我们世界的故事,讲述者是我们这个世界里的某位成员。因此,虚构和非虚构作品之间的区别就是一个辨别参考世界的问题。

在刘易斯的模型中,许多或然世界与现实世界相距远近不一,取决于每个世界中有多少命题具有不同真值。那些近距离的世界会包含许多在现实世界中存在对应体的个体(例如列夫·托尔斯泰[Leo Tolstoy]的《战争与和平》[*War and Peace*]世界),而那些相距遥远的世界则会有完全不同的居民(J. R. R. 托尔金[J. R. R. Tolkien]的《魔戒》[*The Lord of the Rings*]世界)。在每个或然世界里,同一个人的不同对应者可以有不同的属性。例如,历史小说中的拿破仑可以说一些现实中的他从未说过的话,甚至可以打赢滑铁卢战役。这种对应关系理论解决了瑟尔在文本涉及现实实体时遇到的问题。对刘易斯来说,夏洛克·福尔摩斯故事的世界不是由虚构和非虚构陈述混合而成,而是完全虚构的叙述,描述的是与现实有多条对应关系的或然世界。不过,由于对应体并非彼此的副本,所以夏洛克·福尔摩斯故事的作者有充分自由调整伦敦的地理位置或修改拿破仑的生平。

瑟尔把小说描述为断言言语行为的一种特殊模式(也就是说,作为一种元言语行为),柯里(Currie 1990)则认为它是断言的一种替代。他对虚构性定义的阐述也通过一个模型进行,这个模型受到了瑟尔对于断言、命令和承诺之言语行为的分析以及哲学家 H. 保罗·格赖斯(H. Paul Grice)关于语言意义阐述的启发。根据柯里的理论,如果说

话者(S)向听众(A)提出命题(P),而其意图是让

(1) A 假定 P 为真(make-believe)

(2) A 认识到 S 的意图(1),以及

(3) A 以(2)作为做(1)的理由,①

那么 S 便进行了叙述虚构作品这一施为行为。这种分析的主要优点是通过引入"假定为真"这一重要概念,将虚构作品的定义从纯粹的逻辑解释拓展到认知学和现象学解释。不过假定为真并非一种确定无疑的言语行为,它是在多种人类活动中都有所体现的想象力的运用——不仅体现在讲故事中,也体现在戏剧表演中,在玩洋娃娃或玩偶士兵时,在戴面具和穿戏服时,在诸如《龙与地下城》(*Dungeons and Dragons*)这样的成人角色扮演游戏中,当然也在那些玩家认同一个虚拟化身的电脑游戏中。柯里将虚构层面的假定为真视作一大类假定为真的一个子集(Currie 1990:71)。对他来说,讲故事展示的是虚构形式的假定为真,而玩洋娃娃和玩偶士兵则展示了非虚构形式的假定为真。

肯德尔·沃尔顿(Kendall Walton)的观点则与此截然不同,对他而言,所有的假定为真本质上都是虚构作品,而所有的虚构作品都是假定为真。这个假定使他能够提出一个真正的无媒介虚构理论。正如沃尔顿所说,"并非所有的虚构作品都是语言性的。任何虚构理论要想基本合格,除了包括文学虚构作品外,也必须能够包括其他虚构性作品,比如绘画虚构作品"(Walton 1990:75)。沃尔顿的中心论点是,"为了理解绘画、戏剧、电影和小说,我们必须先看玩偶、木马、玩具卡车和泰迪熊"(Walton 1990:11)。在他们的假定为真游戏中,孩子们将某一物品假定为别的东西。例如,在警察和强盗的游戏中,玩家

---

① 这里的模型稍加简化处理了,原模型中的一些具体说明与我对柯里理论的介绍不直接相关,因此未包括在内。

拿洋娃娃当婴儿,拿玩偶士兵当真正的士兵,找一棵树当监狱。玩家操纵的物体通过代表别的东西变成了沃尔顿所说的"假定为真游戏中的道具"。道具在假定为真游戏中的作用是鼓励玩家发挥想象力。

因此,沃尔顿的"假定为真游戏"概念包含两个明显特征:(1)将某物当成他物;(2)激发想象力而不是传递信息。这两个特征既适用于儿童游戏,也适用于叙事文学:读者假定作者所写的文本是虚构叙述者的话语,用这种话语在大脑中构建一幅想象世界的图景,就像儿童把某个树桩当作一头熊,并用树桩来想象一个世界,在那个世界里,凶猛的野兽正对他们穷追不舍。

我自己对虚构作品的认识受了所有这些理论启发,是各种想法的混合。像沃尔顿一样,我认为虚构作品是再现(representation)的一种模式,也就是说,究其本质,这是一种摹仿(mimetic)活动。通常认为在虚构与现实之间存在一种对立,再现与现实之间亦然。一些理论家,尤其是那些受后现代理论影响的理论家,认为所有的再现和叙事都是虚构作品。我称这种立场为"泛虚构性主义"(Ryan 1997)。然而,基于虚构和再现同为现实的对立而将二者联系起来,这依赖的是一种谬误的对称性。如果我们看看我前述三个虚构作品例子,即《丁丁历险记》(Tintin)、《女巫布莱尔》和《马博特传》,只有《丁丁历险记》的例子是直接将虚构与现实对立起来的。丁丁必须判断他所看到的事件是伪装的还是真实的。其间的差异使被再现的行为与真实行为形成对立,而虚构则界定了再现行动的这一行为。但在《马博特传》和《女巫布莱尔》这两个例子中,虚构再现相对的不是现实,而是另一形式的再现:我们必须判断《马博特传》的作者再现的是真实的还是虚构的人物,判断《女巫布莱尔》的影像镜头记录的是真实事件还是模拟事件。"假装",或曰"假定为真"这一概念,让我们能把《丁丁历险记》《女巫布莱尔》和《马博特传》归纳于同一特征之下。在《丁丁历险记》中,虚构的方式是假装的行动,而不是真实的行动;而在《马博特传》与《女巫布莱尔》中,虚构的方式并非再现现实,而是假装再现现实。与泛虚构性主义相反,这样的描述承认既有虚构的、亦有非虚构的再现模式。

人们为什么要在乎"假装再现现实"？如果虚构对我们来说很重要，那是因为它在想象中唤起了一个世界，而想象以琢磨这个世界为乐。但是，即使虚构再现了一个陌生的世界，它也是把它当成一个真实世界再现的，使用了直陈式（indicative）而非条件式（conditional）语言模式。通过披上现实性的外衣，它要求使用者们在想象中把自己带入这个陌生的世界。我把这种转移自我的行为称为"虚构性再定位"（fictional recentering）（Ryan 1991：21-23）。

不应将再定位与同虚构相关的另一现象混淆，这便是"沉浸"（immersion）现象。再定位是当我们阅读（或观看）虚构作品时有意进行的逻辑操作，而沉浸是一种由艺术手段创造的体验。文本必须能够让一个世界栩栩如生，令它有存在感并抓住我们对故事的兴趣。任何一部虚构作品要能让人真正理解，都需要再定位，但只有部分作品能将再定位转化为沉浸。沉浸缺失可能是艺术上的失败所致，亦可能是有意为之。许多后现代文本试图通过使用自我指涉的手法来阻止沉浸，这类手法提醒读者虚构世界的本质是建构。反过来，沉浸也不仅限于虚构作品。我可以沉浸在一个真实故事里，不必将自己再定位到一个陌生世界中。

当再定位时，文本不再被看作对现实世界的陈述，或者至少不是直接陈述，①人们考量的是虚构世界本身。看起来，似乎当一个文本描述一个想象中的世界时，再定位就会发生，但事实并非如此。当我做出一个反事实陈述时，例如"如果拿破仑没有入侵俄国，他就不会被流放到圣赫勒拿岛"，我描述了一个虚构的事态，但我的目的是要说一些关于现实世界的事情，即对于拿破仑来说，入侵俄国是一个大错。做这一陈述的我，定位仍然在现实世界中。"反事实历史"

----

① 在相当于间接言语行为的情况下，虚构文本可以暗示它的寓意或者它的一般陈述（形式为"所有 x"）不仅在它自己的世界中有效，也适用于现实世界。这是一个双重指涉的例子。相反，关于个体的陈述（有一个 x，例如……）则不能参与这种双重指涉。

（counterfactual history）这一文体的使用者也是如此（Ferguson 1999）。当历史学家推测历史进程可能出现的其他走向时,他们是以现实世界成员的角度呈现这些另类历史（alternative history）,而他们这样做的目的,是评估掌控历史进程的那些人所做出的各种决定。不过,我们必须区分反事实历史体裁的非虚构分支与虚构分支,即另类历史小说（Hellekson 2001）。这一体裁的一个典型是菲利普·罗斯（Philip Roth）的小说《反美阴谋》（*The Plot against America*, 2004）,它描绘了另一个美国: 查尔斯·林德伯格（Charles Lindbergh）于 1940 年当选总统,支持纳粹政权,实施可耻的反犹政策。在反事实虚构作品中,没有任何指示虚构的形式标记,读者假装虚构的情况的确发生过。

虚构作品概念延伸至其他媒介

判断虚构性之所以重要,是因为它决定了评价文本所传递的信息时,应该以哪个世界为参照。如果判断它是"虚构作品",那么这个信息涉及一个非现实的或然世界,在其中它自动为真（除非叙述者被视为不可靠）,因为那个世界是由文本创造的。如果判断结论是"非虚构作品",信息描述的则是真实世界,但由于这个世界独立于文本而存在,那么以此世界为参照的话,它可以为真也可以为假。判断虚构性对语言而言极为重要,因为语言表达定义明确、声称为真的命题,而真值则以特定世界为参照加以评估。例如,"艾玛·包法利服用砒自杀"在福楼拜小说的世界里为真,在我们的世界里却为假;而"拿破仑死于圣赫勒拿岛"在我们的世界以及许多虚构世界里都为真,但在圭多·阿尔托姆（Guido Artom）的小说《拿破仑死在俄罗斯》（*Napoleon Is Dead in Russia*, 1970）中却为假。

图像对于虚构作品理论而言要麻烦得多,因为正如索尔·沃思（Sol Worth 1981）所指出的那样,它们不能做出具有明确内容的命题行为。想想这句话:"猫在垫子上。"（The cat is on the mat.）它有一个定义明确的论元——猫;并通过定冠词选择了一个具体的指涉——这只猫,不是其他的猫;它的谓语告诉我们,这是关于猫的一个特定属性,即在垫子上,而不是关于它的颜色或品种,或者猫的身体覆盖了多少垫子。而一幅再现出猫在垫子上的图像能传达的信息则要模糊得多。观看者肯定能看出图像再现的是一只猫,但他可能会注意到猫的一双绿眼睛、它的长毛、猫在注视摄影师等等,而不思考猫在垫子上这一事实。这幅画通过展示一只猫的许多视觉特征来呈现一只猫,但与语言不同的是,它没有压制某些特征,以明确保证观众一定会注意到另外一些特征。我们知道图像显示了什么,但我们不能确切地说出它说了什么,因为"说"要求一种具有离散符号的清晰语言。①

不过,如果涉及的图像是一张照片而不是一幅画,它能表达的则更为具体特定。因为摄影是一种机械的信息捕捉方法,它证明了猫的存在以及它在照相机前的存在。使用机械获得的图像意味着这不仅是一个与物体有视觉相似性的图形符,而且是一个通过因果关系与其所指对象相关的标记,即物体反射的光线模式在光敏物质表面留下的记号。这就是为什么罗兰·巴特(Roland Barthes)会写道:"照片的确就是所指涉事物的发散……确实,话语将全部拥有指涉事物的符号结合在一起,但这些指涉物可能、且往往就是'奇美拉'(指虚构的怪物),而与这些仿品不同的是,在摄影中,我永远不能否认这东西确曾在那里"(Barthes 1981:80)。

这一点在电影和视频中当然也是如此。由于照片和电影的技术客观性,比起由人手所绘制的图像,甚至口头描述,它们对所再现的物体或事件提供了更令人信服的证据。我们只需想一想罗德尼·克拉克(Rodney Clark)事件中录像带的重要性,或者巴格达阿布格莱布监狱虐囚照片所引发的丑闻。必须承认,照片和电影也可能会被人操纵,在这种情况下,它们不会提供可靠证据来证明所指对象的存在或它于某个时间出现在某个地方。被操纵的照片或影像等同于语言中的谎

---

① 不过,图像的表达(以及叙事)力可以通过将其分割成独立的单元来增强,漫画便是这样做的。

言,除非这一操纵意在让人识破。但正是这种做出真值函项陈述的能力让某一类符号可以撒谎、说实话……或者被用作虚构作品。

虚构与电影

除了语言之外,如果说还有一个媒介,可以让理论家和大众一致认为需要在虚构与非虚构之间加以区分,那就是电影。之所以应该区分这两者,是因为电影可以用来传达关于真实世界的真相。在一部纪录片中,摄影机记录两种类型的事件:第一,世界上实际发生之事,其之所以发生与其被拍摄毫无关联,例如地震后的救援工作;第二,为拍摄而加以表演之事,在这些事件中,人们表演真实的动作,或者以自己的名义说话,而非扮演角色,例如一个编织篮子的人展示她的手艺,谈论她的生活。相反,虚构电影记录的,则是现实世界中不存在的模拟事件,即演员的角色扮演,它有赖于人们假定演员就是他们扮演的角色。

假定为真和实际行为之间的区别也对摄影有影响,尽管虚构性摄影远不如虚构性电影普及。不过,维多利亚时代摄影师朱丽亚·玛格丽特·卡梅伦(Julia Margaret Cameron)的作品体现了这种不同:她的一张照片名为《李尔王和他的女儿们》("King Lear and His Daughters"),拍摄的是扮演莎士比亚戏剧角色的演员们,而另一张照片名为《阿尔弗雷德·丁尼生勋爵》("Alfred, Lord Tennyson"),再现的是一个历史人物。从丁尼生勋爵的肖像中,我们可以获得关于现实世界的信息(诗人长什么样子),但是李尔王的照片只能帮助我们想象莎士比亚戏剧中的非现实世界。

几乎每个小说理论家和电影理论家在这个问题上都意见一致:当我们看电影时,我们就把演员想象成他们扮演的角色。但是,这个认识并没有解决我们看电影时到底假定在做什么的问题。在这里有两种可能性供我们选择。

第一种是将我们对基于语言的故事讲述经历之分析扩展到电影。

在语言媒介中,我们不直接感知事件,而是通过阅读或听取叙述者对事件的报告。我们不只是想象 P 和 Q 发生了,也想象叙述者向观众报告 P 和 Q,有时我们还怀疑 P 和 Q 实际上不完全像所报告的那样。如果我们把这种分析扩展到电影,则:当我们看电影时,我们不会想象我们正在目睹事件,而是有人通过电影这个媒介向我们呈现事件。换言之,当我们看一部虚构性电影时,我们想象它是某种纪录片,而银幕上的图像经由摄影机记录而得,仅此而已。或者稍微打个比方说,我们想象虚构电影是由叙述者使用某些视觉手段讲述的故事,这个叙述者不同于实际的电影制作人,因为他将我们所知为仿拟的事物作为真实事物呈现出来。按照这种观点,虚构电影涉及幻想出一个故事讲述者,就像虚构文学涉及一个叙述者一样。电影批评家中,赞同这种观点的有一整个流派:西摩·查特曼(Seymour Chatman 1990)、弗朗索瓦·若斯特(François Jost)和安德烈·戈德罗(André Gaudreault)(1990),甚至还包括克里斯蒂安·麦茨(Christian Metz 1970),他创造了"大造像师"(Grand Image Maker)一词,用来指代电影视域下的"叙述者"。

以上是以叙述者为基础的电影概念,而另一种选择主张电影直接呈现生活。从大框架说,这就是大卫·波德维尔(David Bordwell 1985)和柯里(Currie 1995)所坚持的观点。这种理论摒弃了电影叙述者的概念,将观众视为一只眼睛,或者将他们视作直接聚焦于动作场景的意识。在戏剧中,这被称为"缺失的第四面墙"(the missing fourth wall):没有谁在舞台上向观众"呈现"事件,观众看到它们纯属碰巧,就好像是透过墙上的一个小洞窥到那边的事物一般。基于叙述者的电影理论将虚构电影视为纪录片的某种想象等价物,而这种方法则强行将两者隔开。当我们看纪录片时,我们知道这些事件是由摄像机记录的,纪录片的证据价值正来自我们这一认识。我们所观看的不是事件本身,而是通过技术手段对这些事件的记录,这一记录是一种证据,证实事件真实发生过。但是按照直接知觉理论的分析,当我们看虚构电影时,我们不考虑媒介这一概念:有人拍摄了这些事件这一点并不是我们那假定为真游戏的一部分。

就我个人而言，比起"电影叙述者说"，我更喜欢这种解释。然而，说观众假定是在直接观察生活，没有任何中介物，这种看法也并非毫无问题。正如柯里（Currie 1995：170－179）所指出的那样，我们不应该把"躲在一旁目睹事件的旁观者"这个角色强加给观众，因为这将导致不合情理的假设。例如，如果观众扮演的是旁观者的角色，那么一部电影就无法暗示一个杀手进入一所房子时未被人看见。当一部电影给出恋人的特写镜头时，观众当然不会想象自己在暗中监视这两个人物，而且与他们只有几英寸之隔。而且，在电影中，图像和声音通常有不同的来源，例如有外叙事音乐或画外音时，因此观察者要理解图像和音轨，就得将自己一分为二。对于这个问题，我想不出一个能完全令人满意的解决方法。我能想出的最好解释就是，观众并非假定自己是在现场的实体旁观者，而是将自己视为无实体意识，如摄影机一样在虚拟世界中自由移动。

绘画中的虚构

前文已强调过导致虚构概念在人造图像中地位可疑的主要原因：它们缺乏语言所具有的那种提出可资准确识别之事实主张的能力，也缺乏机械记录方法所具有的可证明所展示事物为真的能力。图画虚构性概念从本质上看是成问题的，这体现在学者对此问题的各种不同回应中。

持最为激进观点的是肯德尔·沃尔顿。在其看来，视觉领域中的"虚构性"与"图像再现"是同义词："图像从定义上来说就是虚构的"（Walton 1990：351）。为什么沃尔顿声称所有的图像都是虚构的？我们要记得，对他来说，虚构作品是"假定为真游戏中的道具"。就图像而言，假定为真游戏的内容包括假装我们是在直接看描绘的事物。例如，如果我看到一幅画，并且将它识别为呈现一艘船的画，我就会想象我看到了一艘真正的船，即使我知道面前的只是一块涂有颜料的画布。我的假定为真游戏包括识别船的各种特征：这是船身，这是桅杆，这是帆，等等。一旦我们把一个形状识别为某个物体的形状，我们就在玩一场假定为真游戏了,因为我们知道这个形状并不是它所描绘的那个物体。

沃尔顿的观点有两个问题。首先,的确,在面对写实风格的画作时,我们会想象自己面对的是被再现的事物,并在直接看着它。然而在其他情况下,例如面对风格非常潦草或简约的再现,我们就会将图像作为物体的示意符来处理,而不是将它直接视为再现物体,因为它们无法让我们感觉物体的存在。我们可能会说一幅示意图"是一条船",但我们其实是在说"这表现了一艘船"。

其次,这种对图画虚构性的处理,在基于视觉的再现与基于语言的再现之间造成了严重的不对称。对基于语言的再现,沃尔顿区分了虚构再现和非虚构再现,前者导致假定为真,后者引起相信。在语言中,"虚构"指的是一种特定的再现方式。但是在视觉艺术中,"虚构"变成了"再现"本身的同义词。那么,如果所有的绘画再现都是虚构的,那么对虚构性的判断就是自动的,且不会导致任何认知的后果。这样一来,为什么不干脆承认虚构性在绘画中并不重要?

瑞士理论家、艺术家洛伦佐·梅努(Lorenzo Menoud 2005)的观点正是如此。梅努认为,虚构性不仅取决于传达事实的能力,从根本上更取决于讲故事的能力。由于叙事是关于一个世界在时间层面的演变,能够具有虚构性的只有那些能呈现时间维度的媒介,即语言、戏剧(包括哑剧和舞蹈)、电影。图像不可能是虚构的,因为它们本质是静态的,不能再现状态的变化。因此,在绘画和摄影中提出虚构性的问题是毫无意义的。这一解释的问题在于,图像并非完全不具叙事能力。即使没有语言,一系列静态图像也完全可以用来讲述一个故事,就像我们在一些漫画和系列绘画中看到的那样。即使是一张孤立的照片,如果它能记录下莱辛(Lessing 1984)所说"寓意深长的时刻"(pregnant moment),即一个能同时暗示过去和未来的时刻,那么它也就能间接地讲一个故事。

关于图画虚构性问题,还有一个可能的解决方案,就是将绘画领域或多或少地在虚构和非虚构之间平均划分,每幅画作都落在边界的这边或那边。这种方法建立在指涉世界的概念之上。正如基于语言的文本既可以再现现实世界,也可以再现想象世界一样,视觉再现也是如此:约翰内斯·维米尔(Johannes Vermeer)的《代尔夫特风景》("View of Delft")可以说传达了关于现实世界中的代尔夫特的信息,而萨尔瓦多·达利(Salvador Dali)的《天鹅映象》("Swans Reflecting Elephants")这幅描绘幻想风景的画作,便只是假装在再现现实:它激发的是假定为真,而非真相。这是柯里(Currie 1990)和法国理论家让-玛丽·舍费尔(Jean-Marie Schaeffer 1999)所持的观点。对柯里来说,如果一幅独角兽图暗示独角兽存在于画中的世界,且画家不相信存在独角兽,那么它就是虚构的。而另一方面,戈雅(Goya)所画的威灵顿公爵肖像并非虚构,因为它记录了艺术家对公爵的感知,这就意味着观众可以用它来收集关于威灵顿公爵相貌的信息。根据这种解释,画家忠实地记录自己所见,他的眼睛和画笔起到的是照相机的作用。但是,巴勃罗·毕加索(Pablo Picasso)所画的亨利·卡恩韦勒(Henry Kahnweiler)像让柯里犯了难。这是一幅立体派风格的肖像,与人几乎毫无相似之处。柯里(Currie 1990:40-41)认为这幅肖像是一种隐喻性再现,就像我们描述一个真实的人,说他是一个"巨人""天使"或"贪婪的秃鹫"一样,这幅画就是这类描述的视觉对应。但后来他也承认,我们无法从这幅画像中获得任何关于亨利·卡恩韦勒外貌的信息。如果用虚构性的解释,能解释得好些吗?我们也许可以说这幅画是亨利·卡恩韦勒在一个非现实的或然世界中的虚构翻版,正如小说《战争与和平》呈现了一个存在于皮埃尔和娜塔莎所在世界中的拿破仑翻版?这种解释也无法提供一个可行的解决方案,因为我们必须想象在这个或然世界里卡恩韦勒是平的,被分成了上百个小块。将这幅肖像看作虚构并不比将其视为非虚构更令人满意。

刚才一直讨论的这三种对图画虚构性的解释方法,并不是我们仅有的选项。我想为第四种观点辩护:有些图像是虚构的,有些是非虚构的,而对有些图像而言,这一判断无关紧要。

对虚构性的判断对于有一类图像来说有意义,这就是文本插图,因为文本本身要么是虚构的,要么是非虚构的。例如,鸟类或花卉识别指南的插图显然是非虚构的,我们用它来收集关于现实世界的信息。而另一方面,童话的插图则是为了想象世界的再现而作。在所有这些例子中,图像从文本中继承了它们的虚构性,对基于语言之虚构分析间接地适用于它们。但有一些绘画故事的叙述是为了让人相信的,比如圣经故事,这种情况下这一标准便不适用。想想意大利文艺复兴画作中的耶稣诞生场景。它是虚构的还是真实的?我们可以说它是虚构的,因为画家运用了自己的想象力,或者我们可以说它不是虚构的,因为画家画它,是用它为一个作为真实事件而讲述(或者被接受者视为真实事件)之故事作插图。不过在这种情况下,虚构性问题似乎并不重要:我们所持的某种理论会让我们做出这样或那样的判断,但我们对这幅画的看法并无不同。

有些图像不是从文本中继承虚构性,而是通过与语言、电影和戏剧的虚构性类比被视作虚构的。这里,它们的共同特征是假定为真游戏这一概念。如果一幅画再现了正在扮演角色的模特,它会被看作虚构的。相反,我们可以说,当模特以自己的真实身份摆姿势时,图像记录的是模特的外貌,可被视为非虚构的。在这两种情况下,图像必须采用相对写实的风格,使得观看者能够判定虚构性。按照这一标准,波提切利(Sandro Botticelli)为一幅西蒙内塔·韦斯普奇(Simonetta Vespucci)所作题为《女人像》("Portrait of a Woman")的画像是非虚构的,但由同一位模特扮成圣母玛利亚而作出的画像则是虚构的。

这是否意味着在非虚构绘画中,艺术家再现的是他们的感知,而在虚构绘画中,他们则假装在这样做?这种分析的问题在于,因为艺术家只是在某种程度上再现了他们的感知,对虚构性的判断变得极为主观,不再像在文学中那样,依赖于相对清晰的作者意图。

这一观点的另一个问题是,许多绘画由于它们的风格不能被视为感知记录,不管它们是真实的还是虚构的。当我们看亨利·卡恩韦勒的"肖像"时,我们不会觉得"这就是亨利·卡恩韦勒在毕加索眼中的模样",而是认为:"这就是亨利·卡恩韦勒的模样所激发的毕加索的想象力。"这幅画既不是感知记录,也不是假定为真的感知记录。它只是一幅图像。对于这样一幅画,就没有必要判断它再现的是我们的世界还是另一个世界,因为这样的判断不会带来任何认知后果。

有大量的人造图像便处于虚构和非虚构之间的"无人区"。我们欣赏它们,而不必自问它们与现实是怎样的关系。旁观者没有因将它们与错误的世界联系起来而误读它们的风险。而如果不存在这种风险,也就没有必要判断虚构性。即使一幅画明确地表现出自己指涉现实世界中的一个参照物,比如维米尔的《代尔夫特风景》或者戈雅的威灵顿公爵画像,当我们把它看作一件艺术作品欣赏时,我们并不关心它的纪实价值。如果维米尔纯粹出于构图的需要在代尔夫特的地平线上添了些什么,如果戈雅的威灵顿肖像并不完全忠实于模特原貌,这也不会影响我们对画家技艺的欣赏。而如果历史学家在关于代尔夫特或者威灵顿的文本中也这般自由发挥,是不会被原谅的。对绘画的审美心态使得辨别其非虚构性变得无关紧要。对于基于语言的文本来说,情况或许也是如此:当我们把让-雅克·卢梭(Jean-Jacques Rousseau)的《忏悔录》(Confessions)作为文学作品阅读时,我们对其中可能存在的不准确描写,要比把它作为历史文献阅读时宽容得多。不过,绘画同基于语言的文本之间的主要区别是,几乎所有绘画作品都是作为审美对象而创作,而文本中则只有一部分作品如此。这意味着,对于是否准确反映现实这个问题,几乎所有的绘画都让我们觉得它并不重要,而只有部分文本如此。

各种媒介中的虚构模糊性

绘画并不是唯一会创造出虚构与非虚构二元对立之外作品的媒介。所有媒介都具有一个模糊区域(zone of indeterminacy)。这个区域的大小因媒介而异,通常取决于媒介表达精确事实与讲述故事的能力。就语言而言,虚构和非虚构的用法大致同等重要,而模糊区域很小。占据这个区域的是具象诗歌(concrete poetry),还有一些抒情诗(lyric poem),尤其是那些笼统而非具体陈述的诗歌。例如,当我读夏尔·波德莱尔(Charles Baudelaire)的诗《猫》("Les chats")时,我不需要判定诗中描述的猫是属于现实世界还是虚构世界,也不用判断诗人是在扮演角色还是在以自己的名义说话。我并非唯一一个质疑诗歌虚构性的人:现代小说理论的先驱之一克特·汉布格尔(Käte Hamburger 1968)认为抒情诗是(用她的话说)"现实陈述"(Wirklichkeitsaussage),是关于真实世界的话语,而非一种虚构作品。我没有汉布格尔这么极端——我认为一些诗歌,但不是全部诗歌,其虚构性是模糊的。我们不能像对待"小说"①这种体裁那样,把整个抒情诗体裁划归虚构或非虚构:当谈论虚构性时,应该个别诗做个别对待。

在电影中,虚构比纪录片更常见,而中间案例鲜见。有些影片对记录自现实生活但不具叙事性的影像,进行艺术性蒙太奇再现,它们也许可以算作模糊区域。摄影大多是非虚构的。由 Photoshop 软件处理,或用不同图像拼贴而成的照片,可以归入"无人区"。而无论其媒介为何,抽象作品总是会落入模糊区域,因为虚构性和非虚构性都以摹仿维度为前提。建筑和音乐等无法表达命题的媒介则完全处于模糊区域,除非它们表现出一种继承的虚构性。这种情况发生在它们阐述虚构文本时,比如迪斯尼乐园里的灰姑娘城堡,或是保罗·杜卡(Paul Dukas)的交响诗《魔法师的弟子》(*The Sorcerer's Apprentice*)。但另一方面,我不会将彼得·柴可夫斯基(Pyotr Tchaikovsky)的《1812序曲》(*1812 Overture*)归入非虚构类,因为它没有对这些事件做出明确且可证实的陈述,尽管它指涉了历史事件。

结　论

最后,我想回到虚构性和叙事性的相互关系这个问题上。毫无疑问,虚构作品理论的起源是基于语言的叙事。自 18 世纪至 20 世纪初

---

①　写这句话时,我完全清楚存在一种叫作"非虚构小说"或"真实小说"的体裁。但只要作者没有被要求为其所言之真实性提供文书证明,它就依然遵虚构作品约定的习俗行事。

的某个时间起，"虚构"这个概念在西方诸文化中成为一个公认的分类，导致这个结果的原因可以说是双重的：小说兴起，成为最重要的文学形式，而这些西方文化开始重视"真理"和"谬误"的概念。在更早时期，人们既不关心虚构作品，也不关心它定义不清的对立面，即非虚构作品；他们关心的是诗，在诗中，他们关心的则是史诗、戏剧和抒情诗这三种古典体裁。①

"虚构作品"的概念在西方文化中甫一扎根，就迅速发展出超越其最初适用领域的分支。因为所有文化中都存在虚构的故事，这个概念轻而易举地延伸至一些并不使用"虚构"概念的文化中那些更为古老的叙事形式，包括童话、传说、笑话、荒诞故事、寓言和史诗等。甚至神话偶尔也被视为虚构，尽管在它们的起源文化中，人们是把它们当作神圣的事实而非虚构故事。

另一个拓展方向是柏拉图（Plato）所谓的"摹仿故事"。柏拉图区分了两种呈现故事的方式：纯叙述模式（diegetic mode）通过转述呈现故事，摹仿模式（mimetic mode）则是直接呈现故事。因为这两种模式都能够呈现虚构故事，②所以不应该将"虚构作品"的概念局限于纯叙述模式。随着它拓展至戏剧和电影，"虚构作品"的概念从语言中解放了出来。

在20世纪，文学作者开始创作颠覆了叙事结构但仍是想象产物的散文文本。因此叙事性变成了虚构作品的非必要特征。例如，收在豪尔赫·路易斯·博尔赫斯（Jorge Luis Borges）的《虚构集》（*Ficciones*, 1962）中的许多文本并不讲述故事，而是哲学反思，或者是对想象中书籍的描述，再或者是对不存在的文化的人种学描述。另一个非叙事虚构作品的例子是塞缪尔·贝克特（Samuel Beckett）的小说

①　一种文化不具备一个等同于我们"虚构作品"概念的公认分类范畴，并不意味着该文化的成员无法区分关于现实世界的真实故事和关于虚构世界的故事。这只是意味着人们认为其他分类标准更相关。

②　摹仿模式是否具有非虚构功能，这一点是值得怀疑的。例如，在戏剧中，仅角色是由演员模仿扮演的这一简单事实便意味着表演是虚构的，哪怕这故事其实为"真"。

《无名氏》(*The Unnamable*, 1965), 它再现的是一位说话者的所思所想。因为它不对任何外部世界事物下断言, 所以它并不是在讲故事。

当哲学家引用"假装"和"假定为真"来解释虚构的本质时, 他们在文学和游戏之间架起了一座桥梁。一方面, 人们认识到假定为真游戏是一种活动, 与讲述虚构故事有着相同的游戏精神, 甚至可能是文学虚构的鼻祖;另一方面, 人们也普遍将如《龙与地下城》这样的角色扮演游戏或电脑游戏视为虚构作品的一种形式。只要一个游戏创造出一个具体的世界, 并邀请玩家在其中扮演一个角色, 它就变成了一个虚构作品。

一旦一个理论得到阐述, 就会明显趋于扩大自己的应用领域。如果叙事性是虚构的非必要特征, 如果语言也非必要因素, 何不一路走到底, 在叙事性非常有限的非语言媒介(比如绘画, 甚至建筑和音乐①)中找找虚构性的表现? 但这样应用"虚构"概念不再符合文化认可的分类模式。大众在乎电影和语言文本中的虚构性, 但只有理论家才会琢磨绘画、建筑和音乐中的虚构性。"虚构作品"概念的最初领域是基于语言的叙事, 将它延展得越远离这个初始领域, 这种延伸就越发成为纯粹的理论游戏, 与认知上有意义判断的对应也就越少。这就是为什么当我们将"虚构"的概念扩展到越来越多的艺术形式和媒介时, 模糊区域就越来越大。

当我们玩理论扩张游戏时, 应避免两个战略性错误。第一是试图将所有媒介都塞进一个从基于语言的叙事继承而来的僵化模式中。当一个人把像电影这样的视觉媒体视为虚构叙述者的话语时, 就犯了这种错误。这种方法为"虚构性"提供了一个确切的定义, 但它忽略了各种媒介的特殊性质。第二个我们要当心的做法, 是在将"虚构"概念应用于新媒介时完全重新设计虚构性标准。沃尔顿声称所有的图片从本质来说都是虚构的, 但区分了语言上虚构和非虚构的再现, 他这就是犯了这种错。这种方法尊重了媒介之间的差异, 但代价是无法得

---

① 关于音乐可以是虚构性的这一论断, 可参考 Rabinowitz 2004。

到统一的"虚构性"概念。

　　基于语言的叙事在虚构现象中处于中心地位,而虚构可以其他形式和媒介出现,我们如何调和这两种认识? 我的建议是从基于语言之叙述中的虚构开始,通过类比其他文化产物来扩展它,但不坚持两者精确或完全等同。会有典型的虚构性形式,也会有处于边缘的虚构性,这取决于它们与基于语言的叙事原型有多少共同特征。由于类比只需要两者之间部分相似,而非完全相同,因此这一建议避免了第一和第二种方法引起的问题。与第一种方法不同,它尊重每一媒介的特殊性质;而与第二种不同的是,它赋予典型和边缘形式共同特征。这些特征是真正能影响认知差异的特征:假装、假定为真以及纯粹为展示想象世界而展示想象世界。

陈星　译

参考文献

Artom, Guido(1970). *Napoleon Is Dead in Russia*. Trans. Muriel Grindrod. New York: Atheneum.

Banfield, Ann(1982). *Unspeakable Sentences: Narration and Representation in the Language of Fiction*. London: Routledge & Kegan Paul.

Barthes, Roland (1981). *Camera Lucida: Reflections on Photography*. Trans. Richard Howard. New York: Hill and Wang.

Beckett, Samuel(1965). *Three Novels: Molloy. Malone Dies. The Unnamable*. New York: Grove Press.

Bordwell, David (1985). *Narration in the Fiction Film*. Madison: University of Wisconsin Press.

Borges, Jorge Luis (1962). *Ficciones*. Ed. Anthony Kerrigan. New York: Grove Press.

Boyd, Brian(2009). *On the Origin of Stories: Evolution, Cognition, and Fiction*. Cambridge, Mass.: The Belknap Press of Harvard University Press.

Chatman, Seymour(1990). *Coming to Terms: The Rhetoric of Narrative in Fiction and Film*. Ithaca, NY: Cornell University Press.

Cohn, Dorrit (1999). *The Distinction of Fiction*. Baltimore: The Johns Hopkins University Press.

Currie, Gregory (1990). *The Nature of Fiction*. Cambridge: Cambridge University Press.

———. (1995). *Image and Mind. Film: Philosophy and Cognitive Science*. Cambridge: Cambridge University Press.

Dutton, Denis (2008). *The Art Instinct: Beauty, Pleasure, and Human Evolution*. New York: Bloomsbury Press.

Ferguson, Niall, ed. (1999). *Virtual History: Alternatives and Counterfactuals*. New York: Basic Books.

Gaudreault, André, and François Jost (1990). *Le Récit cinématographique*. Paris: Nathan.

Hamburger, Käte (1968). *Die Logik der Dichtung*. Stuttgart: Klett.

Hellekson, Karen (2001). *The Alternate History: Refiguring Historical Time*. Kent, OH: Kent State University Press.

Hergé (1975). *Cigars of the Pharaoh*. Boston: Little, Brown.

Hildesheimer, Wolfgang (1983). *Marbot: A Biography*. Trans. Patricia Crampton. New York: G. Braziller.

Lessing, Gotthold Ephraim (1984). *Laocoön: An Essay on the Limits of Poetry and Painting*. Trans. Edward A. Mc Cormick. Baltimore: The Johns Hopkins University Press.

Lewis, David (1978). "Truth in Fiction." *American Philosophical Quarterly* XV: 37 46.

Menoud, Lorenzo (2005). *Qu'est-ce que la fiction?* Paris: Vrin.

Metz, Christian (1974). *Film Language: A Semiotics of the Cinema*. Trans. Michael Taylor. New York: Oxford University Press.

Rabinowiz, Peter (2004). "Music, Genre, and Narrative Theory." In: Ryan, Marie-Laure (ed.). *Narrative across Media*. Lincoln: Nebraska University Press, 305 – 328.

Roth, Philip (2004). *The Plot against America*. Boston: Houghton Mifflin Co.

Ryan, Marie-Laure (1991). *Possible Worlds, Artificial Intelligence, and Narrative Theory*. Bloomington: Indiana University Press.

——— (1997). "Postmodernism and the Doctrine of Panfictionality." *Narrative* 5.2: 165 – 188.

Schaeffer, Jean-Marie (1999). *Pourquoi la fiction?* Paris: Seuil, 1999.

Searle, John (1975). "The Logical Status of Fictional Discourse." *New Literary History* 6: 319 – 332.

Walton, Kendall (1990). *Mimesis as Make-Believe: On the Foundations of the Representational Arts*. Cambridge, Mass: Harvard University Press.

Worth, Sol (1981). "Pictures Can't Say Ain't." In: Gross, Larry (ed.). *Studying Visual Communication*. Philadelphia: University of Pennsylvania Press, 162 – 184.

第二章

叙事性和段位性,或天沟里的诗歌

布莱恩·麦克黑尔

(俄亥俄州立大学)

本文要讨论的,是在复杂的"混合"(mixed)文本中,叙事与其他形式的结构如何互相影响。叙事理论倾向于把叙事文本中的非叙事性结构看作一种辅助的、"额外的一点东西",是对叙事性的补充;甚至在混合或者杂糅(hybrid)文本(例如叙事诗或图像小说)中也是如此,而在这类文本中,叙事性与其他结构形式处于竞争关系,甚至还可能处于从属地位。我将证明,这种相互作用不应被视为叙事理论中的附带产物,而应被视为叙事形式的一个维度,一个理论的包容性若是够强,便应能容纳这一维度。

每当文本材料转换成不同的形式时——例如,翻译和改编——叙事性和非叙事性结构间的交互影响就会凸显出来。我在另一文中从这一角度探讨过"同一"(诗歌)叙事之多重翻译的案例,在本文中我将探索一个特别复杂的跨媒介改编案例。不过,我们首先要准备好一些理论工具。

一

当代叙事理论对叙事诗的关注相对较少,[1]其后果相当令人遗憾:

---

[1] 也有一些优秀的例外,比如彼得·许恩(Peter Hühn)与同事们关于抒情诗歌中的叙事研究,参见 Hühn 2004, 2005; Hühn and Kiefer 1992。

对文本叙事结构与诗学结构之间相互影响的理论研究严重不足。且不说叙事诗规模之庞大，仅考虑到有关语料库的文化重要性，这就绝非一个小疏忽了。毕竟，许多诗歌，包括世界文学经典中一些最有价值的文本，都在直接或间接地讲述故事。忽视诗歌叙事，就是忽视一个不可或缺的语料库。此外，叙事诗中叙事和诗歌形式的相互影响，在许多方面可谓典型，有助于理解"混合"文本中其他的交互作用（详见下文），因此忽视叙事诗，也有可能阻碍对其他跨体裁、跨媒介交互作用研究的理论化。

叙事理论对诗歌的忽视有多重意义，其中之一便是我们甚至不清楚自己应该如何描述交互作用的各方：到底是什么与什么在交互作用？如果我们假设叙事之所以成为叙事是因为其具有叙事性（无论它是如何定义的）[1]，那么它的对应面，即使一首诗成为一首诗的特质，是什么呢？叙事性是叙事的显性特质，那诗歌的显性特质又是什么？不管它是什么，在叙事诗的混合文本中，与叙事性交互作用的大概就是这种性质。

诗人兼评论家雷切尔·布劳·迪普莱西（Rachel Blau DuPlessis）给了一个特别有说服力的答案。约翰·肖普托（John Shoptaw）也独立得出并印证了这个答案，不过他的措辞略有不同。迪普莱西认为，诗歌是以段位性（segmentivity）为标准的，段位性就是诗歌的显性特质，正如叙事性是叙事的显性特质。段位性是"通过选择、运用和组合分段来表达和创造意义的能力"，它是"诗歌作为一种文体的基本特征"。诗歌是片段化的写作，这种写作"通过有序的、有间隔的诗行表达，其意义是通过有分界的单位……在与间歇或沉默的交互作用中创造的"。片段种类、大小可大不相同，从可以"单独悬置在一个开放空间中"的单词甚至字母，到诗行，直到占"更大的成页的篇幅"，比如诗节或者其他语言及间距的布局。一个片段的末尾或由特殊的写作手法标记，或不使用任何手法标记：

---

① 比如，可参见 Fludernik 1996：20 - 43；Herman 2002：85 - 113；McHale 2001；Prince 1982、1999；Ryan 1992；Sternberg 1992。

行尾可以用押韵或特定的标点符号来结束，但基本上是由留白（white space）来界定的。重复出现的平行音模式（押韵）并不是标记行尾所必需的——尽管押韵通常被视为诗歌性（或诗歌性不足）的标志，而这一事实实际上让我们注意到，清晰的片段在诗歌定义中至关重要。

一种类型或规模的片段可与另一不同类型或规模的片段并置，形成对比效果，例如在传统的跨行诗句（enjambement）中，"句子或陈述可以跨多行堆叠或成形"。迪普莱西得出结论：总的来说，"任何一首诗的特定力量都产生于'尺度'（单位大小或类型）之间错综复杂的交互作用，或来自创造片段的多种可能性之间形成的'和弦'"。

迪普莱西称为"段位性"的这一属性，肖普托则称为"步调性"（measure），这听上去传统得多。然而，同迪普莱西一样，肖普托致力使自己的理论同时兼容传统的格律、抒情和比喻诗，以及形式激进的、"自由的"甚至"散文式"的诗歌，所以他对步调的定义更宽泛，不仅仅等同于传统意义上的音步格律。肖普托将一首诗的步调定义为"不为意义左右的最小单位"（212）。步调决定了在诗歌文本中何处设置间隔（gap），而间隔是对意义构建的挑衅。在文本中断、出现缺口（哪怕极小的一个缺口）时，间隔出现，意义构建便被这种留空（spacing）阻断，这时读者必须加强（gear up）其意义构建力以克服阻力，连接间隔，弥合缺口。

肖普托说明了诗歌中可能存在的步调尺度或等级。诗歌可以以词为步（word-measured），例如在威廉·卡洛斯·威廉斯（William Carlos Williams）的《开花的洋槐树》（"The Locust Tree in Flower"）这样的现代主义一词一行式诗歌中；甚至还可以字母（letter）来计步，例如在 e. e.卡明斯（e. e. cummings）的"r-p-o-p-h-e-s-s-a-g-r"这样的现代主义文学实验中。诗歌可以短语（phrase）计步，例如艾米莉·狄金森（Emily Dickinson）的诗；可以诗行（line）计步，大多抒情诗都采用这一方式；可以在句子（sentence）层面计步，如散文诗或语言派诗人（Language poet）的"新句"（New Sentence）实践；可以章节（section）计步,如十四行诗组或像《荒原》(*The Waste Land*)这样的组诗(关于此诗,我下面还有不少分析)。诗歌也可在诗节(stanza)层面计步(尽管肖普托从未明确这样说过),比如在抑扬格八行诗(ottava rima)或斯宾塞体(Spenserian stanza)这样的诗节性叙事体作品中。迪普莱西所谓的"和弦",肖普托则以步调与对步调(countermeasure)来描述。那些主要在一个层面或尺度上计步(比如约翰·弥尔顿[John Milton]的无韵诗中的诗行层面,或者狄金森诗歌中的短语层面)的诗歌,在其他层面或尺度上可能会有对步调:在弥尔顿的例子中,其无韵诗诗行的对步调是句子;狄金森的诗歌以短语片段为主,她诗中的对步调是诗行与诗节。

这种对步调的概念,或者说片段的"和弦",让我们有了方便的工具,可以开始讨论叙事诗中叙事性和段位性的交互作用。在某种意义上,叙事的写作也存在片段化,不过不像诗歌那样由段位性主导。故事可能看起来是连续的,是一个事件"流",但若人们把放大倍数提得足够高,这个连续序列就会分解为"核心"(kernel)和"催化成分"(catalyzer),或者说"限制性"(bound)和"非限制性"(free)母题,看你惯用什么术语了。在话语层面,叙事被切分成多重不断变换的声音,而视点则被切分为连续微调的聚焦。叙事中的时间被计步或分段,有些片段加速,有些片段减速,或者从现在到倒叙(flashback)再到预叙(flashforward),或者从单次(singulative)到重复(iterative)叙述模式。叙事空间也分段,叙事意识亦如此。在叙事的任何位置,在所有的层面上,连续的、"平稳的"叙事都可以被切分成片段的或计步的叙事,并且在所有的层面上,各种各样的间隔比比皆是。在诗歌叙事中,叙事本身的分段与诗歌"固有的"分段交互作用,在不同尺度和种类的片段之间产生复杂的对位——按肖普托的术语说是"对步调",按迪普莱西的则是"和弦"。

我在另一文(McHale "Beginning")中展示过荷马(Homer)《伊利亚特》(*The Illiad*)的"同一"情节在四个英译本中其段位性和叙事性是如何交互作用的。这一段从诗的第十六卷开始,特洛伊英雄萨尔珀冬被杀,亚加亚人和特洛伊人就在他的尸骸旁搏斗。与此同时,在另一边,宙斯正举棋不定,不知道是否应该让特洛伊的赫克托耳杀死亚加亚的帕特洛克罗斯。四位翻译家——乔治·查普曼(George Chapman,17 世纪早期)、亚历山大·蒲柏(Alexander Pope,18 世纪早期)、理查德·拉铁摩尔(Richard Lattimore)和克里斯托弗·洛格(Christopher Logue),后两人都生活在 20 世纪中后期——都必须决定,对应自己所选择的诗歌步调切分法,该如何安排焦点的转变:查普曼选择的是长诗行、押尾韵的"十四音节诗"(fourteener),蒲柏的是封闭的英雄双行体(closed heroic couplet),拉铁摩尔的是长诗行自由诗,洛格的则是短诗行自由诗,且其分节十分不寻常。在这些不同的版本中,叙事分段和诗歌分段有不同的相互作用。查普曼和拉铁摩尔的版本中,诗行与句子对步调(尽管两个版本中方式略有不同),并且两版都模糊了这一段的聚焦方式。蒲柏就不是这样,在他的版本中,诗行和句法完全一致,聚焦从搏斗中的人类调到宙斯,这一决定性转换发生在诗行之间;洛格也果断地调整了聚焦,但是他使用的是成段诗行之间的间距。每个版本的计步和对步方式都不同,这既表现在诗的形式上,也表现在叙述的表达上;每一个版本听起来都是不同的片段和弦。

二

段位性并不仅限于语言艺术。在叙事性视觉艺术例如电影中,可以找到与诗歌叙事分段明显相似的例子。电影叙事与电影片段在节奏和剪辑模式(或蒙太奇)上部分对应一致,部分对位对立。电影中的一个镜头切换大致类似于一个诗歌片段或计步单位与下一个片段或计步单位之间的间隔。而正如肖普托告诉我们的那样,只有当出现间隔时,我们才会受到刺激,要去干预,想通过构建意义来弥合间隔。一个镜头和下一个镜头之间的间隔尽管可能是无限小的,但它正是电影中一个意义构建之源。在一些电影流派中,特别是在经典好莱坞电影中,镜头切换会尽量设计得不着痕迹,尽可能令观众的建构性作用自动化、潜意识化。而其他流派,尤其是那些受谢尔盖·米哈伊诺维奇·爱森斯坦(Sergei Mikhailovich Eisenstein)蒙太奇美学影响的流派中,镜头切换却显而易见,召唤观众更积极地介入以构建意义。后一种电影意义构建的一个例子是斯坦利·库布里克(Stanley Kubrick)的《2001 太空漫游》(*2001: A Space Odyssey*, 1968)中著名的匹配剪辑(match-cut),前一帧里猿人扔向空中的骨制武器,在下一帧中变成了正做自由落体运动的航天飞机。可以这样说,这部电影的全部意义——它的时间和进化概念,它对技术和未来主义的反思,等等——都取决于这一匹配剪辑镜头。

不过,且让我丢开叙事电影,去讨论另一种媒介,它与诗歌分段的相似性也许更明显,这就是"顺序视觉艺术"(sequential visual art),也即漫画。意义构建的触发在诗歌中是因为片段或计步单位间的间隔,在电影中是因为镜头切换或剪辑(电影里的这种触发有时明显,有时察觉不到),与此相同,在漫画中,正是画格间的间隔调动出意义的构建。斯科特·麦克劳德(Scott McCloud)在《理解漫画》(*Understanding Comics*, 1993)一书(这是一本以漫画形式分析漫画诗学的书)中强调了空白间隔的重要作用:空白间隔将一格漫画与另一格分开,漫画人将之称为"天沟"(gutter)。麦克劳德写道:"尽管这名字很随便,但漫画的魔力和神秘大多就存在于天沟之中。在天沟这个过渡地带,人类的想象力将两个独立的图像合二为一,成为一个完整的想法"(66)。麦克劳德用两格并列的漫画说明了天沟的概念:在左边的图里,一个男人向另一个人挥着斧头,喊着"去死吧!!";右边的图里是夜晚的城市天际线,上方回响着呼号"哎呀!"。每个读者都会推断出,这人杀了人了,尽管作者并没有用图像向我们展示这一点。可以说谋杀发生在天沟中,而我们这些读者都是同谋。天沟是读者的领地,正是在这里,我们执行"闭合"(closure)动作,令叙事跨越一格漫画与下一格之间的空白。"在这一长条白纸上发生了奇怪又奇妙的事情,"麦克劳德写道,"漫画要求人类大脑充当中间人——像动画师一样填补画格与画格之间的空白"(88)。"每一页,三番五次地,"他继续写道,"读者像空中飞人一样被投向想象的开阔空间……然后被下一格漫画（它永远在场）伸出的手臂抓住！”（90）。①

　　要浅析我们在漫画画格“之间”总是要做的空白填补工作，可以图1 为例。这是一部图像小说中间的一页，画面中没有台词。尽管这个情节比麦克劳德用作例子的、发生在画格之间的斧头杀人案要复杂得多，我觉得它还是不难理解的。我们看到两个人在一片空地上，离我们近的那人手里托着一只蟋蟀，离我们远的那人打着手势，好像在演讲。在第一和第二格之间，两个人分开了；在第二和第三格之间，戴帽子的人走近另一人，那人跪在地上；在第三和第四格之间，跪着的人挣扎着站起来；在第四和第五格之间，他整个身体摔向地面。我们很容易通过处理画格间的天沟，将这些片段连接成一个连贯的（尽管有点神秘的）叙事序列。② 这没什么了不起的；除了没有文字帮助外，这一页反映的是一般的漫画阅读体验。

　　不过，这个例子确有特别之处：它来自一首叙事诗，或者更准确点，一首准叙事（*quasi*-narrative）诗改编而成的图像小说。这是马丁·罗森（Martin Rowson）1990 年对艾略特现代主义诗歌《荒原》（1922）改编作中的一页。说起来，以漫画形式改编“经典”文本叙事已经算不上什么新鲜事了——就连马塞尔·普鲁斯特（Marcel Proust）的《追忆》（*Recherche*）③也有图像小说版——但是诗歌的改编则少之又少，所以罗森对艾略特的改编给了我们一个难得的机会，来思考叙事诗分段与漫画分段之间可能具有的相似之处。④

　　事实证明，罗森的改编其实相当复杂，造成这种复杂性的原因

---

　　① 见埃里克·贝拉茨基（Eric Berlatsky），他对麦克劳德的天沟诗学的描述与我的相似。不过，贝拉茨基主要关注的是框格（frames）和架构（framing）（包括这两个术语的物理阈限意义和认知意义），而不是我所关注的间隔和留空。

　　② 我们注意到最后两格中聚焦的变化，视角从客观转变成了主观：我们多少是从戴帽子的人的角度来看跌倒的人。

　　③ 此处指《追忆似水年华》（*À la recherche du temps perdu*）。——译者注

　　④ 关于罗森的《荒原》，参见 Tabatchnik 2000，特别是第 84—85 页，作者在那里的分析对麦克劳德天沟诗学更有预见，胜过本文。我还要感谢保罗·坎波斯（Paul Campos），他未发表的论文《凶手是谁？艾略特与注释诗的奇例》（“Whodunit? The Strange Case of Eliot and the Annotated Poem”）中谈到了罗森的《荒原》。

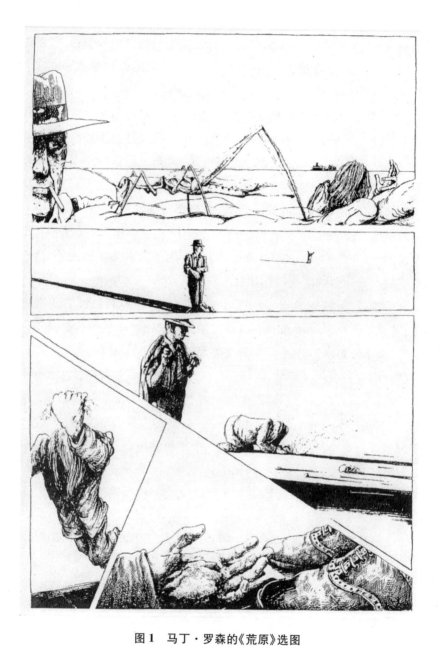

图1 马丁·罗森的《荒原》选图

有多方面,因此正式分析罗森的改编本之前,我们需要先探讨一下这其中的一些原因。首先,它的原本《荒原》是一部非常有声望的经典之作——不仅仅是经典,简直是超经典,是现代主义时期最经典的文本之一,另一部是詹姆斯·乔伊斯(James Joyce)的《尤利西斯》(*Ulysses*)。用流行的漫画媒介改写这样的文本势必会导致无意的媚俗(kitsch)或故意的戏仿(parody),而在罗森那里,它导致了戏仿。罗森的《荒原》虽然是一种破坏文化偶像的行为,意图恶毒,充满怨恨,①但仍是一部严肃的戏仿。如同所有的严肃戏仿一样,在戏仿原作的过程中,戏仿者也阐述和澄清了其诗学的一些方面。②

罗森阐明的一个方面是《荒原》的叙事维度。之前,我退后了一步,把《荒原》描述为一首"准叙事"诗;另一位批评家称之为"诗意的反叙事(*anti*-narrative)"(Kinney 180)。不管你准备如何描述它,《荒原》与连贯性叙事文体和叙事诗传统的关系都不那么直接,颇有些复杂。罗森的图像小说改编实际上将《荒原》叙事化了。换言之,罗森选取的这一文本同许多其他现代主义和先锋文本一样,其叙事是零星、间接和不确定的,罗森补充了缺失或"失落"的叙事元素。

"失落"是这里的关键词,因为正如我们所知,这首诗的原始版本(在埃兹拉·庞德[Ezra Pound]编辑它之前)中有比1922年正式出版的版本更为连贯的叙事。我们从珍贵的《荒原》手稿——《摹本与誊写本》(*Facsimile and Transcript*)中可知,这首诗在艾略特和庞德的合

---

① 可参见罗森在《星期日独立报》上对自己动机的描述:"就我个人而言,我仍然认为艾略特的《荒原》是透着蒙昧主义、无病呻吟、虔诚得呆滞、精英主义、前后矛盾、糟糕透顶的胡言乱语,评价过高,印在齐柏林飞艇乐队哪张后期专辑的内页上倒是挺合适。"

② 戏仿有着极珍贵的启发和教育功能,最好的情况下,可使某些特征和模式显现出来,而这些特征和模式未经其处理时往往会被忽视,或被认为理所当然。也可将人们太过熟悉的事物陌生化,使人们对所谓"自然的"产生疏离感。正是出于对戏仿价值的这种认识,维克多·什克洛夫斯基(Viktor Shklovsky)称劳伦斯·斯特恩(Laurence Sterne)的《项狄传》(*Tristram Shandy*)为"世界文学中最典型的小说"(170)。显然,他并不是说大多数小说,或者许多小说,都像《项狄传》,而是说,《项狄传》戏仿了各种小说惯例,也因此将那些惯例摆在我们面前让我们细审,就好像给它们拍了X光片一样。巧的是(或者也许根本不是巧合),马丁·罗森也著有一部惊人的图像小说版《项狄传》(1996)。

作创作过程中被彻底"去叙事化"了。三长段的连贯叙事被完全删除，其他的叙事段落则经编辑变得隐晦。这番删减的结果彻底改变了诗歌成分比例，使之远离叙事，趋向抒情，并在以前没有间隔的地方设置间隔，或将原有的间隔进一步扩大、加深。

叙事连贯性的丧失似乎令艾略特本人也产生了焦虑。我选择这样理解艾略特那臭名昭著的诗末附注：他不是因为手稿过于单薄，不大适合单独成书出版，于是就想"添上几页"；①也不是为了教育、欺负他的读者或是摆出屈尊俯就的姿态；他是在弥补诗歌失去的叙事性。艾略特的注解试图在另一个层面上恢复在编辑过程中被拆毁的叙事过渡桥段。② 在第一条注释中，艾略特建议我们参考杰西·韦斯顿（Jessie Weston）的《从仪式到传奇》（*From Ritual to Romance*），指出自己那碎片化的叙述应该以韦斯顿所述材料加以补充或完善。实际上，《从仪式到传奇》塑造了《荒原》，提供了艾略特诗歌内接的主叙事。在另一条注释（这也许是最出名的一条），即对这首诗第218行做出的注释中，艾略特告诉我们，神话人物忒瑞西阿斯"尽管只是一个旁观者而不是真正的'角色'，但在该诗中仍然最为重要，他将其他所有人团结在一起……这首诗的实质，实际上就是忒瑞西阿斯所见"（125）。这条注释似乎邀请我们为这首诗重构一个叙述者/聚焦者，从而朝着恢复"失落的"叙事连续性迈出第一步。而这首诗的许多诗评人也都愿意按照艾略特给出的线索，在这里插进一个主人公，让他经历诗中的种种，实际上也就是把《荒原》重新塑造成"忒瑞西阿斯历险记"。③

---

① 关于《荒原》出版的复杂历史，见 Rainey 1998：77–106。

② 关于这个问题，另一个解决方法是问这个问题：《荒原》中叙事间隔主要是在故事层面还是在话语层面？ 如果是后者，那么大概"失落"的故事材料还可以重构；但如是前者，那根本就没有故事连贯性可以恢复。我认为，答案是两者皆有：《荒原》在话语层面肯定是不连贯的，但在故事层面，它也不连贯，也许在编辑版中比在原稿中更是如此，不过原稿作为故事原本就存在巨大的"不足"。艾略特的注释和互见参照试图弥补的是故事层面缺失的连贯性。

③ 这其中最过分的无疑是卡尔文·贝迪恩特（Calvin Bedient），我实在忍不住要引用一下他对这首诗的叙事描述："情节本身可以看作班扬化（也就是说是寓言化的）：在风信子的园子周边失去了浪漫主义信仰之后，朝圣者听到一个声音指责他（转下页）

罗森没有按艾略特这个叙事策略行事，而是冒天下之大不韪地以不同方式对《荒原》做了叙事化处理。他采取的方式，是用硬汉侦探小说及电影的体裁准则来"转换"它。因此，这里是其改编复杂性的又一个方面：它不仅涉及两种媒介，即语言艺术和图像小说，还涉及第三种媒介，即电影。罗森从整个硬汉侦探体裁中提取叙事和视觉主题，但特别参考了约翰·休斯顿（John Huston）根据达希尔·哈米特（Dashiell Hammett）1930 年的小说改编的电影《马耳他之鹰》（*The Maltese Falcon*, 1939），和霍华德·霍克斯（Howard Hawks）根据雷蒙德·钱德勒（Raymond Chandler）1939 年的小说改编的电影《夜长梦多》（*The Big Sleep*, 1946）。罗森将艾略特诗作叙事化的方式，是插入一个主角——一个名叫克里斯·马洛的西海岸侦探，并添上一段寻找失落物件（事实上就是圣杯本身）的传统侦探小说故事情节。换言之，他在《马耳他之鹰》的情节上覆盖了艾略特文本中潜隐的神话元素。①

（接上页）是人子。他不知道该走哪条路，于是去了名利场的算命摊，在那里，水警告他要畏惧死亡。他听从了这个恶毒的建议，在虚幻城市之地狱中来回转悠，那里只有人群流动，静静地分享他们的绝望。他娶了岩石女士贝拉东纳（一个将他的阳物变成石头的狂暴美杜莎），漫步于泰晤士河畔，窥视着黏糊糊的老鼠腹部、烟头、喇叭乱响的伦敦交通、未受胁迫的打字员。最后，他再也无法忍受倒吊人的缺席，厌倦了名利场中的盲人预言家和虚假女神。他爬上自愿干燥之山求雨。他成功地完成了危险教堂的挑战，看到了天堂接纳他的征兆，并在神助之下，收集智慧以进一步净化。最后，他坐在至福之岸钓鱼，干旱平原已是往事，他的鱼线以上帝之食为诱饵"（Bedient 1986：60）。关于对贝迪恩特及他人对艾略特诗歌叙事化的质疑，见 Litz 1973：6；Brooker and Bentley 1990：6。

① 将《荒原》和硬汉侦探小说体裁结合在一起，乍看之下显得武断和古怪，其实不然。首先，艾略特同硬汉派侦探小说体裁的创始人是同一代人：艾略特和雷蒙德·钱德勒是同龄人（罗森在《星期日独立报》上如此说），而达希尔·哈米特只比他们年轻几岁。哈米特的首部硬汉侦探小说于 1922 年和 1923 年发表在通俗杂志《黑面具》（*Black Mask*）上，这与 1922 年 10 月在英国和 11 月在美国首次发表的《荒原》正好同步，后者于 1923 年 12 月在美国和英国出版了图书版。很难想象哪家书店或报摊会同时出售载有哈米特首部硬汉侦探小说的 1922 年 12 月刊《黑面具》和载有《荒原》美国初版的 1922 年 11 月刊《日晷》（*The Dial*）。但是，从严格的时间角度来看，这不是不可能的。撇开这种同步性不谈，艾略特这样的极端现代主义文本所反映的现代性体验，可以说硬汉侦探小说也同样有所反映。正如保拉·盖（Paula Geyh）所写，"冷酷的侦探小说代表文学现代主义的流行版"（Geyh 2001：26）。除了盖的论述外，还可见 Christianson 1990 和 Eburne 2003。这三篇研究中，似乎只有克里斯蒂安松（Christianson）知道罗森的图像小说，但他了解它时已经来不及在研究中考虑它，只是在文章最后一条注释中提到了它。

现在我们终于有点明白罗森改编版的复杂了。三种不同媒介——诗歌、漫画和电影——之间的"三角互动"(triangulating),其结果之一是许多不同的片段或间隔方式可能都相关,且可相互协调或形成对立。艾略特《荒原》的原始诗歌文本涉及一种分段法,罗森改写这首诗的漫画媒介涉及另一种分段法,而漫画书在视觉和主题上暗示的电影媒介则可能引入又一种分段法。我们甚至可能要考虑侦探小说本身固有的"多间隔"(gappy)性:这一体裁的特点便是不断设置和填补叙事和认知空白,毕竟这一体裁问的就是"凶手是谁?"(whodunit)这个问题。

不过,为了将复杂性保持在可控范围内,我建议这里只考虑诗歌分段和天沟诗学之间的关系。让我们从艾略特的原诗开始。如果我们尚未忘记的话,肖普托曾指出《荒原》是以诗节计步的典型诗歌,换言之,它被分段成诗行组(group)或诗行块(bloc),而推动诗歌意义构建的正是位于各诗节之间的间断和彼此间的关系。《荒原》被分成长度不同的五个部分,每个部分单独编号、加标题。此外,每一个有标题的部分又被分成几个小节,这些小节的形式及所表达或唤起的叙事情境互不相同。

我们就单考虑这首诗的第一章,即《死者葬礼》(Eliot 135–137)。① 暂且撇开内容不谈,仅通过视觉审视,我们就知道《死者葬礼》被三个空行(实际上,它们就相当于漫画中的天沟)分成至少四个部分。其中第二部分被插入一段四行诗,被它进一步划分为三小块。这段四行诗在视觉上与众不同(缩进较深,字体用斜体),甚至在语言上也很显眼(用德语而非英语)。② 有一个诗节划分,即第七和第八行之间的分段,没有加视觉标记,诗行的形式(行长、节奏)和内容都突然改变,但没有任何相应的空行间隔。

----

① 我不在这里整体转引,不仅因为找到它很容易,而且因为想获得全文转引许可,成本高得令人望而却步。

② 在 1922 年的第一版中,插入的这段四行诗与前后的诗行块间都有空行。在艾略特的《诗歌与戏剧全集:1909—1950》(Complete Poems and Plays, 1909–1950)中,环绕它的这圈空行被去掉了。十分感谢默里·贝雅(Murray Beja)提醒我注意这一差异。

在说话者、人物和叙事情境方面,所有片段都彼此各不相同。第一节(ll. 1 - 7)以集体声音("我们")阐发格言或谚语,并且似乎完全没有叙事情境:

四月是最残忍的一个月,荒地上
长着丁香,把回忆和欲望
参合在一起,又让春雨
催促那些迟钝的根芽。①

在第二节(ll. 8 - 18)中,一个看来是名叫"玛丽"的女人回忆起自己贵族气派的童年:

而且我们小时候住在大公那里
我表兄家,他带着我出去滑雪橇,
我很害怕。

第三节(ll. 19 - 30)的背景是沙漠:

……你只知道
一堆破烂的偶像,承受着太阳的鞭打
枯死的树没有遮荫。蟋蟀的声音也不使人放心,
礁石间没有流水的声音。

接下来是那段德语四行诗(ll. 31 - 34),它实际上摘自理查德·瓦格纳(Richard Wagner)的《特里斯坦与伊索尔德》(*Tristan and Isolde*),唤起了这部歌剧的叙事情境。《特里斯坦》的另一个片段出现在第42行。第35 - 41行是一段回忆,回忆的似乎是与一个名叫"风信子的女

①　本章《荒原》的译文均来自《穆旦译文集》第四卷(人民文学出版社,2005)。

郎"的风流艳遇。在下一个间隔或天沟之后,是一段相当完整的叙述场景(ll. 43 - 59),说的是占卜师梭梭屈里士女士解读塔罗牌。最后,在又一天沟之后,这一部分以伦敦街头的一幕结束(ll. 60 - 76),说话者和一个名叫斯代真的熟人搭讪,向他问了一些隐晦的问题:

"去年你种在你花园里的尸首,

"它发芽了吗? 今年会开花吗?

"还是忽来严霜捣坏了它的花床?

这断续的叙事材料就是罗森在自己图像小说前 9 页中要改编的。他首先创造了一个艾略特诗中并没有的框架情景(framing situation),这个情景借自硬汉侦探小说体裁:私人侦探在办公室里接待潜在客户,听取她的讲述(见图 2)。

罗森意识到,这首诗的前 7 行和接下来的 11 行分属于不同的情景,尽管从视觉上看它们并没有分开。因此他把它们分配给不同的说话者:把前 7 行分配给他的侦探马洛的画外音叙事(voice-over narrative)(侦探电影的又一个套路),另外 11 行分配给客户拉里希伯爵夫人——她变成了童年回忆那段中的"玛丽"。

这首诗的第一个未分段的诗行块(以玛丽和她山中的大公表亲结尾)和第二个诗行块(以"红岩"沙漠为背景)之间的间隔/天沟该如何处理呢? 罗森的方法是做叙事性位移(narratological shift):从外部场景转移到内部心理场景,从现在转移到过去。马洛一边心不在焉地听着客户的故事,一边回想起最后一次见到伙伴迈尔斯的情形,迈尔斯现在已经死了,死在一个沙漠小镇一间烧毁的赌场里(见图 3)。

这个过渡本身发生在新一页的顶部,一个三角形的画格,塞在页面左上角——或者更准确地说,过渡发生在我们跨过此格和下一格之间的天沟之际,还伴随着画外音叙事,刺激我们转化视觉意象。在页面底部的那一格中,罗森将这首诗的第 19 - 20 行分配给迈尔斯,借

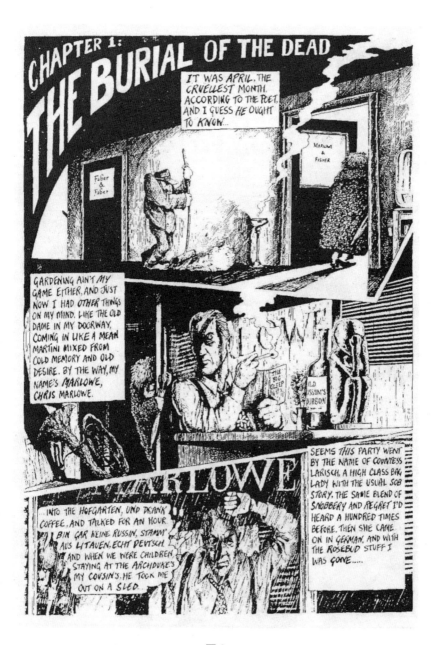

图 2

图 3

他之口说出"什么树根在抓紧，什么树根在从／这堆乱石块里长出？"。然后他画了第 22 行——"一堆破烂的偶像"。我们已经看到（见图 1），罗森的画格与艾略特的诗行计步相当吻合，每一格对应艾略特诗歌的一行、两行，至多三行。

在下一页，随着马洛从闪回镜头回到办公室的当前场景（见图 4），左上角再次出现向艾略特下一片段的过渡。

拉里希伯爵夫人还在那里，还在说话，瓦格纳的四行诗被分配给了她，这安排似乎很合理。接下来的过渡是一个与麦克劳德所谓"闭合"定义完全符合的例子：在越过窄窄的天沟时我们从一个场景跳进下一个场景，从马洛的办公室来到一条雨中的街道，并自行补上其间发生的种种事件。不过，和往常一样，画外音帮助我们闭合了间隔，告诉我们伯爵夫人已经雇了马洛，派他来找回一件失物（他不确定具体是什么东西）。在街上，马洛遇到了风信子的女郎，她声称自己以前认识他，唱出那行《特里斯坦》里的独句。

我略去了下一页，这页上罗森画的不是《荒原》，离了题，用了艾略特其他诗歌，即《J. 阿尔弗雷德·普鲁弗洛克的情歌》（"The Love Song of J. Alfred Prufrock"）和关于斯威尼的那些四行诗的场景。接下来的两页画的是在梭梭屈里士女士那里解读塔罗牌的场景（见图 5）。

起初，罗森相当忠实地、几乎是一行一行地遵循着艾略特的场景顺序，但是随着场景的发展，他偏离了艾略特原来的设计，为下一个相当复杂的过渡做准备（见图 6）。为什么这个过渡需要如此复杂？这是罗森自己给自己在空间层面上添的麻烦，他把自己的主角设定为西海岸的侦探，但需要把他转移到伦敦，因为艾略特的诗歌背景基本设定在伦敦。不过，就算不武断地加入这点空间麻烦，这首诗本身也已充满了大量唐突的空间位移：从山间到沙漠，从沙漠到风信子花园，从花园到梭梭屈里士女士的占卜场景，接下来还有从这个室内场景到伦敦大桥。这一次，罗森解决空间问题的方法不是引入倒叙，而是诉诸硬汉体裁的传统叙事主题。马洛在梭梭屈里士女士那里时，别人给了他一杯下了迷药的饮料。他不省人事的时候，被人塞进一个板条

图 4

图 5

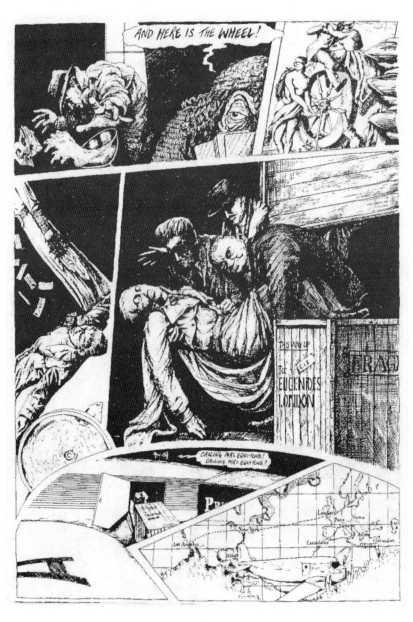

图 6

箱，送上飞机飞往伦敦。请注意右下角的画格，它展示了飞机从洛杉矶到伦敦的行程图，这是冒险电影里的老套路，从《卡萨布兰卡》（*Casablanca*，1942）到《夺宝奇兵》（*Raiders of the Lost Ark*，1981）再到后来其他片子都用过。

实际上，这一格相当于艾略特倒数第二和最后一个片段之间的间隔／天沟。在下一页的顶部，马洛在伦敦的一条街上醒来（见图7）。

这一页上各画格展示了艾略特第61-68行中的视觉和听觉材料。下一页是与斯代真的相遇（见图8），罗森将其转化为一个经典的追捕场景，这次他借鉴了卡罗尔·里德（Carol Reed）的《第三人》（*The Third Man*，1949）而不是《马耳他之鹰》或《夜长梦多》。

罗森改编《荒原》的例子如此复杂，要得出什么结论相当困难。尽管如此，我还是要斗胆提出一些试探性归纳。首先，罗森的改编证实我们所知的那些东西，即段位性原则，既是诗歌文本也是"序列视觉艺术"（麦克劳德对漫画的定义）的结构组织原则，尽管涉及的是不同的段位性类型。第二，这种段位性类型的不同，意味着罗森的分段点往往与艾略特的不同。他对《荒原》进行了重新分段，填上艾略特留下的间隔，并在艾略特文本原本连续、未分隔的地方设置间隔。罗森在这首诗外加构了一个叙事框架，对其进行了重新构建；他创造了新的人物，并将诗行分配给他们；为了促成诗歌中的有些间隔，他引入倒叙，而为了促成另一些则引入空间位移。换言之，他将这首诗叙事化，而在这样做的过程中，他填上艾略特留下的一些间隔。

但是叙事化过程中，特别是当一个人用漫画媒介叙事时，也造成了新的间隔。像所有的漫画叙事一样，罗森的叙事充满了间隔——真的就是满地天沟（即画格间空隙），这里的闭合工作留给了读者。罗森将这首以"多间隔"著称的诗歌叙事化，然而他笔下的《荒原》，其中的间隔至少同原诗一般多。不过，我们不能直接把艾略特《荒原》的间隔一对一映射到罗森版本的天沟上：一个版本与另一个版本并非同类（homologous）。但这两个版本的确可类比（analogous）：罗森漫画书满是间隔，就同《荒原》满是间隔一般，尽管有时放在不同地方。这就

图 7

图 8

是罗森的戏仿如此具有启发性的一个原因：尽管将《荒原》这样的超经典诗作与漫画这样的通俗艺术（low-art）媒介相结合显然不大得体，但实践证明，两者之间的确是可以合理类比的——从结果看，"契合度"相当好。

艾略特的诗歌版《荒原》和罗森对它的漫画改编都是混合或曰杂糅文本，在这样的文本中叙事性和段位性相互作用，尽管它们在两个文本中的交互作用各不相同。艾略特文本的叙事性很弱，或者说被压制了，尽管诗歌的辅助材料（其声名狼藉的注释）有暗示，但在文本正文中只能间接展示。在这里，段位性（诗行层面，尤其是诗节层面的计步）占主导地位。罗森的改编将《荒原》叙事化，恢复了它"失落"或者说被抹去的叙事，然而它重塑的故事不同于我们根据艾略特的注释所做的推断。在把艾略特的诗改编成漫画书的过程中，罗森还利用漫画媒介的天沟对其进行了重新分段，类似于艾略特在语言媒介中使用间隔的方式。在这里，虽然艾略特原著的杂糅性得以保留，但叙事性和段位性比《荒原》中的均衡得多，很难说哪一个占据了主导地位。

这一分析让我们意外地发现，漫画似乎比我们想象的更接近于诗歌，甚至包括极有声望的先锋诗。漫画也像诗歌一样，有计步与对步，听上去好像片段和弦。漫画也像诗歌一样，在意义停滞的地方——在间隔中、天沟里——引导出意义。

陈星　译

参考文献

Bedient, Calvin(1986). *He Do the Police in Different Voices:* The Waste Land *and Its Protagonist*. Chicago: University of Chicago Press.

Berlatsky, Eric(2009). "Lost in the Gutter: Within and between Frames in Narrative and Narrative Theory." *Narrative* 17.2: 162-187.

Brooker, Jewel Spears, and Joseph Bentley (1990). *Reading* The Waste Land: *Modernism and the Limits of Interpretation*. Amherst MA: University of Massachusetts Press.

Christianson, Scott R. (1990). "A Heap of Broken Images: Hardboiled Detective

Fiction and the Discourse（s）of Modernity." In: *The Cunning Craft: Original Essays on Detective Fiction and Contemporary Narrative Theory*, ed. Ronald Walker and June M. Frazer. Macomb IL: Yeast Printing, 135 – 148.

Duplessis, Rachel Blau（1996）. "Codicil on the Definition of Poetry." *Diacritics* 26. 3/4: 51.

Eburne, Jonathan P.（2003）. "Chandler's Waste Land." *Studies in the Novel* 35.3: 366 – 382.

Eliot, T. S.（1971）. *The Waste Land: A Facsimile of the Original Drafts including the Annotations of Ezra Pound*, ed. Valerie Eliot. London: Faber and Faber.

Fludernik, Monika（1996）. *Towards a "Natural" Narratology*. London: Routledge.

Geyh, Paula E. （2001）. "Enlightenment Noir: Hammett's Detectives and the Genealogy of the Modern（Private）'I'." *Paradoxa* 16: 26 – 47.

Herman, David （2002）. *Story Logic: Problems and Possibilities of Narrative*. Lincoln: University of Nebraska Press.

Hühn, Peter（2004）. "Transgeneric Narratology: Application to Lyric Poetry." In: *The Dynamics of Narrative Form: Studies in Anglo-American Narratology*, ed. John Pier. Berlin and New York: de Gruyter, 139 – 158.

——.（2005）. "Plotting the Lyric: Forms of Narration in Poetry." In: *Theory into Poetry: New Approaches to Poetry*, ed. Eva Müller-Zettelman and Margarete Rubik. New York: Rodopi.

Hühn, Peter and Jens Kiefer（2005）. *The Narratological Analysis of Lyric Poetry: Studies in English Poetry from the 16th to the 20th Century*, trans. Alastair Matthews. Berlin and New York: de Gruyter.

Kinney, Claire Regan（1992）. *Strategies of Poetic Narrative: Chaucer, Spenser, Milton, Eliot*. Cambridge: Cambridge University Press.

Litz, A. Walton（1973）. "*The Waste Land* Fifty Years After." In: *Eliot in His Time: Essays on the Occasion of the Fiftieth Anniversary of* The Waste Land, ed. A. Walton Litz. Princeton NJ: Princeton University Press.

McCloud, Scott （1993）. *Understanding Comics: The Invisible Art*. New York: HarperCollins.

McHale, Brian （2001）. "Weak Narrativity: The Case of Avant-Garde Narrative Poetry." *Narrative* 9.2: 161 – 167.

Prince, Gerald（1982）. "Narrativity." In: *Narratology: The Form and Functioning of Narrative*. Berlin: Mouton, 145 – 161.

——.（1999）. "Revisiting Narrativity." In: *Grenzüberschreitungengen: Narratologie im Kontext/Transcending Boundaries: Narratology in Context*, ed. Walter Grünzweig and Andreas Solbach. Tübingen: Gunter Narr, 43 – 51.

Rainey, Lawrence S.（1998）. *Institutions of Modernism: Literary Elites and Public*

Culture. New Haven: Yale University Press.

Rowson, Martin(1990). *The Waste Land*. New York: Harper and Row.

——.(1999). "Martin Rowson recalls his wrangles with the Eliot estate over his version of *The Waste Land*." *The Independent on Sunday*. 12 December 1999. http://www.independent.co.uk/arts-entertainment/books-stealing-toms-plunder-this-on-two - 1131983.html. Last accessed 25 August 2009.

Ryan, Marie-Laure(1992). "The Modes of Narrativity and Their Visual Metaphors." *Style* 26.3: 368 - 387.

Shoptaw, John (1995). "The Music of Construction: Measure and Polyphony in Ashbery and Bernstein." In: *The Tribe of John: Ashbery and Contemporary Poetry*, ed. Susan Schultz. Tuscaloosa: University of Alabama Press, 211 - 257.

Sternberg, Meir (1992). "Telling in Time (Ⅱ): Chronology, Teleology, Narrativity." *Poetics Today* 13.3: 463 - 541.

Tabatchnik, Steve(2000). "The Gothic Modernism of T. S. Eliot's *Waste Land* and What Martin Rowson's Graphic Novel Tells Us about It and Other Matters." *Readerly/Writerly Texts* 8.1/2: 79 - 92.

第三章

通俗的形而上学家
——威廉·S.巴勒斯、阿兰·摩尔、
阿特·斯皮格曼和书籍媒介

威廉·库斯金

(科罗拉多大学博尔德分校)

当前的批评理念都将漫画看作一种独特媒介。[①] 这种分类体现了漫画作品的某种特殊权威,也为其提供了某种主导性定义:多个卡通画格集合成为叙事长条,长条再结合成为页面,页面集合为小册,小册再集合为书册,由此序列成为漫画媒介的主要定义。[②] 短期来看,对序列的这种强调对漫画研究起到了推进作用,引发了通俗和学术领域的

[①] 我要感谢 DC 漫画的奥斯汀·特鲁尼克和史蒂文·巴克莱代理行的凯瑟琳·巴尔克斯,他们的帮助让本文获许采用相关图片。对漫画批评的综述,可参见 Kuskin 2008:5–12;Chute and DeKoven 2008。

[②] 美国漫画研究中这一定义的主要来源是威尔·艾斯纳(Will Eisner)的《漫画和序列艺术:世上最流行艺术形式的原则与实践》(*Comics and Sequential Art: Principle and Practice of the World's Most Popular Form*, 2005),斯科特·麦克劳德(Scott McCloud)在《理解漫画:看不见的艺术》(*Understanding Comics: The Invisible Art*)中对其做了进一步阐述,他将漫画定义为"将图画和其他图像并置在一起的序列,旨在传达信息和/或在观众中产生审美反应"(McCloud 1994:9)。蒂埃里·格伦斯滕(Thierry Groensteen)1999 年的作品 *Système de la bande dessinèe*,英文翻译为《漫画系统》(*The System of Comics*, Groensteen 2007),对序列、媒介和符号学之间的关系进行了最为详细的阐释。

众多书写,相应学术史和术语也日益规范清晰。很显然,漫画与散文
和诗歌之间存在区别,然而这种对其媒介独特性的强调却也遮蔽了漫
画参与文学形式的方式,造成了两方面的问题:一旦漫画被确定为独
特媒介(sui generis),其与现有文学形式的关系也就容易被忽略;而一
旦与文学经典相分离,它就很容易被贬低为不过是一种通俗娱乐形
式,没什么太大历史价值。另外,如果将漫画看作一种有独特的符号
规则的媒介,则很容易让人觉得物质媒介无关紧要,漫画书不过是一
种用图画讲述故事的载体,与电影故事板或屏幕上的网页无其差别。
然而,如果"媒介"这个术语有任何强调重点的话,它只可能是其在不
同语域——文化传播("媒介")、技术("新媒体""古腾堡星系")及符
号学(语言、图像、声音)之间的相互联系。因此,我的观点是,漫画叙
事并非一种纯粹的形式,其重要性就在于其显著的不纯粹性:它依赖
于书册和修辞,由此是文学性的;其大众普及性也让人回想起文学植
根并来源于娱乐经济的历史事实。这种不纯粹性与所有文学创作内
在的通俗诗学(vulgar poetics)是异曲同工的。

令人惊奇的是,漫画和图像小说的文学历史仍然有待书写。[①] 至
少对英美漫画来说,其起点可以是 1986 年的三部重要作品:弗兰克·
米勒(Frank Miller)的《黑暗骑士归来》(*The Dark Knight Returns*)、阿
兰·摩尔(Alan Moore)和戴夫·吉本斯(Dave Gibbons)的《守望者》
(*Watchmen*)及阿特·斯皮格曼(Art Spiegelman)的《鼠族——幸存者
的故事》(*Maus: A Survivor's Tale*)第一卷《我父亲的泣血史》(*My
Father Bleeds History*)。这三连击在 1986 年(或之前)几个月内接踵
出现,对当今的漫画创作仍起着决定性的重大影响。本文将从《守望
者》中的两个页面展开讨论,其一涉及漫画网格所起的序列和修辞效
果,其二则涉及(特别是威廉·S. 巴勒斯[William S. Burroughs]作品
的)文学隐喻。接下来,本文将考察巴勒斯的实验小说作品《软机器》

---

① 虽然存在一些优秀的漫画历史专著,但它们都没有将漫画与现代文学详细地
联系起来。有关漫画和文学之间关系的深刻讨论,参见 Baetens 2008,对立观点参见
Meskin 2009。

(*The Soft Machine*)中的一页,旨在发掘其与《守望者》中相类似的语言和视觉规则的组合。总的来说,这三个页面展现了 20 世纪后半期文学虚构的某个核心要点——书籍是时间之旅的复合媒介,而这却往往只被看作漫画的独特之处。本文并不认为漫画是高雅艺术的新媒介,也不想将其理解为在喧嚣的流行文化中宣告文学之死的先驱者;我想提出的是,我们需要将漫画书册看作某种文学研究对象,并以此扩展我们对文学的总体理解。因此,本文的主要论点是:漫画并没有定义一种新的媒介,也不由叙述序列定义;相反,它与散文和诗歌紧密联系,构成了文学书本媒介中的特殊文学形式,即图画书写(graphia)。

巴勒斯的作品同样出现在 20 世纪 70 年代中期的一部重要连载漫画——阿特·斯皮格曼和比尔·格里菲斯(Bill Griffith)的《拱廊:漫画秀》(*Arcade: A Comics Revue*)之中。这一漫画杂志的第四期包括巴勒斯的小说《红夜之城》(*Cities of the Red Night*)中的一个较早节选,由地下漫画艺术家中最为知名的 S. 克莱·威尔逊(S. Clay Wilson)配图。① 《拱廊》是在 1968—1974 年地下漫画发展末期问世的,斯皮格曼在其中为漫画开展了一个专门的文学计划,我读完了前两期。《拱廊》是实验性的,而斯皮格曼在《鼠族》中所自称的保守倾向,帮助他顺利地转向了《纽约客》(*The New Yorker*)这一文化权威场所(Spiegelman 2007: 36)。这一转向与图像小说的出现有关系,标志着权威的某种交换,而漫画正是倚靠这种权威传播。这种娴熟的交换手法提升了漫画的权威性,却抹杀了它的文学史和图书史。几乎所有当前的漫画研究专著都竭力挖掘漫画作为独立媒介的特殊性,却忽略了其与文学和书本之间的联系。不管是否采用"图像小说"这一名称,它们基本都对这种欺骗深信不疑。相反,弗兰克·米勒之后的主流超级英雄漫画没有采用这种做法,而是越来越多地进入了电影和电子下载等新型媒介形式,很大程度上也放弃了页面设计。

① 对地下漫画的探讨,参见 Estren 1974 及一部优秀的二合一选编集 Donahue, et al. 1981;对威尔逊的探讨,可参见 Rozanski 2009。

　　因此,我的主要观点包括三点。首先,漫画和图像小说都是文学,这一认知需要我们重新考察文学分析类别的纯粹性。本文的这部分论证将主要是历史性的,旨在展现当前图像小说与 20 世纪实验文学的同步发展过程。我的第二个观点涉及范围较广:文学书籍一直以来都是多模态的,因为其物理结构与其形象结构密切相关,这也就消除了那些认为内容(不管是文字、图像或是其结合物)可以从其媒介中抽取出来,在另外一种媒介中得到体现而不涉及重大意义转变的观点。漫画让这一点变得很清晰,但仅仅作为一种能够证明这一规则的例外而存在。我所采用的术语"图画书写"尝试为这种文学书籍的规则命名。我的第三个论点则最具广泛性,将书籍看作过时容器的观点现在已经十分盛行,书本的内容要么因为其艺术特权和历史意义得到净化,要么通过新的技术展现形式得到翻新。漫画通过其通俗性,也凭借它处于文学类别和批评改进这一边界之外的实验性传统,让书籍获得了新生。文学研究,当它纠结于文学艺术作为形式抽象与其媒介重要性之间关系的时候,实际已经处于一种对书本的通俗形而上学进行解读的独特位置。

　　从很多方面来说,《守望者》都与书籍的时间维度有关。这一主题在它对漫画书籍历史和形式的反思中逐渐浮现,这些反思是如此渗透于作品的情节,仿佛构成了漫画历史的某种入门读本。比如,其主要人物看起来是摩尔原创的,但实际上是 1983 年由 DC 购买的查尔顿漫画(Charlton Comics)超级英雄系列的精心改造版本(Moore and Gibbons 2005)。人物受惠于故事情节中的这些公司:一个声称他的灵感来自《动作漫画》(Action Comics)中超人(版权同样属于 DC 公司)在历史上的首次亮相;另一个则在一个叫"查尔顿之屋"的孤儿院长大;书中的两大超级战队——民兵(Minutemen)和犯罪打击者(Crimebusters),与漫画书籍的两个主要历史时期(黄金时期和白银时期)相一致。这种历史档案和虚构故事的混合贯穿始终:主人公遭受了《基恩法案》对部分超级英雄的政府禁令,似乎影射着 1954 年美国参议院小组委员会听证会对相关漫画类型所下的禁令;书中一个小人物所读的虚构盗版漫画书《黑色货轮》,由 EC 出版公司发行,这个公司正是真实历史中美国参议院确定的调查对象。[①]《黑色货轮》的画格被整合进了《守望者》的故事之中,插画师也出现在真实 EC 公司漫画创作人乔·奥兰多(Joe Orlando)的照片之中。《守望者》不是历史小说,后者可能会让历史和小说并行,前者却以一种螺旋形式将它们重叠,提到一个就总是会扯回到另一个:如在《守望者》的结尾部分,摧毁曼哈顿的可怕章鱼怪,实际照应了另一个威胁地球的通灵式无脊椎动物——DC 主要超级英雄战队《美国正义联盟》(*Justice League of America*)中出现的征服者斯塔罗(Fox et al. 1992)。在《守望者》中,这个怪物由虚构漫画作者、插画师、基因专家和特效专家合作创造,似乎暗示着漫画不但塑造了《守望者》的故事情节,也具备影响世界的力量。当我们遇到作品的真正超人曼哈顿博士时,他正试图验证某种"超对称理论"(Moore and Gibbons 1986:I.23)。通过这类手法,《守望者》一直在对观众提出挑战:种类繁多的细节——各种质询、引用、构图及用色、叙述声音及线条的转换——在其极富想象力的宇宙中得到了巧妙的平衡,也邀请读者去寻找这种理论。通过这种手段,贯穿《守望者》情节的涂鸦碎片中反复出现并最终成为全书后记的那个问题"谁在守望守望者",其答案自然就是——读者。

曼哈顿博士明确提出了这种挑战:第四章末尾,他曾经试图让自己的旧情人劳芮·尤斯匹兹雅克从他的角度来看待问题:"劳芮,你曾经埋怨我不能从人类的角度来看待存在,也许你有道理"(Moore and Gibbons 1986:IX.23;图 1),在页面的第一个画格中他如此承认,接下去又说:"然而,你自己同样拒绝我的视角,让自己因为情感而盲目,看看你自己吧:愤怒、咆哮……"至少可以说,曼哈顿博士的视角非常复杂,作为原子分裂实验的偶然产物,他注定只能将时间理解为非线性的整体,是某种实体物质,而不是逐步展开的时间序列。此章早些时候,曼哈顿博士曾经告诉劳芮:"时间是同时性的,是一颗错综复杂的

---

① 欲知参议院小组委员会调查的相关细节,可参见 Nyberg 1998。

图 1　作为转喻空间的漫画页面

"The Darkness of Mere Being"（Moore and Gibbons 1986：IX.23. By permission of DC Comics）.

珠宝,它的每一个琢面都能够展现其整体的设计,但人们却坚持一次只观察一边"(Moore and Gibbons 1986:IX. 6)。由于他将时间看作某种实体,曼哈顿博士的视角与读者是类似的:读者能够一眼把握整个页面,翻完一次书册后也能把握整个叙事。因此,马克·伯纳德(Mark Bernard)和詹姆斯·布基·卡特(James Bucky Carter)曾经恰如其分地指出,"曼哈顿博士本身就隐喻了图像小说的艺术及其阅读体验"(Bernard and Carter 2004)。[①] 在第23页的第三格图画中,曼哈顿博士提醒劳芮,不要将自己的生活看作部分组成的序列,而要"看到其整体的连续性和生活的这种范式(或其缺失)"。如果曼哈顿博士真的是图像小说体验的某种隐喻,那么他是一种强调借代关系的隐喻,意味着对一个规整序列的同时性理解。

当曼哈顿博士要求劳芮考虑他的观点之时,他让她"看看自己"——让一位超级女英雄考虑自己在漫画页面中的位置,实际是将解读和反思的相关主题导向了几乎同义反复的循环。在《守望者》中,摩尔和吉本斯按照九宫画幅的传统(相当于漫画书籍格式中的抑扬格五步诗行)来设置页面。而在这一具体例子中,他们将画格安排成由不同色彩调色板构建出的拼布艺术。曼哈顿博士与劳芮的直接对话出现于粉色画格之中,由于其场景为火星,这种色彩选择可以说是恰如其分;人物在对话中走过曼哈顿博士火星塔的玻璃地板,其对话所需的时间也就与叙事序列相匹配。与此相对照,杂色画格则来自该章之前的页面:第一层的第二个画格脱胎于第七页中劳芮的童年故事;第二层的第一个画格则来自第六、七页所讲述的同一个故事,第三格则在劳芮与头发花白的前治安员、杀手"笑匠"的初次相遇(第16页)之中;在第三层,画格二来自第21页,已经成年的劳芮和"笑匠"醉酒中的对峙。杂色画格由此打乱了粉红色画幅所暗示的主导叙事序列,同时保持了九宫画幅的整体叙事序列。

作品让更多的叙事进入了页面宫格。第四格,冰雪球倒映出了青年

---

① 关于阿兰·摩尔的总体讨论,请参见 Di Liddo 2009。

劳芮的面孔,这一画格在整个章节中出现三次,每次略有变化:第六页的图像中没有文字,第七页则包括劳芮对儿时事件的讲述("我举起它,开始了一阵暴风雪,我知道这不是真正的雪,然而我无法理解它为何下落得如此之慢。我估摸着球体中大概藏着某种不同的时间,慢速的时间");第 23 页上,有两个来自第 12 页的对话框,完全不同的场景中,青少年样貌的劳芮、她的母亲以及一位已经隐退的超级英雄荷利斯·梅森,在为他的回忆录争执。劳芮向她的母亲萨莉抱怨道:"'妈妈,我已经 13 岁了!为什么我不能读荷利斯叔叔的书?我接受了那么多训练,才成为一名披上战衣的超级英雄,难道还不能读与其有关的东西吗?'"梅森回忆起他对萨莉被"笑匠"强奸一事的讲述,嘀咕道:"'呃,现在,亲爱的,可能妈妈最明白。我想我当时没有思考……'"同样,第六至九画格中的文本框也混合了"笑匠"对 16 岁的劳芮(第16 页)和醉酒的劳芮(第 21 页)所说的话。因此,这个页面实际连接了四个处于不同时间的叙事(火星上的现在及劳芮的童年、青少年和成年时期),通过不少于四个单独操作而呈现。其一,它通过一系列粉色画格创造了其主导性的叙事节奏;其二,将本章早期叙事的几个单独画格插入了这一序列;其三,采用参考文本回指本章的较早内容,叠加在这一停顿节奏之上;其四,这些指示相互联系,构成了关于"笑匠"这一角色重要性的潜文本。在每一个例子之中,这些碎片都通过某种形式的转喻(metonymy)被整合:进一步转喻(页面中的人物被邀请对这一页面进行阅读)、借代(单个画格代表了整个页面的画格)、人名或转喻的变化(第一人称对话转变成了全知叙述者,从对话框转移进了叙述方框)以及并置(画格并排放置,文字叠加在画面之上)。这种赋形(figuration)一开始以劳芮的记忆出现,却也同样说明了曼哈顿博士对时间的认识,由此当劳芮对自己的视角进行反思之时,也就认识到了曼哈顿博士的视角和立场。

　　由此,第 23 页是一首关于反思性的诗歌。① 在这一点上,它不但

---

　　① 罗科·韦尔萨奇(Rocco Versaci 2007:12)认为,这种自我反思的品质是漫画的基础。

陈述了人物的心理,也呈现了叙事的密度。它依赖于序列,但也具有仅凭序列无法解释的极强的连贯性,通过一系列的反思、回顾,也通过叙事和修辞,真正体现了它的主题统一性。① 当劳芮对自己做象征性审视的时候,她事实上看到了她在冰雪球中的映像,这个冰雪球本身也正是她所在的自洽性小说虚构世界的一种隐喻。劳芮通过阅读她自己过去的文本,完成了一个重要发现——"笑匠"实际是她的父亲,这本身也是一种转喻("强奸犯"一词被"父亲"所替代);就在此时,读者也认识到页面对序列的运用也是对赋形手法的运用。因此,页面正中的画幅描绘了曼哈顿博士塔,这个多维物体代表着他的时间宝石和漫画页面本身。

　　摩尔和吉本斯在《守望者》中深入挖掘了漫画页面的多维度特性。例如,第 11 章的标题页就是表现序列力量的范例(图 2)。作为九宫画格模版的变体,这一页的节奏也根据其画格大小与形状进行了调整。第一个画格从阿德里安·维特的南极温室开始,极端特写镜头如此接近,都看不出被呈现的内容,甚至都不可能辨别出白色的空间是雪。画格二、三、四通过水平向后移动,扩大了视图的孔径,以至于每个画格都承载了更多视觉信息,其相似的尺寸、形状和布局都创造了某种快速但均匀的节奏。画格五、六保持了这种模式,但在视觉信息上却有所保留,在节奏上增加了某种"挫败"感(frustration),直至最后一层画格通过一个全景图示,用漫溢的视觉信息结束了这一页面,也让读者的阅读速度随之放慢。画格的清晰度是以节奏和细节为代价的。摩尔和吉本斯在《守望者》中贯彻了这一主题:第一章的第一页运用了同样的排版布局来达到类似的效果。它同样以极端的特写开始,这次是排水沟中的溅血笑脸图标,它也逐渐向后移动,这次是垂直

---

　　① 在《理解漫画》中,斯科特·麦克劳德详细介绍了六种序列转换。能够解释第三层这种形象变化(从劳芮和曼哈顿博士突转到"笑匠")的是第四类——场景到场景,"它让我们跨越很长的时空距离"(McCloud 1994:71)。但这只是描述行为的一种方式与一种渐进的叙事相结合,并没有捕捉到劳芮的记忆和曼哈顿博士感知的比喻用法。我认为,转喻的概念能够描述这里的并置用法,其流动性更适合这种情况;另见 Kukkonen 2008。

图 2　序列与综合

"Look on My Works, Ye Mighty …"（Moore and Gibbons 1986: XI.1.
By permission of DC Comics）.

的,因此到了最后一层,读者的视角恰恰在街道建筑几层楼里的一位警探上方,能够看到下方的整个四车道大街(也能看见警官的秃顶),却无法看清笑脸图标这唯一的重要线索。这些页面主要通过序列展现了环境与细节之间的视角张力,这种张力也是《守望者》在另一章对所有人物视角进行挖掘的目标所在。"谁在守望守望者"本质上是一个有道德含意的问题,事关阅读中的张力以及环境的压倒性本质与极度聚焦所造成的盲点。

尽管如此,序列仅仅是这一页面的一个方面,我们可以在维特对"多镜像观察"的描述中看到这一点,这是他通过多个电视网格观测未来经济和政治走向趋势的做法,显然对应于我们对多画格页面的观察模式。回到第一个画格,维特的文字承诺了某种"观察",然而画格中却什么也没有描绘,而是一张白板(tabula rasa)、一页空白。第二画格则将镜头拉回,显示出了似乎被大雪覆盖住的斑斓色块。这一新画格邀请我们重新阅读之前的画格,尽管此新画格的文本与其视觉景象无甚关联,却为彼此做出了有意义的解释:维特提到的某个"只能惊鸿一瞥、即将到来的新奇世界",则是我们瞥见的画格正中和右上角的飞溅色彩。在第三画格,他介绍了"抽象或印象派画作",再次强迫我们回到前一画格,让我们在这一新画格中搜索其形状时进入高雅艺术的头脑。在这两个画格之间穿梭的过程中,我们也发现意义"转瞬即逝,难以捉摸,(并且)必须被快速地捕捉"。于是,我们在一片皑皑白雪中逐渐发现了穹顶,而这正是他在第四画格中所宣称的"一种世界观开始浮现,在媒体的白噪声中慢慢变得清晰可辨"。在整个页面中,维特列举了所有类型的塑料媒介(plastic media)——书写、油画、电视、音乐、动画;穹顶的玻璃凹面让我们想起了阴极射线管(CRT)屏幕,也就成为某种隐喻,喻指那些表层再现方法——页面、画布、电视屏幕、胶片、数字磁带、光泽纸板,用以展现深度、表面下的蝴蝶振翅的不同形式。从某种意义上来说,页面将这些艺术形式全部放在我们面前,似乎在强调漫画已经不再是单一学科,相应地,我们也很容易屈服于漫画是某种文字与图片混合物的轻松观点。然而,整个页面都构建在珀西·雪莱(Percy Shelley)《奥兹曼迪亚斯》("Ozymandias")中极富感染力的诗行——"功业盖物,强者折服"①——之上。维特被白雪覆盖的极地温室,雪莱诗作中被沙砾覆盖的"巨大残躯",二者之间形成了某种最终的对照关系。实际上,标题是如此巨大,从一开始就对读者产生了影响,整个页面并不真正呈现某种序列叙事,而是某一统一的陈述,读者对此的考察也并非按照其画格间的韵律,而是逐步深入,先接受其整体,再接受其部分。如果没有这一用典,整个页面仍然是有趣的,但有所局限,拘泥于其序列运动所带来的盲点之中。有了这一用典,整个页面既不是序列性的诗篇,也非图画和文字的混合体,而是某种关于艺术超越个人荣誉、与时间缠斗的合成性陈述——阅读的微观时间,历史的宏观时间。它的主旨恰好止于省略,在对人类死亡命运的绝望悬崖边缘产生。在《守望者》中,单一感知模式也是永远不够的,如果我们稍微转换一下自己的视角,就可以发现,第11章标题页的第二画格中,降雪的奇怪形状不但与笑脸图标上的血迹一致,与卷尾分崩离析的躯体也形状相同(Moore and Gibbons 1986:XI.28)。这一操作并非通过类比(蝴蝶就像血迹或种族屠杀)而是通过并置(我们必须通读文本),不是通过隐喻而是通过转喻。

尽管其作用时常被忽视,转喻却构成这部作品技法中最为核心的修辞手法。在页面的第二画格中,维特指出,他的多屏幕观测方法"似乎最早为巴勒斯的剪裁技术所预示"。巴勒斯对于了解《守望者》是有用的,不仅仅是因为摩尔公开承认其是他的读者(Baker 2005:16-9;Baker 2007:68),也是因为,如罗宾·莱登伯格(Robin Lydenberg)所说,巴勒斯的文笔有"一种坚韧的直白,用部分来浓缩或是置换整体,倾向于缩减或剪裁,……所有文体效果,都将巴勒斯与转喻联系起来"(Lydenberg 1987:31)。莱登伯格称之为"转喻式肢解",这是一种以剪裁为典型特色的技巧(Lydenberg 1987:xi)。在其最为基础的操

① 本文中的《奥兹曼迪亚斯》译文参考了《守望者》中译本(王周凌译,世界图书出版公司,2014)及杨绛所译《奥兹曼迪亚斯》的译文。——译者注

作中,剪裁是将现有页面分割成四个象限,将其部分重新排列成新模式,然后以新的线性方式展现结果的过程(Burroughs and Gysin 1978:14)。巴勒斯首先在《裸体午餐》(*Naked Lunch*)的《萎缩的序言》("Atrophied Preface")中提到剪裁法,他在那里宣布"你可以在任何一个交叉点切入《裸体午餐》……",暗示剪裁更多隶属于读书而非写作的范畴(Burroughs 2001a:187)。奥利弗·哈里斯(Oliver Harris)则辩称,早在 1951 年,巴勒斯就开始使用剪裁来修改"垃圾"手稿(Burroughs 2003:xxvii),但巴勒斯本人却将剪裁作为一种写作技巧的最终实现归功于布里翁·吉森(Brion Gysin),后者在《裸体午餐》出版后偶然接受了这一手法,而此时的巴勒斯则在伦敦接受登特博士的海洛因戒毒治疗。在《第三心灵》(*The Third Mind*)中,吉森回忆道:

> 在(巴黎"垮掉"旅馆)15 号房间里剪裁一幅图画的衬纸板时,我用史丹利刀片切了一堆报纸,想到六个月前曾经对巴勒斯说过,有必要将画家的技巧直接转变为写作,我就挑选了原始词汇,开始拼凑出一些文本,它们后来作为"最初剪裁"出现在《还有几分钟》里面。(Burroughs and Gysin 1978:43–44)

吉森用史丹利刀片切开文字;他使用"原始词汇",真的从其原本的上下文中把它们切割下来;他没有书写自己的文本,而是将它们拼凑成拼贴画。巴勒斯探索了剪裁及其互补技术"折叠",在"新星三部曲"(*The Nova Trilogy*)中表现得最为突出。这三部实验性小说——《软机器》《爆炸的车票》(*The Ticket That Exploded*)和《新星快车》(*Nova Express*)源于"词汇表手稿",即巴勒斯 1953 年至 1958 年之间写的六七百页材料,并从中提炼出《裸体午餐》(Murphy 1997:103; Loranger 1999)。实际上,这四部小说都对手稿进行了大规模剪裁,重新阅读变成了重新写作,巴勒斯将三部曲从其自身中建构出来,在其自身篇章中将其剪裁而成,又将现有文学片段,如弗兰兹·卡夫卡(Franz Kafka)的《审判》(*The Trial*)、T. S. 艾略特(T. S. Eliot)的《荒原》(*The*

Waste Land）和威廉·莎士比亚（William Shakespeare）的《暴风雨》（The Tempest）融入其中，特别是《爆炸的车票》中拼接录制的录音带脚本。巴勒斯断言，自发性（spontaneity）对于他的写作过程至关重要："你不能用意愿控制自发性，"他说，"但你可以用一把剪刀引入不可预知的自发因素。它是某种要做的事情，在这个意义上它是实验性的。就在这里，写吧……所有的写作实际上都是剪裁"（Burroughs and Gysin 1978：29 - 32）。这种对剪刀随机性的强调掩盖了巴勒斯的作者控制权，即他对削减和放置什么、是否保留完整或零碎的文字、在重新输入时是让其文字平顺还是磕磕巴巴等问题具有的决定权。事实上，巴勒斯并不喜欢《软机器》第一版中的剪裁，以至于他在 1961 年该作品首次出版后又重新编写，为 1966 年版本引入了更为连贯的叙事结构。剪裁不但是阅读和自发性的标志，也是写作和修改的标志。

　　"新星三部曲"的情节同样彰显了剪裁的特色。以《软机器》中《你所属的地方》一章为例，故事开始时，巴勒斯的第一人称叙述者为媒体巨头特拉克通讯社（Trak News Agency）工作（"我曾经为之坚持的最令人反感的事情"，Burroughs 1966：154）。特拉克集团用叙事对人们进行控制（"我们不报道新闻——我们书写新闻"，Burroughs 1966：152），叙述者很快被裹挟进他们的结构框架（"接下来，我知道他们在我身上套了一件灰色法兰绒西装，我被送到华盛顿的这所学校，开始学习在新闻发生之前对其进行书写的秘诀"）。结果是他剪裁了这一结构。在 1966 年格罗夫出版社的《软机器》修订版中，这种剪裁发生在第 153 页（图 3）。该页面最初的排列与一般印刷小说没什么区别，有整齐的合理边距和清晰的段落划分。因此，第一行从对开页那里延续，继续描述特拉克集团的 IBM 主机，解释它如何处理潜意识信息。第二段详细阐述了这一过程，第三段是介绍区主管的一个简短过渡，最后一段则呈现了他的咆哮，叫嚷着公司结构对身份的好处（"你为什么不理顺，像个白人一样做事？"）。这个布局十分常见，以至于页面的组织结构由此基本隐身，这些段落就像叙事进程的支架一样，毫不引人注目。然而，只有当我们进入这些段落之后，这种组织才

The Soft Machine

controls thought feeling and *apparent* sensory impressions—Subliminal lark—These officers don't even know what buttons to push—Whatever you feed into the machine on subliminal level the machine will process—So we feed in 'dismantle thyself' and authority emaciated down to answer Mr of the Account in Ewyork, Onolulu, Aris, Ome, Oston—Might be just what I am look"—

We fold writers of all time in together and record radio programs, movie sound tracks, TV and juke box songs all the words of the world stirring around in a cement mixer and pour in the resistance message "Calling partisans of all nation—Cut word lines—Shift linguals—Free doorways—Vibrate 'tourists'—Word falling —Photo falling—Break through in Grey Room."

So the District Supervisor calls me in and puts the old white smaltz down on me:

"Now kid what are you doing over there with the niggers and the apes? Why don't you straighten out and act like a white man?—After all they're only human cattle—You know that yourself—Hate to see a bright young man fuck up and get off on the wrong track—Sure it happens to all of us one time or another—Why the man who went on to invent Shitola was sitting right where you're sitting now twenty-five years ago and I was saying the same things to him—Well he straightened out the way you're going to straighten out—Yes sir that Shitola combined with an ape diet—All we have to do is press the button and a hundred million more or less gooks flush down the drain in green cancer piss—

153

图 3 作为剪裁的小说

"Where You Belong" (Burroughs 1966: 153).

开始解体。第一段第五行,叙述者向 IBM 机器下达"拆除你自己"的指令,文本也开始从叙事描述转向非叙事性的展现:"权威人士面容憔悴,对多个账户(Ewyork、Onolulu、Ome、Oston)做出回应——这可能就是我看到的——"这个段落粗看上去是并列的,但这只是强调统一性的印刷页面起到的形式效果。第 153 页的组织总的来说没那么合乎句法和语法,更多是联想性和视觉性的,有一些未知叙事材料的剪裁和一个城市列表,城市名的第一个字母都被裁掉,第二个字母则全部大写。剪裁由此从一种情节内的工具转化成为情节的工具,这就展现了页面的物质形式——布局和页边距等业界常规——与行文本身的组织之间的张力。从这个意义上讲,页面根本就不是隐形的,它是叙事的主要组织主旨,不但能够把故事传递给读者,甚至在句法分崩离析的情况下都可以保证故事的完整性。

因此,《你所属的地方》是一个关于结构的故事。它描述了第一人称讲述者学习在叙事结构中栖息,继而打破其稳定性的整个场景。从主题上来说,它关注的是你的归属问题,是被套上一件灰色法兰绒西装后去上学、在企业内存在、阅读小说等行为都意味着什么的问题。特别是第 153 页,它考察了页面本身如何彰显了这种结构,暗示了从企业、大众媒体、刻板法律等机械运作那里获得自由的关键就在于一个压倒一切的姿态——剪裁。巴勒斯在页面的第二行插入了"潜意识的云雀",借用威廉·布莱克(William Blake)笔下的云雀概念,表现了一个新想法在潜意识中的孵化过程,这一过程在他想象中需要经历 28 个发展阶段(Damon and Eaves 1988:234)。剪裁尝试做到"潜意识的云雀",要求读者来给出封闭,在单词和短语之间制造使文本获得意义的联想性关联。实际上,剪裁会肢解叙事结构并邀请读者积极参与故事的创作。作为一种永远都处于阅读和写作边界之上的技巧,剪裁让读者成为文学创作的同谋者。

这种效果在第二段中表现得最为明显,这一段首先对特拉克集团的工作进行了直白叙述("我们将所有时代的作家折叠打包,记录电台节目、电影音轨、电视和自动点唱机歌曲"),然后进入与第一段中相同的分解过程。总而言之,到第三行时,标点符号逐渐消失,造成了某种令人窒息的匆忙感("世上所有文字搅拌在一起构成的歌曲")。第四行结束时的极度混乱让文本对抵抗信息的解释("灌输抵抗消息")直接渗透到消息本身之中("召集所有民族的铁杆拥护者")。从这一点开始,该段引入了贯穿三部曲中的材料。"话语落下——照片落下——破局而出",这就是巴勒斯在三部曲不同地方或部分或整体插入的口号。整个抵抗信息也以某种略微混乱的形式,在《软机器》中飞行员 K9 与新星暴徒进行空战的《乌拉尼亚·威利》一章及《爆炸的车票》中《地区作战部队》一章里出现。在本章中,抵抗消息将三个截然不同的叙事交织在一起:K9 与闵罗德虫人之间的大战,年轻街头男孩基基的故事,以及比尔和约翰在圣路易斯研讨会(结果后来是对录音剪裁的相关调查)上的性接触。每个叙事中都出现了"话语落下——照片落下"的表述,而章节对此的解释是,它允许人物从一个叙事切换到另一个叙事。因此,K9 收到的指令是,如果他的银河突击部队被迫退回,"这一级别的撤退行动涉及移动三维坐标点,即在关联线上的时间旅行——就像这样:",此时,叙事马上从 K9 的简报转为比尔和约翰之间感情的剪裁(Burroughs 1967:111)。这样,剪裁通过转喻来组织"新星三部曲",其人物也通过短语并置,在不同章卷间进行远程传送。事实上,他们也用它通过同一方式互换身份:《你所属的地方》中的第一人称叙述者,在三部曲开始时显然是巴勒斯本人,到了《新星快车》这一终结之作中又被称为"J. 李",身份是新星警察部门督察。当然,李是巴勒斯母亲的娘家姓,也是他偶尔采用的笔名。转喻:人物语义单元在不同时刻被重申,逐渐发展出关联线,叙事沿着这些关联线不断转移,而人物角色(如果不是作者的话)也按照叙事结构的要求更换名称。

　　由于对重复和接近的这种强调,我们很难不按照《守望者》的规约来阅读《软机器》的第 153 页。它的每个短语、抵抗信息的每次出现都充当了叙事的模块化部分,这种文字就相当于吉本斯笔下的画格。这种相似性是显而易见的,因为巴勒斯的转喻性分解技巧剥除了语法、标点和叙事的结构性装置,将页面变成了序列的可能性案例,也将书籍本身消解成为某种数据库,等待读者在它的组成部分之间创建关联性链接。我们可以在《守望者》第四章中尤其清楚地看到这种对应关系。在《制表师》这一章中,曼哈顿博士首次撤退到火星。在那里,他开始对宇宙运动总设计师(如原动机和制表师)的存在可能性提出了质疑。看着自己失去的人形状态的照片,他感叹道:"我现在厌倦了看照片。我张开手指。它落到了我脚下的沙子上。我要看星星。它们是如此遥远,它们的光需要很长时间才能到达我们这里……我们所见过的所有星星都是它们的旧照片"(Moore and Gibbons 1986:IV.1)。第九章第 23 页的最后一个画格也是如此,劳芮在空中挥动她母亲的剪贴簿,照片和剪报在她身边落下。这许多照片都从其背景中被提取出来,但仍然与它们的意义联系在一起,就像一颗恒星的光,通过时间和空间来表达它的存在。"话语落下——照片落下"——在《守望者》和"新星三部曲"中,词语和图像是特定时间的信息包,可以在不同的语境中被实质性地并置起来。由此,曼哈顿博士、劳芮、维特、李督察、飞行员 K9、比尔和约翰以及他们的读者都是某种时间旅行者,能在书的结构中通过辨识文字、图像与其语境之间的转喻关系,重获逝去时间的叙事和解读未来的叙事。

作者也是如此。巴勒斯经常提到,剪裁让他能展望未来(Burroughs and Gysin 1978:3, 96;Burroughs 1974:27 - 56)。摩尔在描述他最新的散文小说时,也认为时间是一种永久的结构:

> 如果我理解正确,除了在我们的感知中,时间实际上并未逝去。事实上,据我所知,宇宙中的每一时刻,从最遥远的过去到最为缥缈的将来,都在永久、永恒的时空之球中同时发生。在那里,宇宙的开始和结束同时存在,伴随着中间的每个转瞬,包括构成我们生活的所有那些时刻。(Baker 2007:58)

这就是曼哈顿博士向劳芮所描述的宝石,是劳芮在她的记忆中发现的冰雪球,是维特居住其中的南极穹顶,也是被吉森切碎、被巴勒斯组装的页面。的确,这个时光宝石、巴勒斯和摩尔所描绘的时空之球,除了是某种对书籍的隐喻,还能是什么呢?

与"新星三部曲"一样,《守望者》关注书籍的时间维度,关注书籍在情节中唤起时间、为读者充当时间机器的方式。《你所属的地方》尤其追问了我们如何把书籍这种多维结构解读为一种指向其自身的读者型对象,或是一种向外螺旋发展的作者型形式。一方面,它表明"新星三部曲"是完全自洽的,其各部分之间的关联链接十分紧密,如同小说被其封面装订起来一样。在这样的概念中,抵抗信息是代表整体的某一部分,是让人物在不同叙事间转换坐标、让读者能够理解这些不同序列的重要短语。对此,巴勒斯在《新星快车》出版后不久所接受的一次访谈中解释说,《破局而出》本质上是三部曲的终结:"新星警察突破了守卫,进入了胶片冲洗的暗室,在那里他们能够曝光底片,防止某些事件的发生"(Murphy 1997:130)。因此,是剪裁让抵抗获得了最终胜利,带来了闯入企业工作室的零碎无线电指令以及让三部曲进入终结的关键段落。另一方面,《守望者》本身就是一个门户、一个窗口展示了它自己关于文本生产的叙事。在这里,"话语落下——照片落下"定义了制造文本的技巧,即吉森的史丹利刀片和巴勒斯各种剪裁与折叠的随意性。吉辛甚至用"话语落下——照片落下——格雷之室中的突破"来评注他与巴勒斯在比特酒店对《裸体午餐》进行最后编辑的那段时光。那时,巴勒斯不断地敲击出新的文字、审阅长条校样、口头即兴创作人物,还在房间里用透明胶带贴满照片,以此来摆脱毒瘾的控制(Burroughs and Gysin 1978:43)。巴勒斯对闯入编辑室是三部曲终结的这一工整解释,吉森将其认定为"垮掉"旅馆15号房间、词语表手稿的操作中心——考虑到这两种可能性,格雷之室既是新星暴民的控制中心,也是巴勒斯揭露操控过程的地方;剪裁同时是书写新闻和使之失信的技巧,是白噪声和内部编码的潜意识消息,也是叙事的形式与内容。N. 凯瑟琳·海尔斯(N. Katherine Hayles)指出,在巴勒斯的作品中,"观察者无法安然处于被观察的系统之外"

(1999：221)，读者也是如此，他们会作为积极的动因被拉入书籍的"软机器"之中。媒介即讯息：剪裁与转喻逻辑一致，将文学创作行为重新命名为写作的物理行为，用书籍的物质空间取代了虚构作品的想象空间。如此一来，它通过联想渠道说明了人物在书中的位移，并要求读者要么做同样的事情，要么被它所描述的各种威胁（如闵罗德虫人族、灰色法兰绒套装、线性叙事）消耗吞噬。

与《软机器》一样，《守望者》对读者提出了鉴赏书本的形式结构的要求。摩尔在 2002 年的一次访谈中讨论了阅读的物质本性：

> 在漫画这种媒介中，读者能够很大程度上控制材料。阅读《守望者》的人可以暂停，花足够久的时间来看戴夫·吉本斯的某一个画格。他们可以一直看，直到发现了背景中的每一个微小细节；或者，如果他们翻看得更快，几页之后，突然发现某行对话、某张图片似乎能与他们几页前看到的东西相呼应，此时他们可以往回翻几页，说："啊，是的，这段对话确实与几页前的那段有联系。"如果这样，那么他们就已经有了这种自由。（Baker 2005：61）

如摩尔所暗示的，通过阅读参与叙事构建，在一个页面上观察到不同的时间性，常常被认为是漫画所独有的能力。然而，摩尔也曾经详细描述过他自己如何以同样的节奏沉浸于托马斯·品钦（Thomas Pynchon）的《万有引力之虹》（*Gravity's Rainbow*），又是如何研究加夫列尔·加西亚·马尔克斯（Gabriel García Márquez）的叙事结构（Moore 2007：5 – 15）。这就是"新星三部曲"的阅读过程，这一过程并不将书本当作固定的序列，而是当作某种读者能够在其内部移动的物体，这样，各部分可以相互折叠、配置成不同的排列。这种阅读模式与其说是漫画页面的功能，不如说是按照慢速时间来阅读书本的人的共同经验，是阅读书中所包含的自足宇宙——冰雪球——的强大模式。它的核心任务是切入文本；如巴勒斯所说，这是一种行事般的阅读,它操纵既有物质形式来创造全新组合,又将读者想象力与艺术品相结合,形成全新诠释的复合文本。文学书籍就这样邀请读者对语言和技巧进行综合,以实现对作品的赋形。

让我再说清楚些。表面上看,漫画与散文或诗歌文学有明显的不同。但如果花些时间细读它们的操作,我们就可以发现其运转机制并无太大区别。无论漫画这种媒介做了什么,它都是通过书本这一媒介来完成的。"漫画最为精彩的内容之一,"阿特·斯皮格曼提醒我们,"就在于它是一种印刷媒介"(2007:32)。我认为,这一评论敦促我们反思,将漫画看作一种序列性媒介、将文学视为一种语言媒介的这类定义到底是否充分? 如果漫画是由序列定义的,那么它和手稿及印刷书籍之间并不存在本质区别,因为手稿和书籍认为语言的序列性本质和页面的排序是相似的。所有的书籍都依赖于序列,读者也受邀操控这种序列。所有的书籍都需要读者在构建意义时处理视觉信息和页面布局。将曼哈顿博士说成漫画页面和经验的隐喻,实际低估了摩尔与巴勒斯技巧的相似性、前者对后者的借用以及书籍的整体力量。同样,因为《软机器》使用了语言而说它是通过文学媒介运作的,也掩盖了它与剪裁的物理性的深层关系。"新星三部曲"和《守望者》专门讨论了一系列技术性媒介——电脑、电视、音乐、电影——但它们的材料基质和媒介都是书本。作为一种媒介,书籍具有特定的图形倾向——它能够将序列化部分组装成一个令人信服的整体,它能够引导读者进入其富有想象力的世界,它总能暗示某个超越其物质组成的整体,它能够替代作者——这些倾向都围绕转喻展开。书的物质形式是高度符号学的,它的符号学规则是高度物质性的,这一认识使那种只从一个角度看待媒介的分类描述方法难以奏效。所以,我建议采用"图画书写"(graphia)这个新术语来认知"作为技术的媒介"和"作为符号规则的媒介"在文学书籍中的互动关系。

巴勒斯对多媒体实验的兴趣广为人知,他会剪切报纸、日记、草稿、印刷文学、电影和音频笔录(有时由多重拼接录音带制成)。《你所属的地方》他记录了至少三次,对自己阅读的材料进行剪裁和拼接,创造了截然不同的多个迭代(Burroughs 1995, 1998, 2001b; Hayles 1999: 216)。他和吉森一起试验计算机生成的单词模式(Burroughs and Gysin 1978)。他也制作插图小说:吉森给《终结者!》(*Exterminator!*)、《第三心灵》提供了图片;S. 克莱·威尔逊则为他的单行本短篇小说《龙卷风巷》(*Tornado Alley*, 1989)及《红夜之城》(1981)中的一个章节绘制了插画,后者发表于《拱廊:漫画秀》第四期(1975)。① 由阿特·斯皮格曼和比尔·格里菲斯编辑、地下漫画出版社薄荷印刷出版的《拱廊》系列,从1975年春天到1976年秋天一共出版了七期,其中五个封面都由地下漫画运动最受认可的人物 R. 克拉姆(R. Crumb)执笔,从多个不同方面宣告了《拱廊》的议程。斯皮格曼解释说:"当时,地下漫画正在经历某种衰退周期,我们只想弄个大家都能爬上去的救生筏"(Spiegelman 2007: 22)。《拱廊》在地下漫画选集中是独一无二的,不仅仅是因为巴勒斯出现在其中,也是因为,如纽约的莱斯·汉考克先生在第三期的来信选登中所评论的,"它是经过编辑的"。

斯皮格曼和格里菲斯从一开始就清楚这种差异。他们用漫画形式的社论对第一期进行了介绍,漫画中他们俩在游乐场射击馆。在射击间隙,斯皮格曼开始说出他们的计划:"《拱廊》将是成人的漫画杂志! 我们将有减分的文化和加分的娱乐,我们将得到……幽默! 讽刺! 低俗冒险! 生活片段!! 实验!! 和非理性行为!! 这是最好的新漫画……在旧漫画中也是最好的! 每一期我们都将挖掘出某个极棒的怀旧主题!"(Spiegelman and Griffith 1975: 4)。当他们子弹用尽之时,格里菲斯补充说:"另外,每一期都将包括配图丰富的虚构故事和文章。"随着7期刊物的出版,斯皮格曼和格里菲斯逐渐为截稿期和出版困境所烦扰,但在《拱廊》的整个运行过程中,他们的编辑目标不说是学究气,至少是文学性的,他们没有宣称漫画的文化权威源自其媒介的独特性,他们呈现的是其与文学史的有机联系,是当代虚构作品的体现。

---

① 此章标题原为"巴丹的趣味城市"(Burroughs and Wilson 1975),发表时篇幅有删节,标题改为"请使用给你的工作室"(Burroughs 1981: 266 – 271)。在《红夜之城》中,所有的作家角色都使用插画师;见该书第103、167和173页。

斯皮格曼在《拱廊》中的作品往往是简短的实验性作品。第二期的背封是一个单幅作品《回路中的一天》("Day at the Circuits"),采用了摩尔和吉本斯式的复杂九宫画格形式(Spiegelman 1975;图4)。作品构图通过对页面循环本质的挖掘,戏谑了饮酒和抑郁的反复性发作。标题前面的方框从一开始就点明了问题:指引读者跟随箭头,它里面有一个标志,其示范性指针连接了头尾,就像一个无穷性符号一样。页面的情节,像许多笑话一样,开始于酒吧中的两个角色:斯利姆呻吟着,"我喝酒只是为了让自己不那么该死地抑郁!";布鲁泽尔表示同情:"啊,事情并不是那么糟糕! 你有什么糟心事吗?"读者从这里开始就面临一个选择,但无论其决定如何,斯利姆都会说同样的话:"我很郁闷,因为我喝得太多了! ……这在毁坏我的肝脏!"读者被邀请继续阅读,但最终都会回到第一个画格,这一回路也就重新展开。页面也为了这一效果采用了复杂的配色。页面的第一个画幅色彩非常华丽,其余部分则设置了两种主要色调:除中央画幅外,页面下半部分多为粉红,右手竖栏开始为蓝色,逐渐转为粉红色。这种色彩勾勒了页面的主旨:生命最初是充满活力的,但却迅速变成单色;任何从抑郁之蓝的逃离最多只能渐渐退化为酒醉的晕红,在这种陶醉中,同一个老酒馆看起来也不一样了,直到我们意识到布鲁泽尔的结论是多么地现实和残酷:"嗯,为什么不在你的手腕上来上那么一下呢?"就连标题也对生活不可避免的单调本质做了双关处理,本页说的不是在马戏团(circus)①度过的减轻痛苦的一天,而是一首诗,让读者在画格之间循环往复、濒临绝望。

《回路中的一天》呈现出一个泡沫世界,完全封闭在页面的活动区域之内。它打趣的对象正是劳芮在《守望者》第九章中学会的那种阅读方式——线性只是阅读的一种方式,并置和关联是理解漫画页面的关键,漫画页面必须按照慢速时间来阅读——它得出的结论也与巴勒斯相同:仍然需要采用文字-图像系统来破坏线性小说,根本就没有

---

① 插画标题中的 circuits(回路)与 circus(马戏团)读音相近。——译者注

图 4　循环和页面布局
"Day at the Circuits"（Spiegelman 2008. Originally printed in Spiegelman 1975.
By generous permission of Art Spiegelman）.

办法让"软机器"短路。布鲁泽尔一直在暗示线性读者的睿智——"说话不要翻来覆去!""这些愚蠢的垃圾看起来没啥不同!"以及"让我们摆脱这个垃圾堆"——但无济于事。事实上,读者越机械,这一泥潭就越具威力:即使读者坚持到了底层的最后一个画格,她仍然以其他形式回到了同一个小酒馆。也就是说,即使她按照序列前进,图像也会通过某种视觉类比让她回到起点。该页面以这种针对序列的游戏来挑战叙事的进程,为人物创造了某种原始的时间旅行,最终仅仅诉诸——曼哈顿博士可能会说——对整个页面连续性的欣赏,即生活的范式或范式的缺乏。漫画书经常被视为对严肃阅读的逃避,表面上这是因为其文字少于长篇小说或短篇小说,但一个个页面所创建的信息是,诉诸这种弥漫性绝望的唯一办法,就是文学阐释的慢速美学。①

在《拱廊》之后,斯皮格曼进行了两个重要的编辑项目:1977 年的选集《故障》(*Breakdowns*)和 1980 年至 1991 年间与弗兰索瓦斯·穆利(Françoise Mouly)合作主编的《RAW 杂志》,两者都很关注漫画文化权威性的确立。《故障》在《拱廊》的最后一期刊登了广告,其中重印了斯皮格曼在《拱廊》系列里的大部分作品,也有他的其他一些地下漫画。如果说《故障》强调斯皮格曼的地下漫画创作,《RAW 杂志》则做出了相反尝试,实现了《拱廊》浅尝辄止的目标:斯皮格曼解释说《RAW 杂志》是"一本文学杂志,它使用漫画而不是海量类型作为其沟通的方式。任何能够进行自我表达的艺术家都会有某种媒介(vehicle),用来传播并展现其作品"(Spiegelman 2007:26)。穆利指出,操作模式是实验性的:"我们仅仅想说,不要盲从常规,要玩耍、试验并且取得扩展"(Spiegelman 2007:27)。斯皮格曼在《RAW 杂志》中连载了《鼠族》,并于 1992 年凭借这部作品获得该年度的普利策奖,这一时期这份杂志也走向终结。两位主编都转向了《纽约客》,斯皮格曼担任特约编辑,穆利则担任美术编辑,后者担任这一职位至今(Spiegelman 2007:xx)。他们的主要贡献在于改变了《纽约客》的视

---

① 赖特对主流漫画中的虚无主义进行了探讨(Wright 2008)。

觉感受,使其接近于《拱廊》和《RAW 杂志》。通过各种方法——反文化出版和主流出版,实验性选集和作家专集——斯皮格曼从 20 世纪 70 年代至 90 年代早期,都致力于在通俗杂志这一或多或少属于大众媒体的形式中确立漫画的文学地位。从这里可以看到重要的一点:漫画已经被定义为一种与文学有别的序列性媒介,然而,它最能够在美国确认其权威性的一些事件——斯皮格曼和穆利加盟《纽约客》,斯皮格曼凭借《鼠族》获得普利策特别奖,《守望者》入选《时代》(*Time Magazine*)周刊自 1923 年以来 100 部最佳小说作品名录,艾利森·贝克德尔(Alison Bechdel)凭借《欢乐之家》(*Fun Home*)获得美国国家书评人协会奖,迈克尔·夏邦(Michael Chabon)的漫画小说《卡瓦利与克雷的神奇冒险》(*The Amazing Adventures of Kavalier and Clay*)获 2001 年普利策奖,等等——都是通过与文学文化的融合而发生的。

具有讽刺意味的是,20 世纪 70 年代最能彰显这一文学权威的术语“图像小说”将漫画——不管是连载的小册子、短篇小说或更长的叙事——定义为一种享有文化权威的独立媒介。其结果是漫画的地位上升了,与其相对的则是它的历史。我们不妨借扎克·施奈德(Zack Snyder)2009 年的漫改电影回到对《守望者》的讨论。这一电影改编是在原作者的明确反对之下进行的。简而言之,在同意将《守望者》拍成电影之后,摩尔非常不满《来自地狱》(*From Hell*)的改编,在《天降奇兵》(*The League of Extraordinary Gentlemen*)的电影版制作过程中与团队也发生了很大冲突,此后他拒绝与《V 字仇杀队》(*V for Vendetta*)或《守望者》的电影改编发生任何关系。他回忆说:“现在,这让我开始觉得有点难受了。因为我意识到,虽然我自己在脑海中非常清楚书和电影间的差异,但普通的电影观众甚至不会意识到它是基于一本书,再不然,他们也很有可能认为这部电影真实再现了原著的内容”(Baker 2007:13)。因为 DC 拥有对摩尔所有作品的电影改编权,所以摩尔除了坚持将自己的名字从电影中删除,并将版税转发给插画师戴维·劳埃德(David Lloyd)和吉本斯之外,几乎没有任何追索的权利。然而,电影预告片将《守望者》称为“有史以来最杰出的图像小说",在这种情况下,摩尔最大的恐惧成真了:原著和电影已经被合并了。①《纽约客》电影评论家安东尼·莱恩(Anthony Lane)对原作者和导演都提出了负面批评:

> 在这些浮夸的恐怖场景设置中,作者和导演都没有把握真正的、未被大肆渲染的痛苦可能是什么样的,它们又应该引发怎样的悲悯;他们太忙着对人类的命运小题大做——这正是一个形而上学的通俗性的明确迹象——而罔顾那些似乎不太严重的困境。影片结尾呈现了已经成为坑洞的纽约,东海岸的损失是为了全球和平所付出的一个小小代价,幸存的守望者们大都对此表示认同。不连贯、夸张、厌女,《守望者》标志着漫画的最终毁灭,也让你感到疑惑:喜剧去往何方?(Lane 2009)

作为《纽约客》评论家,莱恩以评论来强调文化权威,将艺术与类型小说进行区分,也就是将高端的艺术作品区别于服务大众的娱乐产品。因此,在提出"喜剧去往何方?"这一问题的时候,他所关注的并非文学类别划分——《守望者》的结局体现了对婚姻的期望,从技术层面讲确实是一部喜剧——而是认为优秀艺术不应该围绕一个坐在火星上、对上帝的存在进行假设的蓝色超人而展开这一观点。因此,莱恩确定《守望者》属于一个具有反智特征的腐臭水塘,废水横流,可能摧毁漫画本身。以此来看,摩尔逃不过形而上学的通俗性的标签,而莱恩视为"杰作"的则是"《我在伊朗长大》('Persepolis')或《鼠族》这类作品"。

通俗与否可能很难成为漫画的区分原则,而莱恩的评论文章膈应地登载在《纽约客》连载的克拉姆的漫画《创世记》("The Book of Genesis")(Crumb 2009)的旁边,而这位作者不说是最通俗的厌女症患者,至少也是最通俗的形而上学家之一。克拉姆作为 20 世纪晚期

---

① http://www.youtube.com/watch?v=dJmILsYp_Dw. 浏览于 2009 年 12 月 7 日。

主要作家之一的重要性当然无可争议，但他的作品，包括那些时常出现的男性对女性的斩首、对性剥削的无休止幻想以及一连串的反动长篇大论，无疑也是极端通俗的。通俗作为实验的一部分能推动艺术的前进，不管是对摩尔和吉本斯，还是对克拉姆、斯皮格曼、玛嘉·莎塔琵（Marjane Satrapi）和巴勒斯，都是如此。莱恩所展现的是，杰出作品获得其权威性的过程会将特定种类的漫画异化为类型小说，并同时欣然接受另一类型的漫画，无视其媒介，且几乎无视其内容。

通过认识媒介，我们也可以认识内容。莱恩如此反对的施奈德电影中的图像式或色情式特质，从根本上说与书本媒介是格格不入的。例如，第23页的序列在电影中有两次重复。第一次是在曼哈顿博士出场时，他当时正在研究超对称理论，为了展示他的世界观，他触碰了劳芮的额头，引发了一个快速蒙太奇拼接，不但展现了她的儿时场景，也暗示了"笑匠"在她生活中将要显现的重要性。这个蒙太奇在劳芮和曼哈顿博士的火星对话中再次出现，耗时更长。在那里，她提出要求"做你做的那件事"，然后他再一次触碰了她。劳芮没有采纳曼哈顿博士的视角，相反，她让其强加于，实际上是插入了自己。因此，电影将她想象成一个被动的容器，由此，当不同男人和超人对女演员玛琳·阿克曼（Malin Åkerman）做那件他们做的事情之时，镜头恰当地频频给到她。原著中的劳芮超越了自身视角，从一个爱抱怨和过度性别化的女性角色转变为一个成熟的人。她不但能够认识过去，也能够在没有一堆掩藏在冰封堡垒中的电视机，没有原子签名，甚至没有特拉克IBM主机的情况下独立完成时间旅行。这个劳芮从不被准许阅读梅森的回忆录，逐渐蜕变成为读者的代理人。电影中的劳芮根本不是读者，只是一个情感、声音和图像的被动接受者。

在我看来，对劳芮的这两种演绎集中体现了观众在两种媒介中的角色差异：书籍，不论其作者是巴勒斯、摩尔还是斯皮格曼，都提供了一种对想象之物的物理体验，在那里物质对象代替了它所想象的虚构世界，因此它可以被读者操纵——写入、高亮、折叠、剪裁，读者还往往置身其中。胶片将它们的艺术投射在屏幕之上，以每秒24格的速度让声音和光线冲向并穿透读者。对于"谁在守望守望者?"这个问题，两种媒介提供了截然不同的答案。对于书本而言，读者必须赋予守望者生命。没有了读者，守望者们仍然处于休眠状态，仅仅是在墨水和纸张上存在;而有了读者，他们则奇怪地感受到了自己的虚构性。对于电影来说，是观众在注视着守望者，他们胸部的起伏与配乐相一致，瞳孔随着光线变化而扩张，离开了剧院的观众清楚了解自己的缺席并不会影响这种体验的次次重复。如果说施奈德的电影中有厌女症因素，是因为它将劳芮作为一种视觉景观来进行演绎；如果说它包含色情成分，是因为它让我们看着这个视觉景观被一遍又一遍地穿透。莱恩对《守望者》的评价完全覆写了媒介，认为一种媒介可以有效地替代另一种，这就使得没有人会愿意守望《守望者》。

这种对媒介的忽视让人想起 1986 年漫画创作三连击中的第三座高峰——弗兰克·米勒的作品。米勒近年来一直致力于漫改电影工作，然而在《黑暗骑士归来》之前，他就已经是主流漫画中最具实验性的创作者之一。从 1978 年开始，他为漫威枯燥乏味的《超胆侠》(*Daredevil*)系列引入了令人深深不安的主题，也通过他为 DC 创作的系列漫画《浪人》(*Ronin*，1983—1984)，向美国观众介绍了日本漫画的技巧。在蝙蝠侠系列的俗套改编框架限制中，《黑暗骑士归来》有力地呈现了米勒对类型和视觉实验的结合。斯皮格曼和摩尔对电影改编持抵制态度，米勒则持接受态度：2005 年，他与罗伯特·罗德里格兹(Robert Rodriguez)和昆汀·塔伦蒂诺(Quentin Tarantino)合作，推出了其独立作品《罪恶之城》(*Sin City*)的电影改编版本;2007 年与施奈德合作改编《斯巴达三百勇士》(*300*);最近又推出了他对威尔·艾斯纳(Will Eisner)《闪灵侠》(*The Spirit*，2008)的个人阐释。目前，米勒正在制作《罪恶之城》的续篇，也在改编雷蒙德·钱德勒(Raymond Chandler)的《找麻烦是我的职业》(*Trouble Is My Business*)。在这点上，他是主流漫画出版风潮的一分子，越来越将进入非书籍媒介作为实现商业成功的渠道。DC 长期以来为华纳兄弟公司所有，漫威最近则加入华特·迪士尼公司。这两家出版社从某种意义上说，都已经成为其总公司更有利可图的电影业务的研发武器。相应地,主流漫画页面已经从我们在《守望者》中所见的复杂序列和排版中脱离出来,转向了采用"宽屏"面板("widescreen" paneling),这是对电影的审美补充。[①] 即使是"图像"这样的小型主流出版商也开始专注于叙事故事板这种电影概念,如乔舒亚·卢纳(Joshua Luna)和乔纳森·卢纳(Jonathan Luna)的《女孩》(*Girls*)系列漫画作品,罗伯特·柯克曼(Robert Kirkman)、查利·阿德拉德(Charlie Adland)和克利夫·拉斯波恩(Cliff Rathburn)的《行尸走肉》(*The Walking Dead*)。此外,各种营销技巧,如"漫威无限电子漫画"就试图通过提供在线打印服务,以"你最喜欢的漫威漫画在线版本——来自其用于印刷的原始文件"的方法,规避书籍的制作和发行流程。[②] 与《你所属的地方》一样,部分无法脱离于整体系统,当漫画发展成数字媒体和电影的时候,它的符号构成也将被迫发生改变。

变化是文学形式的内在要素。巴勒斯 1974 年指出:

> 我认为小说形式可能已经过时了。我们可能预见将来人们根本不读书,或者只读插图版书籍、杂志,或是一些阅读材料的缩略形式。与电视和照片杂志相竞争,作家将不得不发展更精确的技术,才能与艳俗的动作照片一样,对读者造成相同的影响。(Burroughs 1974: 27)

漫画就是这些新技术中的一种,让我们能够回到对书本未来的讨论之中。

就这个话题,我提出三个主要结论:

1. 文学史:目前关于漫画的写作将其历史与文学史割裂开来。这个论点将文学书籍的一种形式与其他形式区分开来,似乎认为威

---

① 关于"宽屏"设计,见 Salisbury 2000: 123。

② http://www.marvel.com/digitalcomics/. 浏览于 2009 年 2 月 13 日。

廉·S. 巴勒斯从未考虑过书本的视觉潜能;阿特·斯皮格曼在创作《鼠族》时对实验写作的发展趋势一无所知;阿兰·摩尔在 DC 任职期间没有仔细阅读后现代虚构作品;弗兰克·米勒是在完全不了解美国硬汉传统文学的情况下,对主流超级英雄作品进行了革命。文学和漫画批评所面临的共同任务是要详细阐述漫画之文学历史的相关影响。

2. 媒介:将漫画视为一种独立媒介,主要是希望它能够力求高雅艺术的文化权威,其代价是在类型小说和所谓"杰作"之间划下了泾渭分明的鸿沟,也模糊了书籍多重意义上的本质特性。所有文学书籍都将序列与赋形,特别是与转喻赋形相结合,在读者和其包含的想象称述之间建立一个有力的联系。这一点是通过修辞形式和物质形式结合而实现的,这些形式代表着不同个体——作家和读者、插画师和调色师、排版者和出版商——与时间形成的交叉。这个充满象征性的对象,我称之为"图画书写"。

3. 通俗性:将图画书写视为文学生产的一种历史模式——这一模式本身就包含对时间序列和历史的认识——我们可以开始就媒介形成发展性理解,进入对 21 世纪叙事的通俗形而上学的考察。漫画和图像小说是书籍形式作为表达途径这一漫长历史的最新迭代,这一过程的每个历史变化——白话手稿、印刷书籍、戏剧四开本、连载小说——在最初出现的时候,都会在某种程度上显得俗丽,然后逐步取得它作为合法文化模式的地位。无论是通俗的还是学术性的批评,都需要认识到,在追求对人类状况的某些全新表达的过程中,任何艺术都会有不那么恰当得体的时候。书籍就是一种通俗的媒介,漫画书也是如此,这一点让人非常兴奋。

段枫　译

参考文献

Baetens, Jan(2008). "Graphic Novels: Literature without Text?" In Kuskin 2008:

77 - 88.

Bernard, Mark and James Bucky Carter (2004). " Alan Moore and the Graphic Novel: Confronting the Fourth Dimension." *ImageTexT: Interdisciplinary Comics Studies* 1.2: http://www. english. ufl. edu//imagetext/archives/v1 _ 2/carter/index.shtml. Viewed 7/19/09.

Baker, Bill(2005). *Alan Moore Spells It Out*. Milford, CT: Airwave Publishing.

——(2007). *Alan Moore's Exit Interview*. Milford, CT: Airwave Publishing.

Burroughs, William S.(1966). *The Soft Machine*. New York: Grove Press.

——(1974). *The Job: Interviews with William S. Burroughs*, ed. Daniel Odier. New York: Grove Press.

——(1980 [1964]). *Nova Express*. In: *Three Novels by William S. Burroughs*. New York: Grove Press.

——(1981). *Cities of the Red Night*. New York: The Viking Press.

——(1995). *Call Me Burroughs*. Los Angles: Rhino.

——(1997 [1962]). *The Ticket That Exploded*. New York: Grove Press.

——(1998). *The Best of William S. Burroughs*. New York: Giorno Poetry Systems Institute.

——(2001a). *Naked Lunch: The Restored Text*. 1959. Ed. James Grauerholz and Barry Miles. New York: Grove Press.

——(2001b). *Break Through in Grey Room*. Brussels: Sub Rosa.

——(2003). *Junky: The Definitive Text of " Junk."* 1953. Ed. and with an introduction by Oliver Harris. New York: Penguin.

Burroughs, William S. and Brion Gysin(1978). *The Third Mind*. New York: The Viking Press.

Burroughs, William S. and S. Clay Wilson(1975). " Fun City in Ba'dan." *Arcade: The Comics Revue* 4: 11 - 13.

——(1989). *Tornado Alley*. Ann Arbor: Cherry Valley Editions.

Chute, Hillary and Marianne DeKoven (2008). " Introduction: Graphic Narrative." *Modern Fiction Studies* 52.4: 767 - 782.

Crumb, R. (2009). " The Book of Genesis." *The New Yorker*, June 8 & 15: 90 - 101.

Damon, Samuel Foster and Morris Eaves(1988). *A Blake Dictionary: The Ideas and Symbols of William Blake*. Lebanon, NH: Brown.

Di Liddo, Annalisa (2009). *Alan Moore: Comics as Performance, Fiction as Scalpel*. Jackson, MS: University Press of Mississippi.

Donahue, Don, Susan Goodrick, and Jay Lynch (1981). *The Apex Treasury of Underground Comics & The Best of Bijou Funnies*. New York and London: Omnibus Press.

Eisner, Will(2005 [1985]). *Comics and Sequential Art: Principles & Practice of the World's Most Popular Art Form*. Tamarac, FL: Poorhouse.

Estren, Mark James (1974). *A History of Underground Comics*. San Francisco: Straight Arrow Books.

Fox, Gardner, Mike Sekowsky, Bernard Sachs, Joe Giella, and Murphy Anderson (1992). "Starro the Conqueror!" *The Brave and the Bold* 28(1960). Reprinted in *Justice League of America Archives*. Vol. 1. New York: DC Comics, 13 – 39.

Groensteen, Thierry (2007). *The System of Comics*, trans. Bart Beaty and Nick Nguyen. Jackson, MS: University Press of Mississippi.

Hayles, N. Katherine (1999). *How We Became Posthuman: Virtual Bodies in Cybernetics, Literature, and Informatics*. Chicago: University of Chicago Press.

Kukkonen, Karin(2008). "Beyond Language: Metaphor and Metonymy in Comics Storytelling." In Kuskin 2008: 88 – 98.

Kuskin, William, ed. (2008). *Graphia: Literary Criticism and the Graphic Novel*. Special issue of *ELN* 46.2.

Lane, Anthony(2009). "Dark Visions: ' *Watchmen* ' and ' *Leave Her to Heaven*. ' " *The New Yorker*, March 9, 2009. http://www.newyorker.com/arts/critics/cinema/ 2009/03/09/090. Viewed 5/10/09.

Loranger, Carol(1999). " ' This Book Spill Off the Page in All Directions ' : What Is the Text of *Naked Lunch?" Postmodern Culture: An Electronic Journal of Interdisciplinary Culture* 10. http://pmc. iath. virginia. edu /text-only/issue. 999/ 10.1contents.html. Viewed 7/14/09.

Lydenberg, Robin(1987). *Word Cultures: Radical Theory and Practice in William S. Burroughs' Fiction*. Urbana: University of Illinois Press.

McCloud, Scott (1994 [1993]). *Understanding Comics: The Invisible Art*. New York: HarperCollins.

Meskin, Aaron(2009). "Comics as Literature?" *British Journal of Aesthetics* 49.3: 219 – 239.

Moore, Alan(2007). *Alan Moore's Writing for Comics*. Rantoul, IL: Avatar Press.

Moore, Alan and Dave Gibbons(1986). *Watchmen*. New York: DC Comics.

——(2005). "The World." In: *Absolute Watchmen*. New York: DC Comics, 2005.

Murphy, Timothy S. (1997). *Wising Up the Marks: The Amodern William Burroughs*. Berkeley: University of California Press.

Nyberg, Amy Kiste (1998). *Seal of Approval: The History of the Comics Code*. Jackson, MS: University Press of Mississippi.

Rozanski, Chuck (2009). "From Porn to Pulitzer, Comics Appreciation at the University of Colorado." In: *Graphia: Exhibition Catalogue*, ed. William Kuskin. Boulder, CO, 7 – 8.

Salisbury, Mark(2000). *Artists on Comic Art*. London: Titan Books.

Spiegelman, Art(1975). "Day at the Circuits." *Arcade: The Comics Revue* 2: 44.

——(2007). *Conversations*, ed. Joseph Witek. Jackson, MS: University Press of Mississippi.

——(2008). *Breakdowns: Portrait of the Artist as a Young %@&*!* New York: Pantheon.

Spiegelman, Art and Bill Griffith(1975). "Editorial: An Introduction." *Arcade: The Comics Revue* 1: 4.

Versaci, Rocco (2007). *This Book Contains Graphic Language: Comics as Literature*. London: Continuum.

Wright, Bradford (2008). "From Social Consciousness to Cosmic Awareness: Superhero Comic Books and the Culture of Self-Interrogation, 1968 – 1974." In Kuskin 2008: 155 – 174.

第四章

前情提要：黄金档电视剧与记忆机制

贾森·米特尔

（明德学院）

近年来,美国电视剧采用的复杂叙事模型既呈现出艺术上的创新,也带来了丰厚的利润。从包括《宋飞正传》(*Seinfeld*)和《发展受阻》(*Arrested Development*)在内的喜剧片,到《吸血鬼猎人巴菲》(*Buffy the Vampire Slayer*)和《24小时》(*24*)等剧情片,众多类型的连续剧探索了电视剧的连载形式,并实践了诸如交织倒叙(intertwined flashback)和变换叙述视角等非常规叙事策略,而这在以前的美国主流电视节目中是很罕见的。连续剧已成为一种充满活力的艺术形式。许多批评家认为,连续剧足以媲美以往的长篇叙事模型,如19世纪的小说。

电视的复杂叙事诗学涵盖广泛。连续剧要在单集和连载形式间取得平衡,既保证每一集的局部完整性,同时又要保持集与集乃至季与季之间的宽广叙事发展。这样的电视剧还包含更精妙的故事讲述技巧,如对时间的玩转、视角和聚焦的变化、重复,以及对类型和叙事规约的公开实验。许多当代电视剧的叙事更具有自反性,它们拥抱一种操作美学,鼓励观众关注叙事话语和故事世界层面。在以上所有情况中,与此类媒介的典型做法相比,具有复杂叙事的电视剧要求观众付出更高的专注度,同时也令观众在叙事理解过程中感受到了更多的困惑。简而言之,电视剧变得越发不容易理解,它要求观众更专注地参与其中(参见 Mittell 2006)。

本文将探讨复杂的连续剧如何策略性地触发、迷惑和戏弄观众的记忆,考察电视剧故事讲述策略和我们对记忆认知机制的理解之间的契合,并着重剖析电视节目用于吸引观众,实现其长期理解的诗学策略。电视媒介运用的特定策略不同于其他叙事媒介。例如,电影叙事通常吸引的是观众的短时记忆,两小时的剧情片会在对片段的暗示和模糊处理中有控制地展开;文学作品的故事设计则允许读者以自己的节奏控制阅读,他们可以根据需要返回先前的页面。而电视剧的典型观看模式为每周一集和每年一季,这就给想讲述超出单一连载单位的制片人造成了约束,因为观众对前期情节的记忆多变不一,而且有大量观众会错过不少剧集。这些约束也促成了一系列电视剧所独有的故事讲述规约和诗学可能性,它们将电视剧与其他叙事媒介区分开来。

电视剧故事讲述的历史和制度背景

在探索电视剧的记忆机制前,我们需要了解电视为何花了 50 年时间才广泛采取这种复杂的诗学可能性。为规避风险且追求稳定收益,美国的商业电视行业采用了模仿和套路化的策略,这一策略通常会导致"最少令人反感内容"的模式。几十年来,商业电视业一直通过情景喜剧和程式化的剧情剧实现大规模盈利,鲜少有这些传统类型规约外的其他形式创新。连续剧式的叙事曾主要限于通俗的日间肥皂剧,而享有更多盛誉的黄金时段电视剧则规避了连续的故事线,取而代之的是每集自成一体的情节和有限的连续性。

经济策略导致了对连续剧模式的倾向。从很大程度上说,连续剧型的内容会给行业的摇钱树——联卖①——造成困难。节目制作

---

① 即 syndication,指独立电台或电视台直接向制作公司购买节目播放权的方式。——译者注

公司售卖的重播权可以按任意顺序播出,这也使得复杂的连续故事
线成为利润丰厚的重播市场的阻碍。此外,电视网研究部门认为,
即使是最热门的连续剧也只能保证在每周播出时能有不超过三分
之一的人属于连续观看的观众,这就意味着大多数观众对该剧背景
的了解程度并不足以令其跟上连续的故事情节。再加上电视网规
避风险的普遍态度,以及单元剧模式的持续成功,电视制作人几乎
找不到任何经济上的理由来承担更为连续和复杂的故事讲述实验
带来的风险。

在过去 20 年中,广播网络观众规模缩水(这一点已有大量报
道),来自有线电视台、卫星电视、网络视频和其他媒介的竞争日益
激烈,电视剧行业状况相应发生了变化。由于观众份额的缩减,行
业发现节目面临的风险为探索新的节目流行模式提供了理由——那
些曾被视为小众群体或狂热粉丝的观众如今已成为主流和热门。
有线电视台可以通过制作需要定期收看的节目获得能带来可观利
润的稳定观众,从而使按月付费订阅成为合理之举,美国家庭电影
院(HBO)和娱乐时间电视网(Showtime)就是如此。此外,从
DVD、DVR 到在线流媒体在内的新录制和回放技术都使得观众有
更多的机会弥补错过的剧集。因此,电视节目基本环境发生的转
变足以使复杂的叙事模式自 20 世纪 90 年代后期兴盛起来(参见
Lotz 2007)。

与任何流行的叙事模式一样,促进观众理解的具体形式策略出现
了。这些策略的形成源于行业规约与改变主流做法的创新间的结合。
尽管有线电视台的兴起和电视网络主宰地位的下降意味着更多的冒
险与创新,一些关键性的假设依然在影响电视剧故事讲述。业界仍坚
持认为观众很少能够专注、连续地观看电视剧的每一集。因此,制作
人需要开发相应策略填补叙事空白,并抓住不稳定的观众。另外,电
视行业不太愿意制作叙事密集的电视剧。这一点并不难理解,因为新
观众无法中途进入这样的电视剧。

伴随这种行业传统观念的是观众自身对叙事电视节目的设想。

即使有其他证据表明,观众连续观看电视剧的可能性要比电视行业认为的更高,但大多数观众依然希望能够在错过某一集后,或是在某一季中途开始观看连续剧时,不会感到陌生或困惑。他们还希望可以通过一些渠道来弥补必要的背景故事——无论是通过电视剧本身,还是某些外部途径。最后,他们在面对复杂的电视剧叙事时,还期望连续剧中的秘密和谜团最终会被揭晓,最好是通过令人满意的解决方式。

电视的故事讲述机制也给述说故事的方式造成了一些重要限制。与几乎任何其他媒介相比,商业电视的播放体系更为受限和结构化:每周播出的剧集长度是既定的,其间通常还需要暂停以播放广告。一个给定的播出季会有特定的集数,而集与集的间隔时间表通常是变化的——制片人一般无法精确地规划某部连续剧的播放时间,在某些极端情况下,甚至无法确定剧集将以怎样的顺序播出。另外,电视剧在播放的同时仍然在制作,这就意味着会因为意外情况的出现,时常需要在中途进行调整。这样的调整可能是某位演员生病、怀孕或死亡造成的,也可能是由网络、赞助商或观众对新故事情节的反馈引发的。诸如此类的约束使得电视剧故事讲述与几乎所有其他媒介都截然不同——这就好比文学要求每部小说每一章节的字数完全相同,无论其体裁、风格或作者如何。

最后,成功的电视连续剧通常缺少一个长久以来就被认为对好故事至关重要的因素:结局。与几乎所有其他叙事媒介不同的是,美国商业电视采用的故事讲述模式是"无限模式"——只有持续播放下去,该连续剧才会被认为是成功的。虽然在其他国家,一部成功的电视剧可能会在一两年内就完结,但对美国电视剧来说,只要收视率良好,电视台就可以一直播放。对于编剧来说,这是一个重要问题。他们必须设计出能够维持自身长期运转的叙事世界,而不是为了某一次特定播放而创建的封闭叙事。这种对无限模式的需求自然就青睐那种连续性不强、故事发展缓慢的单元剧内容,人物要能重复使用,场景要像警匪片和情景喜剧那样经常互换。

管理记忆的故事策略

尽管需要面对上述所有约束和规约,美国电视剧已经发展出一种新的复杂叙事模式,以跳脱这些限制。这种连载模式超越了单一类型,众多连续剧,如情景喜剧、犯罪剧、医疗剧等,都已经将复杂叙事作为故事讲述策略。由于这些连续剧强调故事世界的连续性和非线性叙事,它们所面临的具体挑战之一就是如何管理观众的记忆。如果故事世界中的人物和事件具有内在的连贯性和连续性,那么观众就需要跟得上广阔的叙事世界。当一部电视剧播放长达数月和数年时,这就给记忆机制带来了挑战。

这些挑战将编剧引向了多个方向。尽管科技和播放系统的发展让人们能够补看错过的剧集,电视制片人仍然需要为可能遗漏了一两集的观众提供填补信息空白的机会。但是,此类弥补不宜过于冗长,以免惹恼那些每集必追的铁杆粉丝,或是让那些通过 DVD、以马拉松模式观看一整季的观众倍感无聊。同样,一些复杂的电视剧——例如包含一系列时间跳跃和误导,讲述了在某个神秘岛屿上发生的故事的《迷失》(Lost),或是依赖各季间复杂连续性的科幻剧《太空堡垒卡拉狄加》(Battlestar Galactica)——的忠实粉丝可能会通过阅读在线回顾和评论填补每周剧集间的信息,以此保持对前几周发生的事件的清晰记忆。因此,编剧需要在不稳定的观众和忠实群体间找到平衡。

类似地,每一集既需要管理观众对本集内所展开事件的短期记忆,也要考虑他们数周、数月甚至数年前的更为长期的连续性记忆。尽管"心不在焉地瞥上一眼"的场景已经不再是现在对人们看电视的刻板印象了——尤其是像《火线》(The Wire)或《广告狂人》(Mad Men)等理解起来费力且节奏缓慢的叙事,它们可能需要历经数年才能完结长期休眠的故事情节——但与其他媒介相比,制片人仍需考虑会导致注意力分散的家庭环境以及要兼顾各类杂务的观众,并据此创作电视剧。在每一集中,电视剧叙事都会嵌入一些次要的冗余情节,帮助观众回想起关键的故事信息,包括定位场景设置的视觉资料、对人物姓名和人物关系的巧妙重复等。连续剧的整个叙事过程都需要不断强调故事信息,并提醒观众理解下一个事件需要知道的信息。

电视制片人往往在叙事策略上趋向冗余和重复,这种趋势是在早期连续剧的叙事模式中确立起来的。20 年前,美国电视连续剧的主要模式是日间肥皂剧,这类电视剧开发出了自己的一套用于管理记忆的惯例和规约。正如罗伯特·艾伦(Robert Allen)的研究所揭示的,肥皂剧采用一种冗余诗学——它并不将重复视为无法避免的灾难,而是将其上升为一种艺术形式。艾伦认为,肥皂剧既是为铁杆粉丝设计的,也是为那些注意力分散和不稳定的观众群体制作的。它引发的叙事愉悦感并非从包含新事件和新发展的推进性情节中产生,而是更多地来源于某一事件在剧情的各重关系中所造成的连锁反应(Allen 1985;另见 Spence 2005)。

肥皂剧的冗余叙事取决于一种既能激发观众回忆又能令其愉悦地观看角色对过去事件反应的策略:剧情重述(diegetic retelling)。通常,一部肥皂剧可能会在荧幕上呈现一起关键事件——尽管如果该事件制作预算高昂(比如车祸或灾难),它也可能会发生在荧幕外。就叙事重要性而言,该事件在最初被展现时比不上它在荧幕上的一连串相关对话中。因此,任何一个单独的事件都可以通过电视剧多对话的传统得到重述,每个人物在听到该事件时都会做出反应,而我们则在每一次重述中见证了它对各个人物及其关系网的影响。通过这种记忆惯例,我们既被反复提醒着已发生的事件,也关注角色和他们的情绪,这使得冗余成为电视剧一种富有主动性的乐趣来源。

肥皂剧使用的剧情重述会符合特定的剧集结构。通常,一集电视剧在一小时内会由四至六个独立的故事线交织而成,它们是从整部连续剧里众多潜在和行进中的故事中选取出来的。在一集开始时,每个故事线都会获得一个场景来设置当日对话,人物通常会谈论一些近期发生的事件,并透露有关该事件对其关系或处境影响的新信息。这些初始场景会高度利用重述,提醒并帮助观众跟上场景中的每一个元素——如先前发生的事件、人物关系、场景甚至是角色的名字。随着这一集的播放，重述的过程仍在继续，尤其是在每个场景从广告时段返回时会对观众进行提醒；同时，重述也会通过凸显从过去事件中浮现的新故事元素来推进剧情。在剧集行至尾声时，每个场景都会以一个不确定的时刻结束，以便在下一次呈现该故事线的剧集播出时，能够引发一系列重述。尽管那些密切追踪每一集剧情的观众可能会认为这样的重复令人失望，但不够稳定、相较而言随意和注意力分散的观众却会学会利用这一冗余手段跟随情节，并享受这种由人物关系驱动的故事讲述。

尽管在激发核心叙事快感方面，黄金档连续剧远没有日间肥皂剧那么依赖以对话为基础的叙事重述，但它依然经常使用这一传统手段。人物会比日常生活中更为频繁地通过名字互相称呼，引述彼此之间的关系；此外还会通过对话，让重要人物的信息得以活跃地保持在我们的头脑中。通常，过去的事件会被重述给新角色，以促使他们了解现状，并提醒观众已发生的事件。一个典型的例子就是，在《迷失》第四季《幽居症》一集中较早的一个场景里，雇佣军领袖基米和一名受伤男子乘直升机去搭货轮。船上的医生问道："他怎么变成这样了？"基米回答："一根黑色的烟柱将他抛向了50英尺的高空……把他的肠子都扯出来了。"这一对话重新提及了一个事件，该事件在两集前（《未来事物的形状》）就已经被很生动地刻画过了。虽然看过先前剧集的人不太可能会忘记伤害的缘由，但这种通过自然主义的对话实现的剧情重述让我们又回想起了这一事件，并增强了我们对前情的记忆。

该例指出了有关观众如何理解持续进行的连续剧的一个重要概念。在《迷失》到目前为止的播放过程中，一名忠实观众需要在四年内观看79集，如此众多的集数会制造出大量需要留存和回忆的叙事信息。即便是最专注的观众也无法让所有叙事信息在她的工作记忆中一直保持活跃——大部分被其保留的故事信息都会被存储于长时记忆里。当人物使用剧情重述进行对话时，观众会激活那一小部分故事信息,并将其提取至工作记忆,从而使其成为当下叙事理解的一部分。① 尽管有些观众可能从两周前的《幽居症》一集就开始积极思索烟雾怪的袭击事件,但剧情重述确保每个人在观看该集剩余部分时,这一背景都在他们的工作记忆中保持活跃,因为随后的事件是在这一过去事件的基础上发生的,它们将激发基米采取行动,找寻背叛者,并返回岛上。

用对话来提醒先前发生的事件并不一定要以清晰为目标,剧情重述也可以故意营造困惑感或激发好奇心。连续剧《火线》往往会为了避免重复而采用自然主义的长期故事讲述。在这种模式下,观众常常弄不清谁是谁,或是不知道该如何整合所有信息。最终,人物、角色和整个体系会在一季的播放中变得明晰起来,这使得发现的过程成为该剧叙事乐趣的一部分。但是,有些元素会永远模糊不清。例如,锡德里克·丹尼尔斯中尉在第一季中是以正直、对工作热忱的警察形象出现的。当联邦调查局的官员告诉麦克纳尔蒂警探丹尼尔斯在过去有污点且警察局掩盖了这一污点时,这种看法就被削弱了。第一季完全没有直接处理或完全澄清这一信息,而是将它作为平时道德无瑕的丹尼尔斯的背景故事。在第四季中,丹尼尔斯被新任市长提拔,可能会晋升为警察局长时,现任警长伯勒尔对其心腹表示:"我恰恰知道这个人其实没有他装的那么高尚。"此话虽是无意中说起,却是第五季之前对该丑闻的唯一直接提及,丹尼尔斯依旧模糊不清的过往罪行让他错失了警察局长一职。对于《火线》的电视剧迷说,对丹尼尔斯污点的偶然提及虽然回报的是他们多年以前的长时记忆,但它还是会促使人们对角色从未得到充分揭露的隐秘过去保持好奇。

尽管剧情重述通常会通过对话将过去的事件激活至工作记忆中,但更细微的提示也可以起到类似的作用。由于电视既是听觉媒介,又是视觉媒介,因此诸如物体、场景或镜头构图之类的视觉提示(visual

---

① 有关记忆的认知理解的概述,参见 Roediger et al. 2007;有关记忆的认知理论在动态图像故事讲述中的应用,参见 Bordwell 2008。

cues）均可以起到激活长时记忆的作用。例如，在《太空堡垒卡拉狄加》第三季的《大漩涡》一集中，飞行员卡拉·色雷斯送给威廉·阿达玛海军上将一个女神小雕像，作为后者的模型船桅顶。就在那一集的结尾，色雷斯的船遭遇了一次致命的撞击，阿达玛也悲痛欲绝，摧毁了模型。而在下一季的《半径八两》一集中，当色雷斯似乎又重生时，镜头也显示阿达玛正在重建模型。女神雕像和船只的长镜头激活了观众对前期剧情的回忆，使他们更能对两个人物的关系和色雷斯幸存的神秘境遇产生共鸣，而这一点正是在没有对话这种明确阐述的情况下实现的。通常，视觉提示比对话隐晦，它对可能错过剧集的观众而言作用要小得多。相比之下，它更能直接融入动态图像故事讲述的自然主义风格中。

通过非自然主义叙事管理记忆

长篇电视剧的制片人经常需要在这两者间找寻平衡：（1）对向前推进的叙事动力的需求；（2）确保观众的回忆能被激活，以获取先前剧集的相关故事信息。尽管对话和视觉提示等故事策略是激活观众记忆的主要手段，许多电视剧还会使用非自然主义策略来触发回忆。画外音就是一种通过自觉性叙事传达故事信息的常见方法。尽管许多编剧对画外音进行了批评，认为它过度文学化，而且对电视和电影来说是一种偷懒的办法，不过这一方法对某些类型的电视剧却很有效，比如侦探片。它既可以引导叙事世界中的观众，又可以为故事讲述提供独特的个性。

注入了黑色电影（film noir）风格的青少年电视剧《美眉校探》（Veronica Mars）使用了与剧名同名人物常带有讽刺口吻的第一人称画外音叙述（first-person voiceover narration），既帮助观众跟上复杂的故事，也能传达人物对所述事件的看法。例如，在第一季《沉默的羔羊》一集中，在韦罗妮卡的帮助下，她的朋友马克努力应对自己在出生时被调包这一发现。韦罗妮卡的画外音庄重地叙述道："我本可以告诉马克,我明白她的感受,但我并没有。当初我自己有机会找到父亲是谁时,我选择了幸福的无知,有时也会被疑虑折磨。"此处所说的韦罗妮卡寻找生父指的是在两集前,她发现自己的母亲不忠,然后购买了测试父亲 DNA 的试剂盒,但又决定放弃检测的事件。尽管直到本季晚些时候,韦罗妮卡的神秘身世才成为重要情节,但回忆之前的事件可以帮助观众在马克和韦罗妮卡之间找到相似之处,并渲染了韦罗妮卡和她父亲在该集稍后剧情里的互动方式。

对于电视来说,画外音叙述类似于更为文学化的第三人称全知叙述者模型,尽管这种方法并不常见。这样的叙述者通常只起为故事搭建框架的作用,就像罗德·瑟林(Rod Serling)在 20 世纪 60 年代科幻选集剧《迷离时空》(*Twilight Zone*)中的开场和结束解说一样。但近期的一些电视剧都将第三人称画外音叙述(third-person voiceover narration)作为一种自觉性手段。《灵指神探》(*Pushing Daisies*)是幻想爱情故事与侦探小说间天马行空的融合。作为全知叙述者的吉姆·戴尔既带来新的故事信息,也会提醒我们过去发生的事件,而且他还是《哈利·波特》(*Harry Potter*)有声读物的朗读者。叙述者在第七集《成功的气息》中说道:"查克继续保守着她的馅饼配方的秘密,甚至连奥利芙·斯努克都不知道她提供的烘烤秘方里包含了顺势疗法的情绪增强剂,这么做是为了帮助查克的姨妈们摆脱恐惧。"这一旁白让我们回想起四集前引入的剧情发展,而这一剧情在整季中得到了延续。这样的提醒既可以帮助观众记住正在发生的事件,也让他们了解了馅饼秘密成分知情者的信息。精巧的叙事机制、奇幻的故事世界可见《灵指神探》中全知叙事者的故事书风格——在与《哈利·波特》的互文性的加持下——既有管理记忆的功效,又促成了一种有意为之的戏谑语气。

滑稽情景喜剧《发展受阻》对第三人称旁白的使用更为滑稽。制片人朗·霍华德(Ron Howard)对一户不正常的富裕家庭的行为讲述就好像自然纪录片中一板一眼的评论一样(参见 Thompson 2007)。霍华德的解说词不断提供信息,并将故事向前推进,使得这部快节奏的电视剧可以在半小时内实现信息量惊人的故事讲述。叙述者经常为上一集提供澄清,如在第二季的《他们盖房子的地方》一集中,当颇有抱负的演员托拜厄斯耳边涂着蓝色颜料出场时,霍华德便说明道:"托拜厄斯最近作为候补演员,参加了默剧行为表演三人组'蓝人秀'的试镜。"这是在上一集里发生的事件。霍华德不动声色的叙述常常幽默地削弱或评论角色的行为,并同时提供叙事动力,理清回忆,增加喜剧密度。

《发展受阻》的叙述凸显了动态图像媒介如何可以不仅依靠语言来传达意义——叙述者的评论通常还伴随着图像和场景,以进一步激发人们的记忆并推动叙事向前发展。在对托拜厄斯和蓝人秀进行一番评价后,场景又回到了托拜厄斯为加入三人组的试镜。尽管此处指涉的是上一集发生的事件,但该场景从未出现过,这就使其成为故事世界中的倒叙;而且它不仅仅触发了回忆,还增添了新的叙事信息。《发展受阻》不仅运用倒叙来回忆过去发生的事件,还依靠许多伪纪录片手段来制造喜剧效果。在同一集中的后半段,迈克尔和儿子谈论起自己失去家族公司控制权的事实。霍华德的叙述让我们想起了上一集中的另一件事情:"事实上,自从迈克尔的父亲从监狱中逃出来,迈克尔的兄弟 G.O.B.已经成了公司总裁。"画面随后被剪辑成了一张报纸的镜头,报道了迈克尔父亲越狱(包括上一集的一幅静态图像)和领导层的继任情况。然后,画面转向迈克尔和 G.O.B.间的对话。在对话中,两人回顾了促成 G.O.B.接任总裁的事件以及随后的刑事调查,所有这些还与迈克尔虚伪的经典搞笑口头禅"我觉得没问题"交织在一起,这句话甚至还被报纸引用。这些叙事策略意在结合多种方式来帮助观众回忆,同时又带上了一种幽默自嘲的语调。

由于叙事在电影和电视等动态图像媒介中不一定是言语上的,因而也可以通过画外音之外的其他策略来复述信息。倒叙是一种比画外音更常见的策略,它可以把先前的事件整合到一集中,并且就像画外音一样,也可以拥有第一人称或第三人称聚焦。第一人称主观倒叙

(subjective flashback)更为常见,它通过带有暗示性的特写镜头、主观视觉效果和特效呈现人物的回忆。例如,在《太空堡垒卡拉狄加》第四季的《猜猜晚餐要吃什么》一集中,塞隆人的领袖纳塔莉告诉一群人类,被卡拉·色雷斯营救是他们的命运。当卡拉聆听这一演讲时,画面开始变得模糊破碎,这就引发了她的主观回忆,她想起自己在上一集中被告知是"死亡先驱"。尽管这是观众可能会想起的一个重要预言,但这一明显的倒叙既激活了这段记忆,又凸显了它所起的重要作用,即让卡拉意识到自己在人类与塞隆人的战争中应扮演的角色。通过倒叙重新显示这一场景使得这条故事线得到强化,也使它在该电视剧的长期谜团中变得更为突出,而它恰恰也是该剧最后一季的主要叙事线。这类通过倒叙引发的人物回忆是触发观众记忆,促进与主要人物的共情,以及构筑对即将发生的一系列事件的理解的常见提示。

通过与画外音配合使用,倒叙可以将叙述者的记忆视觉化。《美眉校探》就经常使用这一策略,如在每一季中,我们都会多次见证韦罗妮卡的一些记忆片段,或是获得某个长期谜团的线索。喜剧也可以使用类似的策略,例如在《愚人善事》(My Name Is Earl)一剧中,厄尔会提及我们之前遇到的次要角色,并对这些人物的早期出场镜头和片段进行倒叙。在这些情况下,画外音通常被用作信息的重要串联,它会框定先前的场景,并根据需要对先前事件和人物关系的相关记忆进行提示,以此推进进行中的故事。

通过更为客观的第三人称视角进行的倒叙或所谓重现(replay)通常被用来填充故事背景,而非触发记忆——《迷失》《杰克和鲍比》(Jack and Bobby)和《新兴城市》(Boomtown)等电视剧会利用无时间性的故事讲述来营造复杂的叙事,但这些电视剧中的倒叙主要用于展示新的叙事素材,很少用于触发记忆。对不构成人物记忆的事件进行倒叙是很少见的。类似《犯罪现场调查》(C.S.I.)的犯罪片通常通过重现来重述先前的犯罪现场,但这类重述会呈现新的叙事信息,被用于填补信息而非激发回忆。法律惊悚片《裂痕》(Damages)和人质劫持片《九连环》(The Nine)都使用了复杂的无时间结构来讲述它们的核心犯罪故事,在整季中反复描绘先前发生的事件,而且每一次都会添加更多信息以构成新的故事线——同样的,这种重复模式更多是在多个时间轴上填补空白,而不是提醒我们可能被遗忘的事件。马特·希尔斯(Matt Hills)探讨过英国科幻连续剧《神秘博士》(*Doctor Who*)的最新版本中的这一类客观倒叙,但他指出,此类倒叙的作用更多的是吸引新观众进入复杂叙事,而不是唤醒忠实粉丝的记忆(Hills 2009)。①

　　此类重现在真人秀节目中更为常见。真人秀极少使用主观倒叙,而重现较早的场景和时刻以唤起观众对先前事件的回忆则是很常见的手段。重现这一策略与真人秀的纪录片风格更相符,而主观倒叙则会显得格格不入,纪录片更为全知全能的凝视也更青睐采用重现。真人秀还会更多地使用短时重现,这通常会在从广告时段回到节目中时发生,具体方法就是重复上一片段的最后时刻,或是以类似的方式从上一集的最后一幕开始新的一集。有脚本的电视节目有时也会在周与周之间采用这种策略。通过重现早前的悬念时刻开启新的一集,节目会重获叙事动力,并让观众忆起剧情。

　　美国叙事电视剧中触发回忆的客观重现最常出现在喜剧中。切出镜头旁白策略在近期兴起为一种喜剧策略。这种策略通常能在诸如《恶搞之家》(*Family Guy*)之类的动画片系列或是像《实习医生风云》(*Scrubs*)这样的单机情景喜剧里看到。此类旁白通常是从主要场景编辑出的随机片段,形成对故事中才发生不久的事件的偏离或评论。这些旁白可能是带幻想风格的一系列事件,也可能是关乎人物过去的未知时刻,或是对过去剧集的重现。后者的一个例子来自讽刺喜剧《我为喜剧狂》(*30 Rock*)第三季的《有肾了》一集。特雷西告诉肯

----

① 《迷失》第六季的《隔海相望》一集给我们展示了一个黄金档连续剧中纯重现的例外,该集在本论文集印刷时正在播出。这一集几乎全部发生在该剧叙事现实的一千多年前,最后的结尾是一个人物将他母亲和兄弟的尸体放在山洞中。随后,这一集重现了第一季的某些剧情,剧中主要人物发现了尸体并推测它们的起源。观众对这种重现的反应凸显了此类策略的异常之处,因为大多数观众对这种有关重要神秘时刻的粗暴回忆十分愤慨,这也表明重现手段在黄金档连续剧的诗学中并没有多少用武之地。

尼思他从来不哭,而这一情节被切出为前几集中特雷西的六个哭泣时刻。这一系列场景当然是为了达到喜剧效果,但它建立在我们对特雷西经常号啕大哭的记忆之上,而这也与特雷西的说法背道而驰。不过,相关示例的匮乏也表明,用于激发回忆的重现是相对少见的策略。

在叙事框架外提示记忆

到目前为止,我所讨论的记忆触发策略都发生在电视连续剧的故事叙述中。不过,除核心故事讲述文本外,电视剧还采取了众多其他策略来帮助管理记忆。最值得注意的就是大多数当代连续剧在每集播出前进行的一到两分钟的回顾(recap),即对关键事件进行总结的"前情提要"。这些回顾通常由制片人精心制作,他们会选取关键性时刻,既通过唤起观众的回忆,为即将播出的故事线做好准备,同时也使新观众能够融入连续剧中。虽然回顾通常是为电视剧首播期间的每周更新设计的,但它们一般也会被收录在 DVD 中。一些连续剧提供了在每集前保留或跳过回顾的选项,另一些则将回顾整合到了核心剧集中。回顾的存在与否会极大地改变剧集的观看和理解方式。

多数前情回顾会着重介绍与即将播出的一集最为相关的叙事信息。例如,《美眉校探》中《沉默的羔羊》一集的回顾,就从不同的三集中截取了三段简短的情节,这些回顾横跨了过去九周的剧情。这些场景捕捉到了极具解释性的时刻——首先是韦罗妮卡的父亲与前警长基斯·马尔斯及其继任者兰姆之间的双线交流。两人讨论了颇具争议的莉莉·凯恩谋杀案,这是整季中的主要故事框架。接下来是韦罗妮卡和马克相遇的场景,这一场景设定了马克在该集主线剧情中的作用。最后,韦罗妮卡对母亲过往经历的调查镜头被配上了画外音,解释了受到质疑的亲子关系,这也构成了本集的第二条故事线。在短短30秒中,回顾触发了那些为了解本集故事发展而需要被激活至工作记忆中的长期情节线。然而,对于错过大部分先前剧集的人来说,这些片段几乎没有任何意义,因为它们过于短暂,无法为新观众提供足够的说明。同样值得注意的是那些被回顾略去的内容，即主要角色洛根和邓肯——这两个人物不会在本集中出现，因此会继续留存在长时记忆中。

回顾可以更多地发挥说明性作用，尤其是在连续剧的早期。犯罪剧《嗜血法医》(Dexter)的第二集设置了一段从52分钟的试播集中选出的两分钟回顾。这段回顾是试播片的真实概述，简要介绍了每个主要角色，突出了任职于迈阿密警察局的连环杀手的核心叙事场景，并建立了有关德克斯特对另一名连环杀手穷追猛打的故事框架。尽管这些内容可能会让人感到困惑，但观看本剧的观众的确可以略过试播集，仅通过这一前情回顾和其他剧情内部冗余信息来填补叙事空白。对于看过试播集的观众来说，此类回顾着实有些多余，除了角色名称之外几乎没有任何被激发的回忆——连环杀手作为法医调查员的核心叙事情节令人难忘，并不需要提示，观众只需想到电视剧的名字就可以激活基本的叙事记忆。

《嗜血法医》第一季最后一集的回顾，则更多地起到了在连续剧播出季行至尾声时通常发挥的激活记忆的作用。这1分45秒的回顾包含了前11集中的众多片段，其飞速且接连不断的呈现方式甚至会让新观众难以理解。然而，对一直追剧的观众来说，线索的快速重现使他们想起了德克斯特到目前为止追踪冰柜车司机杀手的进程，而他姐姐在危急时刻的最后几枪也唤起了有关上一集悬念的回忆。该回顾还着重展现了第十集中的警探安杰尔被刺事件，使其成为最后一集的一个关键情节。最为重要的是，这样的回顾不仅可以过滤忠实观众长期积累的故事信息，将最关键的叙事片段激活至工作记忆里，同时也使得与下一集无关的其他时刻继续保留在长时记忆中。

回顾经常会触发长期休眠的记忆，它们很可能预示着即将发生的事件。在复杂的叙事中，回顾通常会提醒观众一些关键的秘密或谜团，它们在近期的剧集中淡出了人们的视野。在《迷失》第一季第七集《飞蛾》中，赛义德遭遇沉船漂流到荒岛，当他试图用无线电设备向岛外发送消息时，遭到袭击并昏了过去。虽然他在下一集中苏醒了过来,但我们并不清楚袭击者是谁——在之后的很多集中该事件也未被再提及。五个月前首次出现的这一场景在第21集《上上善道》中被重现,暗示(这也是一个正确的暗示)有关赛义德攻击者的潜伏问题将最终水落石出。尽管不同的观众对这一特别的谜题有不同的关注度,但在这两集相隔的几个月中,《迷失》引入了大量亟待解决的问题和谜团。可以说,如果不进行回顾的话,萨伊德的神秘遇袭事件不太可能还活跃地保留在大多数观众的工作记忆中。而回顾重现了这一场景,激发观众去想起这个尚未解决的谜题,并触发了真相即将揭晓的叙事满足感。

有时,回顾触发的不只是有关潜伏问题的回忆,它还会强调重要角色的背景故事或人物关系。比如《太空堡垒卡拉狄加》第四季《逃逸速度》一集的回顾就囊括了第三季《出埃及记(下篇)》中的一幕。那一集主要描述了索尔·泰上校的妻子埃伦·泰的离世。这两集的原始播出日期相距一年半,这也意味着这一场景在回顾中的出现是不同寻常的——在我第一次看到它时,我猜测包含埃伦死亡的回顾势必意味着她会以某种方式在这一集重新出现。而当索尔·泰开始产生有关埃伦的幻觉时,我的预想也被证明是正确的,这一关联也在当季后期的一系列神秘事件中变得更为重要。回顾不仅有效地使我想起了埃伦——她本来已经退出了我的活跃记忆——而且与没有回顾相比,她在故事中的重新出现也变得更加容易预测。通过DVD或DVR观看该剧的观众也许会在播放回顾时选择快进,而这样做可能会使埃伦的再次登场引发混乱或讶异,她在回顾中的出现则缓和了这样的反应。

由回顾促成的回忆策略可能与大多数故事讲述文类的核心叙事乐趣之一——意外——背道而驰。在许多复杂的长期叙事中,如果没有回顾来激活工作记忆,并提醒我们深层背景故事的话,故事世界的深层谜团可能就会令人困惑和费解。但是,在回顾中看到角色或事件也会大大"破坏"令人惊异的重现或反转,削弱编剧可能希望产生的叙事效果。显然,回顾需要在这样的双重需求间进行权衡:既要激活记忆以帮助理解,也要避免预示,让观众在感到惊喜的同时又不会陷入困惑。为避免这种因回顾产生的剧透,编剧开发出了众多策略。

一种策略是在意外事件发生的那一刻,利用故事倒叙为观众提供嵌入式回顾。《太空堡垒卡拉狄加》的最后一集《破晓》就是一个很好(可能也是令人费解)的例子。五个人物同意通过一种复杂的技术流程共享彼此的记忆,以促进正在交战的塞隆人与人类之间达成和平协议。在开启这一流程前,托里提出他们可能会发现一些令人不齿的过往,但另一个角色却对此置之不理。在该流程的进行过程中,我们通过倒叙瞥见了每个角色的一些关键时刻的回忆。在这些事件中,我们看到托里与参与记忆交换的另一个角色盖伦的已故妻子卡利的对峙。盖伦开始专注于这些回忆,于是我们看到托里谋杀了卡利,这使得盖伦跳出了记忆交换进程,掐死了托里。而这些倒叙原本属于在《破晓》11 个月前播放的第四季中《牵绊的纽带》一集。

制片人罗恩·摩尔(Ron Moore)在播客中表示,他们将巨大的叙事风险押注在终场上,为的就是等待高潮时刻让盖伦报仇雪恨。[①] 值得注意的是,《破晓》一集的回顾并没有提及卡利或那起谋杀案,而是让观众体验盖伦的回忆,与他一起意识到这一事实。虽然忠实的观众可能会想起是托里谋杀了卡利,并且逃脱了罪行,但经过 11 个月和此后的众多阴谋诡计后,此事已经远远不在他们的活跃记忆中了——对观看该剧 DVD 的观众来说,他们的体验会更为紧凑,因此更有可能对这一悬而未决的剧情记忆犹新。对于我以及其他我交流过的观众来说,真相的揭露会让人逐渐惊讶地意识到盖伦将亲眼看见自己的妻子惨遭谋杀,并因此震惊不已。如果是通过回顾的策略让我们回想起这起谋杀的话,我们本来可以更好地预测角色共享记忆的后果,这一时刻的丰富戏剧性就会被削弱。这种揭露真相的效果可以被称为“意外记忆”(surprise memory),即当观众因已知故事信息而感到意外,而这

---

① http://media.scifi.com/battlestar/downloads/podcast/mp3/421-423/bsg_ep421-423_FULL.mp3.

些信息却不在其工作记忆中的时刻。

意外记忆不一定需要由倒叙触发。以《迷失》第四季《幽居症》一集为例，该集很特别，它是在没有"前情回顾"的情况下播出的。迷失荒岛的克莱尔在丛林中醒来，发现她尚在褪褓中的儿子不在身边。她四处找寻他，而我们看到他被克里斯蒂安·谢泼德抱在怀里。克莱尔困惑地看着他说道："爸爸?"随后就进入了广告插播。岛外回忆揭示了克里斯蒂安在第一季曾作为主角杰克的父亲登场，而他在第三季的《乘飞机》一集中也作为克莱尔的父亲出现，但十个多月来，这一关系并没有被经常提及。尽管在树林中看到克里斯蒂安已经足够令人惊讶(特别是考虑到他已经死了，之前也只是作为杰克看到的神秘鬼魂出现在岛上时!)，但普通观众不太可能在工作记忆中保留他作为克莱尔父亲的身份信息。直到她对他喊出"爸爸"时，这一意外记忆才产生了令人满足的效果。

意外记忆的使用凸显了工作记忆对于故事讲述的重要性。当长期追剧的观众积累了大量故事信息时，编剧可以根据活跃于工作记忆中的内容引导观众的情绪反应——电视剧可以通过突出工作记忆中某些特定的关系和联系，或者通过一些保存在长时记忆中的元素激起惊奇或悬念。通过回忆而引发的惊讶感是十分令人愉悦的，它既回报了忠实观众的知识储备，同时又使得他们通过激活这些记忆而辨认一系列情节。我们很难想象那些非连续形式的叙事能够带来此种愉悦感，因为电影或小说都是持续时间相对较短的形式，在叙事进行的过程中没有提供足够的时间来完成存档、遗忘和重新激活记忆这一过程，而这却是产生意外回忆所需要的。

电视剧的另一种记忆来源是片头或片尾演职员表(credit sequence)。不同电视剧的片头或片尾区别很大，既可像《迷失》或《绝命毒师》(Breaking Bad)中出现的简短标题字幕，也可像《朽木》(Deadwood)或《美眉校探》中那样长达2分钟的一组镜头。一些电视剧的片头还会使用叙事之外的镜头，例如黑帮剧《黑道家族》(The Sopranos)中托尼从纽约驱车前往家中的一幕就强调了电视剧的背景和环境，而《嗜血法医》

则对与剧名同名的主角形象做了视觉艺术处理,突出该剧"在平淡无奇中会发现可怕"的主旨。许多更长的片头会包含剧中画面,单元剧和连续剧都可以在其中唤起受欢迎人物的精彩瞬间,例如情景喜剧《老友记》(Friends)或是青少年惊悚剧《吸血鬼猎人巴菲》都如此处理过。

　　将片头或片尾演职员表用于记忆机制的一大典范是《火线》。它的每一季都会提供有关巴尔的摩的新的蒙太奇画面,以及对该系列叙述片段的再现。尽管大多数画面与故事几乎没有明确的关联,但有些图像的确会触发特定的记忆。例如,第四季的片头中出现了一个身份不明的男子将棒棒糖塞进口袋的简短特写镜头。对于该季的前四集来说,这一场景没有任何实际意义,并且似乎与街道上的罪犯、警察和孩童的画面不太相符。直到第四集《难民》播放时,我们才看到了这一背景中的画面,那是犯罪头目马洛在小偷小摸,他偷棒棒糖是为了公开嘲弄一名安保人员,而后者后来因为敢于对抗马洛店内行窃而被杀。在这一季的剩余剧集中,这一反复出现在片头中的画面提醒着人们马洛的傲慢和对权力的冷血欲望,凸显了他会为了爬到巴尔的摩毒品交易链顶端和树立威名而无恶不作。通过这种重复和不断提醒,我们将这一细微的动作保留在了工作记忆中,让马洛这一角色始终蒙上阴影。

　　电视叙事的观看过程涵盖的语境要比电视文本本身更广泛。电视行业已经设计出了许多文本以外的手段来帮助管理观众的记忆。重播(rerun)是一种很早以前就有的传统,现在已逐渐废弃——几十年来,电视台通常会在一年中将某部剧一季的每一集播放两次,以填补与先前剧集之间的播出间隔。自 21 世纪以来,重播变得不那么普遍了,尤其是在 DVD、DVR 和在线视频等成为观众回看或弥补错过剧集的方法之后。例如,《迷失》在前两季时都在暑期以及新剧集出来前的间歇期里进行了重播,但美国广播公司(ABC)在后几季中停止了这种做法。取而代之的是,《迷失》和其他电视剧会占用有线频道中的某一页面,在一集首播的那一周内进行多次重播。这种安排能够帮助观众在一周的空档时间中回顾内容、仔细观看某一集,或是赶上错过的剧情。

《迷失》会利用重播,在首播后提供所谓的"增强版本"——这些版本会为人物行动添加字幕注释,澄清事件来源和先前的事件。例如,在《回家真好》一集中克莱尔遇到克里斯蒂安的一幕里,字幕就写道:"克里斯蒂安·谢泼德也是克莱尔的父亲,因此杰克和克莱尔是同父异母的兄妹,但两人都不知情。"不过,虽然这样的解释可以帮助观众恢复记忆,但大部分忠实观众对这一类"增强"体验并不买账,因为这样的注释太过明显和直接,抑或是太琐碎了。

更为常见的一种做法是,连续剧会创建独立文本来维持观众记忆并吸引新观众。《迷失》在前五季中共播出了 12 个汇编集(compilation show),这些每集一小时的剧集都会重播连续剧中的关键时刻,并配有画外音重述故事。《太空堡垒卡拉狄加》和《火线》等电视剧也推出了类似的汇编集,这些剧集通常会在新季开始前播出,以唤起观众的回忆并吸引新观众。同回顾一样,汇编集的总结也很有策略性,被选择的都是具有持续相关性的情节线索,而非那些已解决且在行进的叙事中处于休眠状态的故事情节。

在线视频的兴起使众多其他类型的重述策略成为可能。一些电视网、电视频道和电视节目制作了简要总结前期情节的"迷你集"(minisode),例如美国全国广播公司(NBC)仅在网上播放的"2 分钟重播",或是《火线救援》(Rescue Me)的"3 分钟重播",后者在网络和 FX 有线频道上均有播出。这样的重播既可以帮助错过剧集的观众填补空缺,同时也可以像前情提要一样用于恢复记忆。不过,此类重播更多地用于重述剧集,而不是策略性地呈现即将播出的剧集的关键故事信息。

2007 年,一则在 YouTube 上热播的名为"《黑道家族》7 分钟"的视频引发了一种尤为令人关注的趋势。[①] 在该剧的最后几集播放前,这一视频对前五季半的内容进行了一次飞速回顾。它是由粉丝制作的,幽默且充满感情。该视频也获得了超过 100 万次的观看次数,并

---

① http://www.youtube.com/watch?v=Tz_Ees_-kE4.

成功地推广了该剧的最终季。其他制片人注意到了这一成功,并邀请
营销人员制作类似的浅俗式在线回顾,例如"8 分 15 秒看完《迷失》"
以及《太空堡垒卡拉狄加》的"到底是怎么回事"。这些幽默的回顾是
为忠实粉丝设计的,它们既是一种亲昵的戏仿,同时也可以有效地提
示观众关键事件,并突出整个系列片的形式特点和重复性内容。例如
卡梅拉·索普拉诺被丈夫托尼"气爆了"的次数就是通过反复展现她
从楼梯上把后者的行李扔给他的画面表现出来的。

　　除了被剪辑成视频,在线回顾也可以通过文本的形式呈现。虽然电
视台的网站通常会提供众多连续剧的剧集摘要(episode summary),但
由粉丝创建的网站也可以用作复杂长篇叙事的百科全书式信息存储库。
粉丝创建的维基网站 Lostpedia 最为有名,但实际几乎每部电视连续
剧都有维基网站供粉丝们汇编摘要和为剧情及人物编制目录。他们
也使用 Wikipedia 和 IMDB 等更为大型的网站平台。这一大批在线媒
体的效果就是,通过 Google 快速检索或追随电视剧最为活跃的粉丝
站点,剧迷们有关连续剧的任何问题几乎都可以获得解答,从而使得
这些以长剧形式表现的故事世界可被有效检索和高度记录(参见
Mittell 2009)。

形式记忆

　　尽管叙事记忆的主要方面涉及故事世界内的事件和人物,但电视
虚构也依赖并戏弄观众的记忆来讲述故事。正如我在别处所探讨过
的那样,有着复杂叙事的电视剧以多种方式来变换故事讲述的形式,
这就催生了一种"操作美学",使观众同时关注故事世界及其讲故事的
技巧,用叙事学的术语来说,就是同时关注故事和话语(Mittell 2006)。
对于关注连续剧用来表现叙事世界的故事讲述模式的观众而言,形式
记忆(formal memory)有助于为连续剧遵循的内在规范设定框架,并
建立编剧可以依赖或打破的故事讲述期待。

　　形式记忆的一个方面是对风格提示的使用。尽管就美学方面的

冒险而言,电视在叙事层面要比视觉层面更大胆,但某些连续剧的确使用了特殊的风格策略,并将其作为长时记忆储备的一部分。《太空堡垒卡拉狄加》在第三季就运用了这一方法——由于人类盖厄斯·巴尔塔尔被塞隆人拘留,我们首次被带入了塞隆星球的基地。在其基地的内部场景中,镜头间出现了分层渐隐,从而为场景营造出了如梦似幻的画质。在众多剧集中,这种形式模式的使用触发了对背景及其先前事件的记忆,既可以创造出独特的场所感,又可以增强有关塞隆人家园的叙事线。

《迷失》对倒叙的使用是一种通过内在故事讲述规范来戏弄观众记忆和期望的典型例子。在前三季中,几乎每一集都会有一系列针对某一角色(或是一对情侣,如白善华和权真秀)的倒叙,使得观众能够窥探这些人入岛之前的生活。这些倒叙由不同的形式规约引发:通常是从关键人物的特写开始,然后出现"呼"的一声,接下来就直截了当地切入倒叙。尽管这些内容没有明确地构成人物的回忆,但它们起到了主观叙事的作用,提供了只被岛上某一个角色所知的故事信息。正如大卫·波德维尔(David Bordwell)在探究电影叙事时所指出的那样,考究的内在规约或文本模式可以帮助观众进行假设、填补空白并预测人物行动,从而根据较早的经验理解正在进行的叙述(Bordwell 1985)。对于播放中的连续剧来说,内在规约是更为长期的,需要与记忆进行主动交流。因此,当《迷失》的观众看到并听到这些提示时,他们就会利用形式记忆来理解接下来作为倒叙的一系列片段。

在第三季的最后一集《镜中奇遇》中,《迷失》策略性地戏弄了观众的记忆,让他们做出了错误的假设,并由此带来了巨大的惊喜。该集对主角杰克在岛外的故事线进行了倒叙,将他描绘成一名生活在洛杉矶的沮丧绝望的瘾君子。用于呈现这一组镜头的形式手法遵循了我们期待中倒叙应有的规范,通过激活观众关于《迷失》的故事讲述方式的根深蒂固的形式记忆,引导他们假设这些情景都属于杰克上岛前的过往。但是在该集的最后一幕中,我们看到杰克与坠机幸存者凯特谈论重返小岛的可能性,这就表示我们所看到的实际上是一次预叙。

而之所以能够达到这种"叙事特效"（Mittell 2006），正是因为我们激活了关于该电视剧的内在规约的记忆，而这些规约用了整整三季、几十个剧集才得以建立，这也凸显了形式记忆在电视剧叙事中的重要作用。

显然，黄金档连续剧运用了一系列叙事策略来触发和戏弄观众的记忆。这一类诗学策略的意义在于，它们在看似简单的叙事理解行为中凸显了潜在认知过程的重要性。对于电视剧编剧来说，管理一个横跨多年的叙事世界已经很不容易，然而他们还要面临巨大的挑战，即确保观众能够跟得上连续剧而不会因为冗余而倍感困惑或无聊。在过去的十年中，连续剧已发展成为一种强劲和独特的艺术形式，它已经生产出不论在哪种媒介看来，都称得上本世纪最引人注目的故事。因此，我们必须承认电视独到的叙事技巧，强调令其演变为一种富有特色且具有美学效力的媒介的创新策略。如果我们想要领会建构和理解长篇叙事的潜在方式，我们就需要铭记电视剧所提供的令人信服的记忆机制管理手段。

张圆圆译　惠海峰修订

参考文献

Allen, Robert C.(1985). *Speaking of Soap Operas*. Chapel Hill：University of North Carolina Press.

Bordwell, David(1985). *Narration in the Fiction Film*. Madison：University of Wisconsin Press.

——(2008). "Cognition and Comprehension：Viewing and Forgetting in *Mildred Pierce*." In：D. Bordwell. *Poetics of Cinema*. New York：Routledge, 135 – 150.

Hills, Matt(2009). "Absent Epic, Implied Story Arcs, and Variation on a Narrative Theme：*Doctor Who*(2005 – 2008) as Cult/Mainstream Television." In：*Third Person: Authoring and Exploring Vast Narratives*, ed. Pat Harrigan and Noah Wardrip-Fruin. Cambridge：MIT Press, 333 – 342.

Lotz, Amanda D.(2007). *The Television Will Be Revolutionized*. New York：New York University Press.

Mittell, Jason (2006). "Narrative Complexity in Contemporary American

Television." *The Velvet Light Trap* 58: 29 - 40.

——(2009). "Sites of Participation: Wiki Fandom and the Case of Lostpedia." *Transformative Works and Cultures* 3, http://journal. transformativeworks. org, http://journal. transformationworks. org/index. php/twc/article/view/118/117.

Roediger, Henry L., Yadin Dudai and Susan M. Fitzpatrick, eds.(2007). *Science of Memory: Concepts*. Oxford: Oxford University Press.

Spence, Louise (2005). *Watching Daytime Soap Operas: The Power of Pleasure*. Middletown, CT: Wesleyan University Press.

Thompson, Ethan(2007). "Comedy Verité? The Observational Documentary Meets the Televisual Sitcom." *The Velvet Light Trap* 60: 63 - 72.

第五章

叙事中的妄想症风格:
"9·11"之后故事讲述的焦虑

保罗·科布利

(伦敦大都会大学)

"灾难或对灾难的恐惧最有可能引发妄想修辞综合征"

(Hofstadter 1964:39)

在一篇经典的政治学文章中,理查德·霍夫施塔特(Richard Hofstadter)把政治中的妄想症描述为一种演说风格,它依赖于一种观念,即存在针对"某一国家、文化、生活方式"(1964:4)的阴谋。他举的例子包括:参议员约瑟夫·麦卡锡(Joseph McCarthy)在 1951 年的演讲、1895 年平民党(Populist Party)的一则声明、1855 年德克萨斯州针对天主教的一篇报纸文章,以及 1795 年马萨诸塞州关于基督教在欧洲所受威胁的一次布道演说(7 - 10)。由于妄想症风格"首先是一种看待世界和表达自我的方式"(4),因此它是阴谋论的妄想症主题与一种再现模式的相遇之处。它并不仅仅是一种关于阴谋的陈述,还是一种阴谋论式的表达方式。

小说叙事在涉及此种风格时会有一定的困难。首先是在一个叙事中呈现阴谋的问题。比如在《马耳他之鹰》(*The Maltese Falcon*,1941)中阴谋是故事的主题,但是围绕它的事件主要是以一种"中性的"方式被叙述的,一步一步逐渐揭露阴谋。另一方面,阴谋则以一种"含混"的方式被叙述,这大概是大多数"妄想症"叙事,尤其是此类电影的特点。例如,罗曼·波兰斯基(Roman Polanski)在西方执导的那些早期电影,会用各种不同视角来展现某个阴谋:从《冷血惊魂》(*Repulsion*, 1966)中一个神经质的年轻女性的视角,透过《罗斯玛丽的婴儿》(*Rosemary's Baby*, 1968)中一位缺乏安全感的怀孕母亲的眼睛,在《怪房客》(*The Tenant*, 1976)中一个与社会疏离的巴黎流亡者的扭曲视野里,甚至是《唐人街》(*Chinatown*, 1974)中来自一个自认为看透世事的男人那令人完全意想不到的深度视角。阴谋被呈现出来,读者却并不完全能确定真的存在主人公所看到的那种阴谋。

在传统上,小说描述阴谋活动是为了服务于悬念。在"中性"叙述里,主人公和读者并不总是完全知晓阴谋的坐标体系。而在"含混"叙述里,主人公通常对阴谋的存在和细节是确信的,但读者可能不确定主人公究竟是受骗还是具有某种程度的偏向性。中性叙述,特别是在惊悚体裁里,讲述的是怀疑者或无辜者身处异乡陷入危险境地,他们无法弄清楚其中隐藏的设计和推理链条。通常而言,事件讲述者与叙事的读者要比主人公知道得多,阿尔弗雷德·希区柯克(Alfred Hitchcock)的影片就是很好的例子。同样,含混叙述的悬念也在于主人公是否能恢复理智或者揭露真正的阴谋,如《柳巷芳草》(*Klute*, 1969)、《视差》(*The Parallax View*, 1974)、《查理》(*Charlie*, 1984)、《X档案》(*The X Files*, 1993)。

有些电影为了提升悬念,会把围困主人公的阴谋做较多呈现,例如《谍网迷魂》(*The Manchurian Candidate*, 1962)、《骑劫地下铁》(*The Taking of Pelham 123*, 1975)或《刺杀肯尼迪》(*JFK*, 1991)。有些电影在故事开头部分对阴谋的呈现相对比较少,如《西北偏北》(*North by Northwest*, 1959)或《双峰》(*Twin Peaks*, 1990)。

尽管自荷马(Homer)以来,悬念这种手法很明显是被工具性地用于叙事作品中——请奥尔巴赫(Auerbach 1968)原谅——但同样明显的是,历史上也有很多例子,当叙事作品呈现阴谋时并不只是要激发对它们是如何被解决的兴趣。显然,在很多例子中,读者和故事的创造者可能发现隐秘阴谋的观念在构造上十分可信,便得出结论,认为对于主人公来说具有某种程度的偏执是合理的,进而对于其所处社会的任何公民来说也是如此。在某种程度上,惊悚叙事经久不衰正是如此。但在一些突出的时期,对阴谋的恐惧曾被视为一种可信的反应,美国在 20 世纪 70 年代大概就是这样(参见 Cobley 2000),"9·11"之后也是如此,只是表现有所不同。在这些情况中,文本外的"焦虑"现象要比文本内的"悬疑"修辞更适合思考过程(参见 Cobley 2009)。

悬念当然不会在焦虑中消失。在改编自真实阴谋事件的电影中,即使只呈现很小一部分的阴谋都足以产生很大的悬念,尽管观众对该阴谋多少都有所了解,尤其是那些最近发生的阴谋。这类例子包括《冲突》(*Serpico*, 1976)、《总统班底》(*All the President's Men*, 1976)和《93 航班》(*United 93*, 2006)。本文将对悬念的问题展开讨论,但更多会聚焦于"9·11"之后的阴谋叙述,即用以描绘当代阴谋事件的风格。"阴谋"并不是简单地指叙事作品的内容,即故事是关于什么的,而更重要的是指叙事作品得以展现的风格问题,即叙述策略。

后"9·11"时代妄想症风格的特点可以说是在叙述中加入了当代监控技术。因此,首先有必要阐明监控主题与这一时期的妄想症风格之间的关联和区别。显然,有些视听叙事有监控主题却没有采用本文所鉴别的妄想症风格叙述。《战栗空间》(*Panic Room*, 2002)就是这样一部监控主题的电影,但就如卡默勒(Kammerer 2004:472)指出的,里面"没有一个镜头是用监视摄像机的视角,即那种典型的模糊不清带麻点的'录像质感'"。相反,前"9·11"时代也有一些以监控为主题的电影有时呈现的画面是类似于从当代监控设备的角度拍摄的,监控设备也是其故事的重要部分,例如《后窗》(*Rear Window*, 1955, 照相机)、《放大》(*Blow Up*, 1966, 照相机)、《大盗铁金刚》(*The Anderson Tapes*, 1971, 闭路电视监控系统)。这类电影有其自身所处时代的妄想症风格。但是,本文讨论的后"9·11"时代的阴谋论风格主要有以下特点:

——监控主题；

——呈现监控技术的叙述；

——叙述里频繁融入监控技术（闭路电视监控系统的粗粝影像、计算机数据读出等），但不一定在画面中包括技术以外的事物；

——主人公看不到编织进故事讲述里的监控技术成分（如卫星的移动、机器的内部视图、穿过电缆的光）；

——叙述有时会剪辑新闻或业余爱好者拍摄的事件镜头。

监控主题与风格非常接近。这是因为，尽管监控技术是《老大哥》（*Big Brother*）这类"真人秀"节目的组成部分，但后"9·11"虚构叙事的风格可被应用于不涉及监控的叙事之中，这还是难以想象的。以《老大哥》为例，严格来说人们观看的并不是一个被建构的叙事，监控也不是秘密阴谋的一部分。

当然，妄想症意味着错觉和无根据的偏执。以此为标准，监控主题并不一定包括"妄想症"风格，特别是当西方社会如今是一个"监控社会"的观念已被广泛接受的时候。那么，能否以平静客观的方式处理监控主题呢？如前所述，《战栗空间》同《终结暴力》（*The End of Violence*，1997）一样，在很大程度上回避了妄想症风格。但大部分以监控为主题的后"9·11"视听叙事都包含妄想症风格。如此一来，这种趋势表明的问题之一是，人们对监控社会的发展相当不安和焦虑，并不是安之若素的。因此，监控和妄想症至少在后"9·11"的影片中是分不开的。

不过，考察视听叙事还必须引入另一个问题，即电影和摄影研究，乃至其中跨领域的、对作为"规训"工具的视觉设备的研究。这些研究工作的长期传统表明，摄像机（甚至是眼睛）都内在地具有监视设备的性质。假如监控和妄想症之间有密切的关联，这一传统在逻辑上的结论推导就是，所有电影及所有观看都是妄想症风格的例证。本文在讨论过程中将不会做出此种结论。反之，本文认为，尽管妄想症风格可以表现为它所采用的叙述手段，但其目的具有绝对的、历史的具体性或确切性。不过，本文将有理由稍后更详细地回到全景敞视主义和"对视觉的贬低"问题。

妄想症风格介绍

从黑色电影时期到 20 世纪 80 年代,阴谋论电影的风格主要依靠不同的明暗层次来传达叙述的情绪,而许多后"9·11"叙事的主要特点则是快速剪辑和在叙述中加入监控技术、监控和/或新闻镜头。也就是说,在一个监控已经扩展到整个西方都被冠名为"监控社会"的年代里,惊悚叙事尤其包括了监控可能提供的那些视角。这么做的主要原因与这个类型的坐标系有关,那就是,惊悚片支撑自身所采用的叙述模式,其目的在于根据模糊的公众舆论产生最可信的描述。惊悚片的叙述主要遵从的是一种"颂赞"①式的逼真性原则,而不是与"真实性"之间的严格关联(参见 Cobley 1997)。由此,当西方社会的公民可能对公共生活抱有偏执性的倾向时,惊悚叙事就特别有洞察性和预见性。

一般来说,妄想症可能会是错觉,所以它作为一种世界观经常会遭到质疑和摒弃。然而,在 21 世纪之初,三本学术研究论著都表明,由叙事再现发展出来的妄想症不应该被贬低或者摒弃。普拉特(Pratt 2001:2)认为,很多美国的"政治性"影片都"无意识地反映了政府所支持的、对人类解放运动的镇压,或重要公共领域中认为人们的生活已不受自己掌控的看法"。梅利(Melley 2000)主要关注的是印刷小说,他认为思考阴谋论一方面是应对晚期现代生活复杂性的一种手段,另一方面也是在人类自我受到(真实的或想象的)威胁的自由意志危机时,一种看待操控的视角。科布利(Cobley 2000)聚焦于 20 世纪 70 年代印刷和视听媒介的类型叙事,认为在这一时期除了纯粹的历史事件,还有众多确凿的文本外理由,鼓励读者去严肃对待同时期小说的阴谋论视角。

---

① 作者此处使用的是 doxological 一词,doxology 是指《圣经》中歌颂上帝的荣耀颂,作者在这里用这个词表示惊悚片的逼真原则其实只是一种形式。——译者注

这三项研究尽管没有详细说明,却都暗示它们分析的叙事作品含有"妄想症风格";尽管没有充分展开,它们却都提到了写作期间有关监控发展的争论;而且,每项研究都发表于 2001 年 9 月 11 日之前。毫无疑问,最后这一点至关重要。"9·11"不仅在很大程度上重绘了地缘政治,它还重绘了再现的领域。"9·11"之后,围绕监控的议题被凸显出来,同时兴起的还有"监控研究"这一相对较新的学术领域。本文在此认为,后"9·11"的监控技术将会成为(视听)叙事里的妄想症风格的同义词。

"请对 FBI 微笑"

本文所讨论的后"9·11"妄想症风格没有一个简单明确的谱系,这也是大众叙事的一般情况。实际上,1998 年由托尼·斯科特(Tony Scoot)执导、大卫·马可尼(David Marconi)创作的《全民公敌》(Enemy of the State),可以说是全面包含或预示了妄想症风格的关键叙事。这部影片还致敬了各种早期的妄想症叙事或监控惊悚片。不过,就其妄想症风格以及某些主题而言,《全民公敌》是前瞻性的。电影中人物观看新闻广播,而不是将新闻广播融入叙述。除此之外,它也彰显了前文逐条列举过的妄想症风格的所有组成成分。说得更具体一些,首先,影片充斥着监控,它就是关于监控的故事,(以一种风格化的形式)企图模仿监控装置是其叙事展现的主要方面。这部影片关注的两条情节线与监控录像带有关,这两条情节线不是平行的,但叙事中的"平特罗"故事线也并非仅仅是次要情节,它在影片高潮部分使得事态突然陷入了僵局。其次,影片将监控置于日常生活的中心,而不只是间谍活动开展的昏暗角落。第三,这部电影与日常生活有关联,明显具有一种简单的"监视的辩证",监视者有时被监视,而且/或者搬起石头砸了自己的脚。由此,影片暗含的意思是,监控既不坏也不好,它是霸权斗争的场所。电影通过选角和叙事中的引用,向其他监控惊悚片致敬,这进一步证明了此叙事的呈现手法绝不幼稚。

如果只看情节概述,《全民公敌》的确像是一般的惊悚片。在对(准许政府对公民做无限制监视的)《电信与隐私保护法案》进行投票的前夕,该法案的反对者、由杰森·罗巴兹(Jason Robards)饰演的国会议员菲利普·哈默斯利在湖边被强·沃特(Jon Voight)饰演的国家安全局行政官托马斯·雷诺兹的亲信谋杀。然而,事实证明,由政府监控先锋组织实施的这一行为,被杰森·李(Jason Lee)饰演的一名业余鸟类学家丹尼尔·萨维茨拍摄下来,在逃脱国家安全局追捕时,他碰到了由威尔·史密斯(Will Smith)饰演的乔治城大学的老同学、劳动法律师罗伯特·克莱顿·迪安,并把胶片磁盘塞给了他。结果,迪安这样一个希区柯克式的无辜者,受到了国家安全局那帮坏蛋的追击,他们闯进他的家,对他的工作和生活采用抹黑战术。影片到这儿,或许还能被看作标准的惊悚片。电影使用的屏幕时间/日期/地点标识字幕,似乎是用电传打字机打出来的,这是 1998 年以前很多惊悚片的一个特点。然而,考虑到后"9·11"叙述的发展,还是值得在这部电影的叙述(融合监控方法)和叙事(监控主题)上花一些时间的。

剧情一开始,叙述的监控风格就扑面而来,首先展现轨道上的卫星,接着是高清晰度镜头从上方拍摄的建筑、建筑之间移动的人员。迪安的房子和衣服被装了窃听器,房屋和衣物中的众多跟踪设备,都通过由杰克·布莱克(Jack Black)等人饰演的一群书呆子形象的白人监控技师的旁白,得以反映在叙述中。除了以放大的变焦点显示的卫星镜头外,主人公和几个主要场所似乎是由闭路电视监控摄像机拍摄的。大量的连续镜头都使用了蓝色滤镜以达到这种效果,特别是户外场景镜头做了褪色处理。电话通话有时图像化为穿过纤维的光束。国家安全局总部的电脑监控器全屏显示以监视行动。影片中的很多声音都是被"偷听"的,听上去像采用了特别的电子设备。声音和图像经常经过轻微的失真处理(如白噪声或者图像的干扰)。简而言之,这种渗透了监控或准监控设备的叙述将会成为后"9·11"虚构作品的妄想症风格。这点虽然简单,但却具有重要的影响。

实际上,这部电影在开始有一个经过快速剪辑的连续镜头,有助于实现从叙事中被描述的监控，到作为叙述的监控之间的转变。这里，国家安全局发现萨维茨已经明白他手上这卷录像带的重要性。这组镜头（这里省去一些对话）如下：

1. 经过褪色处理的、卫星站蓝色滤光片俯视图。
2. 肯特岛情报拦截站（打在屏幕上）。
3. 蓝色滤镜、从地面拍摄、加速摇镜头下的蝶形卫星天线。
4. 内景镜头：控制台上的菲德勒（杰克·布莱克饰）正对着电话讲话。
5. 菲德勒的特写镜头。
6. 由劳恩·迪恩（Loren Dean）饰演的希克斯在国家安全局控制室来回走动的镜头（低亮度，明亮的电脑显示器）。
7. 菲德勒的特写镜头。
8. 希克斯在办公室的内景镜头。
9. 国家安全局情报汇报室，1453 小时（打在屏幕上）。
10. 这二人的两个镜头：由杰克·布塞（Jack Busey）饰演的克鲁格和由斯科特·凯恩（Scott Caan）饰演的琼斯。他们是借调至国家安全局的前海军陆战队队员，希克斯正在讨论其记录。
11. 由伊恩·哈特（Ian Hart）饰演的宾厄姆出场时的两个新镜头。
12. 外部街景，后面是一栋三层建筑，音轨里是交通噪声。
13. 大厦顶楼窗户的镜头。
14. 萨维茨在电脑前的中景镜头。
15. 电脑显示器的镜头（拍有鸭子的录像）。
16. 然后全屏显示拍有鸭子的录像（加蓝色滤镜）。
17. 萨维茨，中景镜头。
18. 房间里电视的镜头，显示国会议员哈默斯利的奔驰车从湖里被打捞出来的新闻。
19. 电脑显示——哈默斯利在同一湖边朝狗掷球。
20. 萨维茨坐起来。
21. 手指打字的特写镜头，被敲击的每个键发出短促的声音。

22. 电脑屏幕，画面推近。

23. 电脑显示的连续镜头，哈默斯利被杀害。

24. 大特写镜头：萨维茨的眼睛。

25. 打字的声音。

26. 谋杀场景重放的推近镜头。

27. 键盘声。镜头再推更近。重放。

28. 键盘声。镜头再推更近。重放。

29. 萨维茨的脸部特写。"他妈的。我的天哪。"

30. 哈默斯利被捆绑、塞进汽车。

31. 萨维茨苦笑着。用手机给布卢姆打电话。

32. 二手书店的内景镜头，布卢姆在书店里面的侧影。

镜头在布卢姆和萨维茨之间来回切换，他们在讨论后者拥有的录像带，同时萨维茨还把电脑屏幕聚焦到雷诺兹上："某人还表现出肛门滞留人格，看着像严重的维他命 B 缺乏症。"

　　就在萨维茨告诉布卢姆他怎么弄到了这个录像的时候，电影给了通过录音带监听他们谈话的希克斯和菲德勒特写。

1. 萨维茨的谈话被电脑识别为波动的线形图的镜头。

2. 两个镜头：菲德勒和希克斯。菲德勒拿起电话。

3. 希克斯焦急搓脸的镜头。

4. 雷诺兹在办公室的镜头，他正从座机换到手机。"菲德勒，这条电话线安全吗？"

5. 菲德勒确认并告诉他布卢姆的反战背景细节的镜头。

6. 雷诺兹下令监听布卢姆并要求专用卫星的镜头。

7. 菲德勒："都已准备好了。"

这组镜头仍然主要是在讲述人物之间的互动。但是，通过镜头推近、特写、图像读出数据以及蓝色滤镜等设备，关于监控的叙事本身就变成了使用这些技术的监控，这可能比所预想的还要微妙。这组镜头首先表明的是国家安全局的监控工作正在运转；然而到这组镜头结束时，暗含之意则是监控几乎无所不在，而且它就是当今观察和叙述事物的方式。

假如把《全民公敌》与过去几十年间的一些经典监控惊悚作品进行比较,它的不同就在于它以如此彻底的方式,揭示了日常生活中存在的监控。如果说《谍海军魂》(No Way Out, 1987)这样的影片是立足于五角大楼和华盛顿的政治,《秃鹰七十二小时》(Three Days of the Condor, 1975)关注的是美国中央情报局分裂出的小派别,《窃听大阴谋》(The Conversation, 1974)主要介入的是工业间谍活动的黑暗世界,《全民公敌》则将监控带到了家庭生活的中心。对迪安家庭生活的描绘在叙事中非常关键:他的妻子、由雷吉娜·金(Regina King)饰演的卡拉对监控法案持怀疑态度,对迪安和他的联络人、前女友、由莉莎·博内特(Lisa Bonet)饰演的雷切尔·班克斯之间的关系也有猜疑;迪安的儿子、由加斯查·华盛顿(Jascha Washington)饰演的埃里克拿走了刚刚进屋的萨维茨录像;国家安全局对迪安的住所进行了彻底的入侵、破坏和窃听。迪恩第一次意识到他的生活被国安局监控所干预的程度,并不是在他被诬陷、被停职的时候,也不是在妻子认为他与雷切尔有染把他赶出家门的时候,而是在他发现信用卡无法使用的时候。卡拉和罗伯特·迪安的争吵被呈现于停在附近的国安局车辆的监视摄像头中,由博德希·埃夫曼(Bodhi Elfman)饰演的范则一边看一边评论。到此,叙事的妄想症风格给人的印象是:没有行动不被注意,没有财务交易不被登记,没有通话不被窃听或记录,所有公共领域的监控设备——从“私人”闭路电视监控系统到自动提款机和电子销售点(EPOS)——都是相连的。《全民公敌》2006 年 DVD 导演剪辑加长版中的制作花絮显示,影片描述的很多链接监控技术早在 1998 年就可运用于一些机构。

既然监控被展现为在日常生活中无处不在,那么迪安在故事里唯一的得救机会,就是走出日常的范围。雷切尔被杀害之前,他联系上了由吉恩·哈克曼(Gene Hackman)饰演的布里尔,这是一个活在法律和社会之外的神秘人物,曾经为雷切尔提供透露给迪安等律师的信息。布里尔是个典型的局外人,活得顽强,没有家庭纽带,有点像《大白鲨》(*Jaws*, 1975)里的昆特,独自一人,有时在社会的缝隙中活动。我们慢慢发现,他的身份是变动的:"布里尔"已经被受雇于国家安全局、由加布里埃尔·伯恩(Gabriel Byrne)饰演的某人假冒了,哈克曼扮演的角色实际是一名前安全局特工"爱德华·莱尔",他原本是在执行特殊任务,但在20世纪70年代后期失踪了。国安局的档案资料屏幕上显示的这个探员的脸,是1974年的经典监控电影《窃听大阴谋》中哈克曼扮演的哈里·考尔。虽然考尔在道德上的不确定性已被布里尔坚定的反体制精神所取代,但这两个角色之间的联系是显而易见的。布里尔将是迪安的拯救者,帮助他重获被监控夺走的身份。当然,他之所以能够这么做,是因为他为了某种地下生活放弃了自己的"身份"。

无处不在的监控标志了《全民公敌》妄想症风格,它可能是在相当自满地表明,监控是生活中一个无法回避的事实;或者更是以一种改革的精神来暗示,监控已经暗中潜入了生活的各个方面。这部电影的宣传口号——"假如他们真的追捕你,那这就不是妄想症"——似乎是在暗示一种革新式的解读。莱昂(Lyon 2007:147–148)一方面似乎认为电影里的妄想症风格太急于展示对技术功效的信念。然而同时,莱昂自己对监控问题的研究(Lyon 1994, 2001, 2003)又表明当代监控中"保护""控制"及"抵抗"这一连续体之间的界限是模糊的,这也是影片叙事可能开始讨论的问题。在普拉特(Pratt 2001:243)看来,"《全民公敌》是奥威尔(George Orwell)在21世纪的高科技版本";莱昂(Lyon 2007:147)认为,影片缺乏深度,也缺乏对科技微妙之处的思考。但是仔细考察影片叙事,可以看出该影片要比这两种论断所说的更加复杂一些。影片并没有展现一个无所不能的"监控社会",相反,在监控本身的使用中就存在个人和结构的冲突。这点不仅体现在由丹·巴特勒(Dan Butler)饰演的海军上将谢弗的警告中——任何人(即雷诺兹)如果抱有"单方面妄想",要发明和安装违规窃听器,都会被关进监狱;也体现在国安局与平特罗的匪徒的僵持之中,这一主题使人想起经典妄想症惊悚片《霹雳钻》(*Marathon Man*, 1976;参见

Cobley 2000：158）中，勒维用从中央情报局分裂出来的一小撮人，来对抗周边凶猛的西班牙青年团。

监控被展现为各方利益斗争的战场，这在一开始就是故事的组成部分。监控之首雷诺兹被隐约有反文化背景的萨维茨拍到；当他的手下从经营场所护送迪安时，平特罗正被联邦调查局的人监视，他指示迪安抬头"对 FBI 微笑"。之后，当国安局的人带着被抓的、穿着警服的布里尔出现之时，联邦调查局的人发现自己处于冲突之中；《电信与隐私保护法案》的政治皮条客、保守党议员、由斯图亚特·维尔森（Stuart Wilson）饰演的山姆·艾伯特被拍到与其秘书的不雅行为，因为布里尔在他的房间安装了从安全局那里偷来的监视器。监视者轻易地就成了被监视者。正如布里尔对迪安所说：

> 假如敌强你弱，那你就机动灵活而他们缓慢。你在暗处他们在明处。你只需打你知道能赢的仗就行。这就是越共的行事方式，你夺得他们的武器，下次就用这些武器对付他们。

在影片的结尾部分，布里尔和迪安正是这么做的。迪安恢复了身份，布里尔则再次逃离社会。在最后迪安家的场景中，一家人正在观看电视直播，国会议员艾伯特承认敌人需要被监视，但他们的监视者也需要。批评监控的卡拉·迪安问道："那谁来监视监视者的监视者呢？"当她将埃里克放上床、电视转播被屏幕上的一个图像打断的时候，这一监控与权力的困境或许得到了解答。迪安在屏幕上看到自己此时正被监视，紧接着就是一片沙滩的镜头，沙滩上写着"希望你在这里吗？"这显然是布里尔干的。叙述充斥着这么多监控技术，这意味着影片叙事里的这组镜头，对观众来说，理解起来容易很多。

《全民公敌》是一部惊悚片。作为一部类型片，它也试图去再生产之前作品的期待。但是，在其妄想症风格中，它并不缺乏自觉。单是演员选角就足以表明它对先前妄想症经典作品的参照：哈克曼（《窃听大阴谋》）、伯恩（《丑闻风暴》[*Defence of the Realm*, 1985]、《暴力终结》［1997］）、沃特（《奥迪萨密件》［*The Odessa File*，1974］、《碟中谍》［*Mission Impossible*，1996］）、罗巴兹（《总统班底》里的本·布拉德利）。在监视者／被监视者这一主题上，能够看到它与其他监控电影之间大量的呼应，如《后窗》《放大》《凶线》（*Blow Out*，1981），甚至还有《偷窥狂》（*Peeping Tom*，1960）以及其他像《霹雳钻》（1976，尤其是迪安穿着睡袍在夜里追逐的片段）这样的惊悚片和《六号特殊犯人》（*The Prisoner*，1967）这样的电视剧。在这个谱系里，这部电影没有宣称要呈现一个关于监控的反乌托邦视角（试比较 Marks 2005）。它似乎也没有像未来派电影《少数派报告》（*Minority Report*，2002）那样，明显地呈现"作为预测、防止和阻止不良行为手段的监控"（Lyon 2007：149）。相反，就惊悚片的特定真实性（即试图达到高度的"现实主义"和可信度）而言，《全民公敌》提供了一副图景，展现了在大众想象中监控现在是怎样的形象，这一形象也通过其模仿监控设备的高科技叙述手法得以强化。后"9·11"妄想症风格展示了人们如何受制于监控，并在此过程中具有了获得不同效果的潜力。

《24 小时》与妄想症风格

在美国"实时"电视剧《24 小时》中，惊悚片的真实性与监控视角之间形成了相当程度的结合。同英国电视节目《神出鬼没》（*Spooks*，2002）一样，《24 小时》已播出了八季，且保持剧情对时事的关注。它也如《神出鬼没》一样（见下文），采用了妄想症风格的叙事。《24 小时》的叙述方式，包括地点／时间的字幕说明和分割画面，容易让人认为它主要服务于每季用 24 集叙述的、在 24 小时之内发生的事件，每一集都由一个间断出现在屏幕上的时钟来标记事件时间（尽管由于美国电视广告插播的需要，每集只有 45 分钟）。第一季于 2001 年 11 月播出，聚焦于由基弗·萨瑟兰（Kiefer Sutherland）饰演的杰克·鲍尔的工作和一支总部设在洛杉矶的政府反恐部队（CTU）。从上午 12 点起，加州总统反恐局探员杰克·鲍尔的一天被卷入两个阴谋事件里，他既要阻止针对由丹尼斯·海斯伯特(Dennis Haysbert)饰演的参议员戴维·帕尔默的暗杀企图,又要应付正当青春期的倔强女儿,她跟他妻子随后都成了暗杀对象。最终,真相揭开,鲍尔和帕尔默都因参与一项美国在巴尔干的秘密任务,而成为报复的目标。

叙述从始至终都是快节奏的,帕尔默和鲍尔的生活被巧妙地缠结在一起。不过,叙述速度、分割画面的反复使用以及追踪时间的字幕提示,这些都没有以传统的方式服务于情节和悬念制造。在这里,悬念不仅仅是叙述中介隐瞒或释放文本信息的手段。相反,可以明显感受到一种想要同时呈现尽可能多的信息的尝试。分割画面和此剧中来自监控设备的反复灌输,都属于琳达·威廉斯(Linda Williams 1991)在研究赤裸裸的色情作品时所称的"对可视之物的狂热",这种狂热试图用机器提供人们渴望却又无法用肉眼获得的全面视角(试比较 Comolli 1980)。换句话说,它是视觉与知识意志的相遇,也是凭借技术实现此相遇之宗旨的承诺。

第一集的开始镜头——初始字幕提示和画外音告诉我们"事件发生在真实时间里",接着:

1. 吉隆坡双子塔(当时世界最高建筑,在建中)的空中平移拍摄镜头。

2. 字幕提示:

   吉隆坡

   当地时间

   下午 4:08:29(最后两位数字变动至 30、31)

3. 画面分成两个,除双子塔外,加入了人潮涌动的街道镜头。

   街上,一名男性正可疑地移动。

4. 塔和街道场景现在已被街道场景取代,这个男人来回张望,每个镜头呈现一个不同角度。

5. 全屏模式:男人进入一间私人住宅。

6. 当他打开一台手提电脑时,画面分成两个,从不同角度拍摄的他看向电脑显示器的镜头。

音轨中听到拨打电话的声音。

7. 全屏模式：他拿起手机。

手机里一个男人的声音说道："身份鉴定。"

"维克托·罗布纳。传送许可。"

"请登录。"

8. 一颗绕地球运行的卫星的分割画面镜头。

9. 罗布纳在黑暗中的侧影，以及电脑屏幕显示"下载加密文件"的分割画面。

10. 罗布纳和电脑的全屏摇摄镜头。

11. 中景镜头和特写镜头的分割画面。

12. 直升机在夜晚的城市上空飞行的空中镜头。

13. 字幕提示：

洛杉矶

上午 12:02:13（最后两位数字变动至 14、15）

14. 晚宴和应酬的人们的内景全屏镜头。电话铃声。

15. 画面分成两个：晚宴的中景镜头/由迈克尔·奥尼尔（Michael O'Neill）饰演的理查德·沃尔什的特写镜头。

（对宴会宾客）"抱歉……（对着电话）我是沃尔什。"

16. 第三个分割画面，在黑暗的办公室中，一个拿着电话的男人的侧影：

"我们刚接到罗布纳的消息。他确定今天会有行动。"

沃尔什："你找出谁是目标了吗？"

"参议员戴维·帕尔默。"

17. 全屏模式：沃尔什的特写镜头，神色忧虑。

18. 女人用盘子端着热饮从一个房间到另一个房间的手提摄影机摄制的移动内景镜头。

19. 字幕提示：

参议员戴维·帕尔默

竞选总部

上午 12:02:45(最后两位数字变动至 46、47)

20. 到达帕尔默跟其他人讨论的阳台。场景持续大约 30 秒。

21. 朴素的私人住宅全屏室外远景镜头。

22. 字幕提示:

上午 12:03:25(最后两位数字变动到 26、37)

23. 杰克·鲍尔正在讲话的内景中景镜头。

24. 鲍尔和由伊丽莎·库斯伯特(Elisha Cuthbert)饰演的女儿金·鲍尔的两个镜头。

接下来是一个较长的场景,即鲍尔一家,包括由莱斯利·霍普(Leslie Hope)饰演的瑞泰·鲍尔。但是当鲍尔被紧急召回办公室时,画面再次分割,他打电话给女儿的前男友,同时他们的谈话被监视。接着鲍尔往家里打电话(又是分割画面),然后是从空中拍摄的鲍尔在城市中活动的镜头。

这集播出不到两个月前,纽约双子塔刚被摧毁,因此,影片开场镜头中出现正在建造的石油双塔,应该并非巧合。然而关键是,这组镜头马上启动了将一切呈现给观者的承诺:国际卫星通信,被时空阻隔的人物角色之间的关联,他们的方位(如反恐部队控制室——低亮度,明亮的电脑屏幕,与家里或街道相对照),实时,由屏幕同时充斥不同地点的事件、人物所产生的共时感。当然,通常叙事都会保有这样的承诺,但却从未如此快速、如此坚决地揭露了监控的运转机制。

"让我用现代世界的脆弱叫你吃惊"

2002 年 5 月英国广播公司(BBC)首播的间谍剧《神出鬼没》(后在美国播出时更名为《军情 5 处》)似乎是对《24 小时》妄想症风格的延续。它的第八季在 2009 年 8 月播出。四名年轻迷人、优雅干练、出身中产阶级的军情五处探员,他们的命运浮沉构成其情节主线。其中一位在第二季里一个出人意料、具有争议的暴力场景中被谋杀,也破坏了对影片叙事性的通常期待。在当前背景之下,剧集以其技术陷阱对妄想症风格做出了引人注目的贡献。与之相反,直接描绘"9·11"事件的电影,在其叙述上却小心翼翼地显得相当低调,专注于其叙述。例如《93航班》,这部以被迫在宾夕法尼亚坠毁的飞机为主题的叙事,以监视直升机拍摄的纽约以及空中交通管制台的广阔景象作为片头,但这些都没有成为叙述的一部分。《世贸中心》(*World Trade Center*, 2006)关注的是2001年9月11日,某些港务局警官及其家庭的故事。尽管影片展现了人们看新闻报道的场景(而且有个地方还出现了卫星),但却没有用监控技术作为讲故事的手段。《全民公敌》无论是故事还是叙述都充斥着监控,《24小时》自由地运用分割画面为监控做补充,《神出鬼没》则用一切能使用的方式提供了一种同时感的假象:它持续播放快速剪辑的监控录像、画质低劣的录像("市民新闻"?)、手提摄像机叙述、新闻录像(和新闻广播)、监控照片和(虚构)官方文件的镜头,还有编入叙述的慢镜头及电脑技术,再加上与《24小时》相似的画面分割技巧,以及爆炸一般闯入屏幕的地点字幕说明。

　　第一季里的第四集就是这种妄想症风格全面运行的好例子。在乔治·W.布什(George W. Bush)总统访问英国的前夕,由凯莉·霍斯(Keeley Hawes)饰演的佐伊和由大卫·奥伊罗(David Oyelowo)饰演的丹尼正在一个房间里考察"人群活动形势"。他们用摄像机和双筒望远镜监视一个反全球化的抗议活动,并对照电脑文件查找抗议者的照片。影片反复使用以望远镜为视角的镜头。其中一名抗议者回头看向监视人和观众。我们得知,他是由安东尼·海德(Anthony Head)饰演的备受尊敬的军情五处军官彼得·索尔特。他受命于由马修·麦克费登(Matthew Macfayden)饰演的汤姆去做卧底,但没有告诉组织里的其他人。他正在追踪一名臭名昭著的无政府主义者、由朱尔斯·维尔纳(Jules Werner)饰演的伊什蒂万·沃格尔,由彼得·弗斯(Peter Firth)饰演的反恐部负责人哈里·皮尔斯在后面讨论到此人时,手提摄像机(或新闻?)录制的、带麻点的暴乱镜头掠过屏幕。随后与由休·劳瑞(Hugh Laurie)饰演的军情六处长官朱尔斯·西维特会面的这段,揭示出军情五处正在监视索尔特。观众后面可以看到、听到索尔特与由布朗温·戴维斯(Bronwen Davies)饰演的 25 岁的安德烈娅·钱伯斯发生关系,她是个有钱的、生活曾一度无目标的无政府主义者。观众也能看到,索尔特向她透露,他有一张死亡地形图,上面显示了国内所有安全设施。接下来,他开始把住所翻了个底朝天,拔掉了许多监听器。之后他跟钱伯斯撤回到卡姆登的一家提供住宿和早餐的旅馆。他们在这儿被住所外的佐伊和丹尼监视,两个人同样是躲在车里,实行老套的、无技术加持的监视。在重播《全民公敌》的一个场景中,警察接到反社会行为举报,随后逮捕了丹尼和佐伊。索尔特和钱伯斯乘坐由尤卡·希尔图宁(Jukka Hiltunen)饰演的霍斯特开来的车离开。当钱伯斯开车、霍斯特质问索尔特的时候,画面分成了三部分:公路的景象、索尔特被搜查、后视镜里钱伯斯的眼睛。当索尔特最终见到沃格尔时,除了死亡地形图,他还告诉他们如何访问空中交通管制主机。行动小组冲进主机所在的(虚构的)梅德韦大学地理系。闯入和窃取是用三个分割画面、闭路电视监控系统录像和电脑影像的方式叙述的。

汤姆把索尔特带进来盘问,确认他是否已"叛变",此时皮尔斯和西维特正在军情五处反恐部总部所在的泰晤士大楼里,通过摄像机观看审讯(低亮度,明亮的电脑屏幕)。正如他们所怀疑的那样,索尔特对汤姆和其他人承认,他叛变了。他请求去卫生间。汤姆自然是跟着他,开着门保持监视,并与他交谈。不料索尔特猛击汤姆的喉咙,把他打得意识模糊、无法动弹,然后解下汤姆的皮带,将自己吊在了门框上。

必须要说,这一集虽然突出了《神出鬼没》快速剪辑的特点,但与其他多集不同的是,它并没有被画面分割和监控风格的叙述所充斥。不过,它将叙述的实施与影片叙事的监控主题相关联,这一点值得注意。就如《全民公敌》一样,这里也涉及监视者对付知道自己被监视并做出回应的被监视者这一问题。这是监控机构之间的冲突:在开始时还不确定索尔特是否已经被证明清白,因为汤姆受伤,正在休假;索尔特是受汤姆指挥的,但是似乎哈里·皮尔斯也在指挥他,这与汤姆的目标不符;于是军情六处的监视破坏了军情五处的工作。(《全民公敌》着重呈现的是联邦调查局、国家安全局和警察部门之间的传统竞争关系。)这一集所渲染的阵营分属问题也并不陌生:《24 小时》开头,鲍尔就在女儿和帕尔默的命运之间左右为难。

人们常把本片的"快速导演"(参见"The Look of *Spooks*" 2002)归功于其第一导演巴拉特·奈鲁利(Bharat Nalluri)。《神出鬼没》的妄想症风格(尤其是新闻和监控录像的快速剪接)有为逼真性服务的明确目的。假如《神出鬼没》有什么特别之处的话,那就是它的快速制作,还有其精明作者提供的故事,与新闻头条几乎完全一致。这些故事包括:一位危险的国际金融家扬言要让英国经济破产(第七季第五集, 2008 年 8 月播出);在极端主义清真寺进行的一次秘密行动,一名追求和平的阿尔及利亚穆斯林阻止了大规模流血事件的发生(第二季第二集, 2003 年 6 月播出)。后面这个故事是《神出鬼没》中引发争议的几个故事线中的一个(参见 *The Secret State* 2003)。笔者在另一篇文章(Cobley 2009)中讨论过,结合剧集妄想症风格中的知识意志和观看意志来看,问题并不在于悬念的机制,而在于焦虑的生产。也就是说,观众的焦虑可能源自对一个世界的疯狂刻画,这个世界既体现了后"9·11"时期西方可能感受到的那种威胁,同时又通过视觉技术加剧了这种威胁。"现实主义"虚构作品描绘的世界要像"我们自己的世界,而且比它还像",这是一个老套甚至陈腐的观念。但是,就当代惊悚片的监控问题而言,它会产生政治性的后果。

结　论

惊悚片的叙述已经改变了,尽管在"9·11"之前就有相关迹象出现。具体来说,妄想症风格表明,民众对监控这一普遍现象(即使不是其原因或后果)有了更多了解。传统的间谍叙事描绘了一个间谍世界,其运作揭露了常常位于某些日常生活事例核心的阴谋。正如拉尔夫·哈珀(Ralph Harper)早在 1969 年就认识到的那样,惊悚故事的世界对于主人公和读者来说是一个特殊的世界,它是一个充满存在危机的世界。然而,格雷厄姆·格林(Graham Greene)或约翰·勒卡雷(John Le Carré)作品的主人公所经历的小范围不安——即使是在《视差》《总统班底》(1976)或《黑暗边缘》(Edge of Darkness,1986)中——与当代普遍存在的监控对安全感产生的威胁无法相提并论。无论民众多么漠视个人识别密码、病历卡的必要性,无论他们多么赞美媒体互动,监控似乎已经渗透到当代西方生活的每个领域,有可能制造妄想症和焦虑(试比较 Andrejevic 2007)。换句话说,由于日常生活的一切已被阴谋占据——对所有人均如此,而非只对间谍而言——所以现实就为视听惊悚叙事提供了肥沃的土壤。

尽管有弗雷德里克·福赛斯(Frederick Forsyth)和亚历克斯·贝伦森(Alex Berenson)做出的努力,但迄今为止,针对世贸中心被袭或随后"反恐战争"导致的广泛监控和间谍活动的知名后"9·11"纸质印刷惊悚小说并不多见(试比较 Weinman 2007)。其中最好、最为严谨的作品当属《911 调查报告》(The 9/11 Commission Report,2004)。该题材大量出现在电影和电视上,以惊悚片的形式体现,例证很多,如《谍影重重》三部曲(Bourne,2002,2004,2007)、《隐藏摄像机》(Caché,2005)、《时空线索》(Déjà Vu,2006)及《谎言之躯》(Body of Lies,2008),因篇幅所限,在此不做讨论。显然,"9·11"之后的监视机制造成了以下事实:较文字叙事而言,目前间谍活动的视听叙事占主导地位,而那些允许"对可视之物的狂热"的叙事层面,比计算机中有关消费模式的数据存储要更适合再现。因此,监控在当代惊悚叙事里将会具有明确的视觉和"可视化"的坐标。

哈珀(Harper 2008:24)曾建议,"对妄想症情况和阴谋论叙事更为细致的观察可以丰富监控研究",因此结合特定背景及潜在阅读方式来理解后"9·11"惊悚片中的妄想症风格,即与监控相关的对可视之物的狂热,也非常重要。《神出鬼没》和《24 小时》都表明监控在一定程度上起作用,如《神出鬼没》的后几季里,由休·西蒙(Hugh

Simon）饰演的计算机迷/技术天才马尔科姆·温-琼斯似乎能操控任何闭路电视监控系统摄像头，能进入世界上几乎任何一台电脑。但是，这两部电视剧中坏蛋仍然构成威胁，而且，监控并不总能成功地用于罪犯或者守法公民，查明他们在干什么或想什么。当监控手段和技术被用于叙述而形成妄想症风格时，它们无疑就体现了这种不确定性。其实，将叙事视为再现的研究认为，即使是与视听叙事妄想症风格相关联的"对可视之物的狂热"，也只能制造出全面监控的那种感觉。它必须排除人们生活里那些乏味的日常监控活动，仅仅因为它们太过枯燥、不值得讲述。

后"9·11"惊悚片的叙事分析者或评论者所面临的一项艰巨任务，就是整理出妄想症风格的不同效果。《全民公敌》《24小时》和《神出鬼没》中无处不在的监控可能展现了妄想症的一种微妙形式，恰当地凸显了为维护日常生活"正常性"表象所使用的隐秘监控手段，它被用于保护有权者和曝光弱者。这有可能就是《全民公敌》妄想症风格的一个理论依据。另外，把监控技术编织进叙述结构乃至叙事事件之中，暗示的可能不仅仅是监控的无处不在，还有它的无所不能，尽管监控体系还"远非万无一失"（Lyon 2003：9）。我们也可以在《24小时》的一些后续发展中看到这一点。这个问题的第三种情况是，叙述中监控技术的无所不在，存在"软化"人们接受更多监控的危险。莱德勒（Laidler 2008：37）调查了英国学校中三岁孩子的指纹录制，得出的结论是，这类监控程序至少可能鼓励人们机械地期待更多监控。

与这第三类情况相关的，是对待监控的一种更为严重的妄想症立场，尽管其拥护者们声称它"非常关键"、未被欺骗、也不包含蓄意阴谋。本文在这里重新审视"反视觉中心主义"或"贬低视觉"的传统（Jay 1993）。这一类型的思想表现为几种形式。一种是摄像机（尤其是它在好莱坞电影中的使用）被看作具有偷窥狂性质，建立了一种"男性凝视"（此简单化认识，请参见穆尔维被过度引用的相关论述[Mulvey 1975]）。另一种与米歇尔·福柯（Michel Foucault）的视觉论述相关，他认为视觉具有实施"规训性"监控的倾向。这一观念来自杰里米·边沁(Jeremy Bentham)没能实现的理想监狱计划。从 1785 年起,边沁就开始设想一种全景敞视监狱,那里的犯人将会处在持续的监控中,对他们的惩罚会成为一种景观。在福柯看来,边沁的设想是将权力铭刻在观看和监视的民间实践中的一个典范。但是,一些人随后却像机枪散射一样,把全景敞视主义运用于文化产品。就视听文本来说,这或许是可以预期的。然而,在其他叙事领域中,同样显示出对运用全景敞视监狱理念的这种过度渴望。

过去,多丽特·科恩(Dorrit Cohn)曾指出对叙述策略的固有潜能缺乏充分调查所导致的缺陷,并特别提到了一些迷醉于福柯的广义上的新历史主义学者(参见 Cohn 1995a,1995b;Bender 1995;Seltzer 1995)。她特别指出,米勒(Miller)、本德(Bender)和塞尔策(Seltzer)的小说研究专著的错误在于,将单一预设意义强加于叙述形式,特别是将"自由间接风格"当作"小说全景敞视"的关键装备(Miller 1988:32)。科恩的论述虽然是关于小说的,对目前后"9·11"妄想症叙述风格的研究也具丰富的参考价值。谈到自由间接风格时,她指出:

> 一部致力于传达最具决定性意义的价值观的小说,可能会依靠人物聚焦;而一部想要展现规范的含混性小说,则可能通过一个雄辩的叙述者的眼光来聚焦。我认为这种模式-意义对应的潜在反转,让阐释工作大大复杂化了(1995a:16)。

自由间接风格这种聚焦形式在用于叙述时,既可以服务于稳定的保守性目的,也可以服务于含混的潜在破坏性目的。作为一位精通叙述策略各种用途的叙事学家,科恩对某些文化历史学者简单地定义一个叙述策略并赋予它单一特性的做法保持警惕。笔者作为一名对叙述感兴趣的符号学学者,在这里会比科恩的研究走得更远。笔者曾论述过伦纳德(Leonard)和希金斯(Higgins)小说中的聚焦问题(Cobley 2000:78 – 99),所以这里要讨论的是叙述和视听叙事中的妄想症风格。叙述中的标志——不管是自由间接引语还是模仿监控的妄想症风格——对于读者来说都是在一个语境中运行的。特别是在类型文本中,尤其是涉及惊悚故事这种文类的时候,这些标志将服务此文类特定的逼真性机制。就此,读者对文本会带着期待,这些期待源自信念(doxa)或关于当下什么才可信的公众观念。因此,妄想症风格的政治风貌是多变的,取决于因时代氛围和先前的文类体验而对它产生的期待。

此外,可用坏的事物——监控为例,证明监控技术能用来表明对监控的怀疑其实是"好的",但上文所说的多变观点并不只是基于这一可能性。后"9·11"时代,西方人受到的监控无疑涉及对公民自由的侵犯,但认为所有观看都具有压迫性,这种结论也未免有些跳跃。监控技术还远非无懈可击,与这一观念相呼应的观点是,人的眼睛也并不能看见一切。实际上,在反驳视觉中心主义和反视觉中心主义的整个论证之时,一位跨学科符号学家用叙事文本说明,人类的视野是通过"尼莫船长的舷窗""夏洛克·福尔摩斯的窗户"这样的有限隙缝而发生的(Sebeok 1981;另见 Cobley,在印中)。在此情境中,视野在人类发展现阶段的相对缺乏,说明离《1984》(*Nineteen Eighty-Four*)里的老大哥或《少数派报告》中预言家所期冀的反抗行为还有一段距离。

然而,妄想症风格也产生了一些更为局部的影响。丹德克(Dandeker 2007:50)、莱昂(2003)和其他研究者注意到,从那些实施在消费者身上的,到以"反恐战争"名义实施的很多监控,都在为识别和组成群体服务。"把监控主要看作对个人自由空间的威胁,是非常个人主义的",莱昂(Lyon 2003:151)如此写道。如当代叙事这样以个人主义形式出现的偏执狂风格,很容易使人产生这样的印象:监视控制或保护了个人的自由水平。监控理论学者的另一个观点就是,限制某类监控将会导致其他类型监控的兴起(Marx 2007)。这就又直接转变成了电影叙事的问题,这里所有类型的视觉技术都被认为是视觉中心主义的,且具有潜在的压迫性(参见 Heath and de Lauretis 1980)。他们的论述认为,叙事作品里的监控支持了真实世界中的监控。但视听叙事作品的观众是否是/成为/有倾向发展为偷窥狂,他们是否会变得更能接受监控对权利的侵犯,这都尚未得到证实。

不过,有两个问题依然存在。第一点涉及对监控的全面抵制,关于这个问题目前有相当多的研究文献(参见 Lyon 2003: 142 - 166; 2007: 159 - 178)。显然,这取决于当代监控问题中固有的矛盾与冲突。在《全民公敌》中,这些被戏剧化地表现为不同监控机构之间的激烈对立,而且在最终在僵局里起到了作用。它似乎表明,不存在老大哥,即便是在政府内部也不存在统一的监控机构。在某个意义上说,这部影片的妄想症风格被这些矛盾冲突破坏了,因为它们表明,监控系统和它的操纵者一样,都不是无懈可击的。当然,影片保留了与被迫害者和迫害者相关的个人化监控观,所以,监控机器产生其操纵者无法掌控的结果,这种可能性是偶然的,尽管它对于情节来说至关重要(如萨维茨的摄像机)。对监控、权力和抵抗这些问题,前文分析的《神出鬼没》一集显得更具讽刺意味。此集由著名的左派编剧霍华德·布伦顿(Howard Brenton)撰写,在其结尾处,军情五处发现,和无政府主义者们尝试取消布什访问白金汉宫相比,索尔特的"抵抗"计划更为有效,但改变空中交通管制计算机上显示的地形轮廓(降低山峰高度)会引发航空灾难。当丹尼和汤姆把这个问题弄清楚,焦急地尝试发出警告时,新闻宣布说空中交通管制计算机已经"崩溃",布什专机转飞巴黎。双方的全部监控手段都被证明是多余的。

从抵抗这方面来看,以上两个例子都跟第二点相关,这一点是关于阐释的,笔者为此要说说一次相对无害的个人遭遇。笔者在英国住的这一区域水质极硬,无法饮用,因此像邻居们一样,笔者经常购买很多瓶装水。实际上,当地超市的瓶装水购买记录超过其他任何分店。但那种瓶装水大多数是"非气泡水"而非"气泡水"/"碳酸水",当超市发现在电子销售点收益中所售非气泡水比例远远高于气泡水之时,做出了停止销售气泡水的决定。几个月后总部才发现,与其他地区的商店相比,该店中出售的瓶装水总量也很大(尽管非气泡水与气泡水销量差距巨大),超市才恢复了苏打水的销售。每天发生多少这类对监控记录的误读,我们无法确定。但是,它再次突出显示了监控并非无懈可击的问题。

　　在对监控社会的某些描绘中,妄想症风格无疑将继续受到欢迎。它看上去很适合,极具当代风格。妄想症风格会产生什么效果,不仅与叙事作品使用它描绘有时尖锐的监控矛盾时所采用的合理方式有关,还取决于文本之外的当代焦虑氛围。在当代西方,监控的发展蕴含着其固有的危险,同样,妄想症风格被自然化,这也有危险。但是,与掩盖当前正在经历的过度监控这种危险相比,再现的危险将是惊悚叙事作品的消费者们不得不面对的事情。

李荣睿　译

参考文献

Andrejevic, Mark (2007). *iSpy: Surveillance and Power in the Interactive Era.* Lawrence: University Press of Kansas.

Auerbach, Erich (1968). "Odysseus' Scar." In: *Mimesis: The Representation of Reality in Western Literature.* Princeton: Princeton University Press.

Bender, John(1995). "Making the World Safe for Narratology: A Reply to Dorrit Cohn." *New Literary History* 26.1: 29 - 33.

Cobley, Paul(1997). "The Specific Regime of Verisimilitude in the Thriller." In: Rauch, I., and G. Carr (eds.). *Synthesis in Diversity: Proceedings of the 5th Congress of the IASS.* Berlin: Mouton de Gruyter.

——(2000). *The American Thriller: Generic Innovation and Social Change in the 1970s.* London: Palgrave.

——(2009). " 'It's a Fine Line between Safety and Terror': Crime and Anxiety Redrawn in *Spooks.*" *Film International* 7.2: 36 - 45.

——(in press). "Sebeok's panopticon." In: Cobley, Paul, John Deely, Kalevi Kull and Susan Petrilli(eds.). *Semiotics Continues to Astonish: The Intellectual Legacy of Thomas A. Sebeok.* Berlin-New York: de Gruyter.

Cohn, Dorrit(1995a). "Optics and Power in the Novel." *New Literary History* 26.1: 3 - 20.

——(1995b). "Reply to John Bender and Mark Seltzer." *New Literary History* 26.1: 35 - 37.

Comolli, Jean-Louis(1980). "Machines of the Visible." In: Heath, Stephen, and Teresa de Lauretis (eds.). *The Cinematic Apparatus.* London: Macmillan,

121 - 142.

Dandeker, Christopher(2007). "Surveillance: Basic Concepts and Dimensions." In: Hier, Sean P., and Josh Greenberg (eds.). *The Surveillance Studies Reader.* Maidenhead: Open University Press, 39 - 51.

Final Report of the National Commission on Terrorist Attacks on the United States (2004). *The 9/11 Commission Report.* New York and London: Norton.

Foucault, Michel(1977). *Discipline and Punish: The Birth of the Prison.* Trans. A. Sheridan. Harmondsworth: Penguin.

Harper, David (2008). "The Politics of Paranoia: Paranoid Positioning and Conspiratorial Narratives in the Surveillance Society." *Surveillance and Society* 5. 1: 1 - 32.

Harper, Ralph(1969). *The World of the Thriller.* Baltimore and London: The Johns Hopkins University Press.

Heath, Stephen, and Teresa de Lauretis, eds.(1980). *The Cinematic Apparatus.* London: Macmillan, 121 - 142.

Hofstadter, Richard(1964). "The Paranoid Style in American Politics." In: *The Paranoid Style in American Politics and Other Essays.* New York: Vintage, 3 - 40.

Jay, Martin(1993). *Downcast Eyes: The Denigration of Vision in Twentieth-Century French Thought.* Berkeley: University of California Press.

Kammerer, Dietmar (2004). "Video Surveillance in Hollywood Movies." *Surveillance and Society* 2.2/3: 464 - 473.

Laidler, Keith (2008). *Surveillance Unlimited: How We've Become the Most Watched People on Earth.* Cambridge: Icon.

"Look of *Spooks*, The" (2002). Disc 2 "extra" on *Spooks* Season One DVD, London: Kudos Productions, distributed and licensed by the BBC.

Lyon, David (1994). *The Electronic Eye: The Rise of Surveillance Society.* Cambridge: Polity Press.

——(2001). *Surveillance Society: Monitoring Everyday Life.* Buckingham: Open University Press.

——(2003). *Surveillance After September 11.* Cambridge: Polity Press.

——(2007). *Surveillance Studies: An Overview.* Cambridge: Polity Press.

Marks, Peter (2005). "Imagining Surveillance: Utopian Visions and Surveillance Studies." *Surveillance and Society* 3.2/3: 222 - 239.

Marx, Gary T.(2007). "What's New about the 'New Surveillance'? Classifying for Change and Continuity." In: Hier, Sean P., and Josh Greenberg (eds.). *The Surveillance Studies Reader.* Maidenhead: Open University Press, 83 - 94.

Melley, Timothy(2000). *Empire of Conspiracy: The Culture of Paranoia in Postwar America.* Ithaca and London: Cornell University Press.

Miller, D. A. (1988). *The Novel and the Police.* Berkeley: University of California Press.

Mulvey, Laura (1975). "Visual Pleasure and Narrative Cinema." *Screen* 16. 3: 6-18.

Pratt, Ray (2001). *Projecting Paranoia: Conspiratorial Visions in American Film.* Lawrence: University Press of Kansas.

Sebeok, Thomas A. (1981). "Captain Nemo's Porthole." In: *The Play of Musement.* Bloomington: Indiana University Press.

Secret State, The (2003). http://www.salaam.co.uk/themeofthemonth/january03_index.php? 1=42%82%22=0 (accessed 02.01.09).

Seltzer, Mark (1995). "The Graphic Unconscious: A Response." *New Literary History* 26.1: 21-28.

Weinman, Sarah (2007). "Post-9/11 thrillers." *Los Angeles Times* 2007, 10 June.

Williams, Linda (1991). *Hard Core: Power, Pleasure and the Frenzy of the Visible.* London: HarperCollins.

第六章

交互式电影：多主人公电影和关系论

塞缪尔·本·伊斯雷尔

（南丹麦大学）

1. 导　言

过去15到20年,在所谓艺术或独立电影领域,涌现出大量不只聚焦于一个主人公的电影作品。[①] 由此,我们可以称这些电影为"多主人公电影"。对很多人而言,多主人公电影的典型可能是罗伯特·奥特曼(Robert Altman)的《人生交叉点》(*Short Cut*s,美国, 1993)或保罗·托马斯·安德森(Paul Thomas Anderson)的《木兰花》(*Magnolia*, 美国, 1999),两部电影都属近期美国电影中最为知名的作品。对有些人而言,其典型则可能是迈克·李(Mike Leigh)的英国片《秘密与谎言》(*Secrets & Lies*, 1996),或是他更早的作品《生活是甜蜜的》(*Life Is Sweet*, 1990)。还有几部法语片也可以纳入其中,包括罗贝尔·盖迪吉昂(Robert Guédiguian)的《宁静城市》(*La Ville est tranquille*, 2000)和奥地利导演迈克尔·哈内克(Michael Haneke)的《巴黎浮世绘》(*Code inconnu*, 2000),以及丹麦道格玛

[①]　当然,我们几乎可以从叙事电影开端时期,并从其他媒介,尤其是文学中(如参见 Atlman 2008 和 Garrett 1980)找到这类结构模式的例子,但我的主要观点是,从没有任何时期像现在一样呈现出如此丰富的多主人公电影作品。

95 电影运动的作品,尤其是拉斯·冯·提尔(Lars von Trier)的《白痴》(*Idioterne*,1998)和罗勒·莎菲(Lone Scherfig)的《意大利初级课程》(*Italiensk for begyndere*,2000)。在东亚电影圈,我们看到洪常秀(Hong Sang-Soo)的《猪堕井的那天》(*Daijiga umule pajinnal*,韩国,1996)和杨德昌的《一一》(*Yi yi*,中国台湾,2000)。而中东地区的代表作则有伊朗电影,如贾法·帕纳西(Jafar Panahi)的《生命的圆圈》(*Dayereh*,2000)和阿巴斯·基亚罗斯塔米(Abbas Kiarostami)的《十段生命的律动》(*Ten*,2002)。最后,还包括拉丁美洲的作品,如亚历杭德罗·冈萨雷斯·伊纳里图(Alejandro González Iñarritu)的《爱情是狗粮》(*Amores perros*,墨西哥,2000)和费尔南多·梅里尔斯(Fernando Meirelles)与卡迪亚·兰德(Kátia Lund)的《上帝之城》(*Cidade de Deus*,巴西,2000)。

列出这份简短但希望具有代表性的电影目录,主要目的在于说明,非个人主义式样的角色集合模式不限于所谓的"美国时髦电影"(参见 Sconce 2000),甚至也不限于当代欧洲(现实主义)艺术电影,尽管在这两类电影中它们"于 20 世纪 90 年代数量如此之多,以至于现在都可以将它们归为一种文化现象"(Tröhler 2001:1),①但多主人公电影现在几乎存在于世界每一电影文化中,也出现在各类导演的作品集中。② 尽管如此,这方面的学术论述仍然相对稀缺。多主人公电影已经引起了一些关注,但这些关注目前主要集中在特定电影的"主题性"方面,或以一种隐含电影作者(implied auteurist)的切入方式,主要关注惯常使用这种模式的导演;一般来说,这些电影的叙事层面仅得到表面解读,甚至完全被忽略(如参见 Demory 1999,Evans 2006, Jerslev 2002, Langkjær 1999, Lippit 2004, Walters 2004,

---

① 这段由作者从德语和斯堪的纳维亚语译为英语。

② 我想,我们从这里可以得出的方法论经验是,无论是"民族电影"还是电影作者理论(auteurism),都不足以构成适合我们研究这类电影的整体框架。相反,这似乎也证明了非主流电影才是真正跨国家和跨民族的(试比较 Bordwell 1985)。

Wayne 2002）。① 如果我们承认，任何扎实的分析和阐释活动都应该以审美分析，甚至以叙事"建筑"分析为前提，那这就构成了一个问题。关于从意识形态、哲学和心理学上看，电影究竟"意味着什么"的论述，如果不基于对影片的构成（和风格），也就是具体影片本身的透彻分析，都会破坏这一分析本可呈现的宝贵见解，留给我们的往往只是理论和/或者哲学的外部"应用"；不管看起来多么高深，它都不过只触及了皮毛。

1.a.　一个研究领域的出现和一个问题

　　幸运的是，一些学者已经开始从叙事角度研究多主人公电影，这种研究的开端当属玛格丽特·特罗勒（Margrit Tröhler）的奠基性论文《多主人公电影和可能性逻辑》（2000）。② 这些学者的一个共同论点是：这些新近影片会避开经典电影中常见的个人主义、情节驱动、由因果关系贯穿的叙事结构，倾向于采用复调式、情境化、或多或少外在主义式的叙事模式，将其主要重心落在角色关系上（Azcona 2005a、2005b，Man 2005，Tröhler 2007）。例如，玛丽亚·德尔·马尔·阿斯科纳（Maria del Mar Azcona）就以这种方式列举了当代多主人公影片的一些特质：

> ……描述失去目标的角色，采用开放式结局，用意外替代因果关系，强调不同角色之间的关系，由此损害了行动的紧凑性……（2005b：未编页码）

---

　　① 一个尤其令人惊叹的例子是耶斯莱乌（Jerslev）用托德·索伦兹（Todd Solondz）的《爱我就让我快乐》（Happiness，美国，1998）和《木兰花》来说明"癔病现实主义"（hysteric realism）的方式。她选取的两个例子无疑都是多主人公电影，但其叙事层面只在文章结尾才被提及，而且只用一个句子来讨论："这两部电影都有忽隐忽现的叙事特征，即在一些紧密相关或者关系不大的不同人物之间，来回切换具体的、非层级性的剪辑。这是一种基于并列原则而建立的文本形式"（2002：95）。

　　② 本文是基于从她的著作《叙事电影中人物的多元集合》（Habilitationsschrift Plurale Figurenkonstellationen im Spielfilm，2001）中选出的几项发现所做的一个演讲，后单独发表，题为《没有主人公的开放世界》（Offene Welten ohne Helden，2007）。

在我看来,上列最后一条对于理解多主人公影片具有关键意义。阿斯科纳继而断言:由于多主人公影片"凸显了多个角色和情节线,它们似乎是探究不同角色之间关系的理想场所之一"(同上)。就我而言,我会更强烈地表达这一评论:多主人公影片不只似乎是探索角色关系的理想场所,实际众多此类影片主要做的就是探索角色关系,因为关系有多种组合模式①;我们可以说,总体而言,叙事重点从(有时相互冲突的)个体目标成就,转向了刻画社会情境中角色之间的互动。

新兴的多主人公电影研究所达成的另一个共识是,这些电影包含了一种社会评论或批评的倾向,也就是特罗勒所说的"富于表现力的民族志现实主义"(2005)。事实上,这个领域的学者们还在某种程度上普遍赞同另一个假设:与经典叙事电影相比,多主人公电影以"更为现实主义"的方式描绘了当代生活和社会(另见 Smith 1999)。尽管我本人是赞同这种观点的,但我发现,这种观点与其他诉诸"现实主义"的主张一样,实际是个非常棘手的问题,因此我倾向于谈论这些影片对社会现实的再现,这种再现从广义上来说,可以被称为"意识形态性的"。这种说法意味着,这个问题——对社会和社会生活的某种描述是否多少有些现实主义——已经朝着这种描绘所隐含的价值观、社会规约等等发生转移。此处,我将聚焦一个特定方面,即人(取此词的广义或"人类学"含义)在多主人公影片中得以再现的方式,因为这点对于我和其他学者在这类电影中发现的社会批评是至关重要的,也是我论证的核心之一。

为了弥合上述两点,即多主人公电影对人物关系的强调及其对人的意识形态式再现,我的理论出发点并非电影研究或叙事理论本身,而是社会心理学元理论,尤其是瑞典社会学家、哲学家约阿希姆·伊斯拉埃尔(Joachim Israel)关于内部心灵(intrapsychic)和关系论(relationist)视角的区分。在内部心灵视角中,人在日常生活实践中的"行为"被视为

①　我不认为阿斯科纳和我在这个问题上真的存在分歧,因此有必要说明,上述结论的上下文受到对浪漫喜剧这种体裁的内在复兴的相关思考影响。

"内部因素的表现,嵌入人们的个性结构中"(J. Israel 1999:11);在关系论视角中,重点则是"对人们的社会关系及其行为所处社会情境的分析"(同上:12)。出于规范或意识形态等原因,J. 伊斯拉埃尔明确地倾向于后者,所以这种区分并不仅仅是描述性质的。

在我看来,社会心理学内部的这两种视角或描述类型大体上对应于传统叙事模式和我们在多主人公电影中发现的、以人物关系为主导的另类叙事模式。关键在于,多主人公电影不仅以多种方式背离了传统叙事,就整体而言,在这些背离中还出现了另一种叙事模式,即一种关系性叙事。这种关系性叙事正如与之对应的关系论视角一样,在意识形态上是对西方社会和文化中关于人的主流观点的否定,而这种主流观点往往在经典叙事电影中得到其终极表达。这并不意味着有任何"直接影响"或灵感启发。事实上,我们要面对的是关于人的两种现代观念,这两种不同且截然相反的观念,在社会科学、日常实践和叙事中都可以找到。

1.b. 本章概述

为了恰当地说明多主人公电影中可能出现的社会批评,我将首先简要概述内部心灵视角的关系论批评。我也将采用 J. 伊斯拉埃尔本人关于"规约"(stipulation)的概念(参见 J. Israel 1972a, 1972b),将他关于内部心灵和关系论视角的区分应用到具体语境中,从例如方法论和理论的角度讨论人的概念是如何具有意识形态性的,试图论证这不仅仅是一个理论问题,在日常生活或所谓"前科学"实践(如电影拍摄)中也非常重要。在论文第一部分结束的时候,我将说明内部心灵视角和传统叙述模式之间的普遍对应关系。在论文第二部分中,我将讨论多主人公电影面对的一些常见批评,试图就学界对其叙事方面的相对忽视做出初步解释,我认为这种忽视是一些被习惯性地用来解读叙事的普遍观念所造成的后果。最后,在论文的第三部分也是主要部分,我将试图展示多主人公电影的叙事是如何与关系视角的三个维度相联系的。

2. 具体化、意识形态和传统叙事模式

"关系论"(relationalism)这个术语可以指示所有元理论领域：本体论、认识论和方法论(试比较 Emirbayer 1997；Ritzer and Gindoff 1992，1994)，但在下面的论述中，我将在社会心理学内部集中讨论方法论，而将(构成了我整体研究方法的)前两者在很大程度上视为理所当然。另一方面，这种普遍(尤其是在本体论方面)的关系论必然暗示着(方法论方面的)关系论视角不能被抽象地、简单地视为其自身某物，必须把它与它所否定的东西结合起来进行具体的考虑(试比较 J. Israel 1979)。① 因此，关系论视角可被看作对占主导地位的内部心灵视角的某种批判。

2.a. 内部心灵视角的关系论批评

关系论视角否定内部心灵视角的原因有几种，其中电影研究内部的心理分析及新近的认知论可谓较有影响力的表述。在伊斯拉埃尔看来(J. Israel 1999)，内部心灵视角不仅在内在论方面存在问题，即沿用笛卡尔的二元论，仅将"过时的""灵魂"(soul)概念换成"心理"(psyche)、"意识"(consciousness)或者"心智"(mind)等概念；另外，与之存在具体历史联系的方法论个人主义(methodological individualism)、因果论(causalism)、强烈的自然主义和/或机械论偏见也是有问题的。另一个重要的方法论问题是，将一种内部心理结构看作一种引发人类行动的推动或刺激性力量，这种假设"容易导致循环论证"(同上：104)。这是因为，如果一种内部结构和驱动力被视为人类行动的起因，那么不可被观察到的现象就被认为能引发可观察到的现象。但是，前者只能从后者中推断出来，因为它们作为原因，应该被假定为充分条件。或者换句话说：内部原因的假设存在问题，因为它

---

① 当然，这点也和其他类型电影以及电影制作相关。

们存在的唯一证据就是它们所声称的影响,那就相当于把解释原因的马车摆到了马的前方,从而倒置了因果。

从规范性角度来说,与内部心灵视角相关的问题与其说与逻辑谬论相关,不如说是"具体化效应"(reifying effect)的问题,这样人被视为一种被动的"客体,是内部……不可控力量……的玩物"(同上)。"具体化"即"将人转变为客体的倾向"(J. Israel 1972b: 161),是伊斯拉埃尔社会批判的核心概念,其本身也是他整体理论构建的一部分。这种批评总体来说属于黑格尔-马克思学派,涉及伦理,也受到马丁·布伯(Martin Buber)的对话哲学和他关于"我与你"(I-Thou)及"我与它"(I-it)区分的启发(参见 Buber 2004; J. Israel 1992)。这两组所谓的"词对",指的是人际关系的基本类型(主体-主体,主体-客体)及行动的方法和模式(对话性的、非终结性的、交际性或独白性的、具体化的和策略性的)。当人被作为一个客体来对待或看待的时候,与"我与它"这一词对话语的具体化过程发生在"社会和理论两个层面"(J. Israel 1972b: 161)。后一种情况我已在上文讨论,这里需要考察的是实际意义上的具体化,即人在资本主义社会里"转变为类似商品的客体"的过程(Israel 和 Hermansson 1996: 84)。但是,这种转变也可能发生在社会或人际交往的层面,那就是当"我将'你'视为,或使'你'成为一种客体,如作为实现我目的的一种手段"的时候。关键是,这些不同"层面"的具体化似乎都是互相关联的。如果我们将他人想作或者看作客体,我们可能就会这样对待他们,反之亦然,而这又与我们行为的社会架构有关联。尽管不是所有有关内在心灵视角的关系论批评都会套用同样的语言或是引用布伯,但现在我们确实在临床心理学家中发现了类似的关切。这个群体是传统上个人主义、内在论方法的主要支持者,奉行更偏关系论的方法(试比较 Mitchell 1988; Robb 2006; Stolorow and Atwood 1992)。这似乎证明了:关系论研究及其相关批评并不局限于少数社会思想家,而是西方思想及其之外领域所共有的一种更广泛的趋势。

2.b. 意识形态理论概述

在 J. 伊斯拉埃尔看来,社会科学家(我可能需要加上人文学者)所面临的不仅是理论,还有元理论选择问题——尽管他们可能并不总是明确承认这点。其中包括对所谓"规约",即"关于所研究对象特征的规范性假设"(J. Israel 1972a:21)的选择。由于其在社会科学(以及人文学科)内部起到的"调节功能"(J. Israel 1972b:125),这些规约是规范性的,因为它们"决定了……理论的内容,还和形式方法论规则一起影响了……研究程序"(同上)。而且,它们是"规范性的,因为它们能够从可供选择的规约中被选取,也可被其替换"(J. Israel 1972a:33),而且选择"规约性系统受到……价值观的影响"(同上)。最后这点很重要,因为伊斯拉埃尔通常都会拒绝"对'价值观中立的科学'持某种教条式信仰"(J. Israel 1972b:182)。他因此断言说,社会理论总会包含"要么公开声明,要么偷偷带入的价值观"(Israel 和 Hermansson 1996:8)。由于这个概念最初是针对社会科学的发展而来的,伊斯拉埃尔区分了三种类型的规约:(1)关于人的"本性"的观念或者假设;(2)社会的"本质";(3)人和社会的关系。基于我已经言明的讨论重点,上述第一种规约是本文关注的核心所在。

看起来如此高深的理论会和我们当前讨论的语境相关,是因为规约不仅仅局限于社会科学(或者人文学科)的日常实践中,也在日常生活的"前科学性"(J. Israel 1972a:27)实践中占有重要地位。这些规约影响了我们与他人联系的方式,因为"我们对他人持一定的看法,我们必定采取某种行为方式;而反过来,他人也被迫采取相应行为,以符合我们的期待"(J. Israel 1985:21)。这就意味着,科学和日常生活语境中的规约往往"作为一种自我实现的预言而运作"(J. Israel 1972b:124),"这不但赋予它们经验性陈述的地位,而且还是一种已被验证的经验性陈述"(同上),尤其是当这些规约与占主导地位、倾向于获得"常识"地位的意识形态观念相吻合的时候。在上述提及的各种意义中,考虑到规约的这一种意义及其规范性特征,我相信,规约在一个规定性系统中能够被有效地用于澄清"意识形态"的概念,后者"可能是社会科学领域中最模棱两可、难以捉摸的一类……"(Larrain 1979:13)。

所以,"意识形态"这一概念既可以用作"否定"意义,也可用作"肯定"意义。在传统意识形态批评中,否定意义占主导地位,意识形态被视为一种"虚假意识"或"必要的欺骗"(同上),是统治阶层用来使霸权社会秩序合法化的手段。从肯定意义看,我们可以说意识形态、世界观(Weltanschaungen)指不同阶层、群体和个体的观念、价值观和方法等,要对它们进行考察,就必须结合相关阶层、群体和个体所处的社会地位及其生活处境与状况。在我看来,由于我们可能忽视自己的规范性起点,意识形态的否定意义实际是不可行的,而其肯定意义又迫使我们更具反思性地对待意识形态问题。这种看法的结果不是相对主义,而是要求我们明确陈述自己的观点和价值观,如我们所选择的规约。另一个我此时只能捎带提及的重要论点是,意识形态不能被视为其本身(分析性的看法有可能除外),但从本体论意义上的关系论角度,我们有必要将意识形态理解为实践-意识形态关系中的组成部分,二者相互生产又相互合法化(参见 S. B. Israel 2004)。

从以上内容可以得出结论,电影制作作为一种特殊的(日常甚或是"前科学的")实践模式,也是具有意识形态的,因为规约在这一语境中也发挥作用——不仅包含上述三种普通类型的规约,也包含与文化生产相关的特定规约,如涉及产品或者艺术作品、其创作与社会功能,以及与观众相关的或涉及产品/艺术作品与观众之间关系的种种规约。因此,我将以类比方式来看待电影的叙事构成和社会理论:二者对人、人类的行为与互动的描述方法截然不同,其抽象程度也有区别,但无论是抽象的、概念化的,还是具体的、涉及叙事问题的(比如架构原则),二者都以此作为核心关注点;或者更简单地说:如果存在着不同的从理论上看待人类的方法,为什么电影叙事中就不该有呢? 如果我们假定规约会影响电影叙事建构的方式,而人在电影中的再现不只是电影"表面再现"的问题(即电影是关于什么的,谁又占据了特定意义的不同"角色"),而且,甚至更重要的一个问题是,人物是如何通过叙事组织建构起来的,这就意味着人在电影中的建构方式,或者说角色和他们的功用、动机(或缺乏动机),同样也是具有意识形态的。

2.c. 内部心灵的经典叙事模式

经典叙事(如参见 Bordwell 1985)仍然是在文化和商业上占据主导地位的叙述模式(试比较 Bordwell 2006)。与内部心灵视角相类似,它从单个个体出发,并且就像在内部心理视角之中那样,"内部结构和……各种驱动力"(J. Israel 1999:77)被视为"外部的、可观察到的心理现象"(同上)——即人或者角色行动——的原因。正如大卫·波德维尔(David Bordwell)所说:

> 经典好莱坞电影展现的是有明确心理特征的人物,这些人物试图解决一个明确的问题或实现一些具体的目标……因此,承担因果机制的主要载体就是人物,是一个具有一整套明显特征、品质和行为的特殊个体……其中,最"具体的"人物往往是主角,他会变成主要的因果关系载体……(1985:157)

经典电影叙事遵循这些原则,围绕主角的计划、与对手的矛盾冲突(共同构成所谓的"情节")以及冲突的解决而展开。因此,这类电影既是个人主义的,又是目标导向的——两者都指向主角或"英雄"计划的完成,也指向叙事在因果和伦理上的闭合。沿着叙事的既定进程(一个事件导向下一个事件),所有的(或几乎所有的)松散线索都被串到一起,英雄获得了回报,而恶棍则得到了应有的惩罚。

经典人物同样也是以目标为导向的,而且从心理上就受到这些目标驱动;事实上,这种驱动可被看作经典电影叙事的实际因果"马达"。经典人物还带有相对稳定的心理特征,他们所谓的"发展",主要体现为从以自我为中心的态度、一意孤行的心理状态等,转向他们的"真实性情"(L. Israel 1991:131;试比较 Thompson 1999)。例如,一个强硬的痞子英雄,被迫在个人满足和做"正确"的事情之间选择,这种两难处境只有因为主角本质上(当然)是"好人"才具有相关性。当然,关于动机的传统概念已经更新,包含了主角的(传统的)"渴望"(want),即一些期望的客体(在某些情况下这个客体是另一个人),以及主角的"需求"(need),即他的心理满足。① 这两种动机,即外在的、以目标为导向的,和内在的、以心理为导向的,可以被视为在经典叙事内部区分(传统的)由情节推动的叙事和(最近的)由人物推动的叙事的根本原因,即是心理和心理"发展"服从于"情节"还是"情节"服从于心理和心理"发展"的问题。

双重动机结构被视为对传统电影人物的一种深化(试比较Bordwell 2006),这暗示了经典叙事模式的又一层特质——角色在一个严格的叙事功能等级体系中的分布,即主要角色和辅助性角色,因为往往只有主要角色才被赋予叙事功能。这种叙事功能等级体现在与之相关的一些因素之中,如主角计划的叙事定位、人物塑造被提及的"复杂"程度(也是一个角色被赋予的特征数量及这些特征可能相冲突的"本性"),以及"焦点"和"视角"的分配——从分析角度说它们各有不同,但在结构上又是彼此相关的组成部分。

所有这些都暗含了某种以紧凑结构表现出来的"叙事经济"——如排除了那些无法使行动达到其目标的、"从因果关系上说不重要的时间段"(Bordwell 1985:160;强调为作者所加)。此外,除了围绕一两个主要人物来展开叙事之外,计划-冲突结构("情节")与动机的中心地位,以及始终紧扣内在心理结构来展开的人物塑造,都意味着剧中人(dramatis personae)的数量必须受到限制(试比较 Smith 1999)。可用的叙事时间(一般是 90—120 分钟)不允许有过多的主要虚构人物,因为一般认为人物过多会导致其动机和特征模糊不清。此外,对人物的展现往往被认为是在严格意义上的行动(计划和冲突)开始之

---

① 这里我使用男性人称代词并非完全偶然,实际是为了反映一种常常被提及的情况,即经典电影中的英雄往往都是男性。

前需要完成的结构要素。在文学电影改编中,这些情况都得以体现:原著中的人物会按照其叙事功能,要么被省略,要么"被糅合到一起"。

经典叙事模式中的结构,尤其是人物塑造,是内部心灵视角的表现,因此也展现了我们这个社会中关于"人性"的主要规约。正如这些心理化的概念在理论、社会和日常社会实践中得到具体化一样,它们在电影制作的惯例性实践和叙事电影的交流性实践中也得到了具体化。这样,经典叙事电影既是西方社会意识形态、具体化趋势的延续,同时也是它的产物;尽管它们可能在某些情况下对"现存权力"进行表面批判,但它们永远不会,至少不会从关系论的角度触及问题的核心。

3. 叙事学概念和多主人公电影

在 2003 年的戛纳电影节上,美国电影《大象》(*Elephant*, 2003)——近期又一部多主人公电影——荣膺金棕榈奖,同时也遭受一定的严厉批评。影评人特别批评了电影的"描述距离"(Skotte 2003:1)、严肃主题(高中枪击案)及其人物,因为它们没有"深入问题、触及个体的灵魂"(同上)。这部电影的导演格斯·范·桑特(Gus Van Sant)对外界批评回应如下:

> ……评论者想要好的答案、好的戏剧。他们问:为什么这部电影如此缺乏戏剧性,令人烦躁?他们简直是在要求我拍一部 20 世纪 50 年代就能拍的作品。我也想问:为什么评论者如此过时?(转引自同上)

对采用非常规叙事的电影做负面评论,斥责其人物动机不足、形象单薄(即心理"铺垫"不够)并非一种罕见现象。事实上,人物动机不足、形象单薄被视为阻碍了观影者对人物和整部电影的"情感投入",一般被认为是一个严重缺陷,因为引发各种各样的情绪被假定为所有艺术的目标。[①] 此处讨论的情况是,批评者错误地用经典叙事作为衡量标准或尺度来判断非常规叙事电影,因此,当缺少预期的构成时,这类电影就被认为是有缺陷的。[②] 但缺乏心理动机未必是一种缺陷,例如格斯·范·桑特就用以下论述来捍卫自己的电影:

> 我一直在试图创造一个事件的纯粹肖像。……作为一个观众,你只是观察事件,然后必须自己在事件间建立联系……我们将事件按照其发展展现出来。我们不展现事件的缘由。(转引自同上;强调为作者所加)

3.a. "角色"和"故事"的概念

一种有点相似但不那么妄下评断的方法——此方法在学者中可能是更为常见的一种——将一些沿用至今、被认为理所当然的批评概念和标准运用于对另类叙事电影的理解,结果导致叙事的重要方面被生生忽略。尤其是"角色"的概念,或更具体地说,"主要角色"的概念,往往会在多主人公电影这个问题上催生一种千篇一律的评论,这种评论领略不到多主人公电影的具体构成的含义,反而导致了加勒特(Garret 1980)所说的"单中心重构"。蒂姆·沃尔特斯(Tim Walters)对《白痴》的分析就是如此,否则它会是一番中肯的解读。在我看来,他正确地指出这部电影"可能最为全面、最为强烈地表达了道格玛95运动的电影思想"(Walters 2004:40),即"不仅'反中产阶级电影',而且'反中产阶级'"(同上:43;强调为作者所加)。因此,他也对托马斯·温特伯格(Thomas Vinterberg)的《家宴》(*Festen*,丹麦,1998)和

---

① 至少按照阿尔弗雷德·希区柯克(Alfred Hitchcock)和迪士尼的美学理念来说是这样。然而,这两个看起来不太相干的人物都以自己不同的方式,对经典叙事模式的发展和完善做出了贡献。

② 当然,有(很多)"糟糕的"经典电影根本不符合其叙事模式的标准,但这不是这里讨论的问题。

索伦·克拉格－雅格布森（Søren Kragh-Jacobsen）的《敏郎悲歌》（*Mifunes sidste sang*，丹麦，1999）提出了以下批评性问题——除了这个问题，这两部片子在评论界口碑不错：

> 如果他们如此热衷于挑战电影中隐含的或者内嵌的意识形态，
> 他们能不能别表现得那么明显，一定要构建激进叙事呢？（同上）

蒂姆·沃尔特斯如此评价《白痴》在叙事上的"激进性"："电影显示出毫不优雅的闲散和粗糙，围绕群体的各种消遣娱乐，带着一种离题的、自发的节奏"（同上，45），然而他似乎没有抓住重点的地方在于，他认为电影"名义上的故事……是围绕卡伦发生的"（同上）。如果《白痴》的叙事是如此"激进"，在沃尔特斯看来几乎是唯一真正属于道格玛95电影运动的作品，它为什么要像传统的、"中产阶级"的叙事典型一样，必须包含一个主角呢？ 当然，这部电影的开头和结尾都聚焦于由波笛·约根森（Bodil Jørgensen）饰演的卡伦和她的处境（在一个看似缺乏关爱的环境中面对失去孩子的痛苦），但在电影的其他部分中，她要么仅仅"作为"一个观察者，要么就是完全退入背景，让"白痴"（spasser）的其他成员，如由尼古拉·雷·卡斯（Nikolai Lie Kaas）饰演的耶珀、由克努德·罗默·约根森（Knud Romer Jørgensen）饰演的阿克塞尔、由安妮-格蕾特·贝加拉·里斯（Anne-Grethe Bjarnp Riis）饰演的卡特里内和他们之间正在进行的"爱人的争吵"，来"占据舞台中心"。实际上，把《白痴》视为一部群像型电影、把卡伦看作特罗勒（Tröhler 2007）所谓的"挡箭牌主角"（Alibihauptperson）难道不更有批评意义吗？[1]

---

① 在特罗勒看来，这些"挡箭牌主角"可以具有与"整体主题"相关的"象征性"意义（Tröhler 2007：53）。在《白痴》这个例子中，"装疯卖傻"（spassing）充当了反抗小资产阶级规约的方式，并在叙事上起到了奠定"结构框架"的功能（同上）。另一方面，他们"既不是行动的载体，也不是叙事的例子，既不体现在他们的荧幕魅力中，也不是观众情感投入的决定性人物"（同上，54）。

　　总体而言,传统角色概念对于理解多主人公电影是存在问题的,无论是西摩·查特曼(Seymour Chatman)的"特质范式"(paradigm of traits)(Chatman 1978:126),还是格雷马斯(Algirdas Julien Greimas)意义上的"行动元"(actant)。前者之所以不可行,是因为叙事通过不同组织原则进行人物塑造的所有,甚至是差异性极大的类型与方法,都被简化成一种心理化模型或不考虑任何其他可能性的人物理解,用特罗勒的术语来说,即不同的"雕像式人物"(Figurenkonzeptionen)。后者之所以不可行,是因为它仅仅将角色等同于叙事功能,将其看作(对叙事相对狭隘的理解中)与经典叙事中所谓"情节"概念有相通之处的替代符。关于角色概念的其他研究方法也许更适合讨论多主人公电影。

　　同样的论点也可用于关于"故事"概念的讨论,尤其是关于"最小故事"概念的讨论。例如,波德维尔将他的"故事"(fabula)概念描述为一种"在特定时长和空间范围内、按时间因果关系链发生的一系列事件"(Bordwell 1985:49)。初看起来这种概念没有问题,但波德维尔对故事因果本质的强调让我们好奇:这种概念是不是对体现在经典叙事电影中的某种特殊本体论的描述,而这种本体论未必存在于非常规叙事艺术电影中。同样,查特曼提出的、从某种意义上与之对应的"故事"概念中,也生活着上述意义的人物,这也可以说代表了某种主要在经典叙事中出现的关于人的概念。

　　"最小故事"的概念往往被理解为由三部分构成:一个状态(state)、一个事件(event)和事件之后的第二个(改变了的)状态。里蒙-凯南(Rimmon-Kenan)指出,这个概念"要求三个构成原则:(1)时间上的延续;(2)因果关系;(3)反转"(2002:18)。我们也可以从经典叙事中看到这种模式。在经典叙事中,最初的和谐状态被打破,一般是由于反派的行动,因此必须"得以纠正",一般由主角/英雄的行为来完成:传统的和谐→打破和谐→恢复和谐的结构。尽管里蒙-凯南还指出,"一组事件要构成故事,时间上的延续足以作为一种最低要求"(同上,18f),这部分是因为其他要求要实施起来是反直觉的:"如果……我们将因果关系和闭合……看作强制标准,我们直觉上认同的许多事件的集合将不得不被排除在这个类别之外"(同上, 19)。[1]

"故事"概念的某些问题,与它脱胎于"内容"概念有关,内容和形式之间的这种传统差异以不同形式存在于传播理论、符号学等研究中。尽管通常认为内容永远不可能独立于形式,但这种区分本身就暗含了一种倾向,即重内容轻形式,也就是认为内容先于形式。这样,内容获得了一种类似于柏拉图主义的理念——这一点在"同一个故事可以用不同方式讲出来"这样的陈述中显而易见。尽管有很强的方法论理由来支持"故事"概念,涉及具体叙事文本中的时间顺序问题时尤其如此,但在我看来,"故事"概念也存在同样严重的问题,其核心在于,对由具体叙事构成所产生的特定再现方法不敏感。因此,我希望倒过来看,给予形式比内容更多的重要性,讨论特定的叙事及其再现,或讨论由叙事构成再现的世界,而不去谈论故事和话语或故事与情节(fabula and syuzhet)。[2] 更简洁地说,你不可能用不同方式来说同一件事情,因为你说的内容受到你说话方式的影响。

4. 多主人公电影和关系论的维度

尽管在讨论 20 世纪 90 年代崛起的非个人主义的人物集合时,特罗勒针对群像型电影和马赛克型电影做了一个重要区分:前者主要围绕具有明显个性特征的角色群体展开,后者则创造了由单个、成对

---

① 在试图重新引导叙事理论的方向时,奥尔特曼(Altman 2008)在他对"叙事的传统理解"的批评中提出了几个跟我的观点相似的观点。

② 我没有将视觉活动包括在这个描述中,并不是要主张回到新批评主义或早期结构主义所提出的文本自治观点,这只是一个划界问题。首先,在目前关系论研究的立场上,我不觉得自己就电影和观众之间的关系能够提出什么让人满意的完整看法。因此,我并不希望像前文中的格斯·范·桑特那样,认为多主人公电影比经典电影更能激起观众参与。然而请注意,对观众进行的初步实证性研究(Azcona 2005a)的结果似乎指向这一方向。

或小群体角色构成的网状布局（Tröhler 2000，2001，2007）。在下面的讨论中，我将集中关注这两类电影中都可以观察到的一些普遍特征。我相信这些普遍特征呼应着关系论视角的基本信条或维度：（1）人际的；（2）情境的；（3）实用的或以行动为导向的，其结果就是一种非具体化的"人"的概念，而我将论证这种概念具有意识形态和深刻的伦理寓意。

4.a.　人际的

在上上个小节中，我重点讨论了关系论视角对内部心灵视角所做的否定，因为后者存在循环论证和具体化两种倾向对其他有问题的方面仅仅一带而过。但关系论也重点否定了个人主义这一内部心灵视角不可或缺的组成部分，因为人永远不会是"在社交上孤立的原子"（Israel 1999：81），而是始终并必然参与到与他人的互动和关系之中。为了证实这种观点，J. 伊斯拉埃尔引用了乔治·赫伯特·米德（George Herbert Mead）的例子，米德颠覆了将自我视为"与他人互动的先决条件"这一传统观念（同上，128），论证了自我是一种社会性的主体间性建构，且"产生于社会交往中"（同上）。

尽管上面这种关系论的强有力的版本可能不会立刻显现在所有多主人公电影中，但多主人公电影呈现了大量叙事地位平等、多多少少相互关联的人物，这一事实显然否定了经典叙事中的个人主义，也强调了人物之间的社会"空间"。这似乎意味着，非个人主义的人物集合确实是相互关联的，至少在一定程度上是这样；而且人物关系并非像它们在经典叙事中那样，或是仅对个体角色起到作用（即作为他们"个性"的表现），或在功能上受情节主导（即作为实现目标的手段），或作为一种主题关怀。多主人公电影对人物关系的叙事强调是一种叙事组织方式，在主题上具有重要意义，传统"情节"（计划-冲突结构）的缺乏也着重说明了这一点。

多主人公电影的关系性特点当然也与其"多焦叙事视角"（Tröhler 2005：未编页码）有关。多焦叙事视角被视为多主人公电影最基本的特征,也是它使此类电影名副其实。除了影响叙事的经济性——如使得叙事极难容纳情节和收场——多焦叙事视角也涉及打破经典电影的功能层级或使之不那么严格。另一种做法是使焦点和视角的分布更具流动性,以便给予角色同等地位,并可在叙事全局或局部展现这种流动性分布。

焦点的改变或者转换可以发生在马赛克型电影的不同部分之间,可用"章节标题"来表示,如罗德里戈·加西亚(Rodrigo García)的电影《看着她就能知道的事情》(*Things You Can Tell Just by Looking at Her*,美国,2000)中那样;或由风格上的标志来暗示,就像在史蒂文·索德伯格(Steven Soderbergh)的电影《毒品网络》(*Traffic*,2000)中,三个地方不同的颜色和质感对应了至少六个主人公;也可以发生在独立场景内部。电影《巴黎浮世绘》(*Code Unknown*)里,有一幕发生在餐馆的场景:当时,由朱丽叶·比诺什(Juliette Binoche)饰演的安妮正在一些朋友的陪伴下,庆贺她当新闻摄影师的男友,由蒂埃里·钮维(Thierry Neuvic)饰演的乔治从科索沃安全返回。在这个场景的摄制过程中,摄影机转换位置,焦点(电影中的每个场景只有一个镜头)转移到年轻的西非移民,由奥纳·卢·延科(Ona Lu Yenke)饰演的阿玛度身上,他正与一个法国女孩在这个餐馆约会。

这部电影中的另一个例子是乔治的弟弟,由亚历山大·哈米迪(Alexandre Hamidi)饰演的让,继电影开头与阿玛度的街头扭打场景之后,他回到了家庭农场。这个场景的情节前提是,电影一开始,让就明确表述了他对不得不接手农场这一命运感到沮丧。当他走进屋的时候,由赛普·贝尔比奇(Sepp Bierchler)饰演的父亲已经坐在餐桌前开始吃饭,两人几乎没有任何言语和眼神交流。当父亲把一盘子甜菜根和一个勺子递给让的时候,行为中似乎没有透出任何的关爱,让的沮丧好像也可以理解;这就是他一直在试图逃避的东西,所以他在电影一开始就问安,自己是否可以和她及乔治一起待在巴黎。但是镜头焦点再次发生了变化:让还在继续吃饭,父亲从桌子面前站起来走到卫生间,并坐下来叹气。他没有使用马桶,但还是冲了水,而且显然

(他的脸转过去背对着镜头)开始默默哭泣。突然,父亲的"视角"也清楚了;当前的情景对他来说一样令人沮丧。关键是,两个人物被置于了同样的地位——叙事变得多声部而非单声部——而聚焦的对象现在已经不仅仅是让的沮丧,也有他和父亲之间的关系。于是,问题不再是:"让接下来会发生什么事?"或者"让接下来要做什么?",而是"他们会发生什么?"或"他们会怎样应对?"。在这个场景中,情景前提的关注点从让和他的个人问题转到了父子关系之上。

当然,这种"视角"的转换在群像型电影中可能更为普遍。在群像型电影中,焦点可以在群体不同成员之间转换,而成员之间的相互关系(家庭成员、同事等)是事先就存在的,也是将他们定义为一个群体的关键。群像型电影中的发展也可以视为关系性而非个体性的事情;进化的不是个体人物,而是他们之间的关系。这在迈克·李的几部电影中尤为明显,特别是《生活是甜蜜的》和《秘密与谎言》两部电影。二者的主题都包括:缺乏交流和共情会如何伤害人与人的关系,救赎或解决冲突只能借助沟通过程,即在社交场景中得以实现。当然,这个主题在经典叙事和由人物主导的戏剧中也并不稀奇:主人公会努力获得父母、爱人或其他有密切关系的重要人物的认可和共情。经典叙事电影与上述提到的两部乃至其他群像型电影的区别标志之一,是传统的功能性等级仍然存在,它们仍然围绕一个单一主人公的计划展开,但在这些情况下,渴望的对象不是一件"物品",而是另一个人,一个被给予了物化地位的人,即一个被具体化了的人。

关键问题是,在群像型电影中,关系疏远问题不仅仅与主题相关,它源于叙事中相互关联的特性并因之得以强化。也就是说,此处起作用的区别就是主题重点和叙事重点之间的区别。在电影《生活是甜蜜的》中,最核心的关系问题是由简·霍洛克斯(Jane Horrocks)饰演的女儿妮古拉与家里其他成员,尤其是由艾莉森·斯戴曼(Alison Steadman)饰演的母亲温迪之间那些鸡毛蒜皮的矛盾及其发展。这一问题主要通过全家人聚集在客厅里的两个重要场景来展现。

第一个场景发生在电影开始不久,大概有三分钟时长,总共由71

个镜头构成(每个镜头的平均时长是 2.5 秒),包括从中景到中景特写的一系列镜头,每个镜头基本只有一个人物;只有四个镜头里有超过一个人物,其中一个镜头是移动镜头,还有一个镜头只展现了布景。① 在绝大多数镜头中,其他人物的声音可以在声轨上听见,被拍摄的人物也说话;仅有 12 个镜头中被拍摄的人物没有说话,但他们或是对话的主体,或正在应对交谈。我之所以指出这点,是因为这种多少按照传统对话场景来拍摄和剪辑的镜头,并不是迈克·李作品典型的视觉风格。迈克·李的作品场景一般都由长镜头构成,一个镜头中展示多个人物。所以,电影的这种视觉风格极为重要,强调了家庭成员在人际关系方面出现的问题,这种紧张关系在极具冲突的对话中体现得十分明显,在妮古拉相对于其他家庭成员的空间位置中也得到强化。

第二个场景发生在电影快结束的时候,大概有一分钟时长,只有两个镜头,其中一个是典型的迈克·李式镜头,一个大概持续 40 秒的静止长至中长镜头,同时展现了家里的四个成员。与第一个场景比起来,这个场景的视觉风格和对话风格都更加包容和温暖,人物的空间构图也强调家庭矛盾开始缓和——家庭成员已经开始交流和相互关心。有趣的是,电影结尾没有完全的闭合,只留下了一个充满希望的暗示。第二个场景与第一个场景的另一个重要区别在于,第二个场景的焦点要远得多,但同时又落在多个人身上,这是通过构图和镜头长度来实现的。相比之下,第一个场景的构图和剪辑使得焦点一直在不同人物之间持续转换。

4.b. 情境的

由于人类行为和互动的极度复杂性,J.伊斯拉埃尔严重怀疑"在这种语境中,使用因果关系解释的必要性乃至可能性"(1999:77),尽管这在社会科学、日常生活或"前科学"实践(比如说电影拍摄)中都很常见。例如,在人际冲突中,"几乎没有意义去问是谁先开始的,谁

---

① 所有数据都基于电影俱乐部 DVD 版本的时长。

引起了矛盾、造成了冲突,或谁该受到责备"(同上,78),因为矛盾各方处在一种"彼此影响的关系"之中(同上)。人类关系是相互作用的,所以关系论学者认为,人的行为不可以按照单方面、决定式因果关系的方法来理解。因此,在社会科学的语境中(为什么不可以也在人文主义和日常生活语境中呢?),我们不可以依赖因果解释,必须解释所观察到的现象。例如,在冲突中更为可行的是"……指出互动是怎样开始、又怎样消失的原因。这些原因就是情境的阐释"(同上)。

这就将我们带入了关系论视角的下一个核心维度:"情境"的概念。受约翰·杜威(John Dewey)等人的启发,J.伊斯拉埃尔指出,行动和互动不能脱离于行动者所处的情境;脱离行动者来谈行动,脱离时间、空间和社会背景来谈行动和行动者,在逻辑上都是说不通的。情境将行动和互动纳入一个框架中,而且作为一个概念,它指的是"行动发生的社会和物理空间,其发生的时间,存在的期待和人们对这些期待的反应,人们行动时所处的社会地位和处境以及行动对象所处的地位和处境"(同上,71)。关系论的这种整体或多维度的情境层面,可以进一步理解为是对内部心灵视角中普遍存在的因果决定论的否定。

情境维度存在于多主人公电影的"整体"和"局部"中。在叙事作为一个整体的层面,情境维度体现在多主人公电影典型的片段式结构中,由此避免了传统"情节",也淡化了因果关系和闭合结局。当然,马赛克型电影往往是最为明显地体现片段化风格的,因为他们的结构正是由不同的"故事线索"(Smith 1999)穿插编织而成的,从一条"故事线"到另一条故事线并不意味着要从上一条行动截止的地方重新拾起来。相反,不同的松散连接起来的场景与整体叙事流之间保持了一定的独立性。可以说,这些场景就是并展现了小型的关系互动游戏或戏剧。

如果我们回到群像型电影,我会再次以《生活是甜蜜的》为例。虽然我们可以像我之前所做的那样,将妮古拉和家庭其他成员的矛盾(实际都是些鸡毛蒜皮的口角)看作其核心关系问题,但电影中有相当一部分内容仅对这个问题一带而过。具体来说,我想到两个相当长的连续场景,其涉及的其他问题较这个来说要突出得多。第一个场景展现了由吉姆·布劳德本特(Jim Broadbent)饰演的父亲安迪,从由斯蒂芬·瑞(Stephen Rea)饰演的无业游民(很可能是一个犯事儿的人)帕齐手中买了一辆破旧的送餐车,第二个场景则展现了由蒂莫西·斯波(Timothy Spall)饰演的家庭老朋友奥布里考虑不周的餐馆(其取名颇具象征意义,叫"无可后悔")开业典礼。基于我们分割电影的方式和所包含的场景,上述两个连续场景持续了大概35到40分钟多一点。如果我们包括小吃车场景之后的一段场景,即奥布里向安迪和温迪介绍餐厅情况,而这时离开业还有几天,我们就可以加上十分钟与家庭关系不直接相关的内容。

尽管这种对时间的量化计算不一定能够揭示电影的相关叙事问题,但电影将近一半的时长都在讨论其他问题,而不是我们(带着一些权力)认为的中心问题,这一事实相当具有说服力。此外,购买餐车和餐厅开业都可视为独立事件,其发展不趋向于任何程度的终结性。安迪说他打算整修餐车,这样就可以辞掉他在某家餐厅或工业厨房的主厨工作,但这一计划并没有实现;也就是说,这不是一个关于安迪试图"逃离激烈竞争"的英勇故事;事情差不多就这样不了了之。奥布里的餐馆情况也大致如此,开业那天晚上他就衣衫不整、醉酒晕倒,看起来事情就几乎已经搞砸了。但是,奥布里的不幸对整个家庭的生活没有任何影响;它只是一个独立的事件。奥布里和他的下属,由莫亚·布雷迪(Moya Brady)饰演的葆拉在餐厅开业前后发展出来的奇怪恋爱关系也说明了这一点。这种恋爱关系带有强烈的社会等级烙印,奥布里和葆拉一个处于主导地位,另一个则处于被主导地位,由此正是我们前文提到的关系游戏的一个例证。购买快餐车的事件也属于同一性质,因为它成了安迪和温迪就事情的审慎性进行持续"协商"的背景。

情境层面在核心问题本身也表现得很明显,因为其根源尚未揭露;它并非受制于因果关系。剩下的就是此时此地的冲突,主要表现为吵架和恶意玩笑的形式,而这都是沟通不畅的体现。这里传达出的信息似乎是,为了应对这种问题,我们必须与他人交流沟通,敞开心扉不带偏见,简单地说就是要对话,而这也是温迪在电影临近结尾的时候试着做的事情。反过来,温迪的做法也开启了妮古拉重新融入家庭的过程。

在两种形式的多主人公电影中,情景层面存在的另一种方式是在局部,即一个单一场景中展现世俗的日常活动。这类戏剧性不强的事件在有些电影中往往有时间得以展开,就像维托里奥·德西卡(Vittorio De Sica)的新现实主义经典《风烛泪》(*Umberto D.*,意大利,1952)里经常被引用(并被赞赏)的那个场景。这个场景展现了由玛丽亚-皮娅·卡西利奥(Maria-Pia Casilio)饰演的女佣玛丽亚在清晨工作的样子。当然,这类场景的顺序安排也构成叙事整体片段式结构的一部分。

4.c. 实用的

关系论的最后一个维度即实用或行动导向的维度。我先前已经提到,这个维度否定内部心灵视角的内在主义,认为内部精神或心理的状态和结构是理解(甚或解释)人和人类行动的主要依据(如激励性因素)。但关系论的出发点是将行动置于情境中,将其当作有意义、有目的的对象来看待。为了支持这种论点,J.伊斯拉埃尔在诸多理论中重点引用了芬兰哲学家耶奥里·亨里克·冯·赖特(Georg Henrik von Wright)关于行动是怎么产生的理论。在他的理论模型中,行动由多种必要成分构成,其中两种就是情境(situation)和意向性(intentionality)。因为我在上一个小节中已经讨论过情境问题,所以现在先把这个问题放到一边,主要讨论"意向性"这个概念。J.伊斯拉埃尔指出,赖特的意向性概念有两个方面从关系论角度来看十分重要。首先,"冯·赖特坚决反对行动是由精神态度导致的看法。因此,他也反对认为意向可能是一种精神过程或状态的观点"(Israel 1999:29)。这也意味着"意图既不是行动'背后',也不是行动'之外'的东西,因为如果声称你可以在行动的某个特定部分确定其意图,是具有误导性的"(同上)。相反,正如我在前文已经论述过的那样,我们只能自我设限在归因之中,因为原因是"情境阐释"的一个内在组成部分,或者如J.伊斯拉埃尔所说的那样,意图"在一个关于行动者的叙事中具有自己的位置"(同上,强调为作者所加)。事实上,它就是行动本身,后者可以被描述为具有意图性。

从上述讨论和 J. 伊斯拉埃尔的观点——从(可观察到的)行动,进行所谓"逆推",得到(不可被观察到的)人物性格或者"特征",这实际是一种循环论证——可以看出,它是行动本身,我们必须根据具体的社会情境和社会文化语境,将其视为并描述为"诚实的"/"欺骗性的""勇敢的"/"懦弱的""善良的"/"邪恶的"等对立面:"我们可以选择几个所谓的特征,但却总会发现这些特征事实上都是行动的模式"(Israel 1985:33)。这并不意味着 J. 伊斯拉埃尔完全拒绝心理学:

> ……出于逻辑的原因,我们也不得不使用一套心理学-唯心主义的语言。实际上,当我们讨论人时,离不开"想""经历""感知""梦见"等概念。我们使用心理学的……语言游戏这一事实,对于声称我们拥有……灵魂……的主张来说,既不构成必要条件,也不构成充分条件。(1999:19)

重要的是,此处 J. 伊斯拉埃尔引用了罗伊·谢弗(Roy Schaffer)的观点:我们必须发展出一种行动的语言,其中包含所有这种语言的内涵,而不是关于特征或结构的传统语言;从实践角度来说,这就意味着在描述心理问题时,至少如果我们希望避免具体化,打个比方,我们就必须使用动词而非名词。

由于多主人公电影的形式特征,尤其是其对人物互动、多声部焦点和片段式结构的强调,我相信这类电影可以被视为这种行动性语言的电影对应物。就这点而言,特罗勒谈到了多主人公电影中的一种"对人物的外部聚焦"(2007:65),并总结说"行动、言语行为、情感表达和肢体语言都是融为一体的,只能以关系的角度来理解"(同上, 274)。①

---

① 在接受问题上,阿斯科纳也提出了类似观点:"对外部聚焦的严重依赖,也缺乏帮助观众探索人物内心的其他手段,……观众面对的是不透明的人物……"(2005a:16)。

这种外部聚焦也因为传统主体性的相对缺乏而获得强化,即记忆激发的闪回,人物视角镜头以及为暗示眩晕而刻意模糊的画面和为表明意识的丧失而逐渐淡出等风格上的标志。这里一个有趣的例子是丹尼斯·阿康特(Denys Arcand)的《野蛮入侵》(Les Invasions barbares,加拿大,2003)。当由雷米·吉拉德(Rémy Girard)饰演的饱受癌症煎熬的父亲雷米回顾自己进入性成熟期的经历时,在这段被他描述成与许多漂亮女演员、女性公众人物的"风流韵事"(他实际上只是在谈论青春期手淫)中,他的故事与各种电影片段、档案素材一直在交互切换。由于这种明显的风格差异(如采用黑白而非彩色图像),其效果并非他的某一主观记忆,而是故事外的插入内容。

5. 结 语

在这一章中,我试图说明,提出多主人公电影是关系性的,而且不仅仅是主题性的关系这一观点到底意味着什么。这一主张不仅是我自己的,而且在一个仍然相对较小的研究团体中也达成了一定的共识。当然,共识不能用来验证一个观点是否正确——有类似的验证吗?但我认为这个观点包含一定的说服力和研究成果,因为它基于(可称为)某种方法论的"敏感性",即允许具体电影挑战我们视为理所当然的叙事概念,与此同时又注意避免过度强调这些叙事概念的批判性或分析潜能。这不是说叙事学至今一直是错误的;我相信例如波德维尔对于经典叙事模式的描述就是非常准确的。但在我们当前生活的时代里,不同的新形式以及较古老叙事形式内部出现的发展,都要求我们去发展、补充和修改我们的理论。

此外,我认为这些叙事的新形式和新方法,尤其是看上去"打破陈规"的那部分,不应仅被视为其本身。我们应该将它们看作相应艺术形式的内部"进化性"发展,或是对观众文化修养不断提高的一种必要反应。我们也可以将它们视为更广义的社会文化趋势中,它们所反映或促进的某种因素,如"后现代性"。这些解释在我看来没有一个是充分的——例如,它们不能解释相对传统的故事讲述方式为什么会持续地在文化和商业上占主导地位(试比较 Bordwell 2006;Thompson 1999)。它们或许都"参与"了全局的一部分,但并非全部。"打破陈规"意味着有规则可以被打破,这一点非常重要,因为其他选择(也是一种关系性概念)不能仅被抽象地看作其本身。部分的真相还可能在于,我们必须(或多或少刻意地)将它们视为对主导、主流内容的否定,也就是对当代社会的实践和意识形态、其价值观和道德观的批判性回应。就多主人公电影的情况而言,批评的矛头可能看似指向不同层面的具体化倾向,尤其是在其人际关系层面,而这种冲击可能在伦理道德上的意义主要来源于此。

这是否意味着多主人公电影总是表达了一种关系论的批判呢?也许并不是。我试图列举大量电影作为范例,使本章的描述保持在一个普遍性的层面。当然,总有会进一步研究的视角,我发现的一个非常重要的视角就是多主人公电影的"好莱坞化"趋势,这种做法尝试让多主人公电影遵从经典的故事讲述原则。

许娅 译

参考文献

Altman, Rick(2008). *A Theory of Narrative*. New York: Columbia University Press.

Azcona, María del Mar(2005a). "Making Sense of a Multi-protagonist Film: Audience Response Research and Robert Altman's *Short Cuts* (1993)." *Miscelánea* 32: 11 – 22.

——(2005b). "A New Syntax for the Same Old Story?: Multi-protagonist Romantic Comedies Today." Paper presented at the Society for Cinema and Media Studies Conference. London: March 31 – April 3, 2005.

Bordwell, David(1985). *Narration in the Fiction Film*. Madison: The University of Wisconsin Press.

——(2006). *The Way Hollywood Tells It: Story and Style in Modern Movies*. Berkeley: University of California Press.

Buber, Martin (2004). *I and Thou*. 2nd edition. Trans. Ronald Gregor Smith. London: Continuum.

Chatman, Seymour(1978). *Story and Discourse: Narrative Structure in Fiction and Film*. Ithaca: Cornell University Press.

Demory, Pamela(1999). " 'It's about Seeing ...' — Representations of the Female Body in Robert Altman's *Short Cuts* and Raymond Carver's Stories." *Pacific Coast Philology* 34.1: 96 - 105.

Emirbayer, Mustafa (1997). "Manifesto for a Relational Sociology." *American Journal of Sociology* 103.2: 281 - 317.

Evans, Jo (2006). " *Piedras* and the Fetish: ' Don't Look Now '." *Studies in Hispanic Cinema* 2.2: 69 - 82.

Garrett, Peter K.(1980). *The Victorian Multiplot Novel: Studies in Dialogical Form*. New Haven: Yale University Press.

Israel, Joachim(1972a). *Om kunsten at løfte sig op ved hårene og beholde barnet i badevandet. Kritiske betragtninger over samfundsvidenskabernes videnskabsteori*. Copenhagen: Gyldendal.

——(1972b). "Stipulations and Construction in the Social Sciences." In: Israel, Joachim, and Henri Tajfel (eds.). *The Context of Social Psychology: A Critical Assessment*. London: Academic Press, 123 - 211.

——(1979). *The Language of Dialectics and the Dialectics of Language*. Copenhagen: Munksgaard.

——(1985). *Sociologi. Indføring i samfundsstudiet*. 2nd edition. Copenhagen: Gyldendal.

——(1992). *Martin Buber. Dialogfilosof och zionist*. Stockholm: Natur och Kultur.

——(1999). *Handling och samspel. Ett socialpsykologiskt perspektiv*. Lund: Studentlitteratur.

Israel, Joachim, and Hans-Erik Hermansson (1996). *Det nya klassamhället*. Stockholm: Ordfront.

Israel, Lena(1991). *Filmdramaturgi och vardagstänkande. En kunskapssociologisk studie*. Gothenburg: Daidalos.

Israel, Samuel Ben (2004). *Samspillefilm. Den relationelle fortællemåde i et relationistisk perspektiv*. Cand. Mag. thesis. Copenhagen: University of Copenhagen.

Jerslev, Anne(2002). "Realismeformer i Todd Solondz' *Happiness* og Paul Thomas Andersons *Magnolia*." *K&K* 30.93: 72 - 96.

Langkjær, Birger(1999). "Fiktioner og virkelighed i Lars von Triers *Idioterne*." *Kosmorama* 45.224: 107 - 120.

Larrain, Jorge(1979). *The Concept of Ideology*. London: Hutchinson.

Lippit, Akira Mizuta(2004). "Hong Sangsoo's Lines of Inquiry, Communication, Defense, and Escape." *Film Quarterly* 57.4: 22 - 30.

Man, Glenn(2005). "The Multi-protagonist Film and the Aesthetics of Intersection." Paper presented at the Society for Cinema and Media Studies Conference. London: March 31 – April 3, 2005.

Mitchell, Stephen A.(1988). *Relational Concepts in Psychoanalysis: An Integration.* Cambridge: Harvard University Press.

Rimmon-Kenan, Shlomith (2002). *Narrative Fiction: Contemporary Poetics.* 2nd edition. London: Routledge.

Ritzer, George, and Pamela Gindoff(1992). "Methodological Relationism: Lessons for and from Social Psychology." *Social Psychology Quarterly* 55.2: 128 – 140.

——(1994). "Agency-Structure, Micro-Macro, Individualism-Holism-Relationism: A Metatheoretical Explanation of Theoretical Convergence between the United States and Europe." In: Sztompka, Piotr(ed.). *Agency and Structure: Reorienting Social Theory.* Yverdon: Gordon and Breach, 3 – 23.

Robb, Christina (2006). *This Changes Everything: The Relational Revolution in Psychology.* New York: Farrar, Straus and Giroux.

Sconce, Jeffrey(2002). "Irony, Nihilism and the New American 'Smart' Film." *Screen* 43.4: 349 – 369.

Skotte, Kim(2003). "*Elephant*-orden i Cannes." *Politiken* May 30, sec. 2, 1.

Smith, Evan (1999). "Thread Structure: Rewriting the Hollywood Formula." *Journal of Film and Video* 51.3 – 4: 88 – 96.

Stolorow, Robert D., and George E. Atwood (1992). *Contexts of Being: The Intersubjective Foundations of Psychological Life.* Hillsdale: The Analytic Press.

Thompson, Kristin(1999). *Storytelling in the New Holly: Understanding Classical Narrative Technique.* Cambridge: Harvard University Press.

Tröhler, Margrit(2000). "Les films à protagonistes multiples et la logique des pos-sible." *Iris* 29: 85 – 102.

——(2001). *Plurale Figurenkonstellationen im Spielfilm.* Habilitationsschift. Zurich: University of Zurich.

——(2005). "Multiple Protagonist Films as a Vernacular Cultural Practice." Paper presented at the Society for Cinema and Media Studies Conference. London: March 31 – April 3, 2005.

——(2007). *Offene Welten ohne Helden. Plurale Figurenkonstellationen im Film.* Marburg: Schüren.

Walters, Tim(2004). "Reconsidering *The Idiots*: Dogme95, Lars von Trier, and the Cinema of Subversion?" *Velvet Light Trap* 53: 40 – 54.

Wayne, Mike (2002). "A Violent Peace: Robert Guédiguian's *La Ville est tranquille.*" *Historical Materialism* 10.2: 219 – 227.

第七章

都在说话！都在歌唱！都在跳舞！
绪论：论歌舞片和叙事[①]

佩尔·克罗·汉森

（南丹麦大学）

包罗万象

考虑到其技术与叙事的复杂性,歌舞片迄今为止还没有受到更多叙事性批评关注,这一点确实奇怪。这种类型对多模态表达和兼收并蓄的要求,汇集了从流行文化到高雅艺术的各种元素——从叮砰巷歌曲(Tin Pan Alley)到传统歌剧,从脱口秀到表演剧场——电影行业许多最为重要的技术革新也与歌舞片这一类型的确立紧密相关,如有声电影本身[②]、

---

① 这篇文章在原文《绪论：论歌舞片和叙事》(“Prolegomena：On Film Musicals and Narrative”)的基础上稍有改动。该文收录于佩尔·克罗·汉森(Per Krogh Hansen)主编的《界限：寻找叙事性和叙事学之间的边界》(Borderliners: Searching the Boundaries of Narrativity and Narratology/Afsøgning af narrativitetens og narratologiens grænser, Holte 2009, 263 - 278)。

② 第一部电影长度的有声片是《爵士歌手》(The Jazz Singer),于1927年10月上映。尽管这部影片的一大主要吸引之处是阿尔·乔生(Al Josson)的歌唱和表演,但它不被视为“真正的”歌舞片。1928年上映的《纽约之光》(Lights of New York)是华纳兄弟出品的第一部有声片,其中包括一个夜总会的场景。1929年上映的《百老汇旋律》(The Broadway Melody)是第一部“真正的”歌舞片,不仅取得了巨大的成功,而且为后来好莱坞的电影制作奠定了方向。

各类视觉特效①等。歌舞片已经成为(而且仍然是)检验电影制作几乎所有方面技术水平的试金石,无论是技术、视听还是编舞。作为一种明确宣称的人为性艺术形式——这不是必需的,但却是基于上述各方面的——歌舞片包罗万象。

考虑到"包罗万象"理念本该赋予的可能性,歌舞片的故事,尤其是经典好莱坞时期歌舞片的故事却让人大失所望。里克·奥尔特曼(Rick Altman)用"双重焦点叙事"(dual-focus narrative)这个标签来展现了这类电影中反复应用的叙事构架。不同于其他电影采用的时间线性叙事结构,这类电影将围绕两个主要角色的双重构造作为其叙事的起点(Altman 1987:16ff)。奥尔特曼的研究显示出,这类电影往往基于一种非常明确的对立平行结构(男性/女性,成人/孩子,富人/穷人等)。因此,电影使辩证或对称的模式成为可能,并最终通过紧密结合超越了这种模式。

但一般来说,歌舞片的创作和表演者似乎都认为故事仅仅是一种借口;故事只是展现艺术性和意象的宽松框架。因此,这种类型也被称为"展示秀电影"(the show film)(Ulrichsen and Stegelmann 1958)。它建立在浪漫爱情剧或喜剧图式之上,很少在塑造人物形象、增加其复杂性或使情节连贯方面下功夫。情节的唯一作用是把观众带到下一个展示场景,而角色往往在表演者实现其存在之前就已经消失了,我们在《雨中曲》(*Singin' in the Rain*, 1952)中更可能看到的是演员吉恩·凯利(Gene Kelly)而非人物唐·洛克伍德,在《王室的婚礼》(*Royal Wedding*, 1951)中则更多是演员弗雷德·阿斯泰尔(Fred Astaire)而非人物汤姆·鲍恩。尽管偶有例外,但对经典歌舞片来说,结构良好、功能有效、主题不限于琐碎爱情故事的叙事,几乎从不在其

---

① 其中包括一些突破性的技术,如推拉镜头、慢镜头、俯仰镜头、歌舞场景剪辑等的应用,从鲁本·马莫利安(Rouben Mamoulian)的《公主艳史》(*Love Me Tonight*, 1932)到巴兹·鲁赫曼(Baz Luhrmann)《红磨坊》(*Moulin Rouge*, 2001)中的壮观场景都是如此。

考虑范围之中。①

叙事不可能性？

　　然而，从叙事学角度来看，探究歌舞片这一类型对情节、叙事性和现实主义的把握应该会很有意思。歌舞片这种体裁的构成特征就在于同时包含叙事和非叙事策略，因为它采用的情节包含进程、冲突和转化，所运用的歌舞场景又按照我们认为是抒情或诗意的策略来运行，它搁置了叙事的时间线性秩序，并引入了另一套表达情感、角色特征或者情景状态的模式。

　　一般来说，将叙事融入歌唱和舞蹈是没有问题的。芭蕾和歌剧（还有，例如史诗）都是典型的代表。但在歌舞片这里，情况就不同了。首先，歌舞片极少让歌唱和跳舞场景具有直接的叙事功能。当然，我们可以在一些"芭蕾场景"中找到例外，例如在《俄克拉荷马》（*Oklahoma!*，1955）、《一个美国人在巴黎》（*An American in Paris*，1951）和《雨中曲》中。至少在前两部提及的歌舞片中，故事本身还是在长段舞蹈场景中得到总结，在不采用语言的情况下反映电影的故事内容。② 但在绝大多数情况下，歌舞场景从故事线功能角度来说都是多余的。第二，歌舞片（尤其是经典好莱坞歌舞片）执着于要求一种现

---

　　① 不要把这点和经典歌舞片经常饱受诟病的逃避主义混为一谈。正如不同研究的众多探讨所示，歌舞片涉及了美国在两次世界大战期间众多广泛的话题和争议。例如，参见 Dyer 2002。这项研究展示了歌舞片如何聚焦富足、能量、强度、透明和共同体等，以之作为资本主义本身为解决社会紧张或者匮乏——包括稀缺、枯竭、凄凉、操控和割裂等——所提出的乌托邦途径的具化。另一项同一方向的研究是由马克·罗思（Mark Roth）所做的。他的研究显示了早期华纳出品的歌舞片，如《第四十二街》（*42nd Street*）、《华清春暖》（*Footlight Parade*）、《1933 年淘金女郎》（*Golddiggers of '33*）等如何可以被看作对 20 世纪 30 年代罗斯福新政精神的主题化（Roth 1981）。

　　② 在《雨中曲》里面，芭蕾场景并不具有同样的"戏中戏"功能。名为"百老汇旋律芭蕾"的唱段实际以复述主人公故事的形式呈现出来——"一个来纽约的年轻职业舞蹈家的故事"（如电影中所说），但其暗示的展现场景（对影片观众来说是视觉化的场景）和影片的情节没有任何明显的关联。

实主义的(摹仿或再现性的)故事框架和实施一种非现实性的(视觉奇观或非再现性的)歌舞场景,并试图将这两种模式融为一体。因此,歌舞片的这种做法即使不是自相矛盾的,也是一种非常复杂的构建,将两种本不相通的文本结构汇聚在一起:一方面是具有发展性、因果关联、充满冲突的叙事结构;另一方面则是歌舞场景的抒情结构,往往采取时间循环的模式,打破叙事结构并暂时搁置故事进程,从而建立一种非时间性的空间,在那里情感、情境或类似物能够作为一种心理状态、一种环境,而非一种进程被展开。正如结构主义学者对于语言的横组合(syntagmatic)和纵聚合(paradigmatic)结构模式之间的区分所示①,叙事对事件的横组合功效和歌舞场景的纵聚合功效形成对比。后者发展、探索或(可能最常见的是)倍增了横组合的某个方面,通过点评故事和角色(如古希腊悲剧中的合唱那样),或是为一种情景、另一个人物或者自己本身的某种感觉和情感的表达留出充分空间,来达到一种隐喻性的功效(与叙事通常转喻性的连接功效相反)。

鉴于这种本质差异,"叙事模式"和非叙事"音乐模式"之间的转换就显得格外关键、值得研究。首先,因为歌舞片这一类型的主要特征基于两种不相通的文本和认知过程,我们从中可以获得的重要内容不仅与歌舞片相关,也通过观察歌舞片是如何试图跨越这个原则上不可跨越的界限而与叙事本身相关。其次,如果我们采用一种更加普遍的小说理论方法,歌舞片的非再现性模式也值得我们关注。与歌舞片的双重模式相关,或者说作为其基础的,是一种歌舞片世界中相当奇特的逻辑,这里人们只要觉得必要或者适合就可以跳舞和唱歌(不管是独唱还是合唱)。这当然就使得歌舞片类型的世界不但和我们的真实世界有所区别,与大多数基于现实主义概念的其他类型的世界也不尽相同。基于其对时间、节奏和编舞的处理,我们可以将歌舞片和它最重要的继承者之一——动作片进行比较,尽管其愤怒、暴力和行动常常被高度夸大,但至少在原则上可以与真实世界模型相整合。更直

---

① 如罗曼·雅各布森(Roman Jakobson)关于失语症的研究(Jakobson 156)。

白地说：人们确实会在真实世界中互相殴打、飙车，但当他们陷入爱情或心碎的时候，不会在公开场合发自内心地开始唱歌。歌舞片在这里明显地标明了自己的人为性——尽管故事往往属于一个可识别的世界，但其背景设置在与观众世界非常相近的一种现代内部空间。从这个角度讲，歌舞片可以说充满了荒诞，或——用鲁宾（Rubin）的概念来说——充满了"不可能"（1993：37-44）。鲁宾提到，在《演艺船》（*Show Boat*，1936）中，两个原本不认识的人突然开始二重唱，而在《随我婆娑》（*Shall We Dance*，1937）中，阿斯泰尔和金杰·罗杰斯（Ginger Rogers）炫目的冰上舞蹈直接挑战了他们声称自己不擅长滑冰的事实。类似的例子可以无限延伸，因为每部电影都包含了几个或简或繁的例子，我们在此不继续讨论。但歌舞片是怎样成功地将这种显著的虚构性整合到现实主义的叙事之中的？这对观众的同理心又意味着什么？这些极有意思的问题确实需要更加系统的研究，以此作为对罗兰·巴特（Roland Barthes）"现实效果"理论的补充性思考。如果我们想把其他类型的影片也包括在内，那我们应该称之为"歌舞片"还是"虚构性效果"呢？诗剧、歌剧、舞台音乐剧等等都可以被纳入这个研究中（当然还需要采取一种历时性的视角），只要它们都依赖于虚构和现实规则之间的矛盾和合作。

整合的途径

因此，歌舞片作为一种类型和艺术形式所面临的挑战被视为一种双重整合任务。一方面，非现实主义的歌舞场景要整合到摹仿-现实主义的故事框架中。另一方面，被视为纵聚合文本单位的歌舞场景需要被整合到叙事的横组合之中。基于歌舞场景在故事线中的相关程度，约翰·米勒（John Mueller）列举了一些情节和歌舞场景之间的主要关系类型：

1. 跟情节完全不相关的唱段。在歌舞片中，这种唱段类型最常见于主要人物和故事内观众观看的表演或者歌舞厅表演场景。正如米勒所指出的那样,这是传统上让芭蕾融入歌剧、让爵士乐融入黑帮片的方式,如果这是让音乐唱段融入电影的唯一方式,这种结合体很少被视为歌舞片。

2. 为作品精神或主题服务的唱段。通常说来,背景音乐(在非歌舞片中也是如此)的使用,通过引入主旨基调和情感等等,往往具有这一功效。在歌舞片中,许多唱段都有相似的功效,一些乍看起来似乎不相干、无法整合的唱段对主题实际起到了间接阐述的作用。这里,这些唱段以一种隐喻的形式与情节相关。一个例子是《生命的旋律》(*Sweet Charity*,1969)中的"富人的摇摆舞"("Rich Man's Frug"),它是鲍勃·福斯(Bob Fosse)最著名的编舞之一。这个唱段以主人公查瑞提·霍普·瓦伦丁所拜访的一间歌舞厅的表演形式呈现出来,从这个角度讲,它符合我们上文提到的第一种类型。但与此同时,这段风格化的编舞将男女之间的关系主题化了,而这正是此歌舞片的核心主题。

3. 唱段和情节相关,但唱段的内容和情节不相关。这种类型主要应用于后台(backstage)歌舞片,这种歌舞片的情节本身就涉及歌舞剧表演者;出于这个原因,唱歌和跳舞就会发生在故事内部,但未必与故事内容有关联。巴斯比·伯克利(Busby Berkeley)自20世纪30年代起在华纳兄弟歌舞片中的大型编舞就可以被视为这种类型的代表。

4. 唱段丰富了情节,但不推进情节。爱情二重唱或角色出于当前情绪的歌唱就属于这种类型。用上文提到过的术语来看,这种类型是真正属于纵聚合的。上文提到的芭蕾部分,其本身是横组合构成的(迷你叙事),也属于这种类型。

5. 不依靠自身内容来推进情节的唱段。经典例子是试镜表演,年轻舞者可以借此获得一份工作,这就让试镜表演成为情节的组成部分。这类表演内容不重要,只是完成得出色。

6. 依靠自身内容来推进情节的唱段。在唱段过程中发生了某种改变角色和/或者情境的事情。这类唱段被认为是"真正整合的",

因为如果把这些唱段拿掉或换成其他唱段，情节会受到损害
（Muller 1984）。

总体而言，歌舞片大体通过三种不同策略来应对叙事整合的挑战：同
化、差异化和概念化。这些策略往往混合使用，但总有特定偏向。也
正是在这里我们发现了通向整合式歌舞片、后台歌舞片和概念歌舞片
等子类型的关键。

　　同化策略是所谓"整合式歌舞片"的基础。在这种歌舞片中，所有
的书籍、歌词和曲调都源于一个中心思想并服务于故事主线①，唱歌和
跳舞也被整合进入故事世界中。弗雷德·阿斯泰尔和金杰·罗杰斯
从 20 世纪 30 年代开始的雷电华电影公司（RKO）歌舞片可算是早期
典范，尽管他们扮演的角色往往是演员或舞者，而这一事实又指向了
差异化策略。这种类型中更为贴切的例子包括《俄克拉荷马》《一个
美国人在巴黎》或者《越战毛发》（Hair）。第一部发生在俄克拉荷马
一个乡村里的牛仔和定居者当中，第二部是巴黎的艺术家和贵族，第
三部则是纽约的嬉皮士。可以说，在人物所居住的这些故事世界中，
不存在让他们跳舞和唱歌的借口。但恰恰相反的是，这种歌舞片世界
的一个典型特征就是人物又唱又跳，音乐无处不在，并最终跨越界限，
从故事外主旋律变成了人物借以表达自己的一种故事内事件。

　　因此这也暗示了歌舞片将唱歌和跳舞场景整合到故事中的一个
惯用策略，就是为歌舞的发生创造一个单独空间或让其依赖于角色特
征或品质。这就是我们所说的差异化策略，它构成了被称为"后台歌
舞片"子类型的基础。在后台歌舞片中，故事往往发生在一个剧场或
表演行业的环境中。② 在这类歌舞片中，一组组的唱歌和跳舞镜头有

---

① 杰罗姆·科恩（Jerome Kern）和奥斯卡·汉默斯坦二世（Oscar Hammerstein
Ⅱ）的百老汇名作《演艺船》（1925）被视为这类歌舞片中的首例。
② 后台途径当然不是唯一的解决途径。拉斯·冯·提尔（Lars von Trier）在其作
品《黑暗中的舞者》（Dancer in the Dark, 2002）中发现了另一种解决途径：他让影片中
几乎所有的歌舞场景都发生在主人公塞尔玛的精神世界中。

充分的机会自然而然地融入故事场景和人物塑造中。劳埃德·培根(Lloyd Bacons)的《第四十二街》就是一个典型例子：片中所有的歌舞都属于剧团正在准备的演出，要么是排练，要么是最后的首秀。这样，歌舞片避免了回应它自身的问题：围绕剧组演出制作过程中遇到的问题来建构情节，观众仅间接地涉及了歌舞片构成之基本的整合问题。因此，后台歌舞片通过设定框架来实现唱歌跳舞场景的整合。这种类型片刻意将歌舞片段从主要故事中分离或者区分开来，形成次要故事；另一方面，它又被假定为完成了歌舞片整合两种不同模式的任务，也就是做了主要故事仅仅间接所做的事情。

渐进式整合

斯坦利·多南(Stanley Donen)的《王室的婚礼》中，大多数歌舞场景也是如此。在这部影片中，主要人物是一对跳舞的兄妹，带着表演来到伦敦。影片的主要唱段都发生在舞台上或者排练过程中。但其中有两个唱段与这种模式截然不同，体现了歌舞片类型中两种最重要的整合模式。

首先，男主人公汤姆·鲍恩(阿斯泰尔饰)刚回到他的酒店房间，心里期待着他爱上的女子。当他进屋的时候，背景音乐逐渐变强，并最终加入了一个歌声(也许是阿斯泰尔本人的歌声)。这歌声对汤姆的情感状态起到了一个画外音的评论功效。不久之后，汤姆接过了这段歌声，开始用歌舞形式表达自己的渴望——包括在墙壁和天花板上跳舞这样令人惊讶的效果——并最终回到了他在房间中最初的位置。这段歌舞(考虑到违背了通常的物理法则)赋予了整段场景一种白日梦表达或精神逃避的性质。这个框架(场景开头和结尾完全一致的位置)和特殊的舞蹈让观众将这个场景理解为汤姆精神状态的一种表达，即故事层面的一种转换，使得故事的现实主义模式不受损害。

但是两个空间的转换是逐步确立的，汤姆·鲍恩放松地让自己的动作与背景音乐同步：关上门、放置照片等动作在时间上都不太恰

图1　《王室的婚礼》(1951)

当,但采取了一种不断准备铺垫的形式,直到他坐到椅子上的那一刻,他手部和头部的风格化动作才呈现出舞者的身体语言。因此,背景音乐首先起到主旋律的作用,描绘了主人公的精神状态,其次它也被赋予了实际上作为其精神状态的功能。这种状态本身从另一方面来说对情节也非常重要。因为这幕场景(和音乐)首先以渴望和忧伤为基调,但当主人公踏进音乐模式并接手声音之后就完全转变了。从这一刻起歌唱变得欢快,充满了活力和生命力,象征着忧伤是因为汤姆置身于物质世界之中而产生的,但隐藏其下的真实感觉是爱。一旦他放开物质世界以及这让他产生的渴望,他就可以享受真实感觉。由于我们(逐渐)转换到了另一个故事层面,我们可能会将这段舞蹈场景看作对汤姆·鲍恩情感状态的隐喻。然而,认为这个场景实际起到的是转喻作用的观点可能更加准确,因为这段舞蹈没有采用其他任何表达形式——一段按照因果关系原理来表达主人公感情的舞蹈,我们可以将其视为一个由视觉效果支持的、被引用的内心独白（quoted interior monologue）范例。

这幕场景属于米勒列表中的第六类，因为其唱段的内容推进了情节发展（汤姆·鲍恩在这一幕之后更加接近自己的真实情感），并展示了如何在不放弃差异化策略的情况下实现精心的整合。音乐世界和现实主义故事世界的二元论并没有被打破，但它们之间的界限模糊了，二者间的转换也是逐渐实现的，却也是彻底的：背景音乐首先成为主基调，然后成为场景的组成部分，这是汤姆被引用的内心独白的一种有声表达方式。画外音叙述由汤姆接手，暗示他的身体存在已经离开了第一个故事层面而转向他的内心独白这一层面，内心独白又与主要行动属于同一故事层面。随着汤姆进入舞蹈状态的风格化行为，其肢体运动模式也从中性变得极具特色。最后，万有引力法则在舞蹈场景中被令人惊叹地逐渐搁置，到音乐结束时，汤姆和观众回到了身体的起点，但精神已处于另一状态。此时汤姆对自己的情感更加确定，而观众也知道汤姆离他的爱人比先前更近了一步。

转喻型整合

《王室的婚礼》的故事中，第二个处于剧场框架之外的歌舞场景没有像刚刚讨论的场景那样，为我们提供一个自然化的框架：在影片的结尾，也就是影片名字所指的那场婚礼当天，我们跟随汤姆和埃伦的介绍人朝他们家走去。这个场景以一个教堂钟声的特写开始，开启了一首将由介绍人和他经过的人们——购物的人、酒店门房、电梯侍从等——表演的歌曲。这个场景运用了同化策略：歌唱发生在故事世界里，既不是一幕表演的排练部分，也不是故事层面的一种转换。

此外，这幕场景还根据歌曲做了相应剪辑，造成了视觉上的明显省略（ellipsis）。在音乐的两小节内，我们看见介绍人走进酒店，然后走出电梯，分别和门房、电梯侍从一起唱歌，而他走过酒店大厅、搭乘电梯的部分则被省略了——这不是针对非核心场景的常规性省略，它更为激进：音乐赋予的架构没有给这些活动场景留下任何空间，其结果可能并非省略，而是更贴近于热拉尔·热奈特（Gerard Genette）所说的转叙（metalepsis）。① 无论如何，核心问题是场景将人物、空间和时间都归从于音乐。和《王室的婚礼》中所有其他场景的情况一样，事件在音乐的前提下发生，而非相反，即让唱歌和跳舞的场景归从于故事。

虽然这种剪辑和跳接（jump-cut）类似，造成了某种不连续性，但通过歌唱，它在整合性的音乐层面保持了连续性。之前讨论的场景中的同化策略整合了所有话语层面，却在差异化策略的基础上以梦境或者心理场景来呈现唱段，但这个唱段与之不同，采取了相反举措。从教堂钟声开始，音乐层面就完全融入故事世界中，但转叙性质的剪辑又分离了两个层面，展示出这个场景的虚幻本质。从这个意义上讲，两个场景都打断了完全的整合：第一个场景让观众观赏发生在另一个故事层面的舞蹈场景，第二个则通过剪辑强调了场景的人为性。

通过分解表演场景来整合观众

在一个为（好莱坞风格）电影摄影连续性的发展做出巨大贡献的类型中，这种让不连续性成为突出问题的元素绝非个别现象。相反，我们有理由指出，对完全整合的破坏是一种被反复应用的策略。尽管后台歌舞片对现实主义模式的维护相当一致，但这一模式却常在其他方面被打破。一种是在角色上演剧目的过程中让角色在舞台上吟唱歌曲，并以此作为对整体情节或者故事中情景的间接评论。另一种更加激进地打破现实主义模式的途径，是采用跨界的表演场景，就像巴斯比·伯克利为20世纪30年代华纳兄弟歌舞片所编的舞蹈一样，例

① 叙事场景本身为通常不同的两个领域提供了一个连接的纽带。通过让叙述者或者被叙述者进入角色的领域（或者反过来），转叙迫使两个原本不相干的领域融合在一起。通常，转叙都是明确被标注出来的，但当它脱离故事行进的时候，它弱化了两种叙事层面之间的区别，而且在更广义上说，降低了再现的可操作性。参见 Genette 1980：237f。

如前面提到过的《第四十二街》《1933 年淘金女郎》《美女》(*Dames*, 1933)等。正如鲁宾在他关于伯克利的著作中讨论的那样,由伯克利编舞的华纳歌舞片,与由弗雷德·阿斯泰尔和金杰·罗杰斯主演的雷电华电影公司出品的整合型歌舞片截然不同。[1] 华纳歌舞片的结构可以说是聚合型(aggregational)而非整合型(integrational),因为这种结构将最重要的齐舞推向影片的结尾,但并不赋予它们任何与情节相关的重要主题意义。这些壮观的齐舞往往以剧团或电影主人公参与的歌舞表演形式出现,或是其首秀,或是某一次演出。首先,这种表演被呈现在舞台上,而电影观众也从剧场观众的视角来观赏这出表演。但

图 2　故事内观众看不到的编舞——第二帧中的俯摄和第四帧中演员对
　　　镜头的直视,打破了《第四十二街》所营造的剧场内观赏齐舞的假象

---

① 　参见 Rubin 1993: 98f。伯克利说他几乎不知道谁导演了他编舞的那些影片,这句话曾被引用。

随着编舞的发展，它逐渐突破了剧场框架的限制：与舞台空间相比，其场景被大大扩充，能够容纳更多舞者和更大型的舞蹈；齐舞和镜头的设置也不再面向故事中的剧场观众，而是仅针对电影观众。例如，在《第四十二街》的片尾，我们看到一个推拉镜头在合唱团女孩们的腿之间推进，最终定格在两个直接面对镜头和影片观众的主要角色身上，从而打破了故事世界，将角色和故事内剧场观众之间的交流转变为影片表演者和电影观众之间的交流。从这个意义上讲，整合的最终实现似乎不是通过赋予表演场景在叙事结构中一个恰当的位置，而是通过跨越虚构性的界限：首先是扰乱了剧场的逼真性，其次是直接面对电影观众。

通过概念化进行整合

伯克利的大型编舞也许与情节没有多少直接的主题关系，但在另一个层面上，它们确实对所属的叙事的主题起到了评论的功效。《1933年淘金女郎》中的唱段《我们有钱了》（"We're in the money"）和《记得我忘掉的人》（"Remember my forgotten man"）对大萧条时期的贫困和战争带来的损失进行了评论——这与情节的进展没有直接关系，但可以说在一个更宽泛、纵聚合或"隐喻"的层面照应了前文提到的雅各布森的理论。

这种整合方式，即歌舞场景对歌舞片核心主题或议题进行评论的方式，就是所谓"概念歌舞片"的基本原理。伊桑·莫登（Ethan Mordden）对这种方式的定义为："这是一种展示性的而非严格叙事的作品，它运用故事外因素对行为进行评论，并偶尔参与行为，利用前卫技术来挑战时间、地点和行为的统一性"（Mordden 2003）。[①] 杰拉尔德·马斯特

---

① 此处参见约翰·肯里克（John Kenrick），《歌舞片舞台的历史，20世纪70年代之二：概念歌舞片》（History of The Musical Stage. 1970s Ⅱ: Concept Musicals）。http://www.musicals101.com/1970bway2.htm，1996 – 2003，最近访问于2008年6月20日。

（Gerald Mast）认为,谈论"现代主义"歌舞片,而不是概念歌舞片会更好:

> 正如现代主义在所有20世纪艺术形式中都走向自我意识一样,概念歌舞片也对自身进行了探究——包括它的形式、传统、变体、可信度和风格的规约。歌唱作为某个特定角色心理表达的功效逐渐减少,对个人信仰、社会习俗或音乐传统的隐喻性评论逐渐增加。"概念歌舞片"仅仅是换了概念来适应新的文化时代,"现代主义歌舞片"或者"音乐隐喻"则更好地描述了新的概念。（Mast 1987: p. 320f）

此处,我不打算继续讨论子类型的命名问题,只打算集中讨论实现整合任务的一些方式。

最典型的概念/现代主义歌舞片包括由乔治·菲尔特（George Furth）编剧、史蒂芬·桑德海姆（Stephen Sondheim）作词作曲的《伙伴们》（*Company*,1970）,鲍勃·福斯重要的百老汇作品《彼平正传》（*Pippin*,1972）和《跳舞》（*Dancin'*,1978）,以及詹姆斯·科克伍德（James Kirkwood）和尼古拉斯·丹蒂（Nicholas Dante）的《歌舞线上》（*A Chorus Line*,1975）。其中最后一部音乐剧曾于1985年被理查德·阿滕伯勒（Richard Attenborough）改编成一部电影,算是一个很好的范例。这部歌舞片的场景设置在一家百老汇剧场空空的舞台上,歌舞演员正在为一部歌舞剧试镜。在这部影片的发展过程中,舞者和编舞者都在试镜中展现他们自己,由此向我们呈现了他们的生活和职业。在影片结尾,这个团体得到了想要的工作——但编舞者的选择从某种程度上来说很随意。从这个意义上来说,如果观众期待一个受到某种动机推动的叙事进展的结果,是会感到失望的。《歌舞线上》几乎没有什么情节,而且试演最后选择的歌舞也没有什么动机驱使。相反,所有的场景都在集中体现舞者的生活这个概念,展现了舞者生活的各个方面。

同样的结构也存在于其他歌舞片中。在米洛斯·福尔曼（Milos

Forman）改编的《越战毛发》中，点明嬉皮士文化和 20 世纪 60 年代末青年反抗主题的歌曲随意散落在影片各处，松散地整合到克劳德准备参加越战和伯杰试图阻止他的情节之中。在鲍勃·福斯的《歌厅》（*Cabaret*，1972）中，除一个歌舞场景外（这个场景对两次世界大战之间的问题，如越来越多的屠杀、日益严重的资本主义等进行了间接评论），其他所有歌舞场景都被限制在歌厅的舞台上，和影片的时间发展进程没有关系。但与此同时，故事世界也有一些进入歌厅歌舞场景的特色桥段。例如，由于萨莉的坚持示爱，布赖恩开始对她表达出超越友谊的情感，而歌曲《也许就这一次》（"Maybe this time"）被插入影片中，展现了两人之间关系的发展；当萨莉碰见即将变成朋友的富人马克西米利安·冯·霍伊内时，唱段《金钱，金钱》（"Money，money"）插入影片；当俱乐部的保镖在后院被纳粹殴打的时候，《抽打快乐》（"Slap happy"）唱了起来。阿腾伯勒的《多可爱的战争》（*Oh! What a Lovely War*，1969）也在影片的歌曲安排上应用了类似的模式（用了第一次世界大战中真实的士兵歌曲），此处包含歌曲的效果与其说是推动了叙事进程，不如说提供了一幅马赛克式的拼图。

概念歌舞片中整合策略的基础在于对叙事的缩减削弱，因而是朝着雅各布森模型的纵聚合轴方向发展的，[①]淡化了横组合和转喻方面，以凸显隐喻。这当然是概念歌舞片这一子类型的一个突出特点，但并不是它独有的。我们甚至可以说，这是歌舞片一般类型的一个共有特点。

各种视角

但是，即使有可能为歌舞片如何实现整合制定出一组通用功能，我们不应忽略我们这里接触到的歌舞片，其本身是一个非常广泛的类

---

① 然而，也很显然的是，三个例子中的叙事呈现方式也不尽相同：通过将战争作为这些歌舞片场景的一部分来切入。也许我们可以认为，至少《越战毛发》和《歌厅》（但《多可爱的战争》也部分如此）的一个根本主题是人类的解放，以及逃离社会和历史进程的尝试。不必说，三部影片中，这一企图都失败了。

型,也一直随历史而变化。冒着被指责为历史目的论的风险,我们可以认为20世纪60年代的歌舞片进入了一种更加"严肃"的模式。在这种模式中,早前的艺术技巧变成了艺术本身。《西区故事》(*West Side Story*, 1961)借用了威廉·莎士比亚(William Shakespeare)戏剧《罗密欧与朱丽叶》(*Romeo and Juliet*)的情节,在展现纽约黑帮斗争和种族主义时注入了悲剧成分,音乐和舞蹈编排的整合都达到了一个崭新的高度。作为百老汇歌舞片的激进改革者之一,鲍勃·福斯在《歌厅》中聚焦纳粹主义,在《爵士春秋》(*All That Jazz*, 1979)中关注了弥留之际的艺术家的痛苦。让-吕克·戈达尔(Jean-Luc Godard)在《女人就是女人》(*Une femme est une femme*, 1961)中探索和分解了歌舞片这一类型。还有几个主要的新好莱坞电影导演也投入其中,一直到20世纪七八十年代,如马丁·斯科塞斯(Martin Scorsese)的《纽约,纽约》(*New York, New York*, 1977)、弗朗西斯·福特·科波拉(Francis Ford Coppola)的《旧爱新欢》(*One from the Heart*, 1982)和福尔曼的《越战毛发》。

要用一个通用的模式来描述歌舞片解决双重整合任务的途径似乎是不可能的。一般而言,我们可以先定义两个整体的策略:一种是故事内现实主义服从于音乐模式(这就是我们在上文中分析《王室的婚礼》中的省略场景),另一种是歌舞片世界服从于故事内现实主义(同一部影片中,阿斯泰尔进入自己的精神世界并在天花板上跳舞的场景)。这两种不同的策略可以被看作歌舞片类型处理整合问题的纵聚合方式,在很多情况下(如《王室的婚礼》)同时存在于一部影片之中。前文涉及的20世纪30年代以来华纳兄弟的歌舞片,其大型歌舞表演很大程度上被放到了影片结尾,这种聚合型解决方案是将这两种策略结合在一起的另一种方式:现实主义在影片第一部分占主导地位。这也是伯克利作品中的歌舞片模式。

有人会说,现代歌舞片的一个重要区别就是它们会在很大程度上仅应用其中一种策略。在福斯后来的《歌厅》《爵士春秋》等作品中,现实主义占主导地位,所有的场景都和我们现实世界中的理解相吻合——它们有动机、被上演、被排练、被幻想或被梦到。相比之下，《西区故事》《越战毛发》以及采用其特殊手法的《旧爱新欢》让歌舞模式占主导地位，观众却几乎没有理由按自己生活的真实世界模型将演唱和歌舞"自然化"。

当然，这种给予某种策略最大优先性的趋势不仅是风格和方式的问题，也是可以得到更透彻发展的问题。一直以来，歌舞片在很大程度上都是自我反省的，因为歌舞片的上映对演出本身来说就是一个共同议题。但是，一些现代歌舞片不仅使歌舞片的制作主题化，更从根本上探索了其不仅作为一种类型片，还作为一种表达和理解模式的可能性，同时也探索了这里讨论的策略问题。例如，巴兹·鲁赫曼在《红磨坊》中应用了我们讨论的后一种策略，将整个故事世界都"歌舞片化"了。这里，当音乐响起、舞者起舞的时候，没有任何现实主义框架要去打破。相反，任何事情都是在歌舞片的条件下发生的——故事世界在台上被设置成一种固定式样，角色根据音乐的要求从一个空间换到另一个空间，超越了物理世界的法则和逻辑。相反，拉斯·冯·提尔在《黑暗中的舞者》中应用了另一种模型，将所有歌舞场景（除了结尾的一个无伴奏合唱）都设置在主人公塞尔玛的精神世界中，让故事世界的现实主义模式不受影响。通过这种方式，冯·提尔一方面探索了歌舞片这个类型所面对的逃避主义质疑，另一方面又为故事内最终的无伴奏合唱积聚了动力。尽管在影片的其他部分里，歌舞场景承载了一种逃避功效，但在最后的一首歌中，"真实的"和"想象的"世界以一种残酷的、讽刺的方式汇聚到一起。在整部影片过程中，故事世界都没有给歌舞片的表现力留出一点实现的余地，但在影片结尾场景中，这种表现力通过塞尔玛，或其扮演者比约克（Björk）极富特色的声音展现出来：一方面试图延缓执行死刑来防止死亡（这是规约之外的一种变体，即"演出一直持续到音乐结束"）；与此同时，又通过歌唱从想象中的故事层面（塞尔玛的梦境世界）转换到现实世界，象征性地向我们展现了她的梦想已经成为现实（她的儿子吉恩完成了眼部手术）。

除了对歌舞片这一类型进行实质性的元批评之外，像鲁赫曼和提尔的电影也展现了该类型最重要的方面之一——从有声电影早期开始，歌舞片就一直是电影工业的实验室。史上第一部有声片《爵士歌手》从某种意义上说就是一部歌舞片。巴斯比·伯克利丰富多彩的编舞需要更新、更灵活的摄影技术，而不断突破的视觉奇观表演场景也迫使电影技术向前发展。当今好莱坞电影形式的根基可以从歌舞片的历史中找到。

然而，歌舞片也是电影历史上的恐龙。歌舞片的古老形式，即20世纪三四十年代片厂时代的经典影片几乎绝迹了。今天的电影观众似乎很难将其与这种形式联系起来。这令人不禁会想，这种难以联系是否基于一个事实，即这种类型基于整合叙事和抒情、现实主义和表演场景的一种"不可能"原则。

我不认为歌舞片的消亡原因在这里。首先，我们不应该忘记很多歌舞片在整合方面做得几近完美——例如《西区故事》《越战毛发》，当然还包括后来的《红磨坊》和《芝加哥》（Chicago）等影片。我们也不应该忘记一长串选择了其他策略而非经典整合模式的影片，例如《歌厅》《爵士春秋》《旧爱新欢》和《黑暗中的舞者》。

相反，我想我们必须承认不同时期有不同的吸引人的手段。安德烈·巴赞（André Bazin）和西格弗里德·克拉考尔（Siegfried Kracauer）将视觉奇观和奇异幻想策略从现实主义这条电影线中区分出来，因为他们认为前者没有实现电影摄影本质的理想：尽可能贴近地描绘现实（Bazin 1960；Kracauer 1956［1960］）。歌舞片显然就属于巴赞和克拉考尔从电影史上分离出来的这一条发展线索，因为它从没有从这个意义上和现实联系起来。歌舞片一直致力于画面（改述巴赞的说法），竭力探索画面的可能性，将"现实"的影响置换到非直接的另一个层面。今天，这条线索被以视觉奇观著称的其他类型片继承下来，如动画、科幻，尤其是动作片。在这里，重点同样是放在画面和画面的可能性之上，通过编舞、操控和实验得以实现。其目标不是要说明有关现实的事物的真相，而是为了超越电影这一媒介现有的极限。

在我们生活的时代，攀爬、精心编排的格斗等比繁复的舞蹈和深情的歌唱更加吸引人,但它们之间的联系是显而易见的。如果我们是文化悲观主义者,我们可能会哀悼爱和希望已经被恨和复仇所替代。但我们也可以认为这两种不同的视觉奇观类型片是同一种策略的不同表达形式。例如,《黑客帝国》(*The Matrix*)中编排得富有节奏的舞蹈型、风格化且配合音乐的打斗场景,与现代歌舞片中的质朴而有表达力的舞蹈相差不远。

至少类似的想法也被应用到北野武(Takeshi Kitano)的武士电影《座头市》(*Zatoichi*, 2003)中。歌舞片的特质间接贯穿这部影片的始终,如几个场景中务农人员和手工艺人有节奏的工作。一个半小时的血腥武士格斗之后,电影以庆祝战胜残酷的大型庆典结束,庆典上表演了日本传统大鼓和面具舞蹈,但它逐渐转变成了经典的美式踢踏舞,舞者着木屐,音乐中也伴着号角——好像北野武想让我们知道,尽管动作类型片近年来已经从亚洲武打片中多有借鉴,但它背后还有另一种仍具影响力的传统。

从这个意义上来说,在描述和理解歌舞片运作方面还有很多工作要做:不仅关于歌舞片本身,还有当它出现在其他类型片中的时候。

许娅　译

参考文献

Altman, Rick(1987). *The American Film Musical*. Bloomington：Indiana University Press.

Bazin, André(1960). "The Ontology of the Photographic Image." *Film Quarterly* 134：4–9.

Cohan, Steven(2002). *Hollywood Musicals: The Film Reader*. London：Routledge.

Dyer, Richard. "Entertainment and Utopia." In：Cohan, Steven(ed.). *Hollywood Musicals: The Film Reader*. London and N.Y.：Routledge, 2002, 19–30.

Genette, Gerard(1980). *Narrative Discourse: An Essay in Method*. Ithaca：Cornell University Press.

Hansen, Per Krogh(2008). "Prolegomena：On Film Musicals and Narrative." In：Hansen, P. K. (ed.). *Borderlines: Searching the Limits of Narrative and Narratology*. Holte：Medusa.

Jakobson, Roman(1956). "Two Aspects of Language and Two Types of Aphasic Disturbance." In: Jakobson, R., and M. Halle(eds.). *Fundamentals of Language.* The Hague, Paris: Mouton.

Kenrick, John (1996 - 2003). "History of The Musical Stage. 1970s II: Concept Musicals." Retrieved June 20, 2008, from http://www.musicals101.com/1970bway2.htm.

Kracauer, Siegfried (1965 [1960]). *Theory of Film.* London: Oxford University Press.

Marshall, Bill, and Robynn J. Stilwell(2000). *Musicals: Hollywood and Beyond.* Exeter, England; Portland, OR: Intellect.

Mast, Gerald (1987). *Can't Help Singin': The American Musical on Stage and Screen.* Woodstock, New York: The Overlook Press.

Mordden, Ethan(2003). *One More Kiss: The Broadway Musical in the 1970s.* New York: Palgrave MacMillan.

Mueller, John(1984). "Fred Astaire and the Integrated Musical." *Cinema Journal* 24.1: 28 - 40.

Roth, Mark(1981). "Some Warner Musicals and the Spirit of the New Deal." In: Altman, Rick(ed.). *Genre: The Musical. A Reader.* London et.al.: Routledge and Kegan Paul, 41 - 56.

Rubin, Martin(1993). *Showstoppers: Busby Berkeley and the Tradition of Spectacle.* New York: Columbia University Press.

Ulrichsen, Erik, and Jørgen Stegelmann (1958). *Showfilmens förvandling.* Stockholm: Wahlström og Widstrand.

第八章

摄影叙事、序列摄影、摄影小说

让·贝滕斯　米克·布莱恩

（鲁汶大学及鲁汶大学利芬·赫尔法特摄影中心）

摄影与叙事

在本文所说的"摄影叙事"（photo narrative）中探讨叙事这一特定问题意味着什么？乍一看，"摄影叙事"的表述有至少两重含义。一方面，它指的是对某种形式——我们更倾向于称之为媒介而不是类型①——的叙事研究。这些形式将照片图像系列或序列进行排列，类似于摄影新闻（photojournalism）里的图片故事（picture-story）②或虚构摄影（fictional photography）里的摄影小说（photonovel）。关于虚构摄影这个类型，本文将在第三和第四部分讨论。另一方面，摄影叙事也可以指摄影本身中的叙事性，更确切地说，是在单个照片图像中的叙事性。尽管摄影通常被看作时间里的一个瞬间的再现，也由此跟电影的"真实叙事"相对立，但是大众智慧告诉我们，一张图片值千言万语，这说明它绝对能够讲一个故事。

---

① 关于这些术语在摄影叙事语境下的讨论，参见 Baetens 2000。

② 图片故事不同于更为人熟知的照片故事（photo-essay），它是依靠照片讲述单个事件，例如 J. F. 肯尼迪被杀，而不是把语言和图像细致地结合来传达信息及故事，如 W. 尤金·史密斯（W. Eugene Smith）的作品。

　　为什么我们往往忽视或低估了摄影的叙事维度或能力呢？这种对摄影的狭隘看法有多种成因，但大都跟我们研究媒介时所持的本质主义偏见有关。实际上，摄影的大部分定义都有强调两个观念的严重倾向。第一个观念是，一张"真实"的照片是一次抓拍。关于这一点，记住亨利·卡蒂埃-布列松（Henri Cartier-Bresson）的话可能有所帮助："拍照意味着同时且在几分之一秒内识别事实本身及赋予它意识的视觉感知形式的严格组织方式。它把人的大脑、眼睛和心灵放在同一坐标轴上了"（1995：15）。卡蒂埃-布列松此话经常被系统性引用，对许多观赏者、从业者和学者而言，它恰如其分地将摄影这门艺术总结为了一个"决定性的瞬间"。第二种观念是，一次"真实的"拍照应当具有纪实的价值；换言之，它必须是一个索引（所以关于数字摄影的"危险"讨论一直在持续，很多人认为它损害了摄影的纯洁性）。① 从我们刚刚举的例子（卡蒂埃-布列松和数字摄影）可以清楚地看到，认为摄影"本质上"是在真实的生活之流中切割出时间瞬间的观念十分狭隘，因为有众多的图像和摄影实践遵循的是完全不同的、不那么"主流"的操作方式。它也是一种较为新近出现的看法，只要用历史眼光看待过去的摄影形式，我们就足以注意到摄影的叙事功能在这一媒介的最初十年曾十分强大，之后此功能显然转移给了更为时新的电影媒介。不过，为了建立这种叙事功能，人们就得了解摄影的社会文化背景。摄影与文本媒介是不相分离的，而且其意义若离开了与文字语境的互动就无法确定，这里就出现了"媒介间性"（intermediality）这个概念。由于我们当代的文化记忆极具选择性，并且倾向于将图像从它们的物质背景中分离，所以就存在忽视摄影的基本叙事功能的严重危险，而这些年这一功能对于所有的相关群体——读者、艺术家、出版人等——都是关键性的。

　　摄影可以是叙事性的，在某些特殊情况下，它甚至可以跟电影的叙事效果相抗衡（参见 Baetens 2009），要接受这一点，就有必要摒弃两

---

① 关于这些现存刻板印象的批判性讨论，参见 André Gunthert 2008。

种论调:其一,把摄影"本质上"简化成单次抓拍(或单个瞬间)摄影;其二,摄影这一媒介与现实有一种内在的联系。这样一方面给连续或序列摄影留有空间,另一方面对于虚构摄影来说,这一媒介的叙事能力会更加凸显出来。对连续摄影的排斥和对虚构/虚构性的强烈偏见明显是联系在一起的(虚构摄影通常使用连续摄影的形式,反之亦然),因此接受连续摄影和包括虚构图像与方案,两者是互相促进的。

众所周知,后现代摄影从根本上挑战了单次拍摄和指示性摄影(indexical photography)的主流观念,摄影媒介间性化的影响在此被又一次证明至关重要。假如近来的摄影已经抛弃了非虚构单次拍摄图像的特权体系,那么这种进化无疑因这些因素而得以加速:装置艺术的兴起、其他各种形式的多媒体图像呈现、对"编导摄影"(staged photography)的重新发现(在许多传统摄影观念中,编导摄影是一个禁忌,尽管在摄影史上,它在使用手持摄像机之前非常普遍)、在摄影中表现时间之兴趣的高涨(例如莫[Méaux]和范福尔塞姆[Vanvolsem])、后来关于戈特霍尔德·莱辛(Gotthold Lessing)对空间艺术和时间艺术基于区分的争论以及电影、绘画和摄影图像之间频频模糊的界限。然而,本文在此要讨论的第一个问题无关叙事在当代序列和虚构摄影中的角色和地位,而是关于从叙事的角度对传统的抓拍图像库进行重新解读的可能性和有用性,这些抓拍图像被普遍认为缺乏任何主要的叙事维度。这一讨论将构成本文对传统摄影,即单张摄影(single-frame photography)(第二部分)中的照片叙事进行反思的出发点。接着,本文会继续论述摄影小说的特有风格形式,首先概括分析(第三部分),然后对一个具有挑战性的例子进行细读(第四部分)。

如何叙事性地解读单个图像:怎么都行吗?

单张图片的叙事解码提出的主要挑战是,这种解读总是……可能的。任何图像其实都可以透过叙事的角度去看,无论其所再现的动态或静态是何种程度。就具有卡蒂埃-布列松风格的"决定性瞬间"照片而言,对照片内容进行叙事转译是容易的,即便形式和内容明确是静态的图像,仍然完全具有叙事阐释上的可能性。以罗伯特·弗兰克(Robert Frank)的《美国人》(*The Americans*,1998)里的一张照片《被覆盖的汽车——长滩市,加利福尼亚》(*Covered Car — Long Beach, California*)为例,这张照片呈现的是静止的典范:不是一辆车,而是一辆被织物盖住的车;不是公路,而是停车场的一块地方;没有开车的人或城市居民,只有一辆车;没有风景(它总是让人在认知上对空间进行时间化),只有没有特色的一堵墙、一段格栅、两株棕榈树;图像的结构简洁规整;看不到摄影师的主动参与;等等。这种照片看上去与"垮掉的一代"对自由的呼唤和永远在路上的迷人生活相去甚远,然而,迫切想将这张静态照片叙事化的观者要这么做却相对容易。我们可以把静止的概念转换成"静态化",因此也可以转换成"两个更为动态的瞬间之间的停歇瞬间"。或者我们可以把对墙上树影的突出呈现解读为时间的象征,进而看作,比如说,对新的起程的暗示。换言之,因为时间是任何表现方式都不可避免的特征,所以一张照片的叙事取景就是一套阐释工具中的一部分,这套工具始终存在,帮助观者理解照片的内容("这张照片告诉我们这个或那个故事中的这个或那个事件")及拍摄过程("我认为摄影师就是这样拍摄这张照片的")。

不过,在很多情况中,这种叙事阐释较少跟图像本身的特征相关,而是跟观者的认知立场相关,观者被"设置"为用叙事的方式观看图像,这不仅是因为他或她具有普遍内置的对叙事的欲望(Grivel 2004:28),还因为这种欲望常常是非常有益的(进行叙事性的解读有助于更好地掌握、理解、记忆、交流和改变我们所看到的事物,并使之对我们的生活有用)。当然,后现代摄影的叙事转向使得这种叙事化的倾向只会越来越强烈。

似乎有东西表明,最近在我们将摄影媒介用于他途的过程中,叙事取得了成功,然而这些东西其实并不稳妥。我们越是对一个图像进行叙事化的解读,就越会想当然地把叙事当作图像意义的"唯一"关键,而其正当的视觉和物质层面就会被(部分地)忽视,更何况许多对摄影的叙事解读,依靠的是对故事实际上是什么或可能是什么的极为宽泛、过分模糊或笼统的定义。最为重要的一点是,我们会发现有三方面存在某种混淆,这三方面常常在对单张照片做所谓叙事解读的实践中混在一起,它们是:时长(与再现内容相应的时间段或时间间隔)、故事(大多数叙事学研究方法中该词的术语义)和意义(分析的最终结果;在某些学科的独特元语言中,"意义"和"故事"这类词常被用作近义词)。假如这三个概念被和语义范畴混在一起,那一张照片的叙事解读就会失去清晰度,图像的处理也会被模糊。最后,假如任何照片都有进行叙事解读的可能,那么叙事的概念就不再会被视为真正有效(如果任何事物都是"某事物",那"某事物"就失去了其分析上的敏锐度和相关性)。

鉴于以上原因,将"叙事"这一术语的使用——以及叙事范围本身——限定为一个三重法则就是重要的(关于这些思想的详细探讨,参见 Baetens 2008)。

首先,摄影中的叙事分析应该专门针对那些不仅清晰显示出持续时间,而且还清晰显示出一个"真正的"叙事的照片,这意味着如下特征:(1)一个有时间顺序的结构(不只是"先是这个,接着是那个",还是"首先是这个,接着,由于这个和那个之间的某种特定联系,所以是那个");(2)动因主体(事情并不是自发发生的,而是由某个动因主体发起的,时间顺序的各个阶段也必须由动因主体引起)。简言之,被分析的照片应该能呈现一个由原因驱动的故事,其行动可以用因果关系的原则来解释。这些原则当然可以有许多理论说明方式,但埃玛·卡法莱诺斯(Emma Kafalenos)在其《叙事的因果关系》(*Narrative Causalities*, 2006)一书里建议特别关注她所称的"C-功能"(C-function),即某个动因主体为减轻最初的一个破坏稳定的事件而做出的决定。此建议可能提供了一个良好的例子来说明在连续叙事事件中引入因果关系和动机有何意义,否则这些连续事件只会不改其纯粹非叙事本质。①对单张照片进行叙事分析的关键是,若没有那个转折性的瞬间("功能"),被细察的图像就不可能是完全叙事的,即使完全有可能像在罗伯特·弗兰克拍的那张照片里一样,在图像的阐释层面添加时间甚至叙事性成分。

第二个内置阈值与图像所示和观者所见之间的张力有关。既然我们会轻易地认为非叙事材料有叙事阐释的可能,那么重要的是提出(如果不是断定)叙事研究方法应限用于画面本身明显包含故事的照片,而不应用于那些讲述只存在于观者头脑之中的故事的照片。比如,沙滩上的鹅卵石的照片:我们总是可以编造一个故事,即一个行动者出于某种意图或原因,把鹅卵石放在沙滩上,甚至还可以想象一个故事,其中鹅卵石的摆放是"C-功能"(借用卡法莱诺斯的术语)的关键要素。但是,这样的阐释仅仅取决于观者的态度和他/她的期待或目标。对于更好地理解叙事来说,这些阐释可能是重要的,但它们对于更好地理解照片本身的叙事层面却帮助不大。埃弗拉特·比伯曼(Efrat Biberman)对这个问题的讨论具有启发性。针对传统绘画全集,她对图像的两类叙事解读做了一个有趣的区分:一种是外部解读,即观者把视觉符号与被投射到画上的文学叙事相联系;一种是内部解读,即观看行为本身产生叙事意义。在此情况下,观者的阐释行为和图像的物质属性是不可分割的(Biberman 2006)。本文论述的研究方法试图调和对叙事的欲望,同时也考虑对象的物质属性,显然更贴近内部解读这个类型。因此,本文随后详细阐述的研究方法应该被理解为一种"从事叙事"的尝试,而不是成为粗暴叙事化的简单霸权主义的牺牲品。粗暴叙事化把对象的物质特性简化成一个跳板,用于对非叙事性视觉材料的叙事接受。

第三也是最后一点,我们也应该考虑的一个事实是,以叙事方式

---

① 卡法莱诺斯使用的"功能性"术语很清楚地表明,她的理论框架结合了弗拉基米尔·普罗普(Vladimir Propp)叙事功能的横组合结构和茨维坦·托多洛夫(Tzvetan Todorov)更为抽象的叙事理论,前者是 A. J. 格雷马斯(A. J. Greimas)的行动元模式的理论源头,后者倾向于将多种功能和行动元缩小为被打乱、重组的秩序这一基本问题。

解读单张图片不能规避故事讲述的另一个基本法则。沃尔夫冈·肯普(Wolfgang Kemp)中肯地指出,故事,至少在艺术创作的语境中,从来不是生活"本身",它必须是某种多于或大于生活的东西。这里当然就要说到修辞的问题:

> 或许叙事"就只是在那里,像生活那样",但是这并不意味着它就像生活。它讨论的……是被突出、被强化了的生活。(Kemp 1996:60;笔者此处是在引用 Barthes 1966:7)

肯普还合理地坚持认为,故事必须要把观众考虑进来。讲述故事是为了以这种或那种方式"打动"观众。肯普的论述甚至更进一步,在故事的形式和内容之间建立起了一种类比(它遵循"主体寻找客体"的基本逻辑),确定了被讲述的故事层面发生了什么。后者主要由一个事实建构,即读者或观者对故事结局的急切等待。为强调这一关键问题,肯普引用了伊夫琳·伯奇·维茨(Evelyn Birge Vitz)的话:

> 如果要有"故事",那关键就在于要有一个被等待的转变,即使只被叙述者和我们等待。而且关键是,它得是"这个"转变:并非任何转变都行。(引自 Birge Vitz 1989,同 Kemp 1996:66,后者没有给出原话所在的页码)

讲故事者想让读者或观者对故事"本身"感兴趣。他或她想让他们对故事如何展开、如何结束产生好奇。换言之,悬念是一个必备元素。假如没人渴望知道故事的结局,故事就没法"起作用",也就不能被当作或理解为一个真实的故事,即使从纯粹技术角度来看,它显示了对叙事学家来说"故事"的定义所必备的所有特征。

　　这对于照片叙事意味着什么?我们如何将这三重标准(即再现时长的重要性,观者对动机和因果关系的建构,最后,大众对故事的兴趣的突显)应用于单张照片的叙事解读?本文要论述的观点是,只有当上述三个标准至少在某个程度上都被激活时,叙事解读才会有成效,且有某种程度的主体间控制。这意味着,只有当单张照片借助由时间和因果关系组织并推动的视觉叙事,成功地激起观者的好奇心,使他或她渴望某种结局时,它才能被视为"完全叙事性的"。假如这些条件没有令人信服地得到满足,那照片可能就是被观者的想象叙事化的,而不是一张"完全"的叙事性照片。

这种立场看似过于狭隘,但我们确实相信它有助于厘清在固定图像的叙事性问题上经常存在的混乱争论。不过,在实践上,"完全"叙事性的和"部分"叙事性(还有,为什么不甚至包括"非叙事性的")的照片,它们之间的界限划分,并不总是那么容易。

在某个意义上,解决制造真正的叙事这个问题,最容易的办法是用照片序列代替单张照片。如果单张照片仍然太过含混,如果它们的叙事太过依赖伴随它们的文本,如果它们讲述的只是一个"不完美的"故事(缺乏动机和因果关系,缺乏照片自身内的在场,缺乏悬念和修辞能力),那为什么不用一个序列的照片呢?这样一来事情不就容易得多吗?在一个序列中,无须多费力就能暗示出因果关系,叙事动因在照片本身中就能被看到,叙事张力能够毫不费力地建立起来。这些都可能是真的,但问题是,这些并非必然如此,因为很多序列照片也缺乏叙事性。在那种情况下,自诩为一个真正序列的东西,实际上只不过是一个系列,例如,一组肖像照,如奥古斯特·桑德(August Sander)的《20世纪的人们》(*People of the 20th Century*),或建筑照组合,如贝恩德·贝歇和希拉·贝歇(Bernd & Hilla Becher)的工业风景纪实作品,等等。之后的问题就是决定如何区分叙事序列和非叙事系列。这个问题绝对令人着迷。看一下沃克·埃文斯(Walker Evans)的《美国影像》(*American Photographs*, 1938),它确实有序列结构的成分,但本质上却并非叙事性的。在序列和系列之间有如此多难以定夺的情况,这一事实证明,应该以一种系统性的方式考察作品是否具有叙事性的问题。本文在前文提出的三个标准对这类讨论也同样有用。

在摄影小说的情况中,其照片序列是一种特定类型,它是否具有叙事性的问题似乎有些可笑,因为摄影小说当然是一个叙事序列。但是我们会看到:(1)叙事性的问题要比"是否是叙事"这个简单的问题要复杂得多;(2)摄影小说所展现的叙事性不一定是传统定义所涵盖的、可以应用于单个图像的那种。[①]

摄影小说,在文本与图像之间,在故事与肖像之间

摄影小说作为一种约定俗成的类型,是一个更广的序列摄影(sequential photography)类别的一部分。尽管我们稍后会看到,这两个领域之间的区别远不是绝对的,我们还是可以把摄影小说相较于摄影序列(photo sequence)的不同特征概括为如下几点。第一,摄影小说在原则上具有高度的媒体间性:与常是无声的,即无文本的摄影序列不同,摄影小说的特点是照片和文字的系统性融合,通常呈现为文字说明或言语对话框。第二,摄影小说在几乎所有情况下都依赖于"多画幅"(multiframe)这个概念(Van Lier 1988):传统的摄影序列都有同样的格式,而且每页或每幅只呈现一个形象;与之相反,摄影小说的图片并不以原初的印刷格式单独出现在页面上或墙上的一个画框里。它们的格式可能会发生变化,会为了适合页面设计被裁剪和变形,页面设计会把各种图像放进同一页(通常是杂志或书籍的页面)里。在这一点上——且仅在这一点上——它们跟漫画书相似。第三,摄影小说从社会学角度来说,是低俗文化或大众文化的一部分。它的表达和内容与电视肥皂剧传播的典型描绘(在内容层面:家庭琐事;在表达层面:访谈嘉宾)没什么不同,是高度公式化的,从政治角度来说,相当保守,至少据说是如此——精英主义对流行文化这种"不可避免的女性"形式抱有偏见,对此,历史研究已经提出了严重质疑。

在这里,重要的不是"解构"摄影小说和摄影序列的区别,这么做

---

①　当然并不适用于所有单个图像,因为对像罗伯特·弗兰克的《被覆盖的车》这类图像的叙事解读,就需要事先将"没有叙事性"的怀疑暂时搁置起来。

太容易也并不十分有成效。摄影小说这个体裁的媒体间性特点才是更有趣的,该特点深深地扎根于其自身的历史中,并在叙事层面提出更吸引人的挑战,因为在文字和视觉之间找到正确平衡,这一困难一直都阻碍了摄影小说的发展。

摄影小说出现于第二次世界大战之后,原创性地融合了两种已有体裁,即插图电影剧本(illustrated film script)和图像小说(graphic novel)。[①]早期摄影小说不得不面对的一个最为戏剧性的问题,就是词语和图像的融合,这引发了在技术、美学、叙事等层面的系统性困境和交流失效。首先,文本和视觉材料出现在同一帧里的结果是技术上的噩梦:必须以手写形式添加文本,而在文字和背景之间要保持充分的色彩对比度非常困难,通常是白色字在一个太浅或太灰白的背景中显得不够突出,而黑色字无法与其周围暗色的照片空间形成强烈的对比。而且,那些年廉价杂志的印刷质量太低劣,粗糙的纸太吸墨,致使文字的形式和意义都难以辨认,人们不得不更多依靠猜测。最初的颜色实验很难提高人们对摄影小说的信心。其次,技术上的问题看来也在美学方面有大问题。文字是以对话框或叙事说明的形式添加在已有图片上的,这种添加很多时候破坏了图片的内部结构。还有,文本材料的存在也被诟病是阻碍了观者观看图片本身(这一批评常常针对的是电影和电视里的字幕)。最后,摄影小说在文字和图像的蒙太奇拼接同步性方面也不稳妥,摇摆不定:很多图像的效果大打折扣,因为读者并不总是知道什么时候、在哪里阅读所附的文字,而且要"发明"新的、顺畅的阅读节奏,使文字和图像元素在不破坏页面布局的情况下相互补充,这也远不是件容易的事。

这些技术问题耽搁了摄影小说作为新的文化形式的突破。在其早期,摄影小说不得不与其他文化形式(如连环画)进行竞争,而在这种竞争中,摄影小说很难胜出。摄影小说、短篇小说、插图版连载小说、卡通、连环画等,它们要共享专门的女性出版物的同一空间。摄影

---

① 如需详细但又不太理论化的介绍,参见 Lecoeuvre & Takodjérad 1991。

小说出现得最早，却花了近十年的时间，才成为在文化上有确定地位
的体裁。摄影小说在固定图像的大众叙事这个广阔领域中的崛起，显
然与克服这个体裁固有的媒体间性困境相关。在某种意义上，我们当
然可以说这些技术、审美和叙事的难题并不为这个体裁所独有。埃尔
热（Hergé）用美国漫画在视觉上有整体感的对话框模式，取代了欧洲
图像框架外的说明文字模式，但像他这样的大师，也是花很多年才成
功克服了最初尝试的笨拙感。但是跟漫画相比，摄影小说如此吸引人
的原因就是，在探索其最初问题的解决方案时，这种体裁总是在寻找
对单一媒介性也保持敏感的答案。摄影小说一直以来都试图尽可能
地让文字与图像之间的界限保持分明，比如把文本信息单独放入特殊
的框架（不再出现视觉信息），或是在呈现对话框和叙事文字说明时，
避免它们与图像进行互动。要再在"创新式"布局上进行实验很难：
所用的字体是为了尽可能地不被注意，作者也努力地在读者眼前"隐
藏"页面或画面的构成。因此，尽管有结合文字和图像的责任，但就其
流行形式来看，摄影小说体现了被部分压抑的媒介间性，这么说并不
荒谬。就算是传统的摄影小说，也是倾向于尽可能多地把图像从文本
输入中"清理"出去，让文字成分处于画面之外。在前一种情况里，摄
影小说致力于将文字信息控制在一定距离之外，例如把对话呈现为图
片之下的说明文字或在图片之间插入文本框。在后一种情况里，摄影
师特意在图片上留出"空白"空间，这样就能插入对话框而不破坏整体
结构，或是危及故事相关信息的视觉易读性。但是如果没有文本，讲
故事似乎就很困难，在摄影小说的再现世界和叙事世界都接近于电影
的世界后更是如此，而电影在摄影小说出现时已不再是无声的了。

　　由此，朝着无文本作品的真正跃进，必须等到摄影小说发展出一
种新形式：极简主义的摄影序列（minimalist photo sequence）。更有抱
负的高雅摄影小说（high-art photonovel）受到 20 世纪 60 年代概念叙
事摄影（conceptual narrative photography）实验的极大启发，以最大的
力度和明晰度展现出这些单一媒介倾向。首先，玛丽-弗朗索瓦丝·
普里萨尔（Marie-Françoise Plissart）或雷蒙·德帕东（Raymond

Depardon）等艺术家的作品（Plissart 1998 和 Depardon and Bergala 1981），在文字与图像之间引入了鲜明的视觉界限：文本成分只允许处在照片的边缘。其次，他们对无文本、无词语的故事有着强烈的偏好（有几位在该领域工作的艺术家提到了那个古老的，当然也是很有争议的观点，即有声电影出现后，无声电影的视觉语法就"衰落"了）。一个好的视觉故事，是一个只用纯视觉方式讲述的故事，单媒介性被认为是所有序列摄影进行严肃实验的理想形式。最后，如果文本需要出现，就必须要进行转化，使所有多媒介性痕迹都被抹去：文字信息由此不再是被添加到图像上，而是被拍摄下来，作为故事内文本（intradiegetic text），成为图片世界的一个视觉成分（有时牺牲了可读性）。高雅摄影小说和大众摄影小说的读者群体是截然分化的，这说明它们在所有可能的方面都是不同的。不过，这种区别在它们力求达到单媒介性的共同努力中会逐渐消失。假如有人注意到文本成分的缺席在很多时候是十分表面化的，那么这一区别就会更加模糊。即便是完全无文本的作品，如迈克尔·斯诺（Michael Snow）的《从头至尾》（*Cover to Cover*, 1975）这样一部里程碑式的实验作品，也可被当作一本有间接文本的百科全书来读。因为这本书虽然没有说明文字、对话框、作者序或其他任何东西，但却有其他种类的文本强烈在场：副文本（paratext，比如书名）、故事内部化文本（diegetized text，即作为被拍摄世界的一部分的文本）、潜文本（subtext，如读者为理解图像而需要掌握的词语双关用法）等等。

然而，在高雅摄影小说领域（Baetens 1993；Ribière 1995），一直都存在着对言语成分的强烈排斥，诟病其有三重罪。第一，文本成分占据了观者的所有注意力（就像加了字幕的电影一样，既要看文字又要看图像并非易事）。第二，文本成分还扰乱了画面的结构（假如要把文本信息"加入"已有的照片中，图像的构成极有可能失去其内部平衡和结构）。第三，文本成分也阻碍了图像对叙事的掌控（各张照片之间的顺序和因果关系是由文字说明和对话框的相互作用来控制的，而不是像人们在高雅摄影小说中希望的那样，让图像自身的内在属性来控制叙事）。由于这些原因，无声故事——显然也就是非媒介间性或非混合型故事——的魅力就可以理解了。最著名的例子无疑是玛丽-弗朗索瓦丝·普里萨尔的 100 页摄影小说《审视的权利》（*Right of Inspection*，1998；法语第一版 1985）。然而，正如在普里萨尔的照片之后出现（并使之完整？）的雅克·德里达（Jacques Derrida）的《演讲》（"Lecture"）一文所明确指出的那样，图像的无声并不表明文字的消失，而是恰好相反。德里达论述说，图像越是无声，就越能够产生（文字的）故事，因此越可能创造媒介间性的新形式。

当人们观察高雅摄影叙事的极端对立面——商业摄影小说（commercial photonovel）时，也可以得出类似观点。商业摄影小说是浪漫小说体裁中一个十分受鄙视的分支（Lecoeuvre and Takodjérad 1991；Giet 1997）。诞生于第二次世界大战之后的摄影小说与流行电影有着紧密的联系，是"避世"文学的一个典型代表。尽管这一体裁的物质结构看上去很好地展示了电影这一主导模式强行带来的图文融合，但是进一步观察就会发现，图片、文字说明和对话框的多媒介拼贴已经变得如此司空见惯，可能会妨碍我们认识单一媒介性特征的作用和地位。乔瓦尼·菲奥伦蒂诺（Giovanni Fiorentino，1995）在研究对迪诺·里西（Dino Risi）的"玫瑰"（即喜剧）新现实主义杰作《渔娘恋》（*Pane, Amore, e...*，1955）所做的摄影小说改编时，曾令人信服地说过，摄影小说的多媒介讲述可能性明显未被充分利用，原因不只是缺乏复杂性（这是摄影批评家和摄影史学者常有的论点，他们的类型划分是从视觉艺术那里借来的），也是为了给真正重要的东西留出位置：演员们（索菲亚·罗兰［Sophia Loren］和维托里奥·德西卡［Vittorio De Sica］）的脸，对其表情的强调（这些脸上显露的神情与其被期望要表达的内容是否匹配，摄影师似乎完全不在乎）以及主角的神秘世界与索伦托的日常（但风景极其优美的）背景之间的对比。电影"再生产"了故事，但与电影相反，摄影小说在某种意义上追求的是单媒介性。摄影小说看似从电影的移动图像和声道，变换到书本世界的固定图像和文本，实际上却是一个完全不同的体裁——（神秘的）演员肖像——的延续。

但是,摄影小说对肖像摄影这一暗含体裁的天然吸引力并没有阻止艺术家们去发明新的、有媒介灵敏度的故事讲述形式。这就是我们现在要转而分析的现象。

现代摄影小说的多重时间性

在 20 世纪 80 年代,比利时艺术家玛丽-弗朗索瓦丝·普里萨尔对摄影小说这种体裁进行了革新。她经常与作家伯努瓦·皮特斯(Benoît Peeters)合作,出版了各种里程碑意义的摄影集,后者把摄影小说的传统形式与法国新小说和其他文学体裁(如侦探小说)相混合,其中一本是完全无文本的《审视的权利》(*Right of Inspection*,法语为"Droit de regards",Plissart 1985)。该书能著称于世,得益于雅克·德里达所写的一篇文章,附于书后,作为其文本对应物。尽管这些书受到了批评界的赞誉,但它们在商业上却是失败的,对该体裁的形式重塑在 20 世纪 90 年代就停滞了。普里萨尔最后一本摄影叙事《今日》(*Aujourd'hui*)同样也是无文本的"摄影故事"(photo story),因此可被解读为与一种被诅咒的体裁的告别。

这本书的书名是一个宣言,支持以一种受叙事启发的新眼光看待摄影。在其对持续时间("今日"并不是"此时、此刻",不是"时间的瞬间")的强调中,它对主流摄影的抓拍观念持有批判性立场。通过对当下("今日"既不是昨日也不是明日)的坚持,它拒绝罗兰·巴特(Roland Barthes)对摄影的死亡学阐释(摄影是"曾经存在过的事物"的本质表达,Barthes 1982)。我们在此要分析的那六页序列(见图 1 到图 6,它们对应书里的三个对开页),展示出摄影小说提供的时间性和叙事性的新用途,它们深深根植于不同媒介对布局和蒙太奇等常规参数的运用。

如果我们先从大图片开始分析——图片的大小是摄影小说惯常的格式区分,我们注意到一个几乎是最小的序列,它让重复性成分(在上方和中间的部分:天空、海洋)和非重复性成分(在下方:角色的活动,他们进入和离开可被读作"舞台"的地方)交替出现。但是当观

图 1-6　《今日》选图（Plissart，1993：46-51）

者注意到出现在背景中的第二序列——一个跳水者的活动时,这个第一印象就被无情地破坏了。而当观者注意到发生在前景中的叙事("在舞台上"的人物)与发生在中间、由于尺寸较小而略被隐没的叙事之间的深度张力时,图像和页面的整体平衡变得更加不可靠。

更具体地说,有四种差异出现。第一种跟被再现的主体的性质相关,即在前景中的是静止不动的,在背景中的是活动的——人物仿佛被其物质环境特征"污染"了:那些出现在石头间的人没有在动(即便他们被拍时看上去像是在行动,也很明显是在摆拍),被海水和天空围绕的那个人完全是动态的。第二种差异跟对动作连续性的处理有关,在前景中进行的动作遵循了连续性,但在跳水者的场景中,连续性被打破了。在图 2 到图 4 中,这个人物的位置几乎是凝固的,而前景中的人物则从一个位置移动到了另一个位置。换言之,在照片序列的层面上,《今日》把在单个图像中看似互不相容的东西混合在了一起:凝固的画面(在跳水者的层面)和一个整体动作的连续瞬间的再现(在前景中的人物的层面)。这一混合的效果影响深远:虽然照片的表层看似非常平滑单一,但每张照片都存在两个异质的时间性和两个不可调和的节奏之间的冲突。换言之,这个序列对摄影叙事的处理特点,使得艺术家能够极大地拓展它所依赖的摄影媒介的可能性。第三种差异跟节奏区别相关,普里萨尔对两个情节的连续部分的分解方式是不同的。当我们看跳水者的场景时,注意到时间在动作的连续再现之间几乎是静止的(在该序列的中间部位的照片里,时间似乎完全停住了)。当我们去看在前景中的那个男人和女人的交替时,发现时间上的变化程度要大多了。在此,同一图片里两个动作之间的张力再一次强化了照片的内部错位。每个图像里两个叙事线条之间的第四种也是最后一种差异,跟时间顺序的处理相关。前景中的情节似乎遵守的是传统线性时间法则,而跳水场景的六个分解画面却并不遵循同样的时间结构(首先我们看到的是动作的开始,接着在中间动作凝固,最后我们看到跳水的准备动作)。但是,要对这个跳水场景的时间顺序给出一个确切的唯一阐释,仍然是困难的:我们或许认为时间顺序被打乱了,却也可能认为动作在最后又重新开始了。这就增加了对整个动作的时间掌控程度,它可被同时解读为"单次的"和"多次的",热奈特(Genette 1972)应该就会这么叫它(在前一种情况里,我们看到的是一个动作,即跳水,以非时间顺序呈现;在后一种情况里,照片暗示的是一个动作被不断地重复)。而且在照片中央发生的时间、时序和叙事调控,会不可避免地影响我们对在前景中发生之事的解读,它突然变得不太像它第一眼看上去那么具有时序性、那么有序,也不那么像是单次发生的事。

这便是迈向"创造性"阅读的第一步,《今日》在结构上的革新强烈地鼓励我们要这么做,不仅是在叙事的时间维度层面,而且——考虑到普里萨尔所用方法的媒介特性,这个方面显然是关键的——要在其视觉和空间的层面。拓展上述序列的叙事阐释,一个可能途径是聚焦于对进出画面的人物各种动作的再现。这些动作依赖一定数量的特征,同时又在暗示一种组合式的操作,读者可以加入新的标志和层次。有两个特征对这一操作是关键的:一是动作的方向,它可以朝左或朝右,向上或向下;另一个是所涉及的画面外(off-screen)类型,它既可以指外部(此时"画外"指图片范围之外),也可以指内部(此时"画外"就指视线之外,即被存在于图片内的屏障遮掩)。例如,潜水者的动作可被描述为"垂直状态"和"内部遮掩"的结果,而男性人物从右向左水平地移动,直到从照片左角离开舞台。但是读者的任务不只是要描述这些动作,还要凭借摄影再现所开启的组合式操作可能性,思考它们对图像阐释产生的影响。图像的多重时间可能性(例如,单次和多次的互相缠绕,会影响前景的场景及图像的中间场景)也可在空间组织的层面延续。那个女性人物突然出现在舞台上,在最后一张照片里同样突然地消失。假如我们把注意力放在她身上,我们会不假思索地认为她是从左边进入画面的(那个男人注意到在左边的她),也是会从左边出画面(跟男性人物的例子一样?)。然而她自相矛盾的"固定性"(她作为一个角色并不是凝固的,但她在图片中的位置是不变的)以及潜水者的动作与前景中那个男人的动作所形成的对比,这两个因素给不同的解读提供了空间。比如,一种解读是她从栏杆上坠入海里,这一动作把她跟潜水者联结在一起,那么溅起的浪花就可被看成这一阐释的故事内"证据"。

解读拓展至页面的所有布局,包括在底部的、更小的图像条,进一步地引出微妙之处,它们都在强调在主要照片的层面上被揭示出来的东西的总体方向。在这里,重要的是要处理好下面两者之间的关系:对典型摄影小说特征的特定处理——比如序列编排(时间)和布局(空间)——和对我们对摄影术所持主流看法和用法的彻底重新阐释。摄影叙事远不只是展示一个预先确定的或潜在的脚本,该脚本用一组图片代表动作的每一个连续步骤。摄影叙事首先,也是最重要的,是一种邀请,引导我们对摄影本身的叙事维度进行完完全全的重新思考,不是通过对单个图像的内部操控(普里萨尔的照片十分经典),而是考察将摄影插入一个时空蒙太奇框架的意义之所在。艺术家向观者发起挑战,要他们叙事地阐释作品,而不给出被讲述故事的线索。从这个意义上讲,普里萨尔讲述的故事是极端不确定叙事性的一个完美范例(Ryan 2004:14)。

李荣睿 译

参考文献

Audet, René et al. (2007). *Narrativity: How visual arts, cinema and literature are telling the world today*. Paris: Dis Voir.

Baetens, Jan (1993). *Du roman-photo*. Paris-Bruxelles: Les Impressions Nouvelles.

——(2000). "Récit + photo = roman-photo?" *Sincronie*, vol. III.5: 66 – 173.

——(2006). "Une photographie vaut-elle mille films?" *Protée* 34.2/3: 67 – 76.

——(2008). "La lecture narrative de l'image photographique." In: Montier, Jean-Pierre, Liliane Louvel, Danièle Méaux and Philippe Ortel (eds). *Littérature et photographie*. Rennes: Presses Universitaires de Rennes, 349 – 358.

——(2009). "Is a Photograph Worth a Thousand Films?" *Visual Studies* 24.2: 143 – 148.

Barthes, Roland (1966). "Introduction à l'analyse structurale des récits." *Communications* 8: 7 – 33.

——(1982). *Camera Lucida*. New York: Hill and Wang.

Beckman, Karen and Jean Ma, eds. (2008). *Still Moving: Between Cinema and Photography*. London and Durham: Duke University Press.

Biberman, Efrat(2006). "On Narrativity in the Visual Field: A Psychoanalytic View of Velazquez's *Las Meninas*." *Narrative* 14.3: 237 – 253.

Birge Vitz, Evelyn(1989). *Medieval Narratives and Modern Narratology: Subjects and Objects of Desire*. New York: NYU Press.

Cartier-Bresson, Henri (1999). *The Mind's Eye. Writings on Photography and Photographers*. New York: Aperture. Depardon, Raymond and Alain Bergala (1981). *Correspondance new-yorkaise/Les absences du photographe*. Paris: Libération/Editions de l'Etoile.

Fiorentino, Giovanni (1995). "Seduzione ottiche. L'icona, il fotoromanzo, l'istantanea." In: Fiorentino, G. (ed.). *Luci del Sud. Sorrento un set per Sofia*. Castellammare di Stabia: Eidos, 37 – 48.

Frank, Robert(1998 [1958]). *The Americans*. New York: Scalo.

Genette, Gérard(1972). *Figures III*. Paris: Seuil.

Giet, Sylvette (1997). *Nous Deux 1947 – 1977: apprendre la langue du cœur*. Louvain/ Paris: Peeters-Vrin.

Grivel, Ch.(2004). "La photocinématographisation". In: Baetens, Jan, and Marc Lits(eds). *La novellisation. Du film au livre*. Leuven: Leuven University Press, 21 – 40.

Gunthert, André(2008). "'Sans retouche'. Histoire d'un mythe photographique." *Etudes photographiques* 22: 56 – 77.

Kafalenos, Emma(2006). *Narrative Causalities*. Columbus: Ohio State University Press.

Kemp, Wolfgang(1996). "Narrative". In: Nelson, Robert S., and Richard Shiff (eds). *Critical Terms for Art History*. Chicago/London: University of Chicago Press, 58 – 69.

Lecoeuvre, Fabien and Bruno Takodjérad(1991). *Les années roman-photos*. Paris: Editions Veyrier.

Méaux, Danièle(1997). *La photographie et le temps. Le déroulement du temps dans l'image photographique*. Aix-en-Marseille: PUM.

Plissart, Marie-Françoise (1993). *Right of Inspection: Photographs by Marie-Françoise Plissart, with a Lecture by Jacques Derrida*. Trans. David Wills. New York: Monacelli Press, 1998(1st French edition: 1985).

——(1993). *Aujourd'hui*. Zelhem: Arboris.

Ribière, Mireille, ed. (1995). "Photo Narrative." Special issue of *History of Photography*, vol. 19.4.

Ryan, Marie-Laure, ed. (2004). *Narrative across Media: The Languages of Storytelling*. Lincoln: University of Nebraska Press.

Van Lier, Henri (1988). " La Bande dessinée. Une cosmogonie dure." In: Groensteen, Thierry (ed.). *Bande dessinée, récits et modernité*. Paris: Futuropolis, 5.

第九章

艺术的失败:《让我们现在赞美名人》中的言语和视觉再现问题

马尔库·莱赫蒂迈基

(坦佩雷大学)

后现代主义和后结构主义往往与非再现理论联系在一起。在后索绪尔语言学中,语言无法到达世界,由此导致了对再现的不可能性的讨论,并产生了认为语言和文学是创造,而不是再创造的相关哲学思想(参见 Rimmon-Kenan 1996:11)。无论是文字的还是视觉的,后现代主义艺术尤其明确强调:再现形式及其指涉物是两个不同事物,它们不能在同一个地方,所涉及的再现甚至可能与其表面上的所指、"真实世界"中的某个客体截然相反。从某种意义上说,再现(*re*-presentation)这个概念,不但假设并包含了客体世界的某个观念,也假设并包含了这种观念以一种新方法在语言和艺术中的呈现。

艺术不但对先前的传统,也对自己的现有规约有清晰的认识和批判。显然,艺术家对自己所使用的媒介、对再现问题及其可能性的探索,是 20 世纪现代主义的典型特征之一。现代主义或后现代主义的艺术观念,往往也意味着作品生产和构成方面的一种失败感,在某种程度上,这种作品的目的在于再现现实。① 用科林·福尔克(Colin

---

① 比较一下:"言语在接纳和固定视觉元素方面的'失败',被用作一种建设性原则,被不同流派和作者不断地加以主题化"(Grishakova 2006:156)。

Falck）的话来说，自浪漫主义以来，我们都倾向于在批评语言中划分出一种失败的艺术类别："我们倾向于认为，形式失败也是一种失败，而且很重要，因为它无法在单个艺术作品所声称的次序中，确保某种连贯意义或对真理的理解"（1989：75）。正如什洛米斯·里蒙-凯南（Shlomith Rimmon-Kenan）所暗示的那样，"面对语言无法'到达'的世界所产生的绝望，有时可以被对某种元语言场所的追寻抵消，在那里，语言和文学的局限能够得以言说"，并且"它会形成元文本、具有自我意识或自我指涉性的文学作品、考察自身再现现实过程中的困难或将其戏剧化的作品"（1996：12）。① 这个概念将我带到了我的关键文本、美国图片纪实类型的经典之作《让我们现在赞美名人》（*Let Us Now Praise Famous Men*, 1941；下文括号内简称 *FM*）。这本书围绕作家詹姆斯·艾吉（James Agee）和摄影师沃克·埃文斯（Walker Evans）1936年夏天的亚拉巴马之旅，记录了大萧条时期三个处于绝望境地的白人佃农家庭的生活。

《让我们现在赞美名人》不但对其非虚构性进行了反思，也考察了它在成为"真实"方面的失败。在对其主体性角色的反思中，艾吉不但承认了自己的局限性，也强调了世界的不确定性，后者的概念化抵制了批判性的结尾（参见 Hartsock 2000：185）。正如艾吉所写的那样，"失败（在这部作品中）实际上几乎是不可避免的"（*FM*, 215n；强调为作者所加）。如果我们明白某些现代主义和后现代主义艺术作品是自我反思性的，有的甚至清清楚楚地将"不可能"成功写入其中，我们可能会发现，再现问题属于作品的目的性构成。因此，这种自我否定和对失败的反思不一定会产生艺术上的失败，反而有可能成为一种新

---

① 例如，我们可能会注意到，威廉·福克纳（William Faulkner）本人称其现代主义杰作《喧哗与骚动》（*The Sound and the Fury*, 1929）是个"失败"，因为它并没有达到其雄心勃勃的目标。然而，这部小说也是"最出色的失败"，以其自反性表现出"对形式和意义从未完成的追求"（Bleikasten 1976：48, 51）。福克纳认为失败是所有艺术事业的命运：文学生产过程永远无法最终完成。

式的成就。①

之前提到过,现代主义和后现代主义艺术的一个明显标志就是这种转向,不但朝向,还要反对其自身,对自己的文本性、建构和表意方式进行批判性的审视。这种几乎是自毁的诗学,其成因之一在于随着现代主义出现而诞生的一种关于现实的新观念:真实无法被理解,无法被捕捉,这种感觉永远无法用语言或视觉形式再现。这里我特别感兴趣的,是由纪实文学在其内部建构的复杂现实"契约"。纪实文学(documentary literature)的概念通常被理解为艺术和非艺术话语之间的中介模式,但利昂娜·托克(Leona Toker)则认为问题不在于任何中间形式,而在于"多功能客体"(1997:188),并为此采用了"纪实散文"(documentary prose)这一术语。纪实散文的概念可以被调整,以适用于传记和新闻作品之类的非虚构类型,这些非虚构类型同样需要被作为艺术形式进行研究,其风格和结构可以与非文学纪实区分开来。正如托克所说,纪实散文构建了一个具有推动力和象征连贯性的叙事结构,创造了"文本中的母题模式"(Toker 1997:213)。然而,似乎许多纪录作品在试图建立连贯叙事结构的过程中,都或多或少地遭遇了"失败",这种失败是这些作品意义建构的一个关键成分,艾吉和埃文斯的《让我们现在赞美名人》似乎也是这样。

在谈到纪实叙事艺术时,托克进一步指出,"对现代主义绘画、雕塑、音乐或文本是否构成艺术作品的怀疑,事实上是其审美效果的一个内在组成部分"(Toker 1997:214)。海登·怀特(Hayden White)在谈到历史再现问题时提出,任何文本原则上都可以被解读为对再现不可能性的某种深思,因为"任何试图通过语言媒介来掌握任何现实,或

① 这也是安德烈·布莱卡斯滕(André Bleikasten)在讨论福克纳小说时提出来的:小说在失败中获得了成功,因为"尽管文本和意义之间始终存在差距,但写作过程还是设法建立了自己的秩序"(1976:205)。我们可能会注意到,对艾吉《让我们现在赞美名人》的创作产生影响的一个重要因素是福克纳,特别是其与大萧条相关的小说《我弥留之际》(As I Lay Dying, 1930)。艾吉还提到了这种影响的根源:"贯穿于威廉·福克纳著作中的手势、风景、服装、空气、动作、神秘和事件的细节"(FM, 399)。

在这一媒介中再现它的企图,都会召唤出那个叫嚣着任务无法完成的幽灵"(1987:206)。因此,在 T. V. 里德(T. V. Reed)看来,《让我们现在赞美名人》代表着"对自身的再现实践提出质疑的新式新闻学",它"对两种媒介(散文和照片)再现能力的质疑也通过比较性的交叉斡旋而得到强化"(1992:35,39)。艾吉和埃文斯的作品主要针对此类制作类型的常规惯例——20 世纪 30 年代的乡村生活纪实及其让读者真实了解乡村生活的宣传口号,旨在质疑语言/视觉文本与真实世界严酷现实之间的关系,从而撼动读者的既有观念。

通过并置文字和照片,《让我们现在赞美名人》讨论了它在"现实"地再现美国乡村贫困家庭方面的缺陷,同时凸显了其自身作为艺术作品的本质。这本书在排印和摄影形式上尽可能呈现亲密而直接。艾吉自我否定的写作风格以及他对书籍物质性的强调,都在他对叙事开头部分的评论中得以体现:"如果我能做到,我就不会在这里采取写作的方式。这里会是照片,其余的则是布料、棉花片、土块、讲话记录、木材和铁的图片、气味小瓶、盛食物和排泄物的盘子"(*FM*, 26)。用里德的话来说,虽然这本书"尝试同时将其本身融入现实,并将现实转化为文本"(即变成一种具自我意识的美学建构),但它同时"对任何文本实现直接性(immediacy)的能力表示怀疑,其具体做法是将注意力转向活跃于文本/世界中的规约(包括直接性的规约)"(Reed 1992:31)。散文和照片都无法触及真实,这两者的并置则强化了此书的批判性自我反思。①

文字和图像

如上所述,《让我们现在赞美名人》的问题之一在于文字和图

---

① 戴维·明特(David Minter)对此书的尝试和文类模式进行了以下描述:"它采用了多种话语模式——民族志、社会学、现象学、神学、历史、自传、诗歌和小说,采用的书写风格包括现实主义、自然主义、印象主义、表现主义、超现实主义、立体主义和空想主义,其范围之广令人惊讶"(1996:200)。里德则将这项几乎无法归类的工作称为"立体主义社会学"和"后现代现实主义"(Reed 1992:35)。

像、文本和照片之间的关系以及它们各自用来再现现实的方式。许多理论家都关注文字与图像的异同。结构主义范式强调的是作为文本和语言系统的视觉再现,聚焦于对图像的阅读。正因如此,从叙事学角度考察视觉艺术的一些解读,其主要立足点还是在于将文学理论运用于电影、绘画或照片的分析(如 Chatman 1978)。① 另一方面,一些理论家强调文字和图像之间的本质区别,并因此对文本理论在视觉艺术研究中的应用保持怀疑态度。对于部分评论家来说,图像和文本根本无法兼容,甚至都无法合为某种介于二者之间的图标文本(iconotext);他们采用的说法是"混合文本"(mixed text),暗示着文字和图像的语义区别。(参见 Horstkotte & Pedri 2008:2-6。)因此,视觉和语言图像的区别之一就基于照片的物质属性(materiality)和被书写的词语的心理属性(mentality)。

尽管跨艺术或跨符号研究侧重于文字和视觉"语言"之间的差异,但它们也描绘了"视觉和语言实践之间的永久对话和交流"(Grishakova 2006:179)。虽然一个图像不是一个文本,但"视觉和文字领域相互渗透、相互影响、相互响应"(Bal 1991:19)。在这个符号和媒介交叉的中间领域,需要看到,虽然书面文本和视觉艺术代表了产生符号和意义的不同方式,但这些方式不一定是相互对立的,而且我们在"阅读"文字或视觉艺术时所使用的阐释模式也基本相似。正如 W. J. T. 米切尔(W. J. T. Mitchell)所说,"文本的图像学必须考虑读者反应的问题,也就是一些读者会将文本视觉化,或是一些文本会鼓励或阻止心理想象的观点"(1994:112)。虽然文学文本通常只在隐喻意义上说是视觉性的,但它们可以构建图像空间和视角,包含对绘画、摄影或电影等视觉艺术形式的暗示,以此来鼓励读者的视觉性阅读。

---

① 然而,正如玛丽-劳勒·瑞安(Marie-Laure Ryan)从后经典叙事学角度所评价的那样,"视角、聚焦、摄影机视角叙事和电影蒙太奇等视觉概念为文学叙事提供了工具,如果将研究者的分析工具限制在严格基于语言的概念之中,是无法实现这类洞见的"(2004:34)。

　　当然,在某种程度上,文字和视觉再现之间似乎存在着关键性差异。费尔迪南·德·索绪尔(Ferdinand de Saussure)定义的语言符号与现实世界中的任何对象都没有自然关系,这种关系纯粹是随意的,是文化性的构建。因此,在文字或语言再现中使用的符号类型通常是象征性的,与图标性符号相对立,后者与其指示对象有某些相似性的特征。我们可能会注意到,视觉艺术作品与书面文本在各方面均存在不同:物质制作层面、接受和阐释层面等等。有人认为,摄影的本质形成了其自身的问题。正如彼得·布鲁克斯(Peter Brooks)提出的那样,摄影术作为一种媒介出现,"其中,再现(representation)一词可能该被展现(presentation)所取代,因为这里没有明确涉及向另一套规则、另一种再现规范系统的转换"(2005:86)。虽然照片也被认为与其描绘对象很相似,但 C. S. 皮尔斯(C. S. Peirce)指出,照片不仅具有图标性,而且具有指示性(indexicality)。"指示性"这个概念是摄影再现艺术的基本要素:通过物理性的因果关系或联系,指示性将图像与其对象联系起来。正如乔弗里·巴钦(Geoffrey Batchen)所指出的那样,"作为索引,这张照片永远都不是其本身;就本质而言,它永远在追寻其他东西"(1997:9)。因此,由于摄影图像是光作用于照相乳剂而产生的一种索引,所有未经编辑的摄影和电影图像从本质来说,都是指示性的——当然,传统做法总是与构图、聚焦、冲洗等相关,然而很明显,近年来数字媒介让事情变得更加复杂。

　　如上所述,文字和视觉再现的结构主义研究经常强调语言的优越性,然而,照片图像(或其他静止图像)和书面文本之间的关系是复杂的,不能简化为某种一般的文本性(参见 Steiner 2004:147)。仅仅通过语言范式来阅读视觉再现作品是不够的;有必要"考察照片点明的具体示意形式以及与照片图像有交集的所有体裁与叙事实践模式,因为它们在'摄影叙事'的建构方式中运作;也要关注这种建构必然涉及的一系列文本间的相互联系"(Hughes & Noble 2003:3-4)。当我们从叙事理论的角度考察照片时,我们可能会认识到它们有限但仍极具潜力的故事讲述维度;我们也需要考虑到,摄影文本性的独特性恰好在于摄影实体的指涉性这一本质特征。因此,我们需要承认,照片图像与其他再现形式的区别在于它与现实的物质联系,正如我们必须关注照片的文化建构性本质与其基本的指示性之间的张力,即照片作为"真实的痕迹"的地位(同上,4)。换句话说,"这张照片是现实世界中早于相机的存在物的物理痕迹(反射光线)"(Horstkotte & Pedri 2008:12–13)。简而言之,照片与其他图像的区别基于它们的光化学过程、机械化生产及其与现实的指示性关联。[①]

摄影艺术研究的目的,正是在凸显摄影特殊性的同时,将这种特殊性与对特定文化和历史气候的关注联系起来。约翰·塔格(John Tagg)在其有影响力的著作《再现之重负》(*The Burden of Representation*)中,将注意力从照片的本体论转向了照片意义构建所处的历史、社会和文化语境。塔格重视照片纪录过程的语用性、修辞性和政治性层面,将视觉再现与文本外的现实区分开来,认为后者比任何经取景而成的图像都要更加复杂(Tagg 1988:4)。根据斯蒂芬·格林布拉特(Stephen Greenblatt)的观点,文学理论的既定概念,如典故、再现、摹仿等,似乎都不足以描述当代文化现象,在这里,社会能量中充满了审美话语,反之亦然(1989:11)。尽管我同意格林布拉特的看法,但我也认为,叙事诗学及其特有的方法论工具,能够用于分析摄影叙事所涉及的更为广阔的文化诗学。

大萧条的伦理与美学

通过小说、诗歌、电影、摄影等对社会世界进行纪实式再现,是美国现代主义的重要成分(参见 Rabinowitz 2005:264–266),但现代主

---

① 当然,照片与现实之间的联系仍然是一个复杂而困难的问题:"尽管存在(这类)明显的概念问题,尽管采用了许多创造性的技术,揭示了照片相对于现实的特权关系(拼贴、蒙太奇、取景、摆拍、修饰和采用滤镜的突出例证,一直到数字操作软件所提供的全新可能性),照片与真实、逼真及其指涉物之间几乎是自动的关联,是如此的难以突破"(Horstkotte & Pedri 2008:14)。

义兴盛期的作家有时候也会追求客观距离和形式审美,从而或多或少地脱离了他们时代的实际社会问题。可以肯定的是,具体社会现实也带来了一些问题:如何把握并再现极端复杂的美国现实,尤其是20世纪30年代大萧条时期的现实? 1936年,美国政府启动了一个名为"农场安全管理局"的大型纪实项目,该项目通过摄影图像,竭力想让大萧条变得更易处理和理解(图1)。值得注意的是,美国摄影艺术的经典时期就是在这种背景下到来的,这一时期的作家、诗人和摄影师通过这一联合项目进行了大量合作,试图描绘大萧条时期的事件和面孔。①

即使是在这一文化图示之中,《让我们现在赞美名人》仍然显得极为特殊。正如詹姆斯·艾吉所认为的那样,在"农场安全管理局"的框架内,有关大萧条时期的大量文字和视觉记录似乎掩盖了而不是澄清了现实。按照艾吉自己的说法,他的作品希望对其真实主题保持一种"非艺术"的观点,"尝试悬置或是摧毁想象力",以求在没有想象力的介入下,有可能"在意识之前和之内,展开一个广阔明亮、细节丰富精彩的世界"(FM, 25)。这里他有一段广为人知的言论,谈到了自己"只为感知真实的残酷光芒(the cruel radiance of what is)而付出的努力"(FM, 24;强调为作者所加)。这部作品是对三个贫困家庭日常生活及其环境的文字和视觉记录。艾吉希望在他的叙事中捕捉他们的生活,如他本人所说的,不是"通过艺术手段",而是通过"开放的形式"。因此,《让我们现在赞美名人》并不是一本书,而是一种"人类现实之内的努力"(FM, 11)。实际上,艾吉不希望他的文本被看作一件

---

① 除了艾吉和埃文斯的合作外,以下合作也值得一提:玛格丽特·伯克-怀特(Margaret Bourke-White)和欧斯金·考德威尔(Erskine Caldwell)的《你见过他们的脸》(You Have Seen Their Faces, 1937);阿奇博尔德·麦克利什(Archibald McLeish)的《自由之地》(Land of the Free, 1938),这是一部包括多位摄影师作品的诗集;多罗西娅·兰格(Dorothea Lange)和保罗·S.泰勒(Paul S. Taylor)的《美国迁徙记》(An American Exodus, 1939);理查德·赖特(Richard Wright)和埃德温·罗斯卡姆(Edwin Rosskam)的《一千两百万黑人的声音》(Twelve Million Black Voices, 1941)。我们也要提到"农场安全管理局"的照片对大萧条时期或许最有名的小说——约翰·斯坦贝克(John Steinbeck)的《愤怒的葡萄》(The Grapes of Wrath, 1939)的影响。这一时期的两项重要研究是Scott(1973)和Dickstein(2009)。

图 1

Evans, Walker 1935－1936: Photograph Albums for *Let Us Now Praise Famous Men*
(FSA-OWI Collection, Prints and Photographs, Library of Congress, Washington, DC)

艺术品,因为在他看来,将它视为"艺术"会削弱其主体实际存在的分量和力量,从而扼杀叙事文本中现实的力量。

对文本作品在其再现中能否实现直接性,这部作品表现出了几许严肃的怀疑,也多次提及文字和视觉文本的生产常规,来不断强化这一质疑。根据艾吉对自己文本给出的多个定义,该书是"反艺术""反新闻"和"反科学"的;对传统框架的这种突破也意味着文本在寻求"直接体验、情感和思想"的过程中,不会拘泥于任何学科界限。在该书的序言中,艾吉写道:"我们尝试着不以记者、社会学家、政治家、娱乐从业者、人道主义者、牧师或艺术家的身份来对待我们的主题,而是严肃地对待"(*FM*, 10;强调为作者所加)。在艾吉看来,这些话语立场都桎梏在一套狭隘的惯例中,将语言和世界的复杂互动压缩到一个单一类别的框架里(参见 Reed 1992: 34－35)。艾吉也曾写道:

> 我认为在这种对现实性的重要性和尊严的感觉之中,在重现和分析现实的尝试中,在这种与艺术的角力之中,存在着一些真正重要的东西,它们不是我的发现,更不是我的私人发现,但这是一种越来越多的人所持有的对"现实"和"价值"的感觉,是一些新形式的开始,你可以称之为艺术,它最为强大的手段和符号就是静态或动态的镜头。这将是一种艺术、一种看待存在的方式……(*FM*, 221)

《让我们现在赞美名人》通常被描述为"现实主义"或"现代主义"的,但现实主义和现代主义这些概念本身在文本中同样受到质疑。艾吉对现实主义再现的平淡朴实风格提出批评,但也反对现代主义艺术,认为后者将自己封闭起来,脱离了与日常"现实"的联系(*FM*, 217)。在讨论再现的文本方式、自然主义和纪实作品的相关缺陷时,艾吉以他特有的复杂风格写道:

> 我怀疑正统的"自然主义者"是否明白音乐和诗歌的含义。如果他非常了解他的材料,认为音乐和诗歌不那么符合他的意图,那也没什么。但我怀疑他是否真的如此。这就是为什么他最好的作品至多也只是纪实作品。并不是说记录没有伟大的尊严和价值,它有;好的"诗歌"可以从记录中提取出来,正如它能够从生活本身提取一样;但是记录不是诗歌或音乐,它本身并不具有与这两者相当的任何价值。所以,如果你同样保有自然主义者对"真实"的尊重,在脑海中将它的价值与音乐和诗歌相提并论、无比看重,那么重要的是,你对"现实"的再现不会陷入自然主义,也不会与其完全合并;如果没能避免这一点,你就作恶了,也就是说,你甚至没能实现你已察觉并想表达的相对真实。(*FM*, 215;强调为作者所加)

正如我们可能注意到的那样,艾吉将再现现实看作一种高度伦理性的行为,其主要目的在于至少实现某种相对的真实,而非陷入缺乏深度的自然主义式的记录堆砌。因此,艾吉在这种语境下所说的"作恶"是有它的含义的。正如杰弗里·J. 福克斯(Jeffrey J. Folks)在他的文章《艾吉的天使伦理》("Agee's Angelic Ethics")中所论证的那样,艾吉对虚弱者和脆弱者——穷人、无家可归者、病人,本能地产生了共情,他们都引起了他的同情。他补充说,《让我们现在赞美名人》所采用的宗教语言和意象可能会让我们关注到这本书的"神学维度"并谈及艾吉的"宗教视野"。① 然而,正如福克斯进一步论证的那样,与其说是清晰与简洁,"艾吉的伦理观念总是回归到一个更加混乱的场景,在那里,失去与毁灭性反叛这两个母题和关于责任、遗憾和虔诚的表白互相重叠"(Folks 2007: 74)。根据艾吉的诺斯替主义观点,他书中所描述的人在其苦难中都是神圣的——这种"天使伦理"对他们所处的残酷现实来说近乎不公,因为在现实中几乎没有任何东西是美丽的(另见 Entin 2007, 144–147)。因此,艾吉想对他者做伦理再现是一项艰难的工作,如他指出的那样,这本书必然是失败的。但我的问题是:在道德和美学方面,艾吉的失败有多么成功?

让我们回到艾吉对其作品目的、意图和媒介的明确定义:

> 名义上的主题,是通过三个代表性白人佃农家庭的日常生活,对北美棉花承租问题进行考察。……两个直接工具为:静止摄影机和印刷文字。主导性的工具——也是该主题的中心之一——是反权威的个体人类意识。……因为它的目的主要是作为一种诓骗、冒犯和纠正,读者将会很明智地把这一名义上的主题以及他对正确处理方式的期望,牢牢地记在自己的脑海之中。(*FM*, 10)

---

① 我们也许还注意到,这本书的书名指向了《便西拉智训》(Ecclesiasticus)的话:"让我们现在赞美名人"(另见 *FM*, 395)。正如加文·琼斯(Gavin Jones)指出的那样,这一潜文本将艾吉的作品设置"在一个熟悉的基督教寓言体系之中,在睿智而有力量的人与沉默却受祝福的穷人之间形成了对比"(2008: 192n)。事实上,琼斯最近对艾吉备受赞誉的文本所提出的批评认为,它对穷人的描述相当成问题;而在我看来,琼斯作为政治历史学家,要比他作为文学批评家来得更具说服力。

在这里,两位作者(艾吉和埃文斯)都自居为纪实主义者,其工作伦理须经读者考虑和协商。更重要的是,这本书"名义"上的主题——佃农家庭的生活——既塑造了"现实的"主题,即文本背后或之外的有血有肉的人们的现实,同时又被这一现实塑造。我们可能会注意到,艾吉改变这三个家族的名字并非为了虚构,而是为了赋予他们尊严和个性。当然,从这个角度来看,这本书的书名很有说服力。

从某种意义上说,《让我们现在赞美名人》是一种试验性的证明,如它对《李尔王》(*King Lear*)的引用一样,体现了学着"感受可怜的人们的感受"这一任务的艰巨,这也构成了该书的一个警句(参见 *FM*,12)。艾吉既坚持所指对象的真实性,又坚持认为任何再现都不可能成功地捕捉真实。正如 T. V. 里德在他对《让我们现在赞美名人》的分析中所说的那样,没有简单的方法来摆脱"再现"所受的审美和政治束缚——再现无法实现,也无法避免(参见 Reed 1992:23)。丹尼尔·莱曼(Daniel Lehman)写道,"对特定类型的断言和非虚构的叙事权力关系加以特别关注,可以让我们了解真相运作的方式"(1997:8-9)。正如他所说的,詹姆斯·艾吉在《让我们现在赞美名人》中谈到了这种力量。以下是艾吉对他作品主要人物乔治·古杰尔的点评:

> 乔治·古杰尔是个男人,等等。尽管我会尽可能真实地讲述他的故事,但也显然不是没有局限的。我只认识我所知道的他,只了解我所知道的那些方面;所有这一切都完全取决于他是谁以及我是谁。……对我来说,古杰尔这个人身上一件令人深感兴奋的事情是,在这一时刻,他是真实的,是活生生存在的。他不是艺术家、记者、宣传人员的创造物,他是一个人;我能够按照自己的能力,将他重新生产为人,而不仅仅是将他合并成某种被发明出的、对一个人的文学模仿。(*FM*,211)

莱曼所构建的非虚构叙事的修辞和语用理论,部分基于詹姆斯·费伦

（James Phelan）的虚构叙事相关理论。他提出"对于大多数的非虚构形式，费伦所承认的修辞框架三大要素——作者、文本和读者——必须被扩展，以容纳第四个参与者：构成非虚构叙事主体的真实存在者"（Lehman 1997：23；另见 Lehtimäki 2007：30）。当我们阅读包括真实人物的纪实书籍，或者更准确地说，对真人的真实再现作品的时候，我们会碰到一些段落，其中不但作者在"阅读"人物，人物也在"阅读"作者。这是与另一个面孔正面对质的问题，也涉及这种对质的伦理意义；也就是说，这是展示对于他者的责任心的问题。在具体层面上，书中再现的一些人物最终成为艾吉文本的真实读者，他们渴望去质疑并挑战艾吉对他们的再现。这种抵抗性的接受有可能构成该书的部分目的，隶属隐含作者的伦理和美学范畴。

摄影文本性

在比《让我们现在赞美名人》稍晚几年出版的文章《一种观看的方法》（"A Way of Seeing"）中，艾吉将他的写作和摄影理念总结如下：

> 真实完全没有被变形；它在相机的能力范围内，以其可能达到的最高精确度被反映、记录。艺术家的任务不是去改变眼睛所看到的世界，让它变成审美现实的世界，而是要感知真实世界中的审美现实，对这种瞬间做出不受干扰的忠实记录，让这一创造性的运动获得最具表现力的结晶。（Agee 1965：4）

《让我们现在赞美名人》的文字中充满了现实主义的观察和视觉暗示，作者似乎试图用他的语言意象获得摄影清晰度。因此，艾吉的文本数次提到了包括诗歌、绘画、摄影、电影、戏剧和音乐在内的其他媒介。他曾经写道：

> 正在发生的事情所组成的乐章，比这个更为复杂；而且远远

超出了我能描述的范围：我只能谈论它——房间，还有一群
生物，它们的个性经历了变化，就好像通过两种不同的技术
或媒介看到的那样；最开始是金色的"伦勃朗式用光"，在每
个整体中密集地植株，然后变成了一张照片、一个记录，在洁
净无色的光线凝视之下，几乎没有什么阴影。(*FM*, 357)

在现实主义和现代主义文学中，摄影曾经充当过各种叙事技巧的模
板，包括取景、缩放、前景和背景中对物品的细注。虽然艾吉文本的自
我反思性有可能构成他最为显眼的文风，但他的叙事确实包含更多的
描述性段落，如他对物品所做的摄影式现实主义观察一样：

我帮着准备好相机，我们站在一边，我观察着那些可能会被
困住、被支配、被丰润的东西，带着适意，也带着几分羞怯，这
是对任何物品产生爱的一个阶段：在我自己身上搜索、记录
它的所有层面，其关系的压力，沿着撤回、再接近的对角线，
垂直于稍微偏离中心的门，在宽边，在几个稍远的地方，靠近
些，打量着木头、钉子、门的左上方三个不同长度的新板架、
显眼的小小白色瓷把手、被鞋底磨平的座椅式升降梯、粗壮
尖顶的扭紧形态、削凿成的木制柱形尖头直指天空、旧搭扣
和新挂锁、随意关上护窗的窗玻璃、窗格那看上去像弹簧的
表面……(*FM*, 49 - 50)。

虽然艾吉旨在用摄影风格描述事物，但他的语言意识仍然凸显在福克
纳式的长句和詹姆斯·乔伊斯(James Joyce)式的新词汇（"被鞋底磨
平的座椅式升降梯""随意关上护窗的窗玻璃"）之中。读者对故事世
界的沉浸也不断被复杂化。

　　《让我们现在赞美名人》还让读者无法确定它本身从何处（照片、
叙事文本或二者之间的"序言"?）开始、在何处结束。除了这种形式
上的复杂性之外，"虚构和事实在(书中)的区别，就像莫比乌斯环的

两面一样"(Reed 1992：35)。莫比乌斯式的观察方法中,感知的主体内在于事件,而不仅仅是一个超脱的、客观的报告人。在现代主义艺术中存在某种断裂,它将现实看作不稳定的、运动的,从多个视角被同时观察。在立体主义和电影时代,世界的客体不再被理解为"固定的"实体,由观察的自我从某种固定位置来进行感知(试比较 Grishakova 2006：134 – 141)。因此,艺术的现代主义致力于重现特定的观察视角。①

虽然艾吉的媒介最终是书面语言,但沃克·埃文斯在他给乔治·古杰尔拍摄的照片(图 2)和书中印刷的其他照片中,必须在没有文字的情况下确立作者和人物之间的关系感。正如里德所指出的那样,埃文斯主要通过两种方式达到这一目的:通过允许他的主体进行自我创作和通过使用家庭相册体裁(Reed 1992：52 – 53)。② 在绘画中,艺术家选择作品要包含的内容(根据他或她的审美观点),照片与

图 2

Evans 1935 – 1956, 1：34

① 正如迈克尔·诺思(Michael North)所提出的那样,现代主义的视觉文化中也存在着一些深深的怀疑,因为多种视角明显地证明了任何单一观点的偏颇性。他写道:"换句话说,客观性在许多现代主义作品中都遭到了明显的反驳,再现的可靠性同样如此。如果摄影机可以撒谎,如它必须撒谎才能同时显示同一事物的两个大不相同的视角时,那么语言的可靠性又要降多少呢? 与图片相比,语言离事物本身的距离一般都被认为要远得多呢"(North 2005：187)。

② 玛丽安娜·赫希(Marianne Hirsch)的《家庭相框》(Family Frames)在这里可能是一个有趣的试金石。赫希讨论了照片可以有效地塑造个人和集体记忆的方式。她谈到了"摄影指涉的持续性力量和'负担'",并指出相机这种装置,其"社交功能与现代家庭的意识形态密不可分"(Hirsch 1997：6,7)。曾有人说,摄影术在描绘家庭方面很有帮助,发挥了巨大作用,而家庭是这个社会最有价值和最基本的社会团体之一(Horstkotte & Pedri 2008：16)。具有讽刺意味的是,艾吉和埃文斯的书——副书名"三个佃农家庭"接近于其最初的试用标题《棉花佃农:三个家庭》——所描绘的人物,用艾吉的话来说,构成了"毫无防御、被惊人地损害的人群,一个愚昧、无助的农村家庭"(FM, 21)。

其他类型视觉艺术相区分的关键,则在于它会记载呈现在相机前的所有细节:

> 照片的功用,是通过引起人们对某个边缘细节的注意,来改变我们对这个世界的看法,这个细节如果没有被相机捕捉、勾勒,则有可能被忽视。最终,在照片画面中自动容纳日常、普通甚至是平庸的细节,会影响世界被观察的方式。通过摄影美学的日常特性,现实世界中熟悉的(并且经常被忽略的)方面更容易被感知,并因此变得重要起来。(Horstkotte & Pedri 2008:14-15)

照片微妙但强烈的美学构图为埃文斯的主题及那些"处于边缘"的人们和他们毫无光彩的日常生活增加了尊严与力量。这些终归都是照片中的真实人物,而不是一些艺术家想象力的产物。

《让我们现在赞美名人》不是任何纯粹意义上的图标文本——它不是这样的手工艺品:文字和视觉艺术交织在一起,所产生的修辞有赖于文字和图像的共存,结果文本和图像在其意义产生方式上相互依赖(参见 Wagner 1996:16)。事实上,埃文斯的照片与艾吉的文字在书的结构中是完全分开的,传统上伴随这种照片故事而存在的文本特征也都不见踪影:没有文字说明、图例、日期、名称、地点或任何其他的潜文本或文字指南可以帮助我们"阅读"这些照片(试比较 Mitchell 1994:290)。这本书的读者/观者必须面对的问题之一,就是文字和照片之间的关联方式。用罗兰·巴特(Roland Barthes)的术语来说,在摄影叙事中,文字要么可以作为"锚定点"(anchorage),帮助识别图像中的场景并且构建意义,要么可以作为"交接中继",让图像和文字协同工作以生产出更为重要的观念(参见 Barthes 1977:38-41;Kafalenos 2005:429)。然而,《让我们现在赞美名人》这个文字和照片完全分离的例子说明,书面文字无法捕捉到照片的"他者性质"(otherness),而文字和图像根本上是描绘世界的不同方式。

　　传统上,照片被放置在叙事文本中,具有说明性的作用,因此它自身复杂的文本性及其故事讲述的潜能相比之下毫不起眼(参见 Hughes & Noble 2003:6)。有人提出,由于碎片化、不连续、静态的自然特性,摄影图像无法叙事(参见 Horstkotte & Pedri 2008:8)。《让我们现在赞美名人》创造了自己极具挑战性的照片-文本结构。当读者打开书本时,她或他首先发现的,是 50 页没有任何文字的照片。在他极具影响力的著作《图像理论》(Picture Theory)中,米切尔论述道,埃文斯的图片在此卷开头的位置,是一个宣告摄影独立性并极具攻击性的宣言。① 书本的构成似乎是在抵制文字和图像的直接合作。用米切尔的话说:"埃文斯的图像与艾吉的文字,其审美性的分离不只是一种形式特征,而是一种伦理策略,让人无法轻松进入它们所再现的世界"(Mitchell 1994:295)。在这里,美学与道德再一次相互联系。

　　正如南希·佩德里(Nancy Pedri)所说,要理解摄影纪实就需要超越照片被认定的客观性观念,这种观念以其机械生成的指示性或构建其意义的历史背景为代表。从修辞和语用的角度来看,同样重要的是,要关注读者在接受摄影纪实表达及其可能的别种意义的产生过程中扮演的角色。佩德里写道:"因为摄影记录和读者之间的互动而产生的纪实作品,逐渐成为事实和虚构的某种不确定混合物,促使读者相信"(Pedri 2008:170)。用艾吉的话来说,《让我们现在赞美名人》是"人类现实中的一种努力,在这种努力中,读者和作者及其讲述的人物一样,处于核心位置"(FM, 11;强调为作者所加)。在这部作品中形成的作者和读者间的艰难契约中,这些照片似乎吸引着读者与其描绘的人物建立一种亲密关系;但是图片中的人似乎也会问读者:"你凭什么进入我们的生活?"正如艾吉自己在文中所说:"你是谁? 谁会读这些文字并研究这些照片? 出于什么原因? 因为什么机缘? 为了什么目的? 你有什么权力? 你会对它做什么?"(FM, 22)。正如米切尔

---

　　① 有趣的是,米切尔还暗示,这本书可能受到了威廉·布莱克(William Blake)视觉艺术的影响,他的作品中图像独立于文本(Mitchell 1994:300n)。这种说法是有道理的,因为艾吉将布莱克视为本书制作背后的首位"无偿鼓动者"(参见 FM, 16)。

指出的那样,艾吉对读者提出的问题以及他对作品类别的要求,实际是在预先描绘一个可能尚不存在的高度警觉的读者,这种读者实际上可能必须被创造出来(Mitchell 1994：290)。《让我们现在赞美名人》这样的高难度文本,必须"教导"其读者,或者换句话说,本书的读者在阅读时会被文本"教育"。阅读(和观看)与写作一样,都是一种伦理行为。

现在显而易见的是,《让我们现在赞美名人》中有两位艺术家,分别以不同的方式、不同的媒介,针对相同主题进行创作。艾吉有时想要让读者吃惊,通过对物体的陌生化给予读者新的感知,而埃文斯那更为简单和质朴的情感,则使他试图从普通或传统的视线中构建新的视野。埃文斯通常拒绝移动他拍摄的任何物品;相反,他想在日常生活的自然环境中拍摄那些对象,那些人与物;在大多数情况下,他会避免不自然的角度,更喜欢从正常的高度和直接的角度进行拍摄(参见Reed 1992：48)。埃文斯沉默、静止的图像中有朴素的诗歌;艾吉文本的风格有时与之相似,有时更为主观、愤怒和具有争议性。正如约翰·塔格所说的那样,某些其他大萧条时期的照片会使用操纵性言论,其目的是通过视觉奇观、反讽和象征来构建一种明确的意义(塔格的主要例子是玛格丽特·伯克-怀特的审美化艺术),然而,埃文斯的诗意形象更加模糊,更难以融入确定的时间、地点和事件。因此,在埃文斯的照片中,"图像与图像的关系不是主题及其反题之间的关系,而是押韵、重复、差异和逆转的关系","阅读过程不会提前缩减","没有给出空间设置,没有更广泛的解释框架,没有支撑的基础"(Tagg 2003：27–28)。在塔格看来,这正是埃文斯摄影艺术中十分显眼的意义的问题。

一般来说,照片与许多油画作品相比,话语性和叙事性都较弱;然而,正如埃玛·卡法莱诺斯(Emma Kafalenos)从叙事学角度论证的那样,与对单一场景的其他视觉再现相比,照片更容易被阐释为几个不同故事中的事件(参见 2005：429)。因此,我们可以在埃文斯的照片中读入故事、地点、事件和人类经历,思考图片人物的过去、现在和未来。当然,艾吉的文字为书中一些图片提供了明显的艺格敷词式的解读(见下文),但读者/观者仍然可以对其做不同解释。亚历克斯·休斯(Alex Hughes)和安德烈亚·诺布尔(Andrea Noble)认为,摄影图像对观众的吸引力不仅仅是在知识层面,因为它们能够抵制文化传统中智性高于情感、思想高于身体的神圣教条;因此,"当我们与照片领域接触时,我们可以获得另外的认知方式"(Hughes & Andrea 2003:6)。正如米切尔敏锐指出的那样,《让我们现在赞美名人》反对摄影叙事中典型的文本和图像之间的交换,正如它也抵制了文字和照片的直接合作。埃文斯的照片没有文字和文学元素,因此它们"迫使我们重新回到图像自身的形式和物质特征"(Mitchell 1994:239)。因此,照片的物质性以及它的指示性使其采取了与书面文本不同的运作方式,向读者提出了尊重物本身的要求。

物和真相

尽管文字和图像的运作方式不同,但仍然可以认为,在《让我们现在赞美名人》中,散文和照片都必须面对同样的现实再现问题。新闻写作和摄影记录在其非虚构、宣称真实的功能中,具有相同的指涉复杂性(参见 Pedri 2008:161)。在《让我们现在赞美名人》的制作过程中,似乎艾吉和埃文斯都想挑战自身机制和媒介,将其推向某个极限;因此,埃文斯尝试各种摄影技术(镜头、取景、灯光、角度等),艾吉则痛苦地,有时也令读者痛苦地,在他的文字中包括了他写作的所有动机和技巧。结果,这本书就是"一种对事物边界的冥想,是那些在我们看见、认出的东西中,我们可以用图像和文字直接记录、间接召唤的事物"(Minter 1996:201)。如上所述,有时候艾吉明确表示他正试图"以照片方式"写作,就好像书面文字不能很好地触及复杂的真实似的。"真实的残酷光芒"是艾吉试图在文字中捕捉的东西,即使他知道也许只有摄影能够照亮那一现实。

然而,正如约翰·塔格在他关于埃文斯的文章中所写的那样,真实事物的坚实物质存在,与处于观察过程中的、主观性的摄影之眼,二者之间存在本体论意义上的距离。在塔格的措辞中,"压倒性的事物"和"无可遭遇的真实"对文字和视觉再现都提出了持续挑战。塔格认为,知识、语言、意义的边界,这类问题都属于"忧郁"(melancholy)这一观念。他如此写道:"也许重新考虑忧郁会有助于我们思考那些再现实践,它们不会让位于有效沟通的需求,却会抵制意义的来临,与此同时哀悼着某种不会被再现的真实"(2003:59)。

在现实再现的这一语境下,我们可以看看《让我们现在赞美名人》中埃文斯拍摄的几张照片。首先,我们可能会认为这幅佃农鞋子的照片(图3)实际指向了文森特·梵高(Vincent van Gogh)描绘农民鞋子的著名油画(1886),尽管前者拍摄于 50 年后。我们还记得,梵高的绘画激发伟大却极具争议的德国哲学家马丁·海德格尔(Martin Heidegger)撰写了《艺术作品的本源》("The Origin of the Work of Art",1935–1936)。这篇著名论文的写作时间基本上就是在埃文斯

图 3
Evans 1935–1936, 1: 54

拍摄照片的那个时代。在他诗意的文章中,海德格尔以"存在"和"真理"的概念来解释艺术的本质。他谈到观众有责任考虑关于鞋子的各种问题,不仅询问其形状和物质:"鞋子是由什么制成的?",还要询问它的目的,也就是"这鞋子的用途是什么?",由此赋予事物以生命。海德格尔写到了艺术在他所谓的大地与世界之间引发激烈争斗的能力。在海德格尔的术语体系中,"世界"是一个被动的实体,"大地"则是活跃的。世界仅仅是出现,而大地则积极地存在。正如海德格尔所说,那些让作品得以清晰、一体化的部分体现了它的世界层面,而抵抗这种完满性的相关实践则构成了它的大地。大地是抵抗性的,它无法被完全揭示或解释。世界与大地之间的斗争发生在艺术品之中;然而一旦意义被确定,作品不再抵制图像化、取景化、理性化,斗争就结束了。(参见 Heidegger 1971:39–50。)①

《让我们现在赞美名人》在大地层面的可能性,是由于其读者能够将鞋子的照片与一个农民,即乔治·古杰尔(或者实际上是弗洛伊德·伯勒斯,这是这个农夫——)的具体身躯和存在相联系,从这双工作鞋中可以感受到他身体的具体分量。艾吉对这双鞋子的写法就好像它们是一件立体主义艺术品(像夏尔·包法利的帽子一样令人费解),但牢牢地扎根于棉花地里的辛勤劳作:

> 它们是最普通的工作鞋类型之一:半筒靴式样,鞋头柔软,大脚趾根部处没有缝线:覆盖脚踝:鞋带在鞋跟处蜷成环状:脚趾部分钝、宽、圆头;宽跟:由最简单的圆形、方形和平底构成,深棕色头层厚皮革,用双层和三层缝合的方式粗粗钉牢,像许多其他小物件一样,它们粗重安详,并且就像房屋

---

① 詹明信(Fredric Jameson)在某种程度上澄清了这一点。他说海德格尔的理论"围绕着艺术品在大地与世界的间隙之中而形成的观点,或者我更愿意将其翻译为身体和自然的无意义的物质性以及历史和社会的意义赋予"。詹明信补充说:"海德格尔的阐述需要补充,要坚持作品可更新的物质性,强调将一种形式的物质性(大地本身,其路径和实物)转化为油画颜料的另一种物质性"(Jameson 2005:7–8)。詹明信在分析梵高的农民鞋画作时,也参考了沃克·埃文斯的农民鞋照片。

> 和工作服、时常赤足走动的女性的腿脚、精美的建筑。⋯⋯
> 这鞋子是为了工作而穿的。(*FM*, 241-242)

当然,之所以故意映射梵高的知名画作,埃文斯可能是在提醒我们,我们的视觉受到摄影师的美学引导,受制于他对取景、角度和视角的选择。也就是说,对于这些物品或穿着这鞋子的人,这里没有简单的纪实式理解。因此,这些真实的物体和它们所属的大地在艺术上被转化为其他东西,而并非它们真正是或曾经是的东西。尽管如此,海德格尔和埃文斯对梵高绘画的不同"解读",其对比是有启发性的,因为海德格尔是从这里开始进入对全称意义上的农民的幻想(让我们不要忘记他的"国家"利益),埃文斯对这幅油画的解读则起到了让它显得更为具体、根植于特定生活的效果(参见 Reed 1992:47-48)。埃文斯的照片就像艾吉的文字一样,让我们感受到了大萧条时期亚拉巴马州的艰难现实和抗拒的大地,即使文字和图像都没有真正捕捉到那一真正的大地。

尽管如此,如果我们将图像与文字进行比较——在这里我说的是照片这样的具体视觉图像——我们可能会想起摄影媒介与真实之间必需的指示性共谋。在这个意义上说,埃文斯的现实指示物——无论是人脸还是鞋子等物体——都不会完全丢失。"类比式"摄影的指示性质与艾吉所称的"未被想象的存在"(*FM*, 10)有关联,后一概念体现了他保有的信念,即存在一个超文本世界、一个抗拒的大地以及非人类的本性。在海德格尔的风格中,我们可以认为,埃文斯的农民鞋照片仍然充满了大地、存在和抗拒。从现象学意义上说,照片中仍然存在某种自然的"在那里"的客体。①

尽管我们可能发现海德格尔与埃文斯各自的艺术哲学在政治上的某些差异,但艾吉对世界的看法与海德格尔相当接近——这里有一

---

① 因此,照片与过去的物理性息息相关,而不仅仅是对过去的重建。如罗兰·巴特所说,"在摄影界,我永远不能否认事情已经发生了。这里有一个叠加:现实的与过去的叠加"(Barthes 1981:76)。

个历史原因,比如拉尔夫·沃尔多·爱默生(Ralph Waldo Emerson)对
自然的超验主义观点或多或少地影响了海德格尔和艾吉的思维方式。
然而,让我们通过埃文斯的照片,思考一下海德格尔和艾吉之间的这
种富有想象力的关联。在埃文斯的另一张照片中,我们看到乔治·古
杰尔的女儿,这个叫作"路易丝"的年轻女孩在她艰苦的日常生活中被
光线照亮,也正是这光线让这张照片成为可能(图4)。当艾吉写到路
易丝的时候,他似乎暗指埃文斯的照片:"在工作周里,她总是赤着脚,
在阳光下戴着宽边草帽"(*FM*, 249)。光线和她的大草帽几乎让这张
照片类似于中世纪的圣徒肖像画(试比较 Reed 1992:48)。这张照片
中似乎有一些非常真实的东西,同时也有一些非常神圣的东西,也许
埃里希·奥尔巴赫(Erich Auerbach)著名的喻象(figura)概念在这里
可以起作用:它是形象化(figuration)的一个例子,体现了某种将天与
地结合在一起的融合(参见 Auerbach 1968;试比较 White 1999:94 -
95,190n)。甚至可以说,埃文斯这个图像的风格是理解艾吉文本诗学

图 4

Evans 1935 - 1936, 1:38

的关键。尽管如此,埃文斯的图像和艾吉的文本之间也存在一些明显差异,特别是我们把它们放在一起阅读时。艾吉有时似乎移去或忽略了佃农能读写或受过教育的迹象,而这些迹象在埃文斯的照片中非常明显(参见 Cosgrove 1995;Jones 2008:128,193n)。艾吉似乎打算将自己的表现对象建构为贫穷而神圣的自然生物——因此与《让我们现在赞美名人》那些久经世故的作者和读者相区别,这一意图与埃文斯照片所提供的纪实证据恰好形成对照,因为后者倾向于将这些人展现得更像"我们"。

因此,艾吉如此评论路易丝:

> 路易斯"喜欢"上学,学校就是这样,这对她来说并不是一件好事。尽管她的衣着打扮如此,尽管她很聪明、认真、尽职,也颇受赞誉,但她已经有了一种特殊的自满情绪,这种自满情绪有可能或最终必然毁掉她性格中一切神奇、无可名状和无与伦比的东西:这一点我一直都知道,尽管她是我认识的比较强大的那些人之一。(*FM*, 278)

接下来,艾吉仿佛是通过摄影媒介写道:"……而且正是在我看着你的时候,路易丝,在一片宁静之中,我突然间更清楚地意识到我可能会爱上你:我看着你穿着这条令你熠熠生辉的裙子,在强势的父亲面前,透过你那双令人无法动弹的眼睛,如此清醒、直接地看进了镜头的复杂晶体之中……"(*FM*, 328)。十岁的路易丝变成了大自然美丽的孩子、费奥多尔·陀思妥耶夫斯基(Fyodor Dostoevsky)笔下的神圣穷人、艾吉叙事中的洛丽塔,由此形成了艾吉伦理和美学问题的一个镜中镜式图像。

根据这个"天使"般的和"诺斯替"式的神秘主义观点,艾吉旨在将事物看得既真实又神圣,他在普通事物中看到超验主义的光辉,在这些没有受过教育、没有特权的人们的生活中也看到了荣光和尊严。在艾吉看来,人之所以美丽,是因为他们存在,甚至无生命的事物也有光照亮。他如此写道:

朴素的物品和气氛有着足够的内在美和声望,所以如果描述者变得更无耻而不是有所收敛,也问题不大:如果物品和气氛——为了两者的隐含目的,习惯上会写个故事或写首诗,而这两者长期被贬为粗浅的装饰物,最多被视为启示——完全按其优点被处理和呈现,没有失真,也没有搞砸。(*FM*, 216)。

艾吉认为,他在自然世界中看到的美不是人类的投射或抽象,而是他感知和体验的世界的内在美(参见 Jones 2008:128)。从某种意义上说,我们需要做的是对这个世界及其神秘事物表现出谦逊的慷慨,并保持开放的态度,接受即使是最普通的事物也具有重要性的种种可能。因此,艾吉写下了"最深邃、最朴素的'美',那些属于星星秩序的美,以及在黑暗和空旷土地上的孤独的美"(*FM*, 280)。人类在地与天、神与人之间量度自身的存在,就像海德格尔会认为的那样。

海德格尔在后来的著作中,将现代性称为"世界图景的年代",这时他是在对图片化、取景化的行为提出批评,因为它拉远了事物本身,使之处于从属地位。与其许多解构主义追随者一样,海德格尔对视觉性的看法相当消极,因为视觉媒体用虚幻的亲近感取代了与事物的真实接近。显然,作为技术、科技和机械现象的摄影影响了我们对现实的看法,可以说不仅为我们提供了新的观察方式,也(通过取景)限制了我们对世界的感觉。因此,现代世界的人们已经缺乏了惊奇的态度,这种态度会让事物保留其原来的样子,取而代之的是好奇,后者基于想得知如何将事物为人类所用的欲望。正如海德格尔所认为的那样,好奇对惊奇的最终胜利,是现代技术性世界观所享霸权的重要组成部分。事实上,技术对于海德格尔来说是一个很大的问题,因为它极大地影响了主体和客体之间的距离,若用视觉术语来表达,就是事物与它的再现取景之间的关系。要界定海德格尔思想中两种视觉模式之间的对立,一种方法就是区分独断式(assertoric)和解蔽式(aletheic)的凝视。前者是专注的、单眼的、不灵活的、不动的、刚性的和自我性逻辑的(ego-logical);后者是多重的、语境性自知的、水平的、关怀的,也许也是生态逻辑的(eco-logical)(参见 Heidegger 1971;Jay 1993:270－275;试比较 North 2005:184－185)。

埃文斯的摄影艺术,即使在其最为张狂的版本中,都几乎不代表对自然世界的客体化;但海德格尔所特别重视的,不是借助现代技术(如摄影)对世界进行的视觉构架,而是诗意的语言及其对世界奥秘的开放性。艾吉可能想说的是,人们依赖于他们的语言,对世界的看法过于受限。他们被固定在其物质基础上,仅仅从其需要和使用方面看待自然界,因此无法看到、也无法再现超越可见世界的真正现实。艺术可以帮助我们以一种全新的方式感受事物,但艺术,无论是文字的还是视觉的,在它不断再现现实的尝试中,最终都会失败。

段枫 译

参考文献

Agee, James(1965). "A Way of Seeing." In: Levitt, Helen. *A Way of Seeing: Photographs of New York by Helen Levitt with an Essay by James Agee.* New York: Viking.

Agee, James, and Walker Evans(2001 [1941]). *Let Us Now Praise Famous Men: Three Tenant Families.* London: Violette Editions.

Auerbach, Erich(1968 [1946]). *Mimesis: The Representation of Reality in Western Literature.* Princeton: Princeton University Press.

Bal, Mieke (1991). *Reading "Rembrandt": Beyond the Word-Image Opposition.* Cambridge: Cambridge University Press.

Barthes, Roland(1977). *Image-Music-Text.* Trans. Stephen Heath. New York: Hill and Wang.

——(1981). *Camera Lucida: Reflections on Photography.* Trans. Richard Howard. New York: Hill and Wang.

Batchen, Geoffrey (1997). *Burning with Desire: The Conception of Photography.* Cambridge: MIT Press.

Bleikasten, André(1976). *The Most Splendid Failure: Faulkner's The Sound and the Fury.* Bloomington: Indiana University Press.

Brooks, Peter(2005). *Realist Vision.* New Haven & London: Yale University Press.

Chatman, Seymour(1978). *Story and Discourse: Narrative Structure in Fiction and Film.* Ithaca: Cornell University Press.

Cosgrove, Peter(1995). "Snapshots of the Absolute: Mediamachia in *Let Us Now Praise Famous Men.*" *American Literature* 67.2: 329 – 357.

Dickstein, Morris(2009). *Dancing in the Dark: A Cultural History of the Great Depression.* New York & London: W. W. Norton & Company.

Entin, Joseph B. (2007). *Sensational Modernism: Experimental Fiction and Photography in Thirties America.* Chapel Hill: The University of North Carolina Press.

Falck, Colin(1989). *Myth, Truth and Literature: Towards a True Post-modernism.* Cambridge: Cambridge University Press.

Folks, Jeffrey J.(2007). "Agee's Angelic Ethics." In: Lofaro, Michael A.(ed.). *Agee Agonistes: Essays on Life, Legend, and Works of James Agee.* Knoxville: The University of Tennessee Press, 73 – 84.

Greenblatt, Stephen(1989). "Towards a Poetics of Culture." In: Veeser, Aram H. (ed.). *The New Historicism.* New York & London: Routledge, 1 – 14.

Grishakova, Marina(2006). *The Models of Space, Time and Vision in V. Nabokov's Fiction: Narrative Strategies and Cultural Frames.* Tartu: Tartu University Press.

Hartsock, John C. (2000). *A History of American Literary Journalism: The Emergence of a Modern Narrative Form.* Amherst: The University of Massachusetts Press.

Heidegger, Martin(1971). *Poetry, Language, Thought.* Trans. Albert Hofstadter. New York: Harper, 1971.

Hirsch, Marianne (1997). *Family Frames: Photography, Narrative, and Postmemory.* Cambridge: Harvard University Press.

Horstkotte, Silke, and Nancy Pedri (2008). "Introduction: Photographic Interventions." *Poetics Today* 29.1: 1 – 29.

Hughes, Alex, and Andrea Noble(2003). "Introduction." In: Hughes, Alex, and Andrea Noble (eds.). *Phototextualities: Intersections of Photography and Narrative.* Albuquerque: The University of New Mexico Press, 1 – 16.

Jameson, Fredric(2005 [1991]). *Postmodernism, or, the Cultural Logic of Late Capitalism.* Durham: The Duke University Press.

Jay, Martin(1993). *Downcast Eyes: The Denigration of Vision in Twentieth-Century French Thought.* Berkeley: The University of California Press.

Jones, Gavin (2008). *American Hungers: The Problem of Poverty in U. S. Literature, 1840 – 1945.* Princeton: Princeton University Press.

Kafalenos, Emma(2005). "Photographs." In: Herman, David, Manfred Jahn and Marie-Laure Ryan(eds.). *Routledge Encyclopedia of Narrative Theory.* London & New York: Routledge, 428 – 430.

Lehman, Daniel W. (1997). *Matters of Fact: Reading Nonfiction over the Edge.*

Columbus: The Ohio State University Press.

Lehtimäki, Markku(2007). "The Rhetoric of Literary Nonfiction: The Example of Norman Mailer." In: Lehtimäki, Markku, Simo Leisti and Marja Rytkönen (eds.). *Real Stories, Imagined Realities: Fictionality and Non-fictionality in Literary Constructs and Historical Contexts.* Tampere: Tampere University Press, 29 – 49.

Minter, David(1996). *A Cultural History of the American Novel: Henry James to William Faulkner.* Cambridge: Cambridge University Press.

Mitchell, W. J. T. (1994). *Picture Theory: Essays on Verbal and Visual Representation.* Chicago: The University of Chicago Press.

North, Michael (2005). "Visual Culture." In: Kalaidjian, Walter (ed.). *The Cambridge Companion to American Modernism.* Cambridge: Cambridge University Press, 177 – 194.

Pedri, Nancy(2008). "Documenting the Fictions of Reality." *Poetics Today* 29.1: 155 – 173.

Rabinowitz, Paula (2005). "Social Representations within American Modernism." In: Kalaidjian, Walter(ed.). *The Cambridge Companion to American Modernism.* Cambridge: Cambridge University Press, 261 – 283.

Reed, T. V. (1992). *Fifteen Jugglers, Five Believers: Literary Politics and the Poetics of American Social Movements.* Berkeley: The University of California Press.

Rimmon-Kenan, Shlomith (1996). *A Glance beyond Doubt: Narration, Representation, Subjectivity.* Columbus: The Ohio State University Press.

Ryan, Marie-Laure(2004). "Introduction." In: Ryan, Marie-Laure(ed.). *Narrative across Media: Languages of Storytelling.* Lincoln & London: University of Nebraska Press, 1 – 40.

Steiner, Wendy (2004). "Pictorial Narrativity." In: Ryan, Marie-Laure (ed.). *Narrative across Media: Languages of Storytelling.* Lincoln & London: University of Nebraska Press, 145 – 177.

Stott, William (1973). *Documentary Expression and Thirties America.* Oxford: Oxford University Press.

Tagg, John (1988). *The Burden of Representation: Essays on Photographies and Histories.* London: Macmillan.

—— (2003). "Melancholy Realism: Walker Evans's Resistance to Meaning." *Narrative* 11.1: 3 – 77.

Toker, Leona (1997). "Toward a Poetics of Documentary Prose—from the Perspective of Gulag Testimonies." *Poetics Today* 18.2: 187 – 222.

Wagner, Peter(1996). "Introduction: Ekphrasis, Iconotexts, and Intermediality—

the State(s) of the Art(s)." In: Wagner, Peter(ed.). *Icons—Texts—Iconotext: Essays on Ekphrasis and Intermediality*. Berlin: de Gruyter, 1 – 40.

White, Hayden(1987). *The Content of the Form: Narrative Discourse and Historical Representation*. Baltimore: The Johns Hopkins University Press.

——(1999). *Figural Realism: Studies in the Mimesis Effect*. Baltimore: The Johns Hopkins University Press.

第十章

交互性和互动：在线社区中的
文本和谈话

露丝·佩奇

（莱斯特大学）

导 言

数字系统的交互属性被认为是其区别于其他媒体的最典型特征。目前，对数字领域中的交互类型进行分类的尝试（Ryan 2006；Walker Rettberg 2003）大多聚焦于文本中固有的交互性，如某种设计原则或用户浏览数字材料的手段。本文的目的在于扩展现有的交互概念，考察在线环境的故事讲述场景中多个用户之间发生的其他互动。为了做到这一点，我借鉴了通常与面对面叙述相关的互动模式，从而结合了叙事互动的社会语言学、话语导向、文学研究等不同研究路径。

鉴于故事讲述在被普遍称为"web 2.0"的大背景之下迅猛增长，结合人机互动来考虑用户间的交流（作者—读者，读者—读者）就变得更加迫切。在这种情况下用于生产叙述的工具系列，包括但不限于博客、社交网站、wiki 和线上讨论文档，所有这些都能够实现多个用户之间的协作。这种故事讲述很明显根植于一种参与式文化（Jenkins 2006），后者能将多种配置中的文本和对话渠道编织在一起。毫无疑问，web 2.0 环境中可能的交流互动包含多种话语。至关重要的是，这也包括讲述故事的冲动,无论是个人经历的自传式记录,还是虚构叙事的尝试。从这种背景中涌现的叙事类型是多种多样的,但所有这些类型都受到其周围话语语境参与性质的显著影响。接下来,我将绘制出一些要素,它们有可能可以在 web 2.0 的语境中区分不同类型的叙事互动;然后更仔细地研究两个故事讲述的实例:一是个人博客上的疾病叙事的演变,二是实验性的 wiki 小说中编辑干预与叙事连贯性之间的关系。作为开始,我提供了一个基本原理,用以整合话语导向和文本交互模型。

以文本为中心和以用户为中心的两种互动模式

博客圈、社交网站和类似的话语在线论坛等故事讲述社区的演变植根于读写实践的历史转变这一大背景之中。虽然故事讲述(粉丝、博主、社交网络用户)的"日常"例子通常是书面文字形式的,①但它们处于互动环境中,使读者和作者能够在线互相交流。因此,计算机中介交流的可供性将书面模式和会话风格与近乎即时的口语话语响应特征结合在一起(Walker Rettberg 2008)。在线写作"口头-书写"混合特质(Kacandes 2001:8)的理论化与翁(Ong 1982)的二度口语(secondary orality)概念有关。这一概念包含了原发口语(即在接触书面文化之前的口语)的许多属性,例如促进参与者之间的群体联系功能,但它是"一种更加刻意、更具自我意识的口语,永远基于书写和印刷的使用"(Ong 1982:136)。②

网络话语中独特的、不可抹除的"口头-书写"特质给叙事模态资源的探索提出了新的挑战。二度口语的趋同特性意味着书面和口头

---

① 日常故事讲述与其他交流方式(如照片共享或 Skype)是并置出现的,但故事的主要内容是用词语表达的。

② 应当指出,翁(Ong 1982)和后来的马歇尔·麦克卢汉(Marshall McLuhan)使用"二度口语"一词来指代广播和电视的真正听觉特性,而我所用的含义是指通过书面文本来模拟口头交流。其他形式的计算机中介交流(如 Skype、视频日志和语音识别工具)表明口语表达可能会再次增加。

模式的性质不能相互脱离,对这种参与性文化中产生的叙事进行分析也不能依赖于完全书面或口头范式的模型。相反,对 web 2.0 环境中讲述的故事,其分析必须是整合性的,要能够解释文本和用户之间的互动以及参与在线故事讲述社区的多用户之间的对话性互动。最初的以文本为中心的交互性分析与经典叙事学的衍生模型具有相似点。相比之下,对人际互动的社会学分析则更多根植于以话语为导向的研究领域。

数字叙事学本质上一直是跨学科的,它从人工智能、游戏和符号学等领域汲取灵感,丰富当代叙事理论。或许更令人惊讶的是,在大多数情况下,对数字媒介中已有叙事的研究(这里采用最广泛的意义)受到了叙事研究历史中出现的方法论裂痕的影响,这种裂痕在叙事研究的文学理论和社会语言学两个领域之间造成了对立局势。尽管叙事学的创始理论家将这一研究的范围概念化为跨文类的广义术语,即"通过口头或书面呈现的语言、固定或移动的图像、手势以及所有这些物质的有序混合物"(Barthes 1977:79)来讲述的故事,在具体实践中,结构主义叙事学从对复杂文学文本的研究中,发展了许多叙事分析工具,它们迄今仍然具有影响力。在这种文学理论工作蓬勃发展的同时,社会语言学家开始将注意力转向对叙事的实证分析,但是他们的注意力主要集中在口头数据上,尤其是个人经历叙事(Labov and Waletzky,1967)。

在接下来的几十年中,对叙事形式及其功能的持续探究,从结构主义和社会语言学的起点开始,经历了各自不同但却并行的发展历程。一方面,源于经典叙事学的相关研究主要考察了书面文本,涉及不同种类的文学体裁。在语境变得重要的地方,它们往往具有社会文化性质,产生了一种批判性的叙事学,将女权主义(Lanser 1986)、后殖民主义(Aldama 2003)和历时性研究融为一体。另一方面,叙事的社会语言学研究主要关注口述故事,特别是那些在面对面环境,如面试、用餐(Blum-Kulka 1993)和同龄人群谈话(Norrick 2000)中产生的叙事。对这些日常叙事的分析,往往根据其具体背景中所能实现的社会和实际效用来阐释,如阐释为体现身份的故事,或管理讲述者和听众之间的人际动态的故事。

这些研究传统的独特关注(至少在某种程度上)在数字媒体工作中得到了重现。从结构主义经典作品演变而来的数字叙事学,将其注意力转向电子文学的艺术创作(最初与超文本小说有关,但现在也包括网络和微小说)和在视频游戏及角色扮演模拟游戏中创造的虚构世界。这一语料库被用作重要的用户-文本互动模型开发的基础。个人叙事的话语导向研究的关注目标却是计算机中介交流中讲述的故事,它不太需要技术专长,在诸如讨论区(McLellan 1997)、电子邮件(Georgakopoulou 2007)和个人博客(Page 2008)这类互动论坛中得到了蓬勃发展。对在线个人叙事的研究保留了其语境化方法,会考察讲述者身份和社会功能给故事讲述带来的变化。实际发言者和他们的在线受众之间的用户-用户相互作用通常可以通过实际数据证明,能够描述在这些情境中已经被确认的故事体裁,由此扮演了至关重要的解释性角色。本文的其余部分尝试在文学理论和话语分析这两大传统的研究者之间展开对话。我的指导性假设是,尽管数字叙事的语料库必然具有异质性,但它不应导致叙事分析中的学科划分;相反,这种多样性应该指向方法论的整合,帮助我们更好地理解数字叙事这一精彩世界中的叙事交互性和互动。

交互性的叙事模型

作为一般原则,交互性绝不仅限于通过数字媒介讲述的故事。相反,交际互动模型在很多其他叙事类型中都是参与者角色建构的基础。这些参与者角色来自费尔迪南·德·索绪尔(Ferdinand de Saussure)对言语回路的理想表述(1983:11),即发送者和接收者共同参与了信息从一方到另一方的转移过程;这一思路后来由雅各布森(Jakobson 1960)进一步发展。传播的结构主义模型说明了传播事件包括但不限于故事讲述的过程。在叙事学中,叙事信息的"发送者"和

"接收者",这一命名及其精确程度会根据传达故事的媒介和叙事分析的视角而变化。在文学文本的处理中,发送者角色会区分作者和叙述者,而接收者则是被叙述者和读者。① 在会话叙事中,作者/叙述者角色的区分被回避了,但习惯上会指明讲述者和观众。无论媒介如何,交流框架都将故事定位为参与者之间交换的信息。在索绪尔的言语回路中,故事并不是简单地传递给作为被动参与者的接收者。相反,观众被期待以某种方式积极地参与故事,在索绪尔言语回路模型中,发送者和接收者之间感应变化线的双向轨迹对此就给出了直观的视觉表示。在实践中,受众的反应是在多种不同的层面上构成的,从内化的认知或情绪反应,到操纵文本界面的非言语物理行为;或是对发送者做出的语言反馈,如问题、评论和插话。

使用数字技术讲述的故事,也可以使用这种模式进行类似的叙事互动安排,其中读者接受文本的方式与他们接受一些能够真正与他们"对话"的当代文学相似(Kacandes 2001)。不过,读者在与数字文本进行互动时可以采取的活动范围很广,其中许多是特别针对数字媒介的。现有很多讨论都集中于数字小说和视频游戏的类型及其方便用户操作文本界面的相关技术(例如键盘使用、点击鼠标、使用操纵杆等)。这些新颖的物理形式在互动中使用的必要性让早期超文本研究者为读者的引导性反应赋予了创造力,如乔治·P. 兰多(George P. Landow)就将"读者"重新命名为"读写者"(wreaders)(1997)。

之后的研究工作已经开始区分通过数字技术实现的交互性的不同级别。瑞安(Ryan 2006)指出,对预先存在的叙事内容进行重新组合与创建叙事内容本身的能力并不相同。她也根据两两成对的四个维度——内部与外部的互动,探索性与本体性的互动——对交互性进行了分类。根据这些参数,读者可以在内部作为故事世界的成员参与(例如通过角色扮演模拟故事场景中的化身),也可以采取外部模式,

———————

① 可参见查特曼(Chatman 1978)概述的模式,图兰(Toolan 2001)对其进行了重新设计。

处于故事世界之外的位置。探索性和本体性分类的差别凸显了引导性互动的重要性。围绕探索性互动构建的文本不允许读者改变叙事事件可能采取的路径:读者只能探索叙事世界。本体性互动则使读者能够改变叙事中的事件进程(例如,通过选择一个分叉路径而不是另一个)。

瑞安的交互性模式简单易行,且可在数字叙事的不同形式之间转移,是为了文本内的交互性形式而设计的,因此突出体现了接收者与叙事信息之间的关系。对文本和读者与被创建的故事世界之间关系的控制构成了这个框架中各种区别的核心:它所考虑的并非人与人之间的互动,例如发送者和接收者(文本创建者和受众)之间的互动。其结果就是,到目前为止,数字叙事学中的交互性讨论(其主要关注点在于电子文学和游戏)已经强调了叙事界面的引导机制和对故事内容的阐释,产生了一种文本内在交互模型,该模型有赖于读(写)者抽象个体的行为。①

可以转移到计算机中介交流的会话故事讲述,如在电子邮件和博客中讲述的故事,其人际动态不在于描述用户和叙事世界之间的关系,而是强调叙述行为更为广泛的情境背景。因此,对面对面环境中讲述的故事,其分析也不那么关注叙事生产所依赖的物理手段。② 社会和语用性因素也可能作用于听众与所讲述的故事产生互动的方式。瑞安(2004)指出,"由于面对面的互动在不断调整参与者的角色,每个听众至少原则上都是一个潜在的故事讲述者"(41)。听众对叙事设计的贡献并不局限于等着讲述自己的故事。相反,对多方谈话的研究表明,听众在讲述共有体验的故事之时,是以合作建构的方式来履行其参与者作用的(Georgakopoulou 2007);更普遍的情况是,说话者的听众意识和面子需求可以决定他们如何使自己的故事可以被讲述(Labov 1972)。通过会话故事讲述所实现的人际关系和身份认同工

---

① 有一些关于实际用户与数字小说互动的实证研究,特别是 Douglas(1992)、Page(2006)和 Pope(2007);但是,这些研究是数字叙事学对读者进行探讨的总体趋势之外的特例。

② 参见 McNeil 和 Cassell(2004)关于手势的特例性研究。

作,有可能因为讲述者的性别、年龄和种族,讲述者和听众之间的社会距离以及故事讲述时所处的文化或体制背景等因素而发生变化。与数字叙事学的用户-文本模型相比,针对会话故事进行的社会语言学分析最感兴趣的则是故事讲述的参与者(发送者和接收者)之间的联系。

对交互性所做的数字性和会话性处理有不同的文本和语境重点,这是有充分理由的。面对面交流和计算机中介环境下的交流,二者之间存在明显差异。与会话叙事中讲述者和听众共享时间和物理空间的典型特征不同,在线互动的非同时性意味着故事讲述的参与者不需要同时在线进行交流,发言者在线下世界也不必互相了解。叙事互动的社会语言学研究需要识别故事讲述者的有关变量,以对语境信息进行描绘。对在线阅读互动(至少是数字小说)的实证研究让这种识别不那么容易确立,其原因在于:首先,单个读者的画像信息无法仅通过网页访问来记录;其次,在线数据是否具有代表性受多种不可控因素影响,因此,人口统计信息并不总能可靠地表明真实世界讲述者的特性。

尽管存在这些约束,参与式文化中出现的话语背景意味着,读者与文本的互动可以仅仅被看作数字媒体中故事讲述过程中的一个元素。虽然读者总是(至少在理论上)可以与数字叙事的作者进行直接交流,但是 web 2.0 技术(博客、wiki 和社交网站)提供了连接作者、读者及其他读者的额外互动渠道。其结果就是,我们需要一种研究互动性的途径,它不但能够考察读者与故事内容之间的关系,而且能在更为广泛的背景下,考察故事讲述过程中其他听众和讲述者进行互动的数字界面。

叙事互动和评论的补充

瑞安所区分的探索性和本体性互动,表明了读者对叙事生产行为的不同程度的影响。探索性互动似乎只能在确定叙事内容方面提供浅层控制,而本体性互动允许读者进行一定程度的赋权。① 我并不打算通过内部和外部类别来合并它们,而是借助 web 2.0 话语背景的不同生产导向因素,转而重点挖掘能够对探索性和本体性互动做进一步描绘的不同手段。必须要关注话语背景,原因有两个。首先,这些因素提供了一组额外的维度,可以运用于电子文学领域日益多样化的叙事作品,指示其共性和区别。其次,这些因素中的每一个都与叙事评论的演变有关。评论可以采取多种形式,并在不同程度上取决于其源叙事。以用户-用户形式创建的叙事评论,其潜在影响值得进一步研究。

初看起来,某种话语评论形式的额外存在似乎与叙事互动的类型学关系不大。对故事进行评论的能力是一种久已有之的文学实践,与改变或创作叙事作品有明显区别。从这个角度来看,读者对话语的贡献仍然外在并脱离于故事文本:读者不能操纵仍在作者控制之下的叙事内容。区分叙事与针对其话语语境的讨论,是一种源自书面文本互动实践的模式,其中作者和读者之间的交流并非处于共享、直接和同步的话语语境中。web 2.0 软件的话语能力与书面叙事形成鲜明对比,创造了一个对话性的在线环境,可以将故事讲述的参与者相互联系起来,将叙事和评论串联在一起。对会话叙事的相关研究表明,围绕叙事的交谈可能会影响故事的讲述方式;至少在某些情况下,写评论似乎也会影响数字叙事内容的发展。评论有可能采取的形式及它们对叙事发展的影响程度将根据话语情境的具体性质而变化。话语空间的三个特征在这里很重要,即用于构建评论的机制、参与讨论的受众类型以及被评论的叙事的质量。

互动机制

虽然读者可能选择不留下任何反馈,但许多 web 2.0 技术通常都

---

① 本体性互动在多大程度上被视为用户赋权已引起广泛争议。参见如 Miall (1999)。

会为读者生成模板,以便向文本作者发送消息。在计算机中介交流中,反馈可以以多种准会话格式出现,从博客发帖的评论、社交网站上的留言墙到 wiki 上的谈话页面,或某论坛的帖子等。这些回应机制各有其典型特色。回应可以私下发送给指定个人,也可以公开发布,让其他读者也可以看到评论。如此一来,这一回应机制可以实现二元(如在单个读者和作者之间)或多方之间的互动。因此,单个作者的博客文章可能会吸引许多不同读者的大量回复,而像 wiki 这种协作项目的谈话页面则可以促成多个合作作者及其读者之间的讨论。这些特征相结合,为叙事互动创造的机会对合作性要求越来越高,其中最开放的访问方式——多方互动最为接近参与性文化的运作模式,而私人性质的二元互动则与此文化相距较远。

主题内容和技术格式在读者使用的反馈机制和作者对叙事的原初贡献这二者之间或多或少地建立了密切联系。某些环境甚至为参与者提供了多个反馈渠道。例如,在 Facebook 中,作者可以在状态更新中发布他们生活历史的某个片段。受众可以通过各种方式回复状态更新:私下给作者发送电子邮件,在更新的附加评论处留言,在作者的"留言墙"上发布单独的公开消息,与作者在线聊天,或线下晚些时候提供面对面的反馈信息。在 wiki 中,投稿人可以在主页上开发叙事内容,但是在不同类型的谈话页面上对其进行讨论(与特定页面的内容或与 wiki 贡献者的个人简介页面相关联)。各种反馈机制对原始叙事内容都存在程度不同的结构依赖性。

尽管所有回复都可以被解释为由故事片段发起的邻接对(adjacency pair)的第二部分,但某些回应机制的格式使得它们不能脱离其第一部分,然而,也有一些交流渠道是独立的,可以服务于多重目的。例如,评论框(比如说博客帖子中所附加的)只能是回应某种原始文本的次要贡献。评论框总是与其评论的文本材料相邻,不能独立存在。相比之下,读者可以借助社交网站中的留言墙或论坛帖子对叙事进行反馈,这些方式不必与原始叙事相邻,还可以用于发表与叙述内容不那么直接相关的意见或要求。其结果就是,评论和叙述内容之间会出现紧密程度不同的关联。评论与叙事片段的文本和主题联系越紧密,读者互动对发展中的叙事文本的塑造潜力就越大。

互动环境:对受众的感知

对面对面叙述所进行的研究,早已认识到受众在塑造话语语境中所扮演的角色带来的潜在影响。与此相似,在在线环境中,作者发布他们的故事时也对其受众有所预期。但是在像互联网这样的网络化群体中,受众的性质无法预测,相反,其标志特征就是隐形(boyd 2008)。并非所有读者都会以同样的方式与文本或其他读者进行互动,而且构想出一个同质的文本社区是有误导性的。读者可能会选择在公共领域中查看叙事,但从不留下自己身份的明显痕迹(除了页面浏览所追踪到的痕迹)。鉴于在线参与的不平等特性(Nielsen 2006),似乎大多数在线受众都是潜水者,潜伏在在线故事作者身边,却不被其知晓。

受众中那些"非潜伏"成员向其他故事讲述参与者透露自己身份的程度也可能有所不同。即便是读者有可能留下与文本互动的文字痕迹,在线再现的本质特性也意味着读者在真实世界中的身份并不一定被明确点明。自我表露的常规也有很大差异,如在类似"第二人生"这样的虚拟世界中采用某个非现实性的化身,在博客圈中使用戏谑、讽刺或欺骗性的假名,在 Facebook 等社交网站中使用真实度很高的个人信息等不同做法。

对受众性质进行界定的边界,介于完全开放访问与受隐私设置控制之间。在开放访问中,叙述者不可能精确估计那些可能与其故事发生关系的受众。然而,如果设置了隐私控制,那么主持网站的人对他们的潜在受众就可以形成更清晰的了解。故事讲述者对受众的感知也会因虚拟受众与线下情境故事讲述者认识的人的重叠程度而发生变化。例如,社交网站 Facebook 上提供的隐私控制意味着,用户最有可能将他们的生活故事与其好友列表中的人进行分享,这些人都是他们在线下世界中曾经遇到的个人（Ellison et al. 2006）。相比之下，博客圈的开放访问形式意味着，许多受众可能永远都无法亲身碰上那些故事讲述者，尽管他们曾在在线日志上阅读到后者讲述的个人故事。即使故事讲述者将受众范围限定在他们认识的人当中，受众仍然可能会混淆线下环境中被普遍区分的个人组群。预期和实际受众的偏差，叙事互动程度的变化，都给网络公众环境下进行的故事讲述提出了新的挑战。

然而，预期和实际受众的人口统计性质可以显著地影响故事评论的社会语用性。在生产和接受服务于不同功能的故事中，作者显然借鉴了一系列话语策略。满足故事讲述其他参与者的面子需求，如建立讲述者和受众之间的紧密联系，或在不同情况下施行挑战他人颜面的行为，如批评他人的作品——这些愿望很有可能会根据讲述者和受众彼此了解的程度（或者至少是他们所认为彼此了解的程度）来加以调整。元评论由此变成了一个对话空间，其中故事讲述的人际工作得到了扩展和完善。

叙事特征

读者通过反馈机制所提供的互动可以以多种不同方式来发挥作用，例如，对讲述者或其写作表示不赞同或支持，提供进一步修订的意见或新的叙事材料。然而，这些互动所产生的评论在多大程度上实际影响了叙事内容，主要取决于被讲述故事的质量。最重要的是，评论要对故事内容产生影响，叙述及其评论就必须随着时间推移形成连续形式。已完成的叙事完整发布后就不太可能在修改后重新发布，即使是根据已发表的评论修改，也是如此。相反，当故事随着时间推移而演变时，评论就有机会影响故事素材的发展方式。同人小说和 wiki 协作式写作，这二者的对比说明了这种差异。托马斯（Thomas）对哈利·波特同人圈的分析（即将出版）发现，尽管对同人小说进行评论是参与这个故事讲述团体的核心动力，但对作家个人的批评却很少能让他们回顾和重写自己的故事。也许,一部分原因在于同人作品社区中故事讲述的交互特性不仅仅产生于邮件往来和相互评论,也产生于这种行为,即通过写新故事来回应那些评论(Kaveney 2005)。尽管如此,一个同人小说作家至少在理论上是可以对其作品进行连续修订的,他们不这么这样做可能才令人惊讶。对于在一段时间内陆陆续续写就的故事,读者之所以在这一过程中提出批评意见,其目的就在于影响现有叙事材料及其后续发展的进一步修订。wiki 小说《百万企鹅》(*A Million Penguins*)的对话页面就实时展示了这一原则,合写作者提出了小说内容应该如何发展的多种(有时是相互矛盾的)建议,其中一些被忽略,其他的则被接受,但无论如何,叙述的这种始终处于发展中的特性使得评论干预成为可能。

被讲述故事的本体论状态不但决定了评论所提供的互动的性质,也决定了评论对叙事发展的后续影响。它不仅仅是在 web 2.0 环境中创建的虚构故事。个人开始越来越多地使用 web 2.0 技术来记录生活,在个人博客或论坛上记录自己的生活轶事,在微博或社交网站上留下生活的点点滴滴。通常,在网络上讲述的自传故事,由于其采用的片段性形式,与线下写作的日记或会话形式非常接近。在在线环境中,语篇创作的连续性特质一般被认为与所报告的个人事件是大致保持同步的。因此,博客通常会报道近期(而不是遥远)的过去事件,而Twitter 和 Facebook 等网站的状态更新,在公开宣布作者“正在做什么”的时候,则更接近当前时刻。当然,这类自传性片段通常会采用现在时态①,在叙述和生活事件之间造成了某种同时性的错觉:事件一般都并非实时报道的。然而相对而言,网络上众多个人叙事都普遍缺乏回顾性,这一点对评论的影响力非常重要。如果事先没有围绕目的去确定焦点并进行叙事设计,那么读者的反馈就会被作为当前时刻的干预,能够刺激作者持续生产并对未来更新抱有预期。

---

① 例如,Facebook 的更新主要偏向于现在时和进行体,这可能是因为更新的模板提示由作者的姓名和动词 is 构成。

表 1　对互动类型的重新审视

用户-文本互动	影响用户-用户互动的语境因素		
	反馈机制	网络特征	叙事特性
探索性的	无法反馈	开放访问的启用程度	系列叙事
本体性的	可提供反馈的公众观看程度（例如私人电子邮件，公共留言墙帖子）	虚拟世界和离线世界的重叠程度	叙事的时间导向（例如回顾性、前瞻性等）
	反馈涉及的参与者数量（例如，双向交流、多方互动）反馈的同步/异步时序	网络的可感知人口统计资料（如果已知）	是否虚构
	反馈与始发叙事单位（例如评论栏、留言墙帖子等）之间的联系紧密程度		

　　表 1 对 web 2.0 的反馈机制、网络和叙事特征的不同方面进行了总结。三个类别所列出的以用户为中心的特征，除了探索性和本体性互动（在图表左边第一列中标注）这一二元区别外，还包括其他功能。用户-文本和用户-用户之间互动的维度可以在开放式配置中进行组合。因此，既定类型可以进行分类，视其为探索性或本体性互动，并与从每个以用户为中心的类别中提取的相关特征进行组合。这些排列组合可能会对话语语境的重要性和丰富性做不同强调。例如，一种类别可能以探索性交互为特征（从而允许用户对叙述内容进行最低程度的引导控制），并将这一特征与较低的用户-用户互动相结合。英格丽德·安克森（Ingrid Ankerson）和梅甘·萨普纳（Megan Sapnar）的超文本作品《巡游》（Cruising）就体现了这种组合。这部超文本小说在没有读者干预的情况下可滚动翻阅（探索性交互），也不存在反馈机制供读者联系作者，或对该作品进行合作性评论。与其形成对比的是，其他超文本小说确实允许更大程度的用户-用户交互。凯特·普林格

(Kate Pullinger)的《无生命的爱丽丝》(*Inanimate Alice*)采用了类似的探索性互动(读者点击和动画屏幕滚动),但同时也有一个电子邮件链接,对读者发出"告诉我你对这些故事的看法"的邀请。但是这封电子邮件是二元的,仅在一个个体和另一个体之间建立联系,且局限在个人电子邮件账户中,与虚构叙事相隔离;尽管虚构叙事是间断性发布的,读者却不被允许对其生产进行评论。

对比之下,在本体性互动中,读者可以控制叙事本身的内容(可以通过引导选择,也可以通过添加他们自己的叙述内容),并可以与复杂而明显的用户-用户互动进行组合,从而产生有影响力的评论,直接作用于叙事本身。这种以用户为中心的叙事可以在协作式故事讲述群体中找到例证,如《当主角吧》(*Protagonize*)就是最近的一个例子。在这里,读者可以在话语环境中浏览并且添加叙述内容,其中多个读者之间公开观看的反馈,可以通过评论帖直接链接到故事剧集。由于故事以连续方式发布,评论帖不仅要评论现有的叙事材料,而且对其后续发展也要提出建议。此外,虽然这个故事讲述社区主要是通过虚拟联系构成,但参与者在自我再现中表现出明显的高度真实性。个人资料页面会有作者的上传照片,还有他们在真实世界中的地理位置及其他人口统计方面的详细信息。

这些最初的叙事示例并不意味着用户-用户交互的高低参数间某种固定的二元对立。相反,我们应该认识到,不同类型的用户交互之间存在细微差别,其变化范围是具有多面性的。因此,博客和同人小说的共有特点是探索性文本交互,读者可以浏览作者发布的文本片段(博客帖子、同人小说)档案,但不能对博客帖子或同人小说故事做出更改。同样,博客和同人小说具有相同级别的互动反馈渠道(评论和电子邮件),但这些环境中的叙事性质则有明显差异。博客上的个人叙事是连续的、前瞻性的,也被认为是非虚构的。相比之下,同人小说通常是全文上传,叙事是回顾性的,本质是虚构的。虽然Facebook这类网站上的个人叙事在其叙述特征(私人性、连续性、前瞻性)方面近似于博客,但社交网站的互动可能性(包括在线聊天、电子邮件、公共留言墙帖子和评论）则远远超过博客（仅提供评论或电子邮件）。博客圈和社交网站的网络系统也不尽相同。Facebook允许用户设置不同程度的隐私控制，用户在线下世界中对其受众也有所了解，而博客所面向的群体则可能是博主永远不会亲身遇见的公众。这可能不会影响读者浏览文本的程度，但它肯定会改变每个讲述环境中私人叙事对个人信息的披露程度和可述性。话语情境、评论和新兴叙事形式之间的相互关系在两个具体情境中可以得到更为详细的例证，这两个案例能够提醒我们，话语特征与社会功能之间不存在同构关系。其中一个案例研究说明了博客圈中私人疾病叙事的不断完善，另一个案例研究则展示了在线谈话在协作性小说演变中的重要作用。

私人叙事：评论在癌症博客中的重要性

自 20 世纪 90 年代中期以来，博客圈为作家分享生活经历提供了越来越多的环境，因此个人博客比其他博客子类型更为常见（Herring et al. 2004）。博客上的自传写作有很多不同类型。在这里，我专注于一个子类型：疾病（特别是癌症）叙事。对那些面临重大疾病创伤的人来说，博客圈已经成为一个治疗性的自我表达空间，也是一种提供非专业医学信息、具有特殊意义的在线支持渠道。因此，这里所讨论的癌症博客样本，其叙事和评论之间的关系应该被放在这种本地化的背景中来理解，不能代表所有的个人博客。这些案例都来自一项更为全面的研究，涉及来自 20 个博客的 200 多篇博文，其作者男女各半，都在接受癌症治疗（Page 2008，即将出版）。

与大多数个人博客一样，此处研究的癌症博客均为单一作者，在公共领域公开可见，读者可以通过各个博客帖子的评论框对其进行反馈。尽管这些博主都是单独写作，但他们讲述故事的方式很明显地透露了其与一个在线社区之间的关联感。这个社区处于更广泛的受众之中，不受隐私控制的限制，对任何可以访问互联网的人开放。然而，博客主页上超链接的链接模式表明,这一事例中的癌症博客与博客圈内其他经历类似重大疾病治疗的博主的私人写作有着紧密关联。有证据表明,这些癌症博客的受众群体主要是一个虚拟社区,将他们联系在一起的是与危重疾病进行抗争的共同的个人愿望。

在癌症博客上讲述的故事一般被认为是对实际生活经历的非虚构再现。[①] 诊断、治疗、在某些情况下从癌症中恢复,这一系列的事件被实时记录。由于作者会将他们目前的经历与预期的未来事件(治疗、死亡或康复)联系起来,这些被记录的事件也会具有强烈的前瞻性质。由于所报道的私人叙事被假定为作者生活世界中实际事件的再现,因此读者提供的反馈并非对作者写作的批评或对情节如何发展的建议。相反,读者提供的意见、支持和建议,目的似乎在于影响作者目前和未来的生活经历。该样本中的评论包含了许多读者的回应,表达了和作者相似的情感反应,目的是给作者支持。例如,一位读者对博主西尔维·福特曼(Sylvie Fortman)的写作评价道:

> 我们不认识彼此,但我知道你在经历什么。你正在做的事情被称为"参与生活"——是它让你活着,让你在风雨飘摇中继续前进。你需要知道的是,这是一个特殊的时刻……你的时刻。(匿名评论者)

反过来,评论明确地塑造了博主们下一步书写的内容,例如,对支持表示感激,对建议做出跟进,或者预测读者对特定事件结果的期待。

> 我化疗的第一天,你们中的一些人想让我告诉你们,今天的情况如何。我无法解释我对此的感激。我想我会和你们分享事情的进展情况。戴维·哈恩(2005 年 7 月 29 日)

---

① 没有证据表明这些作者中有人在进行角色扮演。博客圈中关于真实性的惯例,会将任何违规行为看作恶意欺骗来处理,这一做法是正确的。

正如这些例子所表明的那样,读者对个人博客的评论似乎具有社会语用影响,而且这种影响超越了数字互动的形式类别。

有证据表明,叙事话语的社会语用功能可能会根据故事讲述群体的人口统计特征而有所不同。在癌症博客的样本中,女性提供评论的可能性是男性的两倍,尤其是对其他女性撰写的博客文章。虽然评论的密度并不直接影响叙事内容,但值得注意的是,用户之间的互动模式也与叙事风格有关。在这一情况中,女性读者不但产出了更多支持性评论,大量的评价(Labov 1972)也出现在女性作者讲述的故事中(Page 2008,即将出版),夸大了私人故事讲述的情感和人际关系维度。评论在观众和讲述者构建相互支持的社会功能,与通常在这些情境中发现的故事类型相关联,如轶事(Martin and Plum 1997)据说就能够增加讲述者和听众之间的共享联系。

协作小说:《百万企鹅》中的评论

在在线环境中与其他读者进行协作,这种能力并不仅限于博客,也是 wiki 的特色。wiki 是一个用户可以编辑和查看的网页。第一个案例是由沃德·坎宁安(Ward Cunningham)于 1995 年开发的,他用夏威夷语中表示"快速"的词创造了 wiki wiki 这一表达,以此反映用户可以快速编辑内容的特点。wiki 设计受到开源原则的强烈影响,其重点在于一个群体而非个人作者的发展性贡献。这一点可以在两个因素上得以体现,二者对叙事互动的评估都具有重要意义。首先,wiki 页面附带讨论区域(或是评论框,或是谈话页面),用户可以创建额外的评论,wiki 页面的发展可以在这里呈现。其次,个人作者一般不会在主页上为 wiki 内容冠名。相反,个人互动是通过页面历史来鉴别的,后者会记录下 wiki 该部分内容的所有修订。这样就构成了叙事互动的双层结构。wiki 的主页提供了众多用户能与单一文本进行互动的论坛,最终形成了一种复合型叙事,要从这种叙事中识别单个作家的确切贡献并不总是可行(至少表面上如此)。讨论页面为作者间的互动提供了平台,由此创造了一种演进式的评论,它记载了文本是如何通过合作被一步步创建的。

wiki 软件并不仅限于创建某一特定的文本类型。虽然关于成功 wiki 的可能构成要素有一些记载完备的原则(Mader 2008),但 wiki 技术可以被用来创建许多不同的叙事和非叙事类型。因此,wiki 软件的功能一般不能统一映射到文本内在的交互类别。例如,对 wiki 的不同程度的访问可能会限制用户在探索性或本体性交互之间的选择。wiki 为用户提供不同程度的参与,其范围从只读选项(允许用户浏览内容但不编辑页面)到编辑角色(允许用户编辑内容),再到管理角色(指定禁止访问文本的权限)。wiki 技术对叙事互动的独特贡献在于其可编辑性。其他的线性协作叙事,例如 addventure(原文如此)类型能够为读者提供本体性交互,其方法是允许用户添加新内容,但不允许他们更改其他作者之前编写的章节。相比之下,wiki 的编辑能力要激进得多,用户能够改变任何或所有内容,无论其处于什么位置,原创作者又是谁。

wiki 技术提供的编辑互动,与促进连贯叙事模式创建的因素看上去似乎并不一致。叙事设计通常是自上而下运作的,故事制作以线性进程的方式展开。如果故事由多位作者讲述,那么成功的合作就与讲述者之间强有力的社会契约相关联,比如就总体叙事范围和责任达成共识,或尊重他人对作品的贡献(Rettberg,即将出版)。相比之下,wiki 编辑的可能性不受线性限制。早期的故事内容可以被改变甚至完全删除,渐进轨迹的整体感觉会因此遭到破坏,人物关系链也会被分解。叙事的基本要求,即读者能够明白"谁在对谁做什么"(Longacre 1983),可能会受到相当大的威胁。在 wiki 是公开的情况下,这种风险会被放大。共同作者可能并不彼此了解,不会透露他们的真实身份,或除了 wiki 这一中心之外并无任何联系。达成故事讲述所需要的共同社会契约可能性极低,更别说在叙事设计上达成一致了,而无序状态和故意破坏的可能性则非常高。尽管有这些限制,世界领先的出版商——企鹅出版社最近与英国德蒙福特大学创意技术研究所的教师一起,进行了一项雄心勃勃的实验,想看是否有可能在大规模的公共性 wiki 环境中创建一个叙事,其结果就是《百万企鹅》。

《百万企鹅》于 2007 年 2 月 1 日启动,2007 年 3 月 7 日停止收稿。在此期间,它吸引了相当多的关注,至少有 75,000 位不同人士查阅过,编辑数量超过 11,000 次。从《简·爱》(*Jane Eyre*)中的一句话"那一天散步不太可能"作为起始,最终的 wiki 小说包括 1,000 多页内容,其中一半内容(491 页)包含某种类型的叙事内容(Mason and Thomas 2008)。《百万企鹅》的基础设施是运用 wiki 媒体软件构建的,包含内容(主页)和讨论(谈话页面)的常用页面,也有体现作者信息的用户页面。虽然该软件非常典型,但《百万企鹅》是一个不寻常的 wiki。企鹅这一主流出版机构的介入不仅是数字小说领域的罕见现象,对于那些有抱负、渴望作品展示平台的作家来说,也构成很大的吸引力(Mason and Thomas 2008),因为它可能意味着国际范围内以某种方式与 wiki 小说互动的受众。虽然不是典型的 wiki 案例,但用户与《百万企鹅》之间形成的互动提供了丰富的数据来源,可以用于探索用户是如何与文本、与彼此进行互动,考察这种互动对叙事形式有可能形成的影响。

《百万企鹅》不仅仅是一部 wiki 小说,它更可以被看作某种空间,在这里能够进行多种叙事实验。《百万企鹅》中出现的不同叙事,可以通过其内容所使用的传统类别(科幻小说、女性写作、读者选角扮演)进行分类,也可以通过用户与其互动的不同方式来进行区分。一些最富有成效(和连贯性)的故事情节是在被描述为"带围墙的花园"的 wiki 页面上创建的(Mason and Thomas 2008)。所谓"带围墙的花园",指的是 wiki 中那些没有借助超链接与其他主页相连接的区域,这里用户-文本之间的交互水平(页面浏览或编辑)并不高。相比之下,"欢迎"是 wiki 中被查看和编辑最为频繁的页面,这一网站中角色名称、故事内容都会快速变化,叙事十分混乱。

《百万企鹅》中增多的编辑活动并不意味着这个故事会按照额外的、按时间组织的连贯事件发展弧来逐渐展开。相反,密集的编辑是对初始文本基础进行不断(有时是颠覆性的)修订的证据,这样就无法生成一个连贯的叙述。因此,《百万企鹅》的编辑频率和叙事风格之间的相关性似乎在于:编辑互动水平越高,在该语境下产生连贯叙事的可能性越小。主要叙事被修改的频率越高,就有越多互相竞争的用户变得沮丧,从而退出写作过程,以下两则来自谈话页面评论的摘录就能够表明这一点:

> 对我来说太晚了。我离开了一个周末,当我回来时,＊一切＊就都不同了。实际上,只有 URL 地址和底层软件没变。如果这个项目越来越没有凝聚力,那么真的没有必要继续参与……
>
> *Gamblor856*, 2007 年 2 月 12 日 00:10(美国东部时间)
>
> 哇! 一天发生很多事情,不是吗? 看上去像是一个完全不同的故事了,虽然目前为止我的投稿不那么多,但看到有这么多变化,我还是觉得很怪,似乎被排斥在外了……嗯
>
> *Beldarin*, 2007 年 2 月 3 日 15:35(美国东部时间)

高编辑性互动和低叙事连贯性,二者间的关联性很可能是由这一 wiki 小说企划用户群体的性质所决定的。不同于互相认识的作者进行合作并取得成功,《百万企鹅》的作家群体之间不存在社会契约,时不时还会为编辑行为产生紧张和冲突,一个用户就曾用"很难处理"的"拉锯战"来形容这种紧张局面。① 一些作者会对他人的编辑干预提出异议,谈话页面的评论中包含许多这样的例子,下面为其中一例:

> 对不起,但坦率地说,我认为你错过了整个事情的重点。如果你想让人们回来,你可以,但你不能指望别人会赞同你对事件发展的理解
>
> Alex Bunker, 2007 年 2 月 4 日,"有多少页"

① http://www.amillionpenguins.com/wiki/index.php/Talk:Welcome#How_many_pages.

向 wiki 小说投稿的用户群不仅缺乏一套用来和他人文本进行互动的共识性原则,而且彼此之间甚至会发生直接冲突,德蒙福特大学的一个编辑团队就将这种情况描述为一种"wiki 战争"。因此,编辑活动的频率、叙事连贯性的缺乏,这两者之间的相关性不能脱离这种具体背景而被看作 wiki 类软件不可避免的束缚。其他类型的作家群体间的 wiki 小说实验,可能会在互动和叙事生产之间产生截然不同的相关性。《百万企鹅》是否该被视为一个失败的叙事性实验,在很大程度上取决于我们所采取的视角。正如梅森和托马斯(Mason and Thomas 2008)指出的那样,米哈伊尔·巴赫金(Mikhail Bakhtin)式狂欢隐喻对于理解这个概念性实验的艺术价值更有成效。我这里的观点并不是对这部 wiki 小说进行价值判断,而是想提示,评论(用户-用户互动)中显示出来的冲突似乎扮演着重要角色,会影响传统的用户-文本与叙事本身进行互动的潜力。

结　论

我认为,在 web 2.0 环境中讲述的故事,其典型的参与性文化需要一个丰富的交互性模型,其中,个人对文本界面和故事内容的操纵,需要通过对其周围话语背景相关因素的具体分析来实现。反馈渠道、受众性质、故事讲述进程的片段性本质都与讲述者及其受众的互动有关,这反过来又有可能影响新出现的叙事形式。话语语境中的因素有可能与探索性或本体性互动相结合,形成多方面的不同配置。尽管这些配置无法被确定为固定的二元对立结构,但很明显,一些叙事类型会强调用户-用户互动的影响作用,而其他类型则相对去语境化。对个人博客和 wiki 小说互动的这一简要分析清楚地表明,尽管我们可以使用众多交互方法来比较在线环境中不同类型的故事,但用户之间的交互式谈话水平和对叙事形式所产生的单一影响,二者之间并不存在简单联系。用户-用户互动与其语用性影响的同构映射无法维持。在癌症博客故事的样本中评论大量出现,表示讲述者与受众之间的联系得到增强,也反映出所采用的故事类型促成了强大的社会凝聚力。相比之下,wiki 谈话页面的热烈争论反映了对 wiki 小说《百万企鹅》进行编辑干预的频率很高。在元评论中发生的冲突,其症结在于 wiki 的开放性作者机制具有非协作性质,导致了 wiki 谈话页面中叙事的多链性和非连贯特性。在数字媒体中讲述的故事会挑战叙事存在统一原则这样一种观念,那么围绕它们的谈话在形式和功能上也同样是异质的。随着未来新形式互动和叙事的出现,毫无疑问,我们需要再次修改我们的互动性概念。

段枫　译

参考文献

A Million Penguins(2008). http://www.Amillionpenguins.com.

Aldama, Frederick (2003). *Postethnic Narrative Criticism: Magicorealism in Ana Castillo, Hanif Kureishi, Julie Dash, Oscar "Zeta" Acosta, and Salman Rushdie.* University of Texas Press.

Ankerson, Ingrid, and Megan Sapnar (2001). "Cruising." http://www.poemsthatgo.com/gallery/spring2001/crusing-launch.html.

Barthes, Roland(1977). *Image-Music-Text.* Trans. Stephen Heath. London: Fontana.

Bell, Alice(2010). *The Possible Worlds of Hypertext Fiction.* Basingstoke: Palgrave.

Blum-Kulka, S.(1993). "'You Gotta Know How to Tell a Story': Telling, Tales and Tellers in American and Israeli Narrative Events at Dinner." *Language in Society* 22: 361 – 402.

boyd, danah m. (2008). "Taken out of Context: American Teen Sociality in Networked Publics." Ph.D. diss., University of California, Berkeley.

Douglas, Jane Yellowlees(1992). "Print Pathways and Interactive Labyrinths: How Hypertext Narratives Affect the Act of Reading." Ph. D. diss., New York University, New York.

Ellison, Nicole, Charles Steinfield and Cliff Lampe (2006). "The Benefits of Facebook 'Friends': Social Capital and College Students' Use of Online Social Network Sites." *JCMC* 12(4).

Ensslin, Astrid (2007). *Canonizing Hypertext: Explorations and Constructions.* London: Continuum.

Friedman, Susan S.(1996). "Spatialization, Narrative Theory, and Virginia Woolf's

The Voyage Out." In: *Ambiguous Discourse: Feminist Narratology and British Women Writers.* Chapel Hill and London: The University of North Carolina Press, 109 - 136.

Georgakopoulou, Alexandra (2007). *Small Stories, Interaction and Identities.* Amsterdam: Benjamins.

Herring, Susan C., Lois Ann Scheidt, Sabrina Bonus and Elijah Wright (2004). "Bridging the Gap: A Genre Analysis of Weblogs." In: *Proceedings of the 37th Hawai'i International Conference on System Sciences (HICSS-37).* Los Alamitos: IEEE Computer Society Press.

Hutcheon, Linda(2006). *Adaptation.* London and NY: Routledge.

Jenkins, Henry(2006). *Convergence Culture: Where Old and New Media Collide.* New York and London: New York University Press.

Kacandes, Irene (2001). *Talk Fiction: Literature and the Talk Explosion.* Lincoln: University of Nebraska Press.

Kaveney, Roz(2005). "The Democratic Genre: Fanfiction in a Literary Context by Sheenagh Pugh: The Alternative Universe of Elizabeth Bennet, Blake's 7, and Buffy." In: *The Independent* (online). http://www.independent.co.uk/arts_ entertainment/books/reviews/thedemocratic_genre_fan_fiction_in_a_literary_ context_ by_Sheenagh_Pugh_509801.html.

Kress, Gunther, and Theo van Leeuwen(2001). *Multimodal Discourse: The Modes and Media of Contemporary Communication.* London: Hodder Arnold.

Labov, William(1972). "The Transformation of Experience in Narrative Syntax." In: *Language in the Inner City.* Philadelphia: University of Pennsylvania Press, 354 - 396.

Labov, William, and J. Waletzky (1967). "Narrative Analysis: Oral Versions of Personal Experience." In: Helm, J.(ed.). *Essays on the Verbal and Visual Arts: Proceedings of the 1966 Annual Spring Meeting of the American Ethnological Society.* Seattle: University of Washington Press, 12 - 44.

Landow, George P. (1997). *Hypertext 2. 0: The Convergence of Contemporary Critical Theory and Technology.* Baltimore: Johns Hopkins University Press(first published 1992).

Lanser, Susan(1986). "Toward a Feminist Narratology." *Style* 20(3): 341 - 363.

Longacre, Robert (1983). *The Grammar of Discourse.* New York and London: Plenum.

Mader, S. (2007). *Wikipatterns: A Practical Guide to Improving Productivity and Collaboration in Your Organization.* Indianapolis, IN: Wiley.

Martin, Jim, and Gunther A. Plum (1997). "Construing Experience: Some Story Genres." *Journal of Narrative and Life History* 7(1 - 4): 299 - 308.

Mason, Bruce, and Sue Thomas (2008). *A Million Penguins Research Report.* http://www.ioct.dmu.ac.uk/projects/amillionpenguinsreport.pdf.

McLellan, Faith (1997). "'A Whole Other Story': The Electronic Narrative of Illness." *Literature and Medicine* 16(1): 88 – 107.

Miall, David (1999). "Trivializing or Liberating? The Limitations of Hypertext Theorizing." *Mosaic* 32: 157 – 172.

Murray, Janet H. (1997). *Hamlet on the Holodeck: The Future of Narrative in Cyberspace.* Cambridge, Mass: MIT Press.

Nielsen, Jakob (2006). "Participation Inequality: Encouraging More Users to Contribute." *Alertbox.* http://www.useit.com/alertbox/participation_inequality. html.

Norrick, Neal(2000). *Conversational Narrative.* Amsterdam: Benjamins.

Ong, Walter J. (1982). *Orality and Literacy: The Technologizing of the Word.* London: Methuen.

Page, Ruth (2006). *Literary and Linguistic Approaches to Feminist Narratology.* Basingstoke: Palgrave.

——(2008). "Gender and Genre Revisited: Storyworlds in Personal Blogs." In: Slocombe, Will (ed.). *Narratives and New Media* (special issue of *GENRE: Forms of Discourse and Culture*) XII: 151 – 177.

——(2010). *New Perspectives on Narrative and Multimodality.* London and New York: Routledge.

——(forthcoming). "Blogging on the Body: Gender and Narrative." In: Page, Ruth, and Bronwen Thomas(eds.). *New Narratives: Stories and Storytelling in the Digital Age.* Lincoln: University of Nebraska Press.

Pope, James A. (2007). "How do readers interact with hypertext fiction? An empirical study of readers' reactions to interactive narrative." Unpublished Ph.D. diss., University of Bournemouth.

Pullinger, Kate, and Chris Joseph. *Inanimate Alice.* http://www.inanimatealice.com/.

Rettberg, Scott (forthcoming). "All Together Now: Hypertext, Collective Narratives, and Online Collective Knowledge Communities." In: Page, Ruth, and Bronwen Thomas(eds.). *New Narratives: Stories and Storytelling in the Digital Age.* Lincoln: University of Nebraska Press.

Ryan, Marie-Laure(2004). *Narrative across Media: The Languages of Storytelling.* Lincoln: University of Nebraska Press.

——(2006). *Avatars of Story.* Minneapolis: University of Minnesota Press.

——(forthcoming). "The Interactive Onion: Layers of User Participation in Digital Narrative Texts." In: Page, Ruth, and Bronwen Thomas(eds.). *New Narratives: Stories and Storytelling in the Digital Age.* Lincoln: University of Nebraska Press.

Saussure, Ferdinand de(1983). *Course in General Linguistics*. Trans. and annot. Roy Harris. London: Duckworth.

Thomas, Bronwen (forthcoming). "'Update Soon!' Harry Potter Fanfiction and Narrative as a Participatory Process." In: Page, Ruth, and Bronwen Thomas (eds.). *New Narratives: Stories and Storytelling in the Digital Age*. Lincoln: University of Nebraska Press.

Toolan, Michael(2001). *Narrative: A Critical Linguistic Introduction*. 2nd edition. London and NY: Routledge.

Walker Rettberg, Jill(2003). "Fiction and Interaction: How Clicking a Mouse Can Make You Part of a Fictional World." D. Art. thesis, Department of Humanistics, University of Bergen.

——(2008). *Blogging*. Cambridge: Polity.

第十一章

阐释游戏和热爱写作的战神

戴维·齐科里科

（奥塔哥大学）

它是超级暴力的，不可避免地含有性别歧视色彩，甚至包含一个床戏场景，离限制级可能只有几个机身的距离。血液随着枪击四溅飞溢，敌人被无情地撕碎，某些情况甚至都不合乎物理定律。根据制作总监戴维·贾菲（David Jaffe）的说法，索尼为 PlayStation 2 发布的第三人称动作冒险游戏《战神》（*God of War*, 2005），其目标在于挖掘玩家内心的愤怒感觉（"Making" 2005）。游戏的主角奎托斯，从各方面看都是通向这一目标的合适工具。奎托斯是斯巴达军队的一名指挥官，由于某个黑暗誓言而效忠于希腊战神阿瑞斯。挥舞着一对桌面大小、使用时会被火焰围绕的刀刃，奎托斯可以将其手下败将撕成碎片。这对巨刃也带着锁链，借着肉体的灼热（都属于誓言的部分）永久地固定在他的前臂上，让他可以从远处进行攻击。他舞动刀刃的技巧具有杂技特点，也体现了疯狂般的残忍，伴随着惊天动地的咆哮作为附加效果。这一切都是在几乎无缝的高分辨率环境中发生的，这是当时业界最先进的动画工作的成果。残酷的现实主义与获奖的配乐相结合，为战斗和混乱提供了极具沉浸感的体验。

但是，当奎托斯让船停靠在饱受战争蹂躏的雅典之门、自己驻足于雕塑基座之上一本打开的书前时，我们又该如何理解游戏进程早期的这一时刻呢？如果调出屏幕底部的纸莎草风格的文本，游戏玩家会发现这是"你的"日记。我们了解到"今天的条目"是："雅典娜女神，听见我的祈祷了吗？这些幻象何时才会结束呢？"我们的无情英雄不仅长期深受精神错乱和强烈负疚感的困扰，而且还不得不定期从忙乱的日常生活中抽出时间将它全部书写下来。在迄今最为极致的打斗视频游戏中，竟然出现了这种带着明显自我反思性的时刻，我们该如何理解这一点呢？

也许我们应该首先提出一个更宽泛的问题：在反思我们英雄的反思行为之时，我们在做什么？《战神》所隶属的是一个游戏大家族，这类游戏不仅借助技术支持，也借助了叙事，更确切地说是文学叙事来创造更为现实主义、更具吸引力的游戏体验。这些游戏并不只是包含有趣故事的视频游戏，其故事机制和游戏机制相互融合、相互依赖，在理解我们如何以及为什么要玩这种游戏之时，根本是不可分割的。① 对视频游戏进行叙事学性质和解释性质的阅读所试图达到的就是这种理解。《战神》尤其适合丰富的叙事学和批判性分析。具体而言，本文使用：（1）叙事话语的常见理论，以阐明游戏中高度复杂的故事进程（progression）/倒回（regression）；（2）基于认知的（或者后来被

---

① 游戏和游戏环境中阐释和解释说明的地位引起了相当大的争议。但现在已有一种假定事实，即认为一些游戏更为看重故事动态，追求玛丽-劳勒·瑞安（Marie-Laure Ryan 2006：183）所说的视频游戏和叙事之间的"选择性亲和力"。杰斯珀·尤尔（Jesper Juul 2005：132）将这些着重于呈现连贯虚构世界的游戏命名为"连贯世界游戏"，以此区别于在大众平台上发布的商业性重磅游戏和免费在线提供的艺术游戏，由此让讨论更具精确性。尽管如此，更为激进的游戏学（ludology）仍然存在，麦肯齐·沃克（McKenzie Wark）的《玩家理论》（Gamer Theory，2007）就是一个很好的例子。作为理论和修辞两方面的杰出作品，《玩家理论》极力描绘了一个正在浮现的玩家想象物。在这个过程中，它并没有抵制诱惑，将叙事和"文学或电影的想象力"排除在令游戏具有意义的因素范围之外。例如，在对《罪恶城市》（Vice City）的讨论中，虚构的犯罪世界"只是发现一种计算方法的手段"（120）；在讨论游戏《雷兹》（Rez）时，"故事线是游戏玩家的不在场证据"（142），甚至是"游戏的欺诈"（142）；最后他提出，如果我们把游戏看作一部小说或电影，"这看上去很荒谬"（142）。进行跨媒介的叙事阅读是危险的，尽管沃克的相关评论自身并不令人信服：毕竟，有些小说在被当作小说阅读时，也"看上去很荒谬"。

称为"后经典的")叙事理论,以解读玩家/玩家的角色动态;(3)批判性的分析,以揭示游戏的文学性自我意识在主题层面得到强化的方式,这种分析对于一位本身就进行反思和写作的英雄来说无疑非常合适。

被记载的奖励

用经典叙事理论的常规概念来解释《战神》的叙事机制显然不那么容易,因为后者绝非直截了当。该游戏包含七个嵌入式闪回,或称"倒叙"(analepsis),一系列最终的闪进,或称"预叙"(prolepsis),以及一个关键的叙事递归(recursion)。这些场景往往是预制的电影素材,通常称为游戏影片(cinematics)或过场动画(cut scenes),随着玩家在不同级别的进展,它们会穿插进游戏。特别是闪回,实际上是嵌套于更长过场动画中的过场动画,而这些过场动画发生在故事现在(diegetic present)中。它们由具象材料组成,却跨越现实、超现实主义等不同风格;也就是说,它们所描述的故事片段,有些可以被合理地认为发生在背景故事中,有些则是高度风格化的噩梦场景,更像是创伤性的幻象。例如,其中一个距故事现在大约十年时间的闪回中,我们看到的是奎托斯大声尖叫的场景,这时,能让他挥动"混乱之刃"的锁链被永久性地烙刻在了他的手臂之上。与之形成对比的则是另一个景象,我们在其中看到了他的妻子和女儿:在一个炙热的无名之地,似乎可以是任何地方,又似乎哪里都不是,妻子愤怒地控诉自己的战士丈夫,之后血液从她的眼睛里流出来,就像在怪诞的延时摄影中那样,慢慢地覆盖了她的整张脸。

无论这些是否明确唤起了他的创伤,游戏中的所有闪回至少都松散地再现了奎托斯的意识。其开场影片展示了一个陷入困境的主角,站在俯瞰爱琴海的悬崖上,试图纵身一跃自杀。画外音则让我们听到了作者型叙述者的声音:

奎托斯从希腊全境的最高山崖坠下。十年的苦难、十年的无尽噩梦，一切终将走到尽头。死亡将让他摆脱疯狂……
但并非一直都是这样。奎托斯曾经是众神的翘楚……

在我们看到这一明确的终章结果之前，我们被一张标题卡片（"三周前"）带到了"爱琴海"。按里蒙-凯南（Rimmon-Kenan）的"故事时间"概念①来说，游戏涉及时间大约延续了三周（1983：44）。然而，闪回所回溯到的时间点距离实际更加久远，超过了十年，并且呈现了奎托斯背景故事中的决定性时刻。每个闪回都是由一个标准的电影技巧引入的：对奎托斯一只眼睛快速推近特写镜头，然后"穿过"它，来到过去某一个或多个场景，由此进一步点明这些场景不过是他的幻象。

这些幻象都由故事现在的某个事物所引发。例如，在一处船只残骸上完成初始战斗的一组镜头时，插入了一段游戏影片。在这一过场动画中，奎托斯踢开了一个舱门，看到了散落的尸体，这些船员和乘客是被一群夺船的亡灵士兵所屠杀。这一景象引发了他对自己为了偿还对阿瑞斯的亏欠而在希腊各个村庄施暴的记忆。同样地，当奎托斯在"疯狂悬崖"山脚遇到鸟身女妖的时候，他也想起了他向阿瑞斯宣誓的那一天，当时，正是这样一个女妖从冥府深处取来了他的刀刃，我们也通过另一个幻象回到了这一事件。每次闪回时，奎托斯都会重温那些事件留下的创伤，而作为初次经历，玩家则会将它们视为被叙述的话语。

此游戏中闪回剧集的特点还在于增加相邻性和长度。最早的倒叙是一系列短暂的片段性场景，从斯巴达暴行的一些重点镜头到一闪而过的、带着神秘笑容的乡村老祭司。第三个倒叙则开始讲述誓言的故事：为了避免被野蛮人首领杀死，奎托斯请求阿瑞斯的帮助，而后者则以他的终身奴役作为插手的条件。第四个倒叙从时间顺序来说

---

① 鉴于一个人不会为了"赢"一部小说而多次"死去"，里蒙-凯南的相关概念——"文本时间"（阅读文本所需的时间）在游戏中将会粗略延伸为"游戏时间"，即"成功完成游戏所需的时间"。初级玩家完成《战神》最简单的级别（"凡人"）可能需要12个小时（这是一个在游戏评论网站上找到的常见数字）到更长时间。

紧接着第三个,让故事得以终结——奎托斯接受了武器,也由此确定了自己日后的劳作命运。第五个倒叙则开始讲述奎托斯如何受阿瑞斯欺骗,在掠夺雅典以外的一个村庄时杀死了妻女。然而,这两位受害者的身份直到第六个倒叙中才得到明确说明,这一片段也有助于解释为何奎托斯在诅咒下肤色变为灰白。村里的老祭司已经警告他离开,然而,这个老者似乎觉得后者的不服从比失去两个村民更让人无法忍受,他清楚地表明"今晚之后,你那可怕行为的标记将会向所有人显现。你妻子和孩子的骨灰会被固定在你的皮肤上,永远不会被移除"。因此,这个更长的过场动画让故事回到了第一次闪回中的乡村祭司片段,为她的笑声提供了背景信息。

然而,《战神》中最戏剧性的回归出现在游戏即将结束的时候。奎托斯击败了阿瑞斯,后者围困雅典的行为导致了神话级别的家族纷争,这时奎托斯却从雅典娜那里得到了一些坏消息:尽管众神感谢他帮他们摆脱了那位麻烦之神,也原谅了他过去的罪行,但他们无法解除他的幻象,因为"凡人或众神,都无法忘记你的那些可怕行为"。绝望的奎托斯做出了决定:让幻象结束的最好办法就是结束自己的生命。这样,故事中三个星期之后,我们到达了那个悬崖,在那里他完成了自杀的一跃。时间上的这一针,随着接下来的叙事递归被紧紧缝合,我们看到奎托斯再次坠落,但这一次他落入了水中,最后在众神的干预下被海水带到了高耸的奥林匹斯山口。[①]

与这一视觉递归适配的是一个文字递归,因为叙事画外音再一次响起,与上次相比有所区别:

> 奎托斯从希腊全境的最高山崖坠下。十年的苦难、十年的无
> 尽噩梦,一切终将走到尽头。死亡将让他摆脱疯狂……

---

① 在一个主要取材于希腊神话的游戏中,使用这种叙事框架是合适的,因为它在希腊和罗马文学中也是一种常见技巧。无论是当时,还是现在(后现代主义文学),这种技巧的流行都构成了约翰·巴思(John Barth 1984)所构想的"故事中的故事中的故事"所讨论的主题。

奎托斯的命运并非就是这样。众神自有安排。(《奥林匹斯之门》片段)

雅典娜在奥利匹斯之门迎接奎托斯,为他提出了一个他自己完全无法想象的新身份:新任战神。奥林匹斯已经空出的神座是他的终极奖励,游戏终章让这个人物一路攀升,最终在众神之殿找到了自己的位置。

但从叙事话语的角度来说,这并非终章。事实上,《战神》在时间上有大约十年的回溯,向后则推进了数千年。如叙述者所解释的那样,"从那时起,每当人们为了正义或邪恶而向战场驱驰的时候,都会有一双警惕的眼睛凝视着他们的行为,这双眼睛的主人曾经击败过一位神"。伴随着这个画外音的是一个简短的预叙序列,用高度风格化的蒙太奇手法,投现了未来战争的多个静止画面。它们再现了战争发展历史的主要时期,从中世纪、工业时期再到现代,每个图像都被一层厚厚的火焰面纱所笼罩。游戏以新任战争之神坐在王座中的一个特写镜头结束。由此,这一预叙不但终结了《战神》的故事,也为它展现故事的复杂时间构造画上了终点。

在很大程度上,作者型叙述者的设置让游戏的时间灵活变化变得更易理解。与其年龄和智慧相符,叙述者的声音不仅展开并终结了游戏的叙事,还通过一系列精心的指示性调整,引导玩家在每个时间倒叙中来回往复、时进时出。例如,在第三个倒序中,我们看到奎托斯进入狂暴的战斗模式,却没有具体细节;也就是说,我们不知道这些图像的具体时间或地点,似乎游戏设计者也不认为我们该知道。这些图像是定场镜头,同时叙述者告诉我们:"奎托斯,斯巴达军队中最年轻而无畏的队长,已经在他的士兵心中激起了狂热的忠诚。"过去完成时态"已然激起了"的使用表示过去一段时间内发生的行为。但叙述者的下一表述则标志着一个转换:"它一直以来都足以激励他们完成任何战斗,直到这一天。"再次使用过去完成时态("一直以来")之后,指示标记"这一"的使用,使我们置身于一次特定的战斗、一个特定的时间和地点。过场动画也相应发生了变化,镜头滑过整个战场,对阵双方是奎托斯的部队和野蛮人部落,而后者,如配音细节所示,"成千上万,毫无怜悯地冲向了斯巴达人"。同样,在第五个倒叙中,我们看到奎托斯无差别地劫掠了所有村庄,但之后的图像焦点仍然定位在其中一个村庄。叙述者根据重新聚焦的图像,对话语也进行了重新定向:"他什么都不怕。但是这个神庙有些什么……一些……被禁止的东西。"①

尽管叙述干预让我们可以更加自如地跟进这个故事,但具有反讽意味的是,叙述者自己的地位并不那么容易确定。鉴于她了解过去(和未来)的事件及主角的想法,她必然是作者型叙述者。然而,我们从《战神》后续系列游戏(迄今包括《战神Ⅱ》和《战神:奥林匹斯之链》)中了解到,这个作者型叙述声音属于地母盖亚,而这位女神在两个游戏的故事世界中实际也扮演了重要角色。因此,无论是何种故事讲述媒介,盖亚都处于一种罕见且看似矛盾的叙述情境:她(作为故事世界中的一个角色)既是同故事叙述者(homodiegetic narrator),也是作者型全知叙述者(对角色有绝对的了解并能够获得他们的思想)。② 这类叙述者在默认情况下是超自然的。当然,这种看法建立在将《战神》系列读作一个连续叙事的假设之上。但问题关键在于,在这个游戏世界中一切都是有意义的,盖亚的地位能够解释这样一个叙述者为什么能够拥有跨越古今(古希腊历史和现代战争)的知识储备,反过来也能进一步强化这种"连贯世界游戏"的整体统一性(Juul 2005:132)。

然而,将结构主义叙事学运用于电子游戏的故事机制难免会有脱节

① 我已经转录了所有画外音引文,在这里也重点标注了其中被强调的字眼,这些重点毫不意外地落到了指示词上,体现了游戏当中的变化以及我对此的文本解释。

② 在《战神Ⅱ》中,盖亚首先解释说她至今一直在"注视"奎托斯,然后她便介入了故事世界,第一次出现在奎托斯(和玩家)面前,告诉他她决定帮助他向宙斯复仇。从这一刻开始,她的声音更多地具有双重功能。她主要是通过过场动画,偶尔也会在游戏过程中,继续叙述故事背景和之前所发生的事件,仿佛在面向一个正在展开的故事的隐含观众。然而,她也向奎托斯发出各种指令,通过和他的直接对话,让他知道必须做什么才能完成任务,这样她又充当了故事角色。随着她在故事中的作用逐渐明显,她的作者型叙述逐渐减少,直至被逐步清除。在游戏结束时,没有出现作者型画外音。

的时候,但问题不在于游戏世界本身的叙事连贯性,而在于某种元批评层面。在《战神》中,一些熟悉的概念,如倒叙、预叙、递归,显然有助于我们理解其叙事话语的时间动态,但仅限于某一点。例如,叙事理论为递归叙事提供了几个术语:嵌入式叙事也被称为"下一级叙事"(hyponarrative)(Bal 1981:43),框架叙事也被称为"母体"(matrix)叙事(来自拉丁语 mater,意为"母亲"或"子宫")。在里蒙-凯南(Rimmon-Kenan 1983:91)的模型中,第一级叙事类似于框架叙事,因为它不包含在任何其他叙事中(至少就文本内部而言是如此),第二级叙事嵌套在第一层之中,依此类推。那么,《战神》似乎可以被看作一种框架叙事,通过倒叙手法来嵌套几个二级故事场景。然而,这种阅读的问题在于它全然忽略了游戏可玩性,游戏可玩性当然包括第一层叙事,尽管将其描述为——实际上是将其简化为——"叙事话语",这本身就有很大问题。

借用尼克·蒙特福特(Nick Montfort 2003)为交互式小说所确定的建设性词汇,游戏可玩性更可以被理解为"潜在的叙事"。例如,我们知道(单个)完满的故事结局必然涉及解决掉之前出现过的遇难船只上的三头蛇怪,但我们并不知道具体要如何做到这一点——需要多少打斗、劈砍或失足滑落。对于每个玩家而言,游戏可玩性都包含无限多的事件。

但不管发生了什么、是如何发生的,游戏可玩性——更不用说游戏存在的理由——必须始终占据首要层面,即使这个层面不但在(叙事)程度,而且在种类(作为一个被模拟而非被再现的世界)上都有区别。因此,奎托斯从悬崖上跳下的开场电影不仅是一个(从多种意义上来说)被悬置的现在,在更准确但可能仍不充分的解读中,它变成了第二级叙事,嵌套在游戏可玩性的第一级"潜在叙事"之中。①闪回更

---

① 游戏不允许根据用户动作进行多情节发展,玩家角色的选择都会集中于过场动画中再现的关键情节内核。然而,在玩家角色对环境的探索中则有可能存在一些有限的差异。例如,奎托斯可以探索洞穴中的某个角落以收集到更多的能量球,可增加其武器性能或能量存储,即使这种探索本身并不是必要的通关行为。

是成为第三级叙事。这种描述所存在的内在不足仅仅反映了这一类型电子游戏作为虚构世界和基于规则的系统的核心特色。毕竟《战神》的虚构世界与管理它的基于规则的系统永远都无法完美地融合：只要奎托斯永远都活不到试图自杀的那个时刻——这点挺具反讽意味的——玩家角色在游戏过程中死亡的场景就会（并且经常会）使开场场景成为不可能的叙事。至少，唯一可以想象的"纯粹叙事"应该是玩家角色在第一次尝试时就能够成功通关、不会死亡和重新开始的那种。

尽管叙事理论在理解《战神》（就此而言也可能是所有电子游戏）的故事机制方面兼具实用性和局限性，但毫无疑问这正是叙事凭借自身特性在游戏中获得某种特权的方式。通常，随着某个"大恶棍"角色的倒台，动作冒险游戏会以扩大武器装备、赋予特殊魔法力量、直接增加生命值等简单方法（有时候是所有上述奖励），对通关玩家进行奖励。预先准备的游戏影片一般也会用来激励那些正尝试升级的玩家（它们通常提供允许加载下一级别游戏内容的工具功能）。《战神》在这方面有所不同。当然，在你逐渐升级的游戏过程中的很多关键时刻，希腊万神殿中的许多熟悉面孔都会赞美你的成就，为你下一步行动提供某种神奇力量（"波塞冬的愤怒""哈迪斯的军队""阿尔忒弥斯之刃"等）。然而，游戏也会告诉你背景故事并以此作为奖励，而且它做到这点的方式也是独一无二的。间歇性闪回揭示了情节的关键组成部分，故事本身也成为游戏可玩性的激励机制。

借用彼得·布鲁克斯（Peter Brooks 1984：37）的表述，这个游戏引发了"叙事欲望"，尽管这种欲望是双向的：玩家不仅要问"到底会发生什么？"，也要问"已经发生了什么？"以及"'我'是怎么做到的？"奖励则不仅包括严格累积意义上的更多叙事，还包括上述随着游戏进程变得更长、更为相关的倒叙材料。实际上，玩家不仅会获得更多的叙事作为奖励，还获得了更高的叙事性。即便如此，如果不承认游戏可玩性是反推叙事话语的引擎，就不足以认定故事能够激发游戏可玩性。换句话说，玩家在模拟领域获得成功，其奖励相当于再现领域的更多材料，在理想情况下，也意味着与游戏更多的情感交流。

人物的思考

　　引人入胜的背景故事仅仅只是《战神》激发玩家更多情感参与的叙事学元素之一。事实上,更明显的情感参与是通过奎托斯这个人物来实现的。[1]在何种意义上、带着何种告诫,我们能将奎托斯作为一个能够引发丰富的概念性理解与复杂情感回应的文学人物来对待(或阅读)呢?[2]电子游戏角色如何能为学者们提供一个基点,以此来拓展和扩大人物研究的叙事学根基,而不仅仅是给传统研究方法找麻烦或是完全超越它呢?[3]

　　角色这个概念可以追溯到叙事诗学的发端,这一点很好理解。亚里士多德(Aristotle)诗学中,角色仅仅作为特定表演的"施动者"存在(*Poetics* 1982：51),从那时开始直到 20 世纪早期的结构主义,这个概念都一直从属于行动或情节。例如,为考察以动词为中心的叙事语法,弗拉基米尔·普罗普(Vladimir Propp 1928,转引自 Rimmon-Kenan 1983：34)将角色简化为其在所谓"活动领域"中所承担的角色;鲍里斯·托马舍夫斯基(Boris Tomashevsky)也将角色描述为"连接的线索,能够帮助我们在种种细节堆积中找到自己的方位,是对特定动机进行分类和排序的一种辅助手段"(转引自 Chatman 1978：111);对于 A. J. 格雷马斯(A. J. Greimas 1979)来说,角色则是"行动元"(actant),

　　[1]　如玛丽-劳勒·瑞安(Marie-Laure Ryan 2006：6)指出的那样,构成本文焦点问题的故事/话语之分和"角色"概念,都可以作为叙事学范畴而运用于不同媒介。

　　[2]　拉尔夫·施奈德(Ralf Schneider 2001)在文章中采用了"文学人物"这一术语,来概述对印刷叙事小说中的人物进行认知分析的方法,我在这里有意识地采用了这一术语。如何从认知方法来研究这类连贯电子游戏世界中的人物角色,我对这一问题的考察得益于施奈德研究的推动。

　　[3]　这些问题的重点在此处仍然局限于第三人称连贯世界游戏中的角色,在该游戏中,玩家通常扮演现有角色并能够在游戏过程中了解有关该角色的更多信息。考虑到玩家自定义或配置其化身的能力,多人角色扮演游戏会提出不同的问题。出于相同的原因,我会采用术语"玩家角色"(player-character)而不是"化身"(avatar)。"化身"一词起源于角色扮演游戏,其含义即包括这种可配置性。

他们或终结或服务于某一行为,是所有叙事共有的六大基本类别之一(转引自 Rimmon-Kenan 1983:34)。西摩·查特曼(Seymour Chatman 1978:126)的构想似乎可以更好地描述情节和人物之间相互影响的状态。借用巴特(Barthes 1974)对奥诺雷·德·巴尔扎克(Honoré de Balzac)《萨拉辛》("Sarrasine")的开创性讨论,查特曼将人物描述为一种特征代码,文本可以选择是否对其作明确说明,这就为读者构建人物形象提供了材料。尽管如此,查特曼的模型依然主要采用语言类比,人物特征的垂直纵聚合与情节的水平横组合之间相互关联。

人物相对于其情节处于从属地位,这种看法在当前叙事理论中已不再占据主导地位,这主要出于下面几个相互联系的原因。过去几十年中,社会科学领域出现了叙事转向,学科内部及跨学科领域对叙事的兴趣暴涨(Herman 2007:4),使每一个想得到的叙事类别都得到了更多、更为细致的研究。此外,这一领域已经开始了内部重组,在与语言学等"先导科学"保持联系而非作为其从属的情况下进行变革(Herman 2007:14)。与此同时,分析的目的也发生了变化:叙事学鼎盛时期之后紧接着出现了后现代主义叙事占主导的情形,但这并不一定促进了角色/情节这一二元对立的反转,而是促使文本展现出角色比它们在给定故事情节中的作用更受重视;或简单地说,后现代主义叙事的盛行催生了并非真的要去哪里或做什么的角色。接下来就是将叙事从狭隘故事概念中进一步解放出来的尝试,对"叙事"一词的理解就超越了以情节为中心、体现因果统一的故事材料,被认为是涵盖故事、话语和叙述的更大标志物,也包括范式、语式等非再现性因素。这种发展,对于将(单一意义上的)故事与多重(潜在)叙事联系起来的参与性媒介而言,显得尤其必要且富有成效。

这并不是说对叙事中人物和人物塑造的相关研究存在某种共识,而是强调存在一种更为广泛的、更好的研究方法。尤里·马戈林(Uri Margolin 2007:64-79)列举了三种主要的人物理论:(1)作为技巧的人物,即由作者创作的文本和艺术产品;(2)作为"非实际性的"个体的角色,它们居住在某个假想的虚构领域或"可能世界"之中;

(3) 作为读者脑海中一种心理构建的人物,这一理论主要关注的是对文学角色高度多样化和推论性的理解过程。可以推想,这种分组不但是历时性的,也是共时性的:作为技巧模型的人物显示出传统结构主义的相关特征,作为非实际个体模型的人物与 20 世纪 70 年代后期文学"可能世界"理论的出现几乎同时发生,读者心理构建模型则与过去几十年间认知叙事理论的发展最为接近。认知相关的研究方法非常有力,不仅因为它整合了之前理论并由此建立其自身理论体系,还因为它的一个主要前提在于:对虚构头脑的研究可以让我们更多地了解读者的思想。① 正如戴维·赫尔曼(David Herman 2007:245)提出的那样,"对虚构头脑进行分析……意味着需要说明读者的想法:读者如何将特定文本细节阐释为与角色理解周围世界的尝试相关的信息"。将角色和读者的这种头脑互动研究扩展到对角色和游戏玩家的研究,是可行和富有成效的,但首先需要解决的,就是二者间直接出现的不兼容问题。

很明显,电子游戏角色让对角色的叙事学阅读变得更为复杂。对于米克·巴尔(Mieke Bal 1997:115)来说,角色是"直觉上来说叙事中最为重要的要素",也是"引发谬误最严重的一个",第一个问题就出现在试图"在人与角色之间做出明确区分"的时候。如果涉及玩家和玩家角色之间的"分界线",这一问题会更为严重,因为许多第一人称和第三人称动作冒险的设计目的就在于二者之间某种形式的融合。游戏玩家成为控制回路的一部分,不仅与游戏角色产生情感交集,同样还产生再现关系(玩家在虚构世界中出现)和本体性感受关系(玩家通过物理输入来控制这个人物)。对玩家角色的情感投入有可能是游戏可玩性某种幸运的副产品,但绝非不可或缺。按这个逻辑来说,

---

① 虽然存在争议,但认知叙事学仍然很有力量。就像早期结构主义叙事学一样,它关注普遍性——尽管现在植根于头脑科学——至少视其为一个出发点去更好地理解更普遍意义上的文学、阅读和写作。此外,它有可能被其批评者视为科学和科学方法对文学艺术的进一步侵蚀。与此同时,在跨学科的相互借鉴中,它可能具有一个显著优势,即与各学科之间真正的交互性:它不但是叙事理论借用认知科学的一个案例,也是认知科学借助叙事理论来更好地理解人类行为和人类思维的典型例证。

与小说人物的情感联系对阅读这部作品来说并非必不可少,但对于这部作品是否成功、是否具感染力却可能非常必要。因此,我们可以接受连贯世界游戏对于成功的渴求,就算不能以与文学作品相同的方式成功,至少也可以借助某些相同的手段,比如在这种情况下,就是借助能够让读者实现情感投入的人物角色。

　　然而,如果将游戏角色与文学角色做相同处理,也会导致其他复杂情况出现。由于缺乏单一、确定的线性发展进程,游戏环境使角色发展变得复杂。尽管存在某些创新个例,①但如果缺乏故事线,就很难让人物按照这一逻辑得到发展。此外,玩家角色的技术发展往往优于他或她的戏剧发展。这种技术发展体现为技能和力量方面的逐渐增加,与玩家本人在玩游戏过程中逐步提升的技能水平相适应。这种特殊性清楚地说明了游戏玩法的目标导向性质。精心制建背景故事、在游戏中设置影片都是为了帮助游戏角色产生戏剧发展的常用手法,然而,如戴维·弗里曼(David Freeman 2004：416)所指出的那样,这些技巧往往被过度使用。玩家和玩家角色之间更加亲密的感官结合和可能不那么亲密的戏剧性结合,都提出了对已经很难把握的情感认同概念做进一步修订的要求。拉尔夫·施奈德(Schneider 2001：5)指出,在创建文学人物认知范式的过程中,"共情"(empathy)比更常用的"认同"(identification)一词来得更为恰当:

　　　　与认同不一样的是,共情不要求读者拥有或想要拥有与角色相似的某些特征,也不需要读者放弃观察者的位置。

相反,游戏玩家从其定义上来说就会放弃观察者的位置,通过自愿和

---

　　① 在上田文人(Fumito Ueda 2005)的《汪达与巨像》(*Shadow of the Colossus*)中,主人公为了让逝去的情人死而复生,同样与一个邪恶的个体达成协议,迫使他杀死了16个巨人,而随着其等级的增加,他的外表逐渐退化:不但变得越来越苍白,在最后一关中甚至长出了小兽角。在游戏的(背景)故事中,奎托斯也的确经历了一次戏剧性的面目变化:诅咒使他变得灰白,而咒语在阿瑞斯战败后被解除。

临时继承的方式来接受玩家角色的特征。在游戏中,认同和共情必然
与施动和行动产生关联。

电子游戏角色与文学角色之间最后一个,也许也是最为明显的差
异,在于其作为视觉"存在"而非文本"存在"的地位。它们已经不只
是一种"心理构造",因为像电影中的角色一样,我们可以在银幕上看
到它们。对查特曼(Chatman 1978:101)来说,电影的"故事空间"为
人物提供了一个"标准构想"。与此同时,将游戏角色视为电影角色也
是不够的,因为我们对游戏角色的控制排除了相同的标准构想;简单
来说就是,即使我们所有人看到的都是"同一个"奎托斯,我也可以决
定让他不为什么就开始蹦跳,尽管这可能会,也可能不会让你(或我)
觉得他正乐在其中。

但不管怎样,奎托斯仍然是一个虚构的角色,玩家必须在游戏之
中、之间和之后对它进行重构,而非在阅读行为中如此做。实际上,在
电子游戏角色对叙事理论造成麻烦的众多原因之中,有很多也让后经
典叙事学看到了发展的机会和希望。更具体地说,玩家与角色之间的
动态关系对有关文学角色的认知理论具有直接影响。由于其玩家能
够看到自己的角色在故事世界中的行动,第三人称动作冒险游戏在这
方面具有一些独特优势:它构成电影和印刷文学之间的某种极限情
况,人物在其中似乎可以被远距离观察;它也是处于角色扮演游戏和
第一人称射击游戏之间的极限情况,尽管原因有所不同。比如,《魔兽
世界》(*World of Warcraft*)这样的角色扮演游戏会通过可配置性操作,
着意追求玩家与化身之间更深层次的身份融合,而第一人称射击游戏
会越过所持武器的视角或后视过肩视角,从而避免玩家以视觉方式注
意到其玩家角色,从而有效地淡化角色作为某个"他者"或"他物"的
地位。借助拥有既定故事的既有角色来参与一个业已存在的世界,第
三人称电子游戏为我们提供的不仅仅是如何看待虚构世界和玩家角
色的透视性距离,也提供了如何对其进行阐释的批判性距离。

在《战神》中,玩家根据自己在游戏体验过程中获得的不同来源信
息对奎托斯这一人物进行重构。对这种信息进行(不断更新和综合)

处理等同于在文本接受认知模式中常见的"自下而上"的人物接受模式。相关信息当然也包括游戏中奎托斯一目了然的外貌、表现力,以及通过他(闪回)的幻象直接揭示的主人公过往经历(这些经历又是如何塑造了他目前的精神状态)。除了这些明显方法,玩家也可以通过一系列口头和文字资料来了解奎托斯其人。叙述者不仅交代了他的背景,也提到了他的精神状态。例如,就在他进入那座被禁神庙的时候,叙述者提到了他的"本能";而在他成功止住堕入冥府的跌势之时,叙述者也泄露了他的"意图"。玩家也能通过他的自言自语或与其他角色的交谈来了解奎托斯其人,如开场白就属于前者:"奥林匹斯众神抛弃了我,希望现已不复存在。"这些旁白言语虽然少见却意义非凡,因为它们展现出了专心于战争的奎托斯在这种私人的、内省的时刻所流露出的其他侧面。他在前往雅典途中查阅日记的场景也可被看作类似的旁白,尽管在这个旁白中,他自己的写作和内心是通过文本形式得到描绘的。

这一角色发展过程中最令人动情的时刻也许是那些奎托斯与其他非玩家角色(non-player character, NPC)之间的互动场景。这样的互动主要出现于简短的现在时态游戏影片中,它们穿插出现在游戏的全过程,从叙事层面对其进行了扩展。游戏开场不久就发生了这样一幕:船长被三头蛇怪吞噬;奎托斯击败蛇怪之后,听到从中间的最大蛇头中传来微弱的哭声,于是进入怪物张开的大嘴进行调查,发现船长就挂在怪兽的喉咙口,差点要跌入其腹中。当奎托斯向他伸出手时,船长说道:"感谢诸神,你为我回来。"他得到的答复则是:"我不是为你回来的。"与此同时,我们的主人公扯下了船长脖子上的万能钥匙,又用一记飞脚加速了后者跌入怪兽肠道深渊的过程。这个场景充分说明了奎托斯的同情能力,而它所处的位置则保证了人物关键信息的尽早确立。

在另一个简短的船上场景中,奎托斯遇到一名被关押的船员。当你接近牢房的栅栏时,这个男人会认出你、畏缩退后,然后说道:"远离我。别过来。我知道你是斯巴达人。我知道你做了什么。我宁愿死也不要被你救。"非玩家角色对话是这里发生的唯一互动。你/奎托斯无法营救这个男人,即使你很想;你也不能因为他的无理冒犯而杀死他。相反,你只能站在那里听着他告诉你,你在他看来有多恐怖。你唯一的选择就是返回并再听一遍。这种交流让我们能够更新对奎托斯这个角色的理解,然而,玩家成为这种训斥的直接接受者,这一经历自然提高了其情感效果。的确,尽管奎托斯受到其个人主观幻象的困扰,后者构成了游戏话语结构的主要部分,但他仍然在一个精心设计的社交互动网络中运作。他的互动,无论多么短暂,都可能对玩家产生重大的情感影响,成为他们组装奎托斯精神建构过程中的关键时刻。这种看法进一步指向了对角色进行的社会认知分析,电子游戏特有的玩家/角色关系对这种分析模式提出了挑战,也为其进一步丰富提供了额外视角。[①]

这一讨论也清楚表明了角色接受的自下而上模式和自上而下模式之间的交叉点,后者是与前者相反但又互补的一种模式,从广义上讲主要是将我们的存储知识应用于给定文本。当涉及生活经验时,心理学、认知科学和人工智能等领域的工作人员长期以来都采用了一系列不同但相互关联的建构,目的在于对这种存储知识进行系统的描绘和讨论。这些建构属于认知科学的"图式理论"范畴,包括图式(schemata)和脚本(script)。用赫尔曼的话来说,图式和脚本都是"期望的汇聚"(Herman 1997:1047),让我们能够对当前经验进行组织和解释。但两者的不同之处在于,脚本是对期望更为局部化、更小范围的描述,或者说是凯瑟琳·埃莫特所称的"定式动作序列"(stereotypical action sequence)(Emmott 2003:310),其作用在于引入现成的知识结构并由此激发我们的反应。与图式相反,脚本也是动态

---

① 欲了解印刷作品叙事中社会认知动态的更详细讨论,参见凯瑟琳·埃莫特(Catherine Emmott)的《建构社会空间:人物关系阐释中的社会认知因素》("Constructing Social Space: Sociocognitive Factors in the Interpretation of Character Relations." In: *Narrative Theory and the Cognitive Sciences*, ed. David Herman. Stanford: CSLI Publications, 2003:295-321.)

的,二者都涉及我们对正在展开的事件序列进行处理的方法。

像脚本一样,图式也利用存储知识,但它所指的是更为一般化的、引入广泛框架的过程,该框架使我们能够轻松处理既定叙事经验的背景和上下文(对于小说而言是其类型)。[①] 的确,这些知识和记忆结构同样适用于我们从阅读小说、观看电影、玩某些电子游戏中收集的艺术和文学经验。尽管研究人员倾向于使用基础故事来检验脚本和图式的存在和影响,但最近以来,这些研究人员及叙事和文学理论研究人员中的相当一部分,都开始探索图式理论在我们理解和处理更长、更为复杂、更为文学化的文本过程中的相关性。脚本和图式从来都不在故事之中,它们始终作为故事的背景并极其依赖上下文。也就是说,一次就餐体验和一部希腊悲剧会暗示完全不同的故事脚本。出于相同的原因,无论是属于一个完整的叙事还是单个角色,它们都将进入一种自上而下的解释模式之中。

脚本可以帮助玩家识别并处理《战神》中的对话交流。例如,奎托斯向即将落入蛇怪消化系统的船长伸出手,这一场景实际隐含了(多个脚本当中且可能是并行的)一个特定脚本,暗示这一场景中某种机智的回答会抵消掉生死关头的严肃感,英雄将扮演英雄的角色——也可能不会。这一场景的最终结果与我们在后台运行的(充满戏剧性的动作冒险)脚本结合在一起,可以进一步帮助我们组织游戏中的善恶刻画及奎托斯在善恶界限边缘游走的经过。尽管商业游戏业经常在这类问题上因毫无创新、过分依赖好莱坞而受到批评,[②]但《战神》仍然尽其所能地在善恶的二元对立中引入了一些模棱两可之处(以船长的死亡为代价)。具有反讽意味的是,尽管大多数玩家确实会从好莱坞动作片俗套中获得暗示,但生死攸关时刻所做的简洁交流,其原型

---

① 对图式理论中的脚本进行研究的奠基性著作为罗杰·尚克(Roger Schank)和罗伯特·埃布尔森(Robert Abelson)的《脚本、计划、目标与理解:对人类知识结构的研究》(Scripts, Plans, Goals and Understanding: An Inquiry into Human Knowledge Structures, 1977)。

② 参见克里斯·克劳福德(Chris Crawford 2003:182)关于"好莱坞艳羡"(Hollywood Envy)的讨论。

实际正来自斯巴达人："简洁"（laconic）一词源自古希腊斯巴达周围地区的名称，直到今天也仍然是他们言语精炼、一针见血这一习惯的词源证明。但不管我们的个人脚本储存意味着什么，我们都不可避免地会将自己关于社会可接受什么、不可接受什么的一些预设观点带入游戏之中，在这种情况下，当我们思考奎托斯是英雄还是反英雄之时，我们就能够为奎托斯展现出的不融于社会的处事方式而欢呼雀跃。

玩家还以一种更通用的图式形式在游戏中制定了自上而下的角色接收模式。《战神》激活了西方文明史上两个最为强大、最为知名的框架，不但借用了古希腊世界，也将其神话信仰体系做成了动画。游戏聚集了奥林匹斯众神，他们能够分享游戏根据对古代希腊的想象而呈现的地形地势。奎托斯的家乡在斯巴达城外，众神被安置在奥林匹斯山上，"失落的灵魂沙漠"在这两地之间，由提坦神克罗诺斯永久占据。那里有无数的怪物，包括蛇怪、牛头怪、独眼巨人、狼人、蛇发女妖、幽灵、鸟身女妖、塞壬、地狱犬、马人、色狼和数不清的不死军团，所有这些怪物，至少肢体和头部都与其在希腊神话中的对应物近似。《战神》令人叹为观止的图像奇景可以立刻激活雅典的建筑荣光、希腊众神的魔力和细节特征以及一位斯巴达将军的血腥游戏。

然而，图式的组合和颠覆往往能够引发读者或观众的情感回应。也就是说，故事之所以扣人心弦，恰恰是因为它们不可预测，打着一种图式的幌子，其唯一目的却是要引入另一种图式来打破它的稳定性。正如赫尔曼所写的那样，"故事与读者或听众所知道的事情保持着特定联系，在由信念和期望模式构成的背景下，聚焦于不同寻常和非凡的东西"（Herman 1997: 1048）。这对于《战神》的玩家而言也没有什么不同，因为游戏借鉴图式的目的也是去颠覆它们，它让身为凡人的奎托斯获取了神的宝座，从而产生了极好的颠覆效果。奎托斯仿佛赫拉克勒斯般的崛起使他自己的地位显得有些含混，他与神界、尘世的关系，这种关系之下又隐藏着什么，都构成了可供讨论的话题。① 如果

---

① 玩家在游戏后续中发现，奎托斯在其父系传承方面与赫拉克勒斯也极为相似。

采用自上而下的方式来理解奎托斯这一人物,这些图式所起到的作用可以被清晰呈现,让这一人物获得地理历史和意识形态上的定位。

与作为景观的游戏相关,将奎托斯看作一种视觉和参与性媒介中令人信服的人物,这一说法引出了更进一步的问题。例如,为了讨论电影中的角色接受,我们有必要认识到声音和运动图像是如何对角色的情感表现(和接受)做出贡献的(如果不是起主导性作用的话)。印刷小说当然没有声音和运动图像,这两个因素会利用观看者的情感脆弱性。《战神》显然大量地运用了这两者,但值得注意的是,它所贯彻的其他两种技巧实际与散文小说更为接近:作者型叙事和直接进入虚构人物思想的幻象。考虑到游戏玩家在某种意义上也能分享他们可以访问的头脑,因此在后一种技巧中,我们可以进一步考察:关于第三人称视频游戏,尤其是关于奎托斯,人物认知理论到底能够告诉我们些什么呢?

《战神》以奎托斯为出发点,探索了斯巴达文化的奥秘。斯巴达在培养战士时基本上不让他们劳动和学习,这使得斯巴达文化成为一个广受欢迎的研究对象。亚里士多德(Aristotle 1962:304)在《政治学》(*Politics*)中对斯巴达人进行了指责,因为他们"让年轻人接受过多的军事训练,……使他们变得庸俗而无学识";当大荧幕上的列奥尼达斯展现出类似的单维度、绝对的价值观的时候,如今的电影观众对此惊叹不已——从古至今,斯巴达人都深深吸引着我们。① 然而,这种探索只能作为一个出发点,因为奎托斯并不是普通的斯巴达将军,他立下了永远臣服于神的誓言,继而被这个神灵欺骗而杀死了自己的家人。至少可以说,奎托斯是愤愤不平的。但发掘玩家的内在愤怒之感——借用贾菲的话说——仍然只是故事的一部分。奎托斯从各种意义上

---

① 这种迷恋所强调的是关于斯巴达人思维形式的更深层次问题,它们能够为情感和情感话语研究提供养料,而后者,如赫尔曼(Herman 2007:255)指出的那样,可以为叙事理解提供有价值的资源。斯巴达勇士们仅仅是在其情绪构成,尤其是在无所畏惧这一点上比较极端吗?还是他们身处的社会从文化上造就了这样的人物,即对于他们来说,恐惧与我们通常认为的普遍情感之间具有某种本质性和体验性的区别?

说都是一个愤怒到疯狂的人,但关键是他绝不仅仅是一个这样的人。更具体地说,《战神》是对精心策划的愤怒所进行的一种思考,这种思考具有媒体特殊性的潜在含义。玩家沉浸于替代奎托斯的身心体验之中,很快就意识到游戏还有斩杀敌人之外的其他更多功能。我们的行动在大杀四方的战斗需要和有条不紊地解决疑难问题之间交替进行。例如,在沉船的初级阶段,玩家就发现,在船只的上层甲板上,向不死弓箭手冲锋会导致刺痛;但(借助游戏说明)我们了解到可以推动面前下层甲板上的一个木制板条箱,用作盾牌挡住朝我们攻击的箭矢。一旦我们安全到达上层甲板,就可以借助这个板条箱爬到弓箭手所在位置将其解决。

随着游戏的进行,这些行动难题①变得越来越困难,玩家在解决"好的挫折和坏的挫折"之间的张力之时也要解决这些相关问题(Freeman 2004:337)。帮助始终都在另一个网站出现,而发布难题解决方案是游戏评论和独立游戏者网站的常见功能。下面一个实例就是针对"挑战冥王"阶段出现的更高级难题的解决方案:

> 好的,您躲开了所有这些巨大的火球,到达了另一侧。您在那个房间里找到了什么? **什么都没有!** 那么,您如何离开?这个巨大火球的走廊,左侧有四扇门,右侧有四扇门。离开这个房间的门是左边的第三扇。规划好你逃走的时间,尽快打开那扇门,在火球把你压扁之前迅速进入!②

显然,愤怒本身就意味着审慎考虑的缺失,但在奎托斯的世界稍做游历,就能发现他内心的愤怒会因其不断思考的头脑而有所缓和。

此外,扮演奎托斯的这一行为会进而邀请玩家对奎托斯精心策划

---

① 此为游戏研究标准术语。

② 该网站由"吸血鬼部落"创作,标注文字为"战神,众神涂鸦——难题解决方案指南",网址为 http://www.gamefaqs.com/console/ps2/file/919864/36093,访问于 2009 年 6 月 1 日。

的狂怒做出反思性评价。扮演这一角色需要在虚构和元虚构层面都保持控制，以便有效地消解怒气，因此玩家需要在愤怒和控制之间达到某种辩证平衡。一些最富史诗性的战斗大结局都会涉及游戏手柄的复杂按键组合操作。例如，奎托斯大战独眼巨人时正处于其愤怒的顶峰，然而只有对游戏手柄上的按钮和模拟摇杆进行谨慎操作才能确保游戏的成功。也许可以说，连贯世界游戏从某种意义上说都是关于控制的元虚构性评论。正如斯蒂芬·普尔（Stephen Poole）在他的《乱枪射击》（*Trigger Happy*）中所提出的那样，游戏人物通过"被夸大的控制感或对输入信号的放大"让我们感到愉悦（2000：148）。值得注意的是，他关于电子游戏和娱乐革命的大众调查在这一点上指向了一种认知普遍性，他将这种被输入的放大描述为：

> 所有交互性类型一个非常基本的吸引力，以及现代工业化世界中人类之间……一种近乎普遍的愉悦。人们为什么喜欢开车？输入信号的放大：你只是踩下脚，突然间你就以令人振奋的速度在运动。（Poole 2000：148）

但不管如何，在论述《战神》所带来的愉悦之时，将电影式叙事和游戏玩法融为一体的模式很明显能够帮助我们更加全面地了解游戏世界中活动的人物及控制游戏的玩家。马戈林认为，"完全非自然地进入他人的头脑，是文学性不同于事实性人物塑造方法的主要标志之一，也是读者对那些本质上为'纸片人'的东西产生阅读兴趣和学习兴趣的主要原因"（Magolin 2007：69）。这一评论同样适用于对本质上是"像素化的人"的东西的讨论。

混乱之刃，又或是沉思之笔？

当《战神》于 2005 年发行时，它适合的解读方式原本绝对是"非主流"的，即这种解读实际是一种分析，揭示出这一游戏尽管是索尼

PlayStation 主流游戏中的一个重磅产品，但仍然体现出高度叙事性和文学性的内在品质。这一分析本可以为史蒂文·约翰逊（Steven Johnson 2006：9）的"睡眠者曲线"（Sleeper Curve）概念提供更多支持，在这种现象中我们看到"最被贬低的大众娱乐形式——电子游戏、暴力电视剧和青少年情景喜剧——最终证明还是具备滋养作用的"。这类分析本可以从一个前提条件出发，那就是，扮演奎托斯对玩家提出的复杂的智性和情感要求，本身就是"读入"（read into）游戏的一个原因。正如弗里曼（Freeman 2004：368）指出的那样，"复杂"和"令人全神贯注"不一定有必然联系，但却时常相关联。这一观点在艺术和文学作品中极为有力，甚至可以用来对其做定义。

但在其发布以来的几年间，评论群体已经就《战神》显而易见的"文学"地位达成了初步共识，这一群体包括所有在粉丝论坛评论网站上为游戏投票的人，以及那些在法庭上反对它的立法机构。实际上，伊利诺伊州地方法院曾以《战神》为例说明，按照该州对有明确性的暗示内容进行规范的法律，"具有文学价值的游戏也可能禁止未成年人访问，虽然这是违背宪法的"（Smith et al. 2006：n.p., fn. 29）。与此同时游戏继续获得好评。它已经获得了 50 多个奖项，包括 12 项"年度最佳游戏奖"和 4 项专门授予"最佳角色"类别的奖项，目前已可拥有索尼为其最畅销游戏专设的"白金"头衔。在它获得的所有奖项中，有7 个来自 2006 年度互动成就奖，该奖被广泛认为是电子游戏行业的奥斯卡。2007 年，它被电子游戏评论巨头 Imagine Games Network（简称 IGN，2007）票选为有史以来最好的 PlayStation 2 游戏。《战神》在游戏业界引起了如此多的批评关注，但这一事实丝毫不能免除其对学术性批评关注的需求。相反，由于它不再保证阅读的非主流性，《战神》开始向更加细化的理论分析敞开大门，而这种分析没有必要为该游戏的文化和艺术意义进行冗长的辩护。

但《战神》并不仅仅在其叙述话语、时间性和人物等方面采取了文学处理方式，它是有意识地采取了相关策略，这种自觉也在其主题层面得到了强化。游戏中充满了文本，其中一些是在故事世界中展现的人工作品,如奎托斯的日记以及主人公所居世界的主要设计者——疯狂建筑师帕索斯·维尔德斯三世——的隐秘手册,其他则处于故事世界之外,如游戏过程中出现的文本框说明(呈现在与日记条目类似的、纸莎草风格的文本框中),告诉玩家哪些按钮组合可以使他们摆脱战斗困境。[①] 再就是每当奎托斯多次"击中"对手之后,屏幕上所出现的奇特评论字眼,这种评论(以形容词形式出现,例如"恶毒!"和"非人道!"等)出现在"抬头显示器"(Heads Up Display, HUD)中,在这里角色的生命统计数据和武器状况都会显示在游戏界面之中。当然,有些文本处于这两个本体论领域的边界之上,如盖亚的作者型叙述,它无所不知,指引着我们穿行在不断变化的场景之中,但直到游戏后传为止都一直保持着匿名的状态。

更值得一提的是这款游戏在更广泛的游戏社区中所衍生出的文本。这里仍然有评论、游戏攻略、情节摘要、游戏作弊方法和游戏指南等常规文字,但也存在一些不那么常见的文本时刻,有进一步的迹象表明游戏的文学自我意识已经转移给了游戏玩家。让我们看一下游戏发布后不久,来自玩家的一篇长评,其结尾处用道歉的口气写道:"很抱歉评论这么长,但是我能怎么办呢? 我一直在写,我无法停止。"(强调为原评论所加)。[②] 另一位玩家则写道,"最近我从一个伙伴那里借来了《战神》。故事情节如此吸引我,因此,我决定写一个游戏情节摘要"。然后,他向几个人表示感谢,包括"楼上的人,因为赋予了我进行写作的技能"。[③] 另一位博主则详细讨论了由于太过接近人物心理,他在道德上所持的保留态度:

[①] 这些指示,或按照蒙特福特(Montfort 2003)所订立的 IF 术语"指令",涉及在战斗情况下使用的按键组合技巧,当然,这些指令(在假设奎托斯不拥有游戏手柄的情况下)直接针对玩家而非玩家角色。

[②] 该文本所在站点(2007 年 12 月访问)已下线,但可通过"回溯机"互联网存档站点访问此页面。网址为 http://web.archive.org/web/20051218191739/http://www.damnedmachines.com/archives/2005/04/index.html,访问于 2009 年 6 月 5 日。

[③] 由名为 headcrook 的用户于 2005 年 12 月 12 日发布,网址为 http://au.faqs.ign.com/articles/675/675093p1.html,访问于 2009 年 6 月 5 日。

……我非常感谢游戏中的第三人称视角。我可以将自己从奎托斯施行的恐怖行为中抽离出来，这些恐怖行为来自他的角色，而不是我的。这个故事已经摆在那里，已经展开，已经发生——我只是在经历它而已。

如你所见，古希腊人基本上与我们的道德观完全相反。他们引以为傲的是威力、力量和荣誉，而我们许多人则相信自我牺牲和帮助他人。宙斯的父亲克罗诺斯试图吃掉自己的儿女来维持王位，而宙斯则割开父亲的肚子拯救兄弟姐妹，从而获得王位。和他们的神话一样可怕的是，他们的娱乐活动也包含类似的主题：欧里庇得斯（Euripides）的《酒神的伴侣》（*The Bacehae*）和《美狄亚》（*Medea*）都以母亲毁灭自己的孩子为结局。在索福克勒斯（Sophocles）的《俄狄浦斯王》（*Oedipus Rex*）中，俄狄浦斯挖出了自己的眼睛。这些都是残酷的事件，是悲剧性的事件，它们源自展现希腊生存状况的那些野蛮而充满激情的人物。（强调为原博客所加）（Douville 2005）

这位博主的评论不但表明他有意识地拒绝替代奎托斯的头脑和肉体，也指向了受斯巴达启发的文化奥秘。但更笼统地说，它们说出了一个事实：奎托斯的故事希望被那些有类似经历的人们重新讲述，无论是以一种亲密的方式，还是保持着安全的距离。①

　　如果这些写评论的玩家显得不那么真实，那么，他们和他们的英雄就没有什么不同；我们被告知，这位英雄，一位热爱写作的战神，尽

---

① 甚至 Wikipedia 上的《战神》词条在创建几个月后，毫不意外地因含有"可能太长的情节梗概"而被标注。网址为 http://en.wikipedia.org/wiki/God_of_War_(video_game)（访问于 2009 年 6 月 5 日）的网页自此之后就经过编辑，简化了梗概，但这篇长文本及编辑对它的指责仍然可以在收集 Wikipedia 文章并多年未更新的网站上查看到。

管其"唯一的慰藉"就是大海,但仍然有时间在日记本前驻足,这本日记似乎不但已经写满,而且已经溢出来了。日记内页散落在船舱的地板上,这毫无疑问是对其书写者思想状态的一个隐喻。这个日记本提醒我们,没办法将"阅读"游戏的体验与玩游戏的体验分离开来,我们被鼓励去做的,是以反省的方式勇往直前。

总而言之,我们不必"读入"该游戏,也不必将它读作一个叙事,就像我们不必阅读奎托斯公开的日记一样——从游戏学意义上来说这个日记是没有作用的。但是,日记是通过同种样式化的文本框,即同种机制,提供给我们的;这种文本框向我们提供了涉及游戏玩法的外叙事线索,这一事实颇具说明意义。也就是说,它可以为我们提供某种线索,让我们了解该如何体验这款游戏,既将其作为游戏,又将它作为一个虚构世界。本文试图对话的群体,是那些受到叙事理论最近发展趋势启发,感受到它在帮助我们理解虚构性和非虚构性存在(也就是审美和日常体验)方面潜能的读者。正如我自己的阅读所展示的那样——有些证据来自一个讨论剧情的玩家社区——在关注游戏经验特殊性的同时,将这些叙事理论框架应用于某些电子游戏不但是完全可行的,而且会是卓有成效的尝试。

段枫　译

参考书目

Aristotle(1962). *Politics*. Ringwood, Victoria, Australia: Penguin Books.

——(1982). *Poetics*. Trans. and intro. James Hutton. New York: W. W. Norton & Company.

Bal, Mieke(1981). "Notes on Narrative Embedding." In: *Poetics Today* 2: 41–59.

——(1997). *Narratology: Introduction to the Theory of Narrative*. 2nd Edition. Toronto: University of Toronto Press.

Barth, John (1984). "Tales within Tales within Tales." In: *The Friday Book*. Baltimore: Johns Hopkins University Press, 218–238.

Barthes, Roland(1974). *S/Z: An Essay*. Trans. Richard Miller. New York: Hill and Wang.

Brooks, Peter(1984). *Reading for the Plot*. New York: Alfred A. Knopf.

Chatman, Seymour(1978). *Story and Discourse: Narrative Structure in Fiction and Film*. Ithaca: Cornell University Press.

Crawford, Chris(2003). *Chris Crawford on Game Design*. Berkeley: New Riders Publishing.

Douville, Brett(2005). "Sacrifice: God of War." Blog post dated October 01, 2005. "Brett's Footnotes" http://www.brettdouville.com/mt-archives/2005/10/sacrifice_god_o.html, viewed June 5, 2009.

Emmott, Catherine (2003). "Constructing Social Space: Sociocognitive Factors in the Interpretation of Character Relations." In: *Narrative Theory and the Cognitive Sciences*, ed. David Herman. Stanford: CSLI Publications, 295 – 321.

Freeman, David (2004). *Creating Emotion in Games*. Berkeley: New Riders Publishing.

God of War. 2005. Sony Computer Entertainment America, Inc.

Herman, David (1997). "Scripts, Sequences, and Stories: Elements of a Postclassical Narratology." *PMLA* 112.5: 1046 – 1059.

——(2003). "Stories as a Tool for Thinking." In: *Narrative Theory and the Cognitive Sciences*. Stanford, CA: Center for the Study of Language and Information(CSLI) Publications, 163 – 194.

——(2007). "Cognition, Emotion, and Consciousness." In: *The Cambridge Companion to Narrative*, ed. David Herman. Cambridge: Cambridge University Press, 245 – 259.

IGN PlayStation Team(2007). "The Top 25 PS2 Games of All Time" http://au.ps2.ign.com/articles/772/772296p3.html, viewed June 5, 2009.

Johnson, Steven (2005). *Everything Bad Is Good for You: How Today's Popular Culture Is Actually Making Us Smarter*. New York: Riverhead Books.

Juul, Jesper (2005). *Half-Real: Video Games between Real Rules and Fictional Worlds*. Cambridge, Mass: MIT Press.

"Making *God of War*" (2005). *God of War* DVD Extra Features. Sony Computer Entertainment America, Inc.

Margolin, Uri (2003). "Cognitive Science, the Thinking Mind, and Literary Narrative." In: *Narrative Theory and the Cognitive Sciences*. Stanford, CA: Center for the Study of Language and Information(CSLI) Publications, 271 – 294.

——(2007). "Character." In: *The Cambridge Companion to Narrative*, ed. David Herman. Cambridge: Cambridge University Press, 66 – 79.

Montfort, Nick (2009). "Toward a Theory of Interactive Fiction." December 19. First published 8 January 2002. http://nickm.com/if/toward.html, viewed June 5, 2009.

Poole, Stephen (2000). *Trigger Happy: Videogames and the Entertainment*

Revolution. New York: Arcade Publishing.

Rimmon-Kenan, Shlomith(1983). *Narrative Fiction*. New York: Methuen.

Ryan, Marie-Laure (2006). *Avatars of Story*. Minneapolis, MN: University of Minnesota Press.

Schank, Roger, and Robert Abelson (1977). *Scripts, Plans, Goals and Understanding: An Inquiry into Human Knowledge Structures*. Hillsdale, NJ: Lawrence Erlbaum.

Schneider, Ralf (2001). "Toward a Cognitive Theory of Literary Character: The Dynamics of Mental-Model Construction." In: *Style* 35.4: 607 - 640. Available online: http://findarticles.com/p/articles/mi_m2342/is_4_35/ai_97114241/, viewed June 5, 2009.

Smith, Paul(2006). "Attack on Violent Video Games." In: *Communications Lawyer* 24.1.

Wark, McKenzie (2007). *Gamer Theory*. Cambridge, Mass: Harvard University Press.

第十二章

为媒介做广告：论一家公共电视频道多媒介推广活动中的叙事世界①

艾尔莎·西蒙斯·卢卡斯·弗雷塔斯

（费尔南多·比索阿大学）

广告这项活动已变得如此丰富多彩和规模宏大，任何一项研究都无法做到全面和详尽。

（Cook 1992）

每个产品都有一个与生俱来的故事。我们的当务之急就是把它发掘出来并加以利用。

（Leo Burnert，转引自 David Ogilvy 1983）

导 言

根据其定义，不管用何种媒介报道，广告消息都可以被看作故事讲述和传达精简叙事模式的最佳手段。电视这类媒介凭借自身的额外优势——它们能够再现讲述一系列事件本身需要的时间——为清

---

① 玛丽娜·拉莫斯（Marina Ramos）（葡萄牙广播电视台一台）和布兰迪亚中央广告公司准许我在本章当中使用他们的广告宣传，谨此致谢。

晰描述叙事模式的构成要素提供了更多的可能性。然而,其他媒体(如广播和杂志)凭借它们对典型叙事的呈现方式,同样为故事讲述提供了多种可能。

本章旨在分析葡萄牙一个多模态广告宣传活动,其目的是对公共电视频道中的若干节目进行宣传。在这个具体的案例当中,透露广告信息的媒介同时有:(1)用来传播广告的电视频道;(2)广告内容本身的对象。在此例中,几种叙事模式之间实现了有效融合,由此(至少在电视广告里)媒介本身变成了故事。

在这一视角下,将要被纳入分析的广告宣传包括电视广告、户外广告和广播广告等形式,它们于 2008 年 10 月至 2009 年 1 月期间投放,推广了葡萄牙公共服务频道(葡萄牙广播电视台一台,以下简称RTPI)的多个标志性节目。它们不仅强调了这些节目的创新性,更是代表了这一电视频道的新鲜气息。

这种多媒介活动的复杂性,以及每个广告所具有的互文性和自反性,能帮助我们深入理解媒介间性(每个广告中的文字/视觉元素的交互性以及广告活动中跨媒介的主题一致性)、叙事(叙事视角的转变和广告情节与人物的套层式刻画)和故事讲述(许多广告都具有非线性和蒙太奇效果,从而创造出“戏中戏”,以将戏仿和自我指涉的作用发挥到极致)。

广告的不同作用

笼统地说,广告文本可以大致被描述为有目标的交流。虽然有人会争辩说每种交流都包含某种目的,但总体来说,广告确实呈现出一些与众不同的特征:它们由其发行方付费,通过大众媒体传播,并有意识地承载一些含义,旨在说服其观众采取某种行动(Wells et al. 1998:12-13)。广告中的交流每一步都必须经过精心策划、符合期待、反复调整才能取得成功,即能够以所期待的方式来影响大众:

成功的交流是这样完成的：营销人员挑选出适当的素材，创
作出有效的内容或者把它们包装得吸引眼球；接着再精选出
最能接触到目标群体的渠道或者媒体，这样内容才会被有效
地解码和传播。(Belch and Belch, 2004: 145)

广告发行端涉及大量的资金投入，为这个特定的交流循环引入了额外
动机因素，而且这个被感知的预先设想往往使它掺杂了唐突、虚伪和
不受欢迎等社会性含义，而它们所处的这个世界是由其他已被清晰界
定了的话语和叙事构成的：

> 从这一角度来讲，在当代话语类型里，广告无疑是其中最有
> 争议性的一个。一来因为它相对来说算是新兴产业，二来更
> 是因为它与其赖以生存的沃土，即高度竞争、高速发展的市
> 场经济所产生的价值，有着密切的联系。在一个被社会和生
> 态问题所困扰的世界里，广告就是用来驱动人们消费的，让
> 人们觉得欲望还没被满足、得到的还不够多，让他们变得贪
> 婪、担忧、野心勃勃。从另一方面说，许多广告的设计十分讨
> 巧、机灵又趣味盎然，让它们成为现代社会所有苦难的替罪
> 羊，实在是有失公允。(Cook 1992: 16)

尽管广告通常不被信任且它的后续效应似乎是刺激消费，但一般认为
它在吸引人们想象力这一维度上是复杂而神秘的(Barthes 1977:
169)，富有创造力又充满诱惑(MacCannell 1987: 524; Goddard 1998:
2-3)——因为广告就意味着危险。

特别是在当今社会，有很多批评的声音直指广告在其目的问题上
不够坦诚，还巧妙盗用其他话语去掩饰其唯利是图的真正本质，因此
具有欺骗性(Williamson 1978: 165)。对抨击广告的人来说，缺乏清晰
的定义边界(什么是广告？什么不是广告？)构成了广告的某种原罪。
另一方面，广告天生就缺乏天真和纯洁，这种欠缺解释了设计和执行

话语的复杂性和丰富性——通过多人的通力合作,其信息由多层特征构成,来自对其他话语体系的借鉴(有人会说,像吸血鬼般据为己有),其目的在于克服混杂的媒体空间和观众的冷漠,更为重要的是,加强广告的娱乐可能性(Gulas and Weinberger 2006:16‑27),而这些都通过与所涉产品或服务有关的叙事序列及故事讲述得以实现。

广告中作为创新策略的叙事和故事讲述

对于消费者来说,广告信息必须要吸引眼球、扣人心弦——可以使用一些不同的策略来实现这个目标。有些因素似乎对人们的广告意识产生了积极的影响,这要么与广告的产品或服务本身的新颖性有关,要么和广告独一无二的呈现方式有关,要么是因为广告和受众的个人情况相关,或者与受众重复接触广告的次数有关(Yeshin 2006:284‑285)。当今世界,无甚特色的商品越来越难以营销,反复播出的广告只会适得其反。广告的功能常常就是去解决所有媒体中广告过于混杂的问题:

> 我们必须指出重要的一点是……广告的作用不仅仅是销售商品,它们同样赋予了品牌意义。这两个目标之间存在差异。某些策略能在短时间内立竿见影地迅速提高销量,从长期来看却对品牌的利益有损。……经常改变产品的广告风格也许会提升广告热度和一定时间内的销售量,但却扰乱并削弱了品牌的长期认知形象。这也正是一些广告公司认为自己的价值所在,即作为品牌形象意义的守卫者……(Myer 1999:7‑8)

一般而言,广告信息有两种经典的创作方式来捍卫和保持品牌的形象:一种是“硬广告”(hard-sell,也被称作“直接推销”),另一种是“软广告”(soft-sell)(Cook 1992:10)。尽管在同一则广告里我们能同时看到这两种形式,但二者的区别并非泾渭分明:在一则广告信息的空间里,作者总是小心翼翼地在理智与情感的诉求间保持平衡(Yeshin 2006:286)。尽管如今软广告的使用可能更为普遍,但强调事实性信息的广告在插播广告时段和印刷媒体中仍很常见,因为想促使人们立即采取行动时,这样的广告总是更加令人信服(Wells et al. 1998:402)。

通常来说,硬广告更注重关于产品内在独特性的逻辑论证,并强调立即获得的需求;而软广告的方式则更为间接,它的主要目标是建立并巩固品牌的形象。因此,软广告并不把产品的特征放在首要位置,而是在广告的产品或服务与一系列形象和概念的联系上下功夫。在理想情况下,受众最终会把这些形象和概念与该品牌本身建立起联系,从而使他们产生对产品更为积极的印象(Yeshin 2006:285)。

为了吸引受众的注意力,给原本了无生气的产品或服务增添一种鲜明的个性和故事情节,广告可谓用尽了方法,而叙事就是其中的一种。无论是在软广告还是在硬广告中,都会用到不同种类的叙事和故事讲述方式,它们通常是根据广告里应用的那些老旧模式来决定的。最常用的方法也许是围绕产品或者服务的一个生活片段、幻想、戏剧性描写和故事。

虚拟或原型叙事(叙事的可能性只是被暗示或者隐含在其中,而不是清晰地描述出来)可以被嵌套在特定领域的专家或娱乐界名人所做的权威发言的框架之中(Freitas 2008:187)——关于这个广告宣传的具体案例,我们将在稍后进行分析。这些创造性的实施很常见,如果加上幽默、音乐和动画,它们会变得更加复杂。

在上文我们提到过的叙事方式中,戏剧的使用能大大增强广告内容的传播力,所以在很长时间内这种形式都备受广告商的青睐。大卫·奥格威(David Ogilvy)认为,戏剧化的广告对提高品牌的人气具有更突出的作用:

这些广告里,两个演员在几近于现实生活的场景中,就某个产品的优点争论不休。最后,质疑者终于被说服了——你的牙膏确实能让孩子们的牙齿更健康。

类似成功的短剧层出不穷。文案写作者厌恶它们不仅是因为它们中的大多数都非常粗俗,更是因为这样的广告在相当长的一段时间里被用滥了。不过有些广告公司确实拍出了成功的生活小片段,它们不仅成为公司的提款机,本身也贴近现实又引人入胜。(Ogilvy 1983:105)

比起让受众仅仅作为旁观者听着产品或服务给他们带来的好处,若让他们的个人生活与眼前的广告发生联系,甚至让他们成为广告行为的一部分,这些戏剧的效果则会格外出彩:

短剧(drama)是一种间接传递信息的形式,跟电影或者戏剧相似。在短剧中,对话发生在人物彼此之间,而不是在人物和观众之间。事实上,他们通常会表现得仿佛观众并不存在一样。观众观察,甚至也会以替身方式参与故事展开的事件。他们就是所谓的"窃听者"。就像童话、电影、小说、寓言和神话故事一样,广告短剧本质上也是关于世界运作方式的故事。观众从这些商业戏剧中汲取经验教训,并将其应用于日常生活中。(Wells et al. 1998:403)

"生活片段"模式往往将"问题/解决方案"模式与日常生活的某个戏剧化场景结合起来。在此情境中,产品似乎是完美且唯一的有效解决方法(Belch and Belch 2004:278-279)。在这种情况下,情景设置的可信度就变得十分重要,毕竟此种模式的通常目标是营造亲近感和熟悉度(Yeshin 2006:291)——例外当然存在,有些模式本身就意在打破常规,尤其是为幽默效果而设置的人为的或并不常见的情景,它可从故事开头使用,也可在故事讲述过程中的某个时间点引入,以达到更加出人意料的效果。

在这种现象的另一端,幻想模式有时则省去了叙事结构。在这种情况下,不存在时间或空间的演进:广告自身变成了思考的对象。于是,我们的眼前只有一个静物,除了它自己的物理界限与存在之外,没有什么故事可以让媒体传播(González Requena and Ortiz de Zárate 1995:23)。通常我们看到的是广告里运用显性或隐性的叙事结构来拓展含义(除此之外还有其他方法),此处却有意让多种可能的解读之间争议纷呈。在高档化妆品的广告中,这是一种常见的创造性方案,旨在激发特定的品牌联想(Belch and Belch 2004:281),甚至在受众和被投射的形象之间建立一种镜面效果,以此在广告中的我和观看广告的你之间呈现出一种完全的认同感。这种结构已完全去除了交流过程中的其他各种因素(如叙事中涉及的他者),演进的过程不复存在,广告变成了自恋的例证,这个封闭世界之外的任何事情都变得无关紧要:

> 在《文明及其不满》(*Civilization and Its Discontents*)一书里,西格蒙德·弗洛伊德(Sigmund Freud)称文化的代价就是自愿放弃那些重要的但已陈旧的情绪。文化原型(完美、整洁、和谐和秩序)是自然痛苦和愉悦的代替品。大众广告行业积极地利用了这些替代性的愉悦。舒适、安全、整洁、效率、威信、性欲等象征符号构成了消费神话的"原型",将广告对象转变成可销售的商品。广告试图同时满足消费者的心理需求和意识形态倾向。*因此,广告和大众媒体引导和影响消费者的感知,然而它们却通过宣称自己具有满足消费者深层次愿望和期待的能力(即为消费者创建一个"镜面化形象"),来实现自己的目标。*(Grishakova 2006:275,强调为作者所加)

这种广告中特有的"镜面化形象"意味着对叙事概念本身的否定,因为据其定义,叙事应该总是与某事相关(González Requena and Ortiz de Zárate 1995:22)。

一、作为虚拟叙事象征的广告

正如我们所看到的,广告对直截了当的刻画尤其抗拒(Goddard 1998:6),因为它们有能力掠夺与之完全不相关的文本类型的优点,就会对话语类型概念本身提出质疑(Cook 1992:34)。

广告由各式各样的要素组成,同时它们也能吸收一切对目标有利的元素——无论是提升销量(对于大多数商业广告来说是这样)、强化品牌正面形象(为品牌声誉服务的广告),还是劝说观众改变危险行为而变得更有社会责任心——这通常是非营利性广告的目的。

因此,当把广告视作叙事方式时,它们混杂又相互影响的特性使得我们不得不重新评价叙事学中的经典案例,特别是当它们被用来分析叙事结构和效果的时候:

> 叙事类广告是十分重要的分析对象,因为它们必须在时间和空间受限的故事情节范围内提高产品的卖点。正因为这些限制,广告中的叙事信息在很多方面都只能通过隐含或暗示的方式表达出来……(Bezuidenhout-Raath 2008:7)

因为只能讲述片段而非整个故事,广告通常会暗示其叙事在某些关键时刻可以分岔成为几个不同的故事,这就增加了叙事的复杂性,同时也可能让观众更感兴趣。即使当叙事已拥有既定的路线且结局也都写好之时,观众也会思考在故事讲述过程中暗示出来的其他替代路线(Ryan 2008c:628)。这为依靠不确定性和暗示兴盛起来的话语提供了明显的优势。事实上,时间和空间的限制初看上去限制了连贯故事的讲述,但对于广告信息来讲,这样的限制却能成为优势:叙事的许多空白将由受众来填补。为实现故事讲述,他们需要运用个性和关于所讲故事共识性的知识:尽管共同创作对于所有文本都具有不同程度的适用性,但它在广告叙事中的重要性更为明显:

> 话语里没有明说的那部分——因为社会上每个人都知道那

是什么——才是最为重要的。……我们总是假设跟我们说
话的人讲的东西是连贯的。……即使语句之间毫无意义,我
们也会利用那些未被说出的文化预设去填补空白来赋予其
意义。人们不愿意假设说话者看不到自己话语里的意义,而
是假定一定是他们自己的错。话语只有在明显毫无意义时
才被认为没有意义。(Cook 1992:176-177)

广告文本蕴含着丰富的意义,虽然经由不同的渠道传播,但最终会汇
聚成统一的信息。正如我们已看到的那样,由于时间与空间上的限
制,某种信息缺口是必需的,这也便于广告实现其目的:首先,面对这
样一条精心策划又成本昂贵的信息时,受众可能会假定它一定是具有
某种含义的,完全采用格赖斯(Grice)的合作原则来对待它;其次,受
众填补信息缺口的意愿会被引向其他传播意义的方式,如音乐、手势
和面部表情。从这种意义来讲,信息填补将在一定程度上依赖于个
性,但同时也会受到条件制约,以避免出现不尽如人意或者不相关的
解读(Spolsky 2008:193)。

　　广告中构建叙事的连贯性手段具有语言学的性质:重复重要
词语和术语,使用修辞、代词、省略、连词和指称表达(Cook 1992:
148-149)。广告经常利用这些手段来提供一种经济而有效的方
式,确保意义之间必要的关联。然而,因为构建广告文本意义的不
仅仅只有语言,所以广告可能利用其他方式来建立或加强这种连
贯性。

　　让其他非语言方式分担一些意义连贯性的责任,这样做的另一个
好处与广告话语和受众建立的关系类型有关,即一种一对一、熟悉又
亲密的关系。事实上,这并不符合真正的交流过程:受众并不知道由
很多人炮制而成的信息的发送者是谁,而这个信息旨在将高度个性化
的意义同时传播给数百万人(Myers 1994:78)。因此,在广告话语中,
意在增强礼貌和更为尊重的关系的客套性衔接成分被摒弃了,亲密感
被视为理所当然:

> 如果广告话语中的关系已经建立并且十分稳固,那么对礼貌性策略的需求就减少了。这一方面解释了显著的权力差异在行为上的相似性(比如说,警察和嫌疑人),另一方面解释了平等和亲密性(比如说,亲密的朋友或者伴侣)。……两者都会产生直白的陈述和命令、毫无歉意的肢体接触、私密话题的引入、话题的打断和突然转换。(Cook 1992:151)

不同的视觉元素通常本质上是隐喻或者转喻性的(Kress and van Leeuwen 1996:17–18;Messaris 1997:xviii),手势(Goffman 1979:3;McGregor 2008:205)、面部表情(Freitas 2008:137)、背景音乐(Blake 1997:228;Baldry 2004:91;Wolf 2008:255)和音效(Cook 1992:48),甚至是对话间的沉默(Freitas 2008:139,151)都可以被看作有效的、非语言的信息填充工具,它们借助共识和或多或少可预见的安排来完成故事讲述,完美地模仿了亲密朋友间对话的叙事动态,其中话轮的转换和互动都十分必要。

二、叙事、广告和媒介:定义的问题与局限

一般而言,广告中的信息在很大程度上是由传播它们的媒介决定的(Cook 1992:9;Ryan 2008a:289)。虽然广告信息中的叙事结构和故事讲述效果也可以在静态媒体上看到,如印刷广告(Freitas 2008:69)或是户外广告牌,但它们更容易在电视或广播等媒体上传播,因为广告的时间进程在较小规模上复制了时间流逝的过程,呼应了被描述事件的展开(Bezuidenhout-Raath 2008:7)。

当分析的语料库是广告时,不论传播渠道是哪种媒介,从最开始就必须解决一个非常实际的问题:如何有效地转录广告(即为了能准确描述和研究广告,把它们的特点定格在纸上),同时又尊重其背后对所传达的意义负有重大责任的动态和运动流(Baldry 2004:84)?显然,在电视商业广告当中,这个问题更为严峻。大卫·奥格威在解释他如何承担这个任务时就指出了这个难点:

> 每一个研究电视商业广告的人都面临着同一个无法解决的
> 问题：我们无法把它们展示在一本书里。我能做的只是附
> 上一些解释我的观点的故事梗概图，并祈望你们能破译它
> 们。（Ogilvy 1983：103）

然而，转录的问题在印刷广告，甚至是广播广告中也同样存在：

> 虽然这本书里的文字可以把广告里的文字印在纸上，但它们
> 只能隐射其音乐和图片的本质，因为这些并不能"作为它们
> 自己"，而非得"作为别的东西"——文字——才能被记录下
> 来。……但就算是分析印刷广告，存在的问题也很多。使用
> 过多的附带复制品只会改变书面分析的特征，让分析文字被
> 广告本身所淹没。此外，复制品也无法让附带话语中的尺
> 寸、颜色和位置等因素达到最佳效果。（Cook 1992：37）

事实上，媒体传播的每一个广告都可以被称作"不断变化的自足系统"
（O'Halloran 2004：109），被视为对逻辑连续性的一种威胁，后者通常
是叙事过程的典型特征。

　　另一个难点在于：广告从不是单独出现的，它们被嵌入许多其
他的迷你叙事之中，可能属于同一套话语类型（如在同一广告时间
段内播出的其他广告），也可能是其他话语类型（例如，在杂志上相
邻页面上的文章）。因此，若是为了分析而将它们挑选出来，就会不
可避免地改变正常情况下受众看待它们的方式，即认为它们会打断
一个人实际正在做的事情，不值得受到过分的关注（Myers 1999：
204）。毕竟，受众对广告的隐藏目的已经十分熟悉了，目标群体要
体会到广告的含义并不困难。因此，广告中的叙事必须要清楚这些
额外的限制，还要尽可能地利用它们。不像是其他话语中发生的事
件，广告并不能让受众全神贯注；它们要依赖受众在广告过程中进行
的交谈，谈一些这个广告让他们想起的无关事情，如哪些名人支持这

个产品(他们的代言费有多少),但他们却很少想到这个产品或服务的真正好处。因此,通过不同传播方式强调广告信息的需求由此产生:如果客厅里的交谈会干扰人们听见演员到底在说什么,那么音乐和音效总会传达出正确的情绪;如果电视在插播广告时间被设置成静音模式,那么手势和面部表情也应该能讲述故事。大量的重复播放也能确保合理程度上的确定性:总有那么一两次,目标受众可以全面接触到广告内容——这让他们可以在之后的播放中识别出来,即使播放的内容只有一部分。

这种对于完整意义的强化来自两种手段的共同作用:在单则广告制作过程中运用不同媒介渠道及在同一媒介上重复曝光的次数(通常特别多)。除此之外,广告内容也会在多种媒介上播放,试图变得无处不在。在多媒介广告宣传中,为了贴合播放媒介的特点而进行改编时,完整的意义需要进行符号化的转换,这样才能给受众留下相同的印象。虽然在有些案例中可以利用原来的文本,例如在将电视广告转化成广播广告时,但是在多媒介宣传中,还是有必要对每支广告加以改编,以符合传播媒介的要求,在充分发挥其潜力的同时确保对等的传播效果(Ecoand and Nergaard 2001:219-220)。这些重复播放(全部或者只就符号的总体效果而言)是广告系统功能的一部分,对应于一种循环效果:一方面,受众知晓广告会重复播放,所以不值得对其太过注意;另一方面,广告商也清楚这一点,所以他们会研究怎样才能在重复强调广告消息的内容时,既保持足够的曝光度以促进销售,又不至于引起受众的厌烦情绪:

> 正如我们所看到的,受众解读广告的过程实际上是个转换的过程,通过这一过程,他们将广告宣传中的特定广告融入一个整体概念之中——就像是在拼图游戏中一样,每一块碎片都有含义。将一种符号中的某个元素解释为与之不同的符号中另一个元素的等效物,这种能力是通过百科知识水平和语言能力获得的,它让语言使用者以语用的方式确定"等效

性"。……实际上,具有相关背景和经历的受众会更倾向在
广告对象上寻找对等物,而设计这一广告对象的目的就是达
到对等效果。(Freitas 2004:309)

尽管这对其他话语体系来讲也同样适用,但广告叙事本来就意在大量
的重复(有人会说,这令人厌烦),对于重复的这种(出于实际原因的)
需求,成为广告及广告宣传的结构性特征。它们的重复特性意味着它
们相对而言并不重要——这可能也是为什么广告的经济和社会影响
要从长期来看才会显得重要和有意义的原因(Rose 2001:95)。

广告中的媒介间性和故事讲述: 以 RTP1 广告宣传为例

正如我们之前所见,广告文本的叙事效果等同于一种策略,而
这一策略就是要把产品或服务的存在变得既有意义又能发挥作用。
只要广告的故事情节与宣传的对象密切相关,这种做法似乎就颇为
有效。此外,所用媒介的技术可能性也会对即将展开的叙事产生重
要影响。这并不意味着不能在传播某个具体广告宣传的所有媒介
中维持叙事模式,然而,它一定会根据传播媒体的技术方式发生相
应变化。

在本章选取分析的具体广告宣传案例里,我们发现了媒介和内容
发生一定程度叠加的情况:事实上,在新一季中被挑选出来宣传电视
节目的媒体之一就是电视——所有电视广告都会在一个频道上播出,
新节目也很快会在这里出现。这些电视广告恰好体现了媒体角色混
合的概念——是传播者,同样也是意义的存储体:

> 然而,因为媒介的配置作用,我们并不总能区分出一个被编
> 码的物体和编码行为本身。例如,在电视直播当中,被播出
> 的物体正是通过记录行为本身被创造的。只要它们显示出
> 自身的可供性,频道类型的媒体可同时作为传播模式和符号

学表达方式,正是后者使它们对叙事形式和意义产生了影响。(Ryan 2008a：289)

本章所分析的广告是媒介间复杂关系的一个很好的例证,在一个广告活动的空间里就可以被淋漓展现。实际上,在不同的媒体上被再创造的并非同一个叙事情节。在本文所分析的广告宣传中,每一支广告都被认为是该广告宣传的一个原型:例如,《我这一代》(*A Minha Geração*)广告系列中的单支广告都以节目主持人作为链接叙事的纽带,而在足球广播系列里,足球才是那个闯入名人生活的叙事线索。

从广义上讲,这些广告及其播放媒体,都会宣传电视频道的众多新节目中的某个节目。除了少数例外(广播广告和户外广告,后者例外的程度要小一些,它明显有辅助作用),它们的功能是互补而非重复的。这是可以理解的,毕竟其目的在于提升节目的总体效果,而不是推广其中某一特定节目。

一、RTP1 宣传中使用的广告和媒体

2008 年 10 月至 2009 年 1 月,RTP1 播出的自我宣传活动运用的媒体投送广告包括:电视广告、户外广告和广播广告。因为只会宣传某些节目的最新一季,并不会介绍新的节目,所以所有广告都可以利用观众预先知道的信息,如演员、主持人和记者,来吸引眼球。以上所有媒体中的广告大都建立在节目为人熟知的典型特征基础上,以便它们更容易第一眼就被认出来。我们将会看到,这种对节目及其常规模式的熟悉感对叙事结构类型有着十分重要的影响,这一点我们将会在对广告宣传的分析中涉及。

下面的表格对被宣传的节目和它们各自使用的媒体进行了分类。这些节目中有一些在表中列出的每种媒体上都另有几条广告在同一时段放送。然而,由于篇幅有限,我只会探讨表格提及的广告,因为没有包含在内的广告在内容和处理方法上并没有呈现出相关的差异:

节 目 名 称	电视广告	户外广告	广播广告
《告诉我当时怎么回事》(*Conta-me como foi*)（基于 20 世纪 60 年代史实的肥皂剧/喜剧）	1		1
《我这一代》(*A Minha Geração*)（基于过往轰动音乐剧的音乐秀、娱乐、采访）	3	3	
《优点和缺点》(*Prós e Contras*)（采访、近期事件、政治）	1		
《看谁在跳舞》(*Olha quem dança*)（音乐秀，观众可参与的舞蹈比赛）	1		
《足球广播》(*Football broadcasts*)（体育直播、体育评论）	1	3	

从总体上看，作为推广一个电视频道的整体活动，这些广告之间存在惊人的相似性：它们与其宣传的节目同样有趣。为了这个目的，它们用电影预告片常用的那种动态而敏捷的方式，浓缩了每个节目的主要特征（在上面的表格中已做简要描述）。这是当今电视广告中的普遍趋势：

> 事实上，广告已经开始明显呈现出和大多数在黄金时段努力争取观众的电视节目相同的特点……因此，关于娱乐部分和诱导购买部分的边界已经变得模糊了。这种混合性使得广告更容易变成审美愉悦的对象，也淡化了它们的终极目的是推销这一事实……（Freitas 2008：127）

若我们把电视频道看作单独的、有明确身份的"品牌"，而不是一个个体广告的总和，那么所有广告都是联合品牌建设活动的一部分。这个概念也被所有广告中的结束语进一步强化了："在周五晚上/周末/……（取决于节目是哪一天放送的）放下你的日常事务，走进 RTP1

吧。"显然,这不仅是对电视节目,还是对频道的宣传:除了提高每个节目的收视率之外,此种广告也有效地宣传了下一季即将到来的全球娱乐服务。

因此可以说,在这些广告宣传中可以发现的叙事性是被宣传的节目及其宣传的累计效应产生的效果。事实上,大多数叙事线索都先于广告而存在:广告里的节目在结构上具有叙事性(足球广播节目和《优点和缺点》可能是个例外),而广告会利用已经存在的故事线条去创造一个简洁、经济、浓缩的公式,最大程度上指涉另一叙事。总之,节目和各自的广告将获得一个完整意义上的叙事,其中关于节目的先前知识和由宣传广告带来的新输入汇合成一个连贯的故事:

> 叙事不只是头脑剧场里的临时草稿,也不是大脑中单个路径上神经元的短暂激活;它是由不同心理过程汇合在一起带来的坚实的、有意识的再现,这一过程同时存在于故事内和故事外。(Ryan 2006:12)

在这个案例中,与一部传统长篇小说或一个短篇小说里发生的情况不同,节目和广告承担各自不同的叙事任务:我们可以说,正是节目提供了某个既定叙事的"讲述"(提供其主线、整体的连贯性和时空的发展),而广告会保证此节目叙事特征的"展现",作为一个小型样本来展现可能在黄金时段播出的某个完整故事。因此,对于节目更加复杂的叙事功能来说,广告仅仅扮演一个辅助者的角色(Ryan 2008b:316)。其实,它们说明了接下来会出现什么,创造了诱人的效果,吸引观众积极地参与这个节目,探讨其展现的故事讲述可能性。

1. RTP1 广告宣传:电视广告

电视作为一种媒介,可以在其目标受众中立即产生巨大影响,这主要是因为它以复杂的方式将视觉与听觉材料结合起来。它还具有很强的戏剧化能力,能以一种可信而完整的方式重建生活场景(Wells et al. 1998:343)。相比其他媒体,电视有着更为广泛的感官吸引力,观众也更可能集中注意力、投入更多的感情(Freitas 2008：9 - 10)。

在此次广告宣传的具体电视广告里,准确定位目标受众(这点在通用媒介中有些难以实现)是有可能的,对于那些打算坚持观看新一季节目的长期客户来说,这就更容易了。对他们而言,没有什么比继续做他们正在做的事情更简单的了。因此,广告结束语的文字游戏才会提出,应该由服务的提供者而不是观众来打破常规。

从媒介间、互文性和故事讲述这三种解读来看,节目《告诉我当时怎么回事》的电视广告或许是电视类广告中最富有成效的。它也提供了最明显的叙事结构,更多依赖非语言传播方式来提供所有必要的紧密衔接。

广告为这个葡萄牙热门节目即将上映的第三季做了宣传,该节目讲述了里斯本一个中低阶层的传统家庭从 20 世纪 60 到 70 年代的生活。其演职人员主要由知名演员构成,服装、发型、说话方式和家用道具的选择也都颇为用心。电视机是家庭生活的重要组成部分,是娱乐,是新闻,也是家庭长辈对最新艺术、穿着和行为流行趋势、国家政治发展乃至世界状况发表愤慨评论的素材。每当这样的评论发生时,《告诉我当时怎么回事》的现代观众,都像正在观看电视节目的广告角色一样进入了电视屏幕,看到了那些年的真实影像,使用黑白镜头,总是略微虚焦。除了图像质量,还由于 20 世纪 60 年代和 70 年代初的电视新闻主播和综艺节目主持人的独特演播风格,这些影像很容易被辨认出是来自 RTP 档案的纪录片图像。

这则广告模仿了节目的一贯结构,提供一个包括所有这些细节的迷你版本,并尽量使用一种轻快、幽默且和这个系列的喜剧基调相似的语气。它以一个和 20 世纪 60 年代电视广告完全相同的黑白图像的家庭生活片段开始,女演员/歌手正拿着一盒洗涤剂,标牌上写着"告诉我当时它是怎么回事"。与此同时,她在屋子里不停旋转,摆出笑脸,以一种华尔兹式的手势展示那个盒子。在两个男声的伴唱下,她唱着一首非常活泼、具有典型 60 年代特征的歌曲。这首歌曲解释说这个"新产品"是"电视频道市场上的最佳产品",终于到货了;还说它再次到货是应大众要求,因为"每个人都实在、实在太怀念洛佩斯系列产品了"。随着"广告"接近尾声,摄像机向后移,我们看到了两个人坐在沙发上观看着电视广告,彼此交换着迷惑不解的表情。影像现在变成了彩色,广告里的客厅也清晰可辨了。沙发上的男人和女人才是这个广告的主角。女人迷茫地盯着男人,问道:"这到底是什么?"男人耸耸肩,回复道:"我怎么知道? 一些现代白日梦吧,我猜。"

正如我们从上面的简要描述中看到的那样(不可避免的是,这种描述无法再现意义在众多层面上同时相互作用的节奏和活力),该广告全面考察了那档电视节目一贯使用的嵌套叙事效果——不过是颠倒过来的:观众陷入节目的某个场景当中,而这个场景居然还是用来宣传它的广告。然而,主要角色却似乎无法认出这其中的任何暗示,甚至将其视为太过现代而无法理解的东西。这种连续进出虚构状态的叙事创造了一种意外的效果,甚至是某种不和谐感,从中又产生了更多的幽默效果(Raskin 1985:31-32)。

可以说,20世纪60年代这类广告能足够有效地宣传第三个系列,而无须结束语。将电视节目比作因大受欢迎而重回市场的那盒洗涤剂会引人发笑,而笑声正是来源于偏离了正常洗涤剂广告的文本。然而,在"广告"和真实观众之间引入的另一个画面(由人物的对话所代表)进一步影响了女演员的故事讲述,使嵌套在另一层(虚构)叙事中的(虚构中的虚构)叙事所具备的虚构感变得更为显著。

电视节目《我这一代》的广告则没那么复杂,尽管它也以有效的方式浓缩了电视节目的精华,即在交谈中使观众想起几十年间不同地区的高光时刻,强调艺术和娱乐活动,但同时也讨论政治和宗教等方面的重大事件。

因此,因为需要考虑如此众多的不同领域,一系列广告应运而生,但其中的叙事主线却很单薄:它们邀请观众去想象节目主持人,就好像她是真的生活在广告所示的情景当中,而不是与她采访的对象一起讨论这些情景。这种完全沉浸感是靠各种视觉策略实现的。广告中呈现了大量清晰可辨的黑白场景,卡塔莉娜·弗塔度(Catarina

Furtado)(主持人)也在那里——不是作为一个在远处观察的当代女性,而是作为一个在每个场景里都扮演积极角色的人。出于这个目的,需要对图像进行编辑,让她的形象存在于之前的经典场景中。为了加深她就是那个时代的人这一印象,她的服装、发型和妆容都针对每个场景精心打造。因为她是保证这个系列广告连贯性的唯一元素,她的态度在所有广告中都是相似的:她的表达和面部表情既做作又矜持,流露出喜悦和敬畏,让人明显感受到她在分享那一刻时的快乐——无论是在聆听弗兰克·辛纳屈(Frank Sinatra)讲话时,还是在与欧洲音乐节歌唱比赛决赛选手共舞时,甚至是观看约翰·F.肯尼迪(John F. Kennedy)在柏林的那场著名演讲时。在这个例子中,可能的叙事发展是被暗示而不是展示出来的。互文性解读是这些发展可能实现的途径,因为现实与虚构能在其中混合。

《优点和缺点》的电视广告对"口头争论=选择对立面=战争"这一直白的表达做了比喻性解读,并围绕这种解读构建了广告要宣传的节目的视觉功能,从而生动形象地传达了该节目的主旨(Lakoff and Johnson 1980:51)。广告清楚地描绘了分立两面、针锋相对的人们——一边是警方,另一边则是抗议的群众。他们的面部表情和手势表达了对另一方的深刻不满和愤恨之情。

这个冲突场景由戏剧性的黑白影像拍摄而成,近景镜头对准了一张张咬牙切齿的脸、举起石头的手臂和瞄准目标的枪。广告再次隐喻性地描绘了节目参与者仍在进行的激烈争论,而冲突各方所戴的头盔和防护装置,则代表着参与者事先准备的大量文件和为捍卫各自立场所做的先发制人的声明。

然而,一个重要的元素是,这场战斗(广告中的一场,节目过程中也有许多场)里有对抗,但没有真实的肢体冲突。在挑衅激烈之时,双方交换了角色:抗议者变成了警察,而警察变成了正在抗议的人——可能是因为主持节目的女记者在场,而广告牌上她面部的手绘图作为结束场景出现了。与此同时,一个女性的声音告诉我们,在我们选择站队时,首先得了解对方的立场是什么,并解释说《优点和缺点》是一则会兼听双方立场的节目。就像之前的例子一样,我们很容易辨认出节目的主持人,他们所呈现的清晰可辨的形象,与广告所展现的图像建立了必要的阐释连接,将其与正在宣传的节目牢固地联系起来。

《看谁在跳舞》的广告建立在一系列可独立理解的迷你叙事之上,但也在结尾形成了一个累积而成的意义。我们看到不同的人,他们既不年轻也不优雅,只是做着他们严肃、无趣或重复的工作,穿着像是要去参加舞蹈比赛的衣服。这则广告内在的连贯性是由许多平行视觉场景的重复带来的,这些重复传达了一种规律性。但更重要的是,这种连贯性是由伴随所有场景的拉丁舞曲带来的,这个舞曲的节奏与所有演员的身体动作相匹配,因此在两个只能并置的平行场景之间建立了一种关联。最终的联系是以语言形式出现的:一个女性画外音邀请观众来参加周五晚上的舞蹈比赛,同时,画面上是节目女主持的近景镜头,似乎在说这些叙事暗示的,都是可能和可行的,并不仅仅是脑中的臆想。

足球节目的宣传广告没有明显可辨的叙事结构,因为足球为整个系列提供了一个连接中心。实际上,我们可以说足球的作用是破坏可能正在进行的叙事,因为它在该台的熟悉面孔工作的时候干扰了他们。是音乐(庄严地、从容地、古怪地)将这些在专业人士白天工作的地方所拍摄的场景结合到一起。因此,无论进行之中的是哪种叙事,当球赛开始时,它们至少会暂停一会儿:这也许是邀请观众在周末播放重要比赛的时候做出同样的选择?

2. RTP1 广告宣传:户外广告

户外广告的主要优势是可以锁定那些移动中的人们(Belch and Belch 2004:433),这也同样构成了它直接的缺点,因为人们没有时间观察细节,只能匆匆一瞥。这意味着,一般来说户外广告只会包含几个词语和引人注目的巨大画面。

正如我们在前面表格里看到的那样,我们讨论的两个电视广告都有相应的户外广告。从《我这一代》的户外广告可以看出,与电视广告相比,它们的作用显然是辅助性的:电视广告竭力浓缩节目所包含的多个领域,而户外广告却仅限于音乐这一个领域。节目主持人再次为三个户外广告提供了视觉上的联系,不仅成为那个年代标志性唱片封面的一部分,而且成为音乐的演唱者,再一次证实了广告沉浸于其中的 20 世纪 60 年代早就在电视广告中被发掘了。因此,电视广告里动态的音乐和影像在户外广告中根据对等的原则,被复原成了(静止的)唱片封面上的主人公,不过这个静态记录却包含了无限的、能在大众心中被激活的音乐可能性。

周末播出的足球节目户外广告运用了和我们已经在电视广告中看到的相似策略,即展示这个电视频道中非体育领域的著名专业人士。然而,由于电视广告和户外广告之间可能存在一些叙事线索,所以我们会假定它们之间存在互补关系。

如果考虑到在之前部分所分析的电视广告里,大多数专业人士对足球的干扰都显得并不在意,我们可以将个性化的户外广告理解为转而强调球的(更准确地说是足球的)重要性:在这三个户外广告里,我们看到足球世界里的三个主要人物——女记者、脱口秀喜剧演员和主持人。他们好像在告诉我们,即使他们的职业生活非常忙碌、事业非常成功,他们仍旧被足球的魅力所俘获——所以为什么观众不会呢?这也是一种利用广告将他们吸引过来的巧妙形式,在纵横交错的互文宣传网络中,他们在电视频道里扮演真实的角色。

3. RTP1 广告宣传:广播广告

在此次广告宣传中唯一的广播广告里,广告商选择了一种并不总是奏效的解决方式,即将电视广告的音频部分不做任何改变地复制到广播广告里。

这意味着广告商有意决定将广播广告削弱为一些符号性元素,以其作为电视广告的辅助手段。这种广告在此例中能获得成功主要是因为:电视广告是如此丰富、饱含"60 年代"语义场域的意义,以致只要其中几个就能激起大致相同的解读。正如我们在电视广告分析中看到的那样,那段引人入胜的悦耳歌曲不仅为第三个系列做出了必要解释,同时也为广告定下了基调。电视广告的结尾是一个男性的画外音,他那谨慎又带些做作的说话方式也是那个年代的典型特征。因此,将这两个元素综合起来,这个广播广告足以让大家想到它的主要广告——因为它也足以让那些没仔细看、只是听到了电视广告声音的目标人群将其识别出来。

结　语

当代广告能创造出有价值的信息,包括叙事的运行方式和如何借助传播这些广告的媒体尽可能简洁地来讲述故事。广告宣传必须被视为一种全球性活动,而不能被视为孤立的,毕竟它们的故事讲述可能性被包含在互文性相互参照里,存在于一个单独的广告世界中,但更常见于唤起其他话语的过程中,而这些话语会进而激活其他多少有些个性化的解读。在广告里,我们经常看到的并不是有着明确边界的完整故事的讲述,而是勾勒出某个可独立理解的叙事梗概,也暗示还有许多其他可能,受众会(或者不会)根据他们的个性继续讲述这个故事。这种在叙事阐释上的自由并不是广告话语所独有的,但这是它最显著的特征之一,也是它内在运行机制的一部分。

正如我们在上文对广告宣传的简要分析中所看到的,由于时间的限制,广告中的故事讲述过程会复原基本的叙事手段(如手势或者面部表情)来传达事件之间的联系,填充广告话语里缺失的相关信息。这些省略形式让浓缩的叙事变得轻盈、有效、流畅又引人入胜。由于受众被期待予以如此之多的配合,他们就必须运用自己的图式去补充那些丢失的部分,以填补空白。在大多数情况下,用来传达故事的媒介构成叙事过程中的一个元素,即被叙事者用来接近受述者的渠道。然而,正如本章前面分析过的一个广告那样,媒介的角色被凸显了,并在所述的故事中承担了叙事表达的功能。

当代广告在它们所选择告诉我们的故事中,强调交互性和意义的连续流动。广告里的线性叙事并不常见,这也同样影射了当代社会的某些特征:每个类型的故事都在连续不断地被讲述、被窃听、被打断、

被重复、被评论,每一次都会被赋予更深层次的意义。所有这些拧紧
螺丝的行为都使得叙事变得更加引人入胜,尽管要在如此众多的不同
故事情节之间建立起必要的联系变得更具挑战性。

　　叙事对人类具有毫无疑问的吸引力。对于广告所描述的事件而
言,叙事显然是一种赋予它们连续性、愉悦感和可述性的方式。借用
特伦斯(Terence)的话,我们可以说,总体而言,有关人类的一切就没
有广告不熟悉的。

张雅君　陈俊松　译

参考文献

Baldry, Anthony P.(2004). "Phase and Transition, Type and Instance: Patterns in
Media Texts as Seen through a Multimodal Concordancer." In: O'Halloran, Kay
L. (ed.). *Multimodal Discourse Analysis: Systemic Functional Perspectives*.
London: Continuum, 83–108.

Barthes, Roland (1977). "Change the Object Itself: Mythology Today." In:
Barthes, Roland. *Image Music Text*. Trans. Stephen Heath. London: Fontana
Press, 165–169.

Belch, George E., and Michael A. Belch(2004). *Advertising and Promotion: An
Integrated Marketing Communications Perspective*. New York: McGraw Hill.

Bezuidenhout-Raath, Ilze(2008 [2005]). "Advertisements." In: Herman, David,
Manfred Jahn and Marie-Laure Ryan(eds.). *Routledge Encyclopedia of Narrative
Theory*. London and New York: Routledge, 7–8.

Blake, Andrew (1997). "Listen to Britain: Music, Advertising and Postmodern
Culture." In: Nava, Mica, Andrew Blake, Iain MacRury and Barry Richards
(eds.). *Buy This Book: Studies in Advertising and Consumption*. London and New
York: Routledge, 224–238.

Cook, Guy (1992). *The Discourse of Advertising*. London and New York:
Routledge.

Eco, Umberto, and Siri Neergard (2001 [1998]). "Semiotic Approaches." In:
Baker, M.(ed). *Routledge Encyclopedia of Translation Studies*. London and New
York: Routledge, 218–222.

Freitas, Elsa Simões Lucas (2004). "Similar Concepts, Different Channels:
Intersemiotic Translation in Three Portuguese Advertising Campaigns." In: Adab,
Beverly, and Cristina Valdès(eds.). *Key Debates in the Translation of Advertising*

Material. Manchester: St Jerome Publishing. *The Translator*, 10(2): 291 - 311.

——(2008). *Taboo in Advertising*. Amsterdam and Philadelphia: John Benjamins.

Goddard, Angela(1998). *The Language of Advertising*. London and New York: Routledge.

Goffman, Erving(1979 [1976]). *Gender Advertisements*. London and Basingstoke: Macmillan.

González Requena, Jesús, and Amaya Ortiz de Zárate(1995). *El Espot Pubicitario: Las metamorforsis del deseo*. Madrid: Cátedra.

Grishakova, Marina(2006). *The Models of Space, Time and Vision in V. Nabokov's Fiction: Narrative Strategies and Cultural Frames*. Tartu: Tartu University Press.

Gulas, Charles S., and Mark G. Weinberger (2006). *Humor in Advertising: A Comprehensive Analysis*. New York: M. E. Sharpe.

Kress, Gunther, and Theo van Leeuwen(1996). *Reading Images: The Grammar of Visual Design*. London and New York: Routledge.

Lakoff, George, and Mark Johnson(1980). *Metaphors We Live By*. Chicago and London: The University of Chicago Press.

MacCannell, Dean(1987). "'Sex Sells': Comment on Gender Images and Myth in advertising." In: Umiker-Sebeok, Jean (ed.). *Marketing and Semiotics: New Directions in the Study of Signs for Sale*. Berlin: Mouton de Gruyter, 521 - 531.

McGregor, William(2008 [2005]). "Gesture." In: David, Herman, Manfred Jahn and Marie-Laure Ryan (eds.). *Routledge Encyclopedia of Narrative Theory*. London and New York: Routledge, 205 - 207.

Messaris, Paul (1997). *Visual Persuasion: The Role of Images in Advertising*. London: Sage.

Myers, Greg(1994). *Words in Ads*. London: Edward Arnold.

——(1999). *Ad Worlds: Brands, Media, Audience*. London: Arnold.

Ogilvy, David(1983). *Ogilvy on Advertising*. London: Prion Books.

O'Halloran, Kay L.(2004). "Visual Semiosis in Film." In: O'Halloran, Kay L. (ed.). *Multimodal Discourse Analysis: Systemic Functional Perspectives*. London: Continuum, 109 - 130.

Raskin, Victor(1985). *Semantic Mechanisms of Humor*. Dordrecht, Holland: D. Reidel Publishing Company.

Rose, Gillian(2001). *Visual Methodologies: An Introduction to the Interpretation of Visual Materials*. London: Sage.

Ryan, Marie-Laure(2006). *Avatars of Story*. Minneapolis and London: University of Minnesota Press.

——(2008a). "Media and Narrative." In: David, Herman, Manfred Jahn and Marie-Laure Ryan (eds.). *Routledge Encyclopedia of Narrative Theory*. London and New York: Routledge, 288 – 292.

——(2008b). "Mode." In: David, Herman, Manfred Jahn and Marie-Laure Ryan (eds.). *Routledge Encyclopedia of Narrative Theory*. London and New York: Routledge, 315 – 316.

——(2008c) "Virtuality." In: David, Herman, Manfred Jahn and Marie-Laure Ryan(eds.). *Routledge Encyclopedia of Narrative Theory*. London and New York: Routledge, 627 – 629.

Spolsky, Ellen(2008). "Gapping." In: David, Herman, Manfred Jahn and Marie-Laure Ryan(eds.). *Routledge Encyclopedia of Narrative Theory*. London and New York: Routledge, 193 – 194.

Wells, William, John Burnett and Sandra Moriarty(1998). *Advertising: Principles & Practice*. New Jersey: Prentice-Hall.

Williamson, Judith(1978). *Decoding Advertisements*. London: Marion Boyars.

Wolf, Werner (2008). "Intermediality." In: David, Herman, Manfred Jahn and Marie-Laure Ryan (eds.). *Routledge Encyclopedia of Narrative Theory*. London and New York: Routledge, 252 – 256.

Yeshin, Tony(2006). *Advertising*. London: Thomson.

第十三章

《叶之屋》中的叙事世界与多模态人物："——找到属于你自己的话语；仅此建议"

艾莉森·吉本斯

（德蒙福特大学）

作为学术追求，对多模态性（multimodality）与媒介间性（intermediality）的研究均被认为肇始于 20 世纪 90 年代，尽管我们必须承认媒介间性的起源可追溯至更早形成的跨艺术研究传统。虽然从某种程度上说，这些学科尚属年轻，这使得它们成为学术研究的新兴领域，但这也导致二者之间出现了一定程度的交叉与重叠。实际上，从事媒介间性研究的批评家们所面临的先决条件便是要对其进行定义。换言之，由于媒介间性被认为是一个"伞状术语"（umbrella term，即涵盖性术语）（Rajewsky 2005：44），其用法和解释五花八门，且常常与其他相关的术语换用，如互文性（intertextuality）和多媒介性（multimediality），因此找准其批评定位便显得极其重要。因此，我将在下一节中概述这个术语的含义，并提炼出在整个论述过程中我对这一术语的用法。

本文包括八个部分和结语。前三部分分别对媒介间性、多模态性以及马克·Z. 丹尼尔夫斯基（Mark Z. Danielewski）的《叶之屋》（*House of Leaves*）进行介绍。在第四部分中，我将小说的媒介间性视为被嵌入其叙事层面中的，而在第五部分中，我对小说中一个片段进行了分析，在这个片段中多模态性与媒介间性均发挥了作用。在第六部分中,我提出了一种鲜为人知的媒介间性形式,即作为本体论经验的媒介间性。最后两部分则结合小说《叶之屋》,对这一概念进行具体考察。

媒介间性

如今媒介间性研究已在国际上获得了广泛的认可,但在此之前,它最初是在欧洲学术界,特别是在德国兴盛起来的。在其发展历程中,批评家们试图通过创建媒介间性的分类学这一方式来界定这一领域(例如,参见 Balme 2001;关于概述,参见 Rajewsky 2005, Wolf 2005),然而似乎尚不存在普通或是真正统一的共识。为解决对其进行定义这一关键问题,伊琳娜·拉耶夫斯基(Irina Rajewsky)建议:

> 我们想从当前大量关于媒介间性的构想及其所涉及的广泛题材中浓缩出一个共通点,就不得不诉诸一个宽泛的概念,这个概念既不限于具体的现象或媒介,也不限于具体的研究目标。从这个意义上来说,媒介间性的首要作用便是充当一种通用术语,指代那些在不同媒介之间以某种方式产生的所有现象(正如前缀 inter- 所示)。因此,"媒介间的"指的是与跨越不同媒介界限有关的结构……(Rajewsky 2005:46;强调为原文所加)

此外,正如拉耶夫斯基自己表述的那样,"媒介间性"这一术语在很大程度上依赖于自由语素"媒介",而如沃纳·沃尔夫(Werner Wolf 2005)所指出的那样,这本身就存在定义问题:

> 这一理念衍生出了多种含义,下至一种十分狭隘的构想,即作为传递信息的技术渠道,上至极其宽泛的定义,即认为所有"人类的延伸",无论是身体上还是意识上的,都属于"媒介"(Wolf 2005:253)。

沃尔夫认为,对于"媒介"一词的这两种极端理解均无益于跨媒介研究。之所以"媒介间的"一词的指向很广,其中一部分原因是其跨学科范畴。

根据拉耶夫斯基(Rajewsky 2005)和沃尔夫(Wolf 2005)的分类,媒介间性可以进一步按形式分类,以便进行清晰的分析。由此产生了四种类别:跨媒介性(transmediality)、媒介间转换(intermedial transposition)、媒介间指涉(intermedial reference)和复媒介性(plurimediality)。跨媒介性(Wolf 2005:253)适用于可存在于多种媒介的现象,并且往往局限于形式上的策略,如转叙或叙事本身。媒介间转换(Wolf 2005:254;被拉耶夫斯基称作"媒介转换",Rajewsky 2005:52)指的是将一种媒介的文本转换为另一种媒介产品的形式,如小说的电影改编。媒介间指涉(Rajewsky 2005:52;Wolf 2005:254-255)的作用类似于互文性参照,但又跨越了媒介,比如一本书参照了一部电影。

最后一类,复媒介性(Wolf 2005,254;被拉耶夫斯基称作"媒介组合",Rajewsky 2005:52),我之所以将其留至最后讨论,是因为它与另一个更为常用的术语"多模态性"之间出现了高度的重叠。我将在下一节中对此进行探讨。

复媒介性/多模态性

在沃尔夫(Wolf 2005:254)的定义中,"只要在给定的符号实体中至少有一例明显存在两种或更多的媒介",那么就有复媒介性或多媒介性发生;而根据"多模态性"这一术语的提出者克雷斯和范莱文(Kress and van Leeuwen 1996:183)的定义,多模态性存在于"通过一种以上的符号模式实现其意义的任何文本"。这两个术语在含义上的差异显而易见,其中最关键的区别在于二者分别强调了媒介和模态,可惜这只会让我们回到沃尔夫对"媒介"本身所涉及范围的深刻解释上。一方面,我们倾向于把"媒介"用来指代沃尔夫所提及的狭义的技术性概念,而相比之下,"模态"更显得包罗万象。然而,当我们着眼于那些被沃尔夫和拉耶夫斯基称作"复媒介"的文本类型(歌剧、手抄本、漫画)及被克雷斯和范莱文称作"多模态"的文本类型(报纸、电影、杂志、网页、漫画)时,便会发现两者间本应存在的明确差异并未出现。在本文中,我将使用"多模态性"这一术语,一部分原因是该词已被广泛使用,另一部分原因是我是从认知角度来理解媒介间性的。因此,"多模态"一词既表示媒介形式,也表示感官模态,使媒介和模态这两者能够与人类主体认知媒介间性并与之互动的方式联系起来。

本文聚焦于多模态印刷文献的一个实例该文献是一本小说,它在叙事的交际与推进过程中利用了多种(主要是语言、视觉和动态方面的)符号模式。纸张上的不同表达模式并不以自主或独立的形式呈现出来,而是以特定方式来表达,即这些模式尽管具有各自不同的交流方式,却在文本意义的产生过程中不断发生相互作用。因此,一种模式并不具有特殊性,叙事内容、字体、排版、平面设计、空白及图像均有各自的作用。由于多模态文学还只是学术界中的一个新兴领域(参见Gibbons 2008,2010,2010 即将出版;Nørgaard 2010),因此有必要概述多模态小说中反复出现的一些形式特征(当然包括图像):

(1)文本编排和页面设计别出心裁。

(2)字体富于变化。

(3)色彩在字体和图像内容中的使用。

(4)将文本具象化,从而创造图像,如在具象诗中。

(5)能引起人们关注文本物质性的手段,包括元小说写作方式。

(6)脚注和自我质疑的批评声音。

(7)手翻书章节。

(8)在文学(如惊悚、浪漫)和视觉效果(如剪报、戏剧对白)方面的体裁融合。

无论是在自我意识方面(使用元小说、互文、媒介间指涉,凸显物质性,创新的排版和文本编排),还是在向读者发出的邀请和要求方面,这样的小说都属于高度复杂的艺术形式。事实上,多模态小说往往强调阅读的动态和具体化性质。

马克·Z. 丹尼尔夫斯基的《叶之屋》

马克·Z. 丹尼尔夫斯基的《叶之屋》是多模态小说的重要范例，在其出版不久便荣登"畅销书"行列（参见 Bray and Gibbons 2010 即将出版）。作为一部多模态作品，《叶之屋》在排版上花样百出，视觉设计也极具创意，这与具象诗有着许多共同之处。在小说中的诸多叙事序列中，文本穿越了纸张页面，时常改变方向和页面位置，或是构成图像设计，所有的这些都与此刻阅读时的叙事行为有关。这本小说的物质实体也是一个重点：整本书如史诗般厚重，足足有 700 页，近似正方形的外形让其从读者手中一本沉重的书变成了"门挡"。事实上，与所谓的"传统"印刷文学相比，这些特征促使 N. 凯瑟琳·海尔斯（N. Katherine Hayles）在谈及《叶之屋》时，说它"意义如此深远以至于形成了一种全新的形式和人工制品"（2002：112）。重要的是，《叶之屋》一书的多模态属性（凸显的视觉设计和与语言文本组合使用的空白）对它的叙事及读者的认知体验都至关重要。

《叶之屋》不仅在多模态性和物质性方面具有挑战性，从叙事学角度来看，它也是错综复杂的。小说中多条故事线被共同编织成一个由嵌入式或嵌套式世界组成的递归叙事结构。在接受科特雷尔（Cottrell）采访时，丹尼尔夫斯基表示，"我认为《叶之屋》的结构读来容易，解释起来却难得多"（未注明日期）。因此，我将对这部小说复杂的情节进行概述，同时附上说明图表（见图 1）。

《叶之屋》的核心情节是"奈维德森录像"。威尔·奈维德森是一位荣获过普利策奖的摄影记者，他决定创作一部影片，记录他的家人搬到白蜡树小巷的新家后在那里开始的新生活。然而，事情并非表面上那样简单。视频中突现不祥之兆：房屋的内部结构似乎在变大，主卧里出现了一扇陌生的门，通往幽暗的走廊。之后，奈维德森和他的兄弟汤姆、朋友比尔·赖斯顿以及猎人/探险家霍洛韦、杰德和瓦克斯组成的专业团队，对这些奇异而不断变化的结构进行了一系列的探索。该视频的名

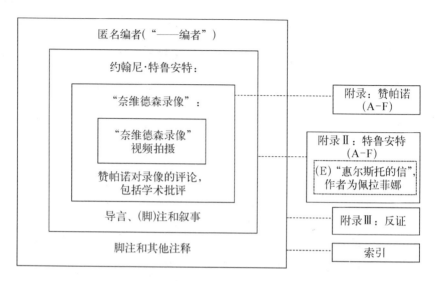

图1　丹尼尔夫斯基(Danielewski 2000)《叶之屋》中的叙事层次

称是"奈维德森录像",它凭借"老大哥"式的家庭摄像机和探察暗黑的房屋内部时拍摄的影像片段,记录下了屋中发生的种种神秘事件。

　　由于"奈维德森录像"是一部纪录片,读者们自然无法直接接触到它。虽然从小说的本体论出发,它形成了一个叙事层,但这一层并不具体,也无法触及,需要通过叙事媒介才能复原。事实上,读者是通过一位名叫赞帕诺的人物才得以了解"奈维德森录像"的。赞帕诺是一位失明老人,他通过书面的叙事性描述和学术性评论来记录视频,其完整的手稿也被命名为《奈维德森录像》。值得一提的是,赞帕诺的视力残疾确实对视频的本体论地位造成了麻烦(它真的存在吗? 这位老人怎么会看见过它?)。

　　赞帕诺的评论本身被囊括在约翰尼·特鲁安特构造的叙事世界中,他是一位带有洛杉矶生活方式、性格粗犷的文身师。当人们发现赞帕诺死于公寓中后,特鲁安特便成为手稿的拥有者,手稿中汇集了赞帕诺对"奈维德森录像"的思考。特鲁安特的叙事始于小说的引言部分,之后便以脚注的形式存在,时而简明扼要,时而长篇大论,占满数页的篇幅。

构架出特鲁安特叙事的是匿名编者的文本,他们偶尔会以脚注的形式添加评论,通常与该书的事实或虚构性相关,并且/或是以与免责声明类似的方式发挥功能。例如,他们的文字出现在文本的版权页上,他们撰写了简短的前言,他们在小说中进行评论的实例可以在小说第 54 页找到:"[66]特鲁安特先生拒绝就这一特定段落进一步发表评论。——编者"(Danielewski 2000:54)。为了对后三位作者及叙事层进行区分,各部分内容分别使用了不同的字体。杰茜卡·普雷斯曼(Jessica Pressman)对此解释道:

> 这些叙事声音都可根据不同的字体进行识别,并且与某个特定媒介相关联:赞帕诺发表的学术评论的字体是 Times Roman,这让人不禁联想到报纸和莱诺铸排机的字体;特鲁安特编写的脚注是 Courier 字体,模仿刻在打字机上的铭文,并在主题上使他成为手稿的"邮递员";编者们所做的简要注释被恰如其分地以 Bookman 字体呈现。(Pressman 2006)

这也许会被视作一种媒介间指涉:字体选择所呈现出的视觉上的动态感传递着人物的声音。

除了上述提到的叙事世界之外,《叶之屋》还包含三个附录,它们的内容被认为分别由三位故事世界中的作者撰写;此外还有在小说中并不常见的索引。图 1 描述了它们与更为核心的叙事世界之间的关系,从叙事世界的边界延伸过来的虚线标示着叙事世界与其拥有的附录、索引之间的对应关系。

由于小说的叙事结构是递归性的,因此外层框架世界中的人物便可以进入它们所包含的世界的附录之中。例如,特鲁安特和"——编者"均能够以本体论的方式进入赞帕诺的附录,但只有"——编者"才能够进入特鲁安特的附录。他们因此也有权对下级附录进行评论,例如在特鲁安特编写的附录 E 部分中,"——编者"在"阿蒂科·惠尔斯托学院的三封信"的开头添加了注释。值得注意的是,"阿蒂科·惠尔斯托学院的三封信"包括了特鲁安特的母亲佩拉菲娜写给他的许多信件。佩拉菲娜的信中对《叶之屋》的另一位作者进行了介绍,这位作者也有她自己的字体与叙事声音。

对影片"奈维德森录像"的叙述

在前文对《叶之屋》复杂的叙事结构的概述中我们提到,赞帕诺的叙事是对"奈维德森录像"的一种记录。因此,这部虚构影片的叙事中介本身就具有媒介间性的特征。首先,它是一种(仿造的)媒介间指涉,在我们认为的影像式艺格敷词形式中使用了书面叙事媒介。小说中还存在着另外一种媒介间指涉。"奈维德森录像"通篇反复提及了这部纪实风格影片中的影像,例如,赞帕诺频繁使用"正如我们所看到的……"(Danielewski 2000:127)之类口语化的词语搭配,既采用"我们"这样一个极具包容性的词语去营造一种真实感和与其预期叙事读者的认同感,又强调了其最初所用媒介的可视性。此外还有对影像技术设备的元指涉:"摄像机再次亮起"(Danielewski 2000:128),"用16毫米焦距的镜头拍摄的动态画面(彩色和黑白)以及用35毫米焦距的镜头拍摄的静态画面"(Danielewski 2000:154)。

然而最有意思的是,这部小说试图通过文字和图像的多模态组合,来捕捉并重新呈现影像的特性和技巧。沃尔夫(Wolf 2005:255)称此为"重现",即一种媒介"模仿另外一种媒介所产生的效果"。在"探索#4"中,即最后两次极具多模态性的探索中的第一次,就出现了这种直接的媒介间指涉的绝佳范例。整个探索过程富有戏剧性张力,团队的领头者霍洛韦似乎失去了理智,突然开始攻击自己的队员,奈维德森和莱斯顿于是不得不冒险踏进黑暗的房屋内部,去执行救援任务。可奈维德森被孤零零地落在那看似长到令人难以置信的楼梯的底部。叙事告知读者,这一幕是"这一部分最后一个镜头"(Danielewski 2000:304),随后便是奈维德森所说的一段话,语气中带着绝望。叙事以下列方式继续推进(见表1)。

表1 （Danielewski 2000：307－312）

页码	页面上的内容	呈现的方式
307	影像到此结束	位于 R 页的右下角
308	没有留下任何其他东西,除了那不起眼的	位于底部。单词间有多余空格
309	白色	位于页面中心偏上
310		页面一片空白
311	屏幕	位于页面中心偏上
312	•	位于页面中心偏上

奈维德森似乎感到绝望,这加剧了叙事张力,这种张力导致了我们所讨论的章节的结语。影片末尾是通过媒介间的方式进行描述的。那一页开始的那句"影像到此结束"将这一点表现得淋漓尽致,而这个元陈述有助于读者理解后文中的多模态再现。落在后面两页的"白色//屏幕"通过几种不同方式得以实现。首先,修饰性形容词和名词被分别放置在单独的页面上,凸显了它们所在页面的巨大空白,从而弥补了口头描述在色彩和留白上的不足。此外,在这两个单词之间有一张完全空白的页面,对口头描述的内容进行了视觉化的呈现,将原本的白色屏幕重新改造成《叶之屋》中的空白页。最后,在这几页的最后一页上只有一个小黑点,这令人想起了旧式电视机关机时的场景——屏幕上的色彩与光亮缓缓褪去,只留下一个光点。

在《叶之屋》中,以上述讨论过的唤起方式进行媒介间指涉的例子绝非个例,丹尼尔夫斯基就经常利用小说这一样式的物质性能来再现影像的效果。在戏剧文稿（Danielewski 2000：254－273,354－365）、活页乐谱（Danielewski 2000：477－479）等其他体裁中我们也可以发现媒介间指涉的例子。通过在《叶之屋》中召唤其他媒介,丹尼尔夫斯基提升了它作为一个多模态文学艺术品的地位。由于自带拉耶夫斯基（Rajewsky 2005）和沃尔夫（Wolf 2005）认为是"似乎"特性的东西,在书面叙事中召唤影像媒介这一做法总显得不够真实。尽管如此,它确实能让人们在阅读《奈维德森录像》这部小说时,感到自己真的在观看它。因此,赞帕诺在词语搭配中对包容性代词"我们"的使用,如"正如我们所看到的……",是将读者视作了其预期的虚构受述者,这样一来,他们在阅读《叶之屋》时的参与感和体验感也得到了提升。

探索这座多模态的屋子

在这一节中,我将从认知诗学的角度对《叶之屋》的一个多模态片段进行分析,继续探讨读者们是如何体验小说的。认知诗学(参见Gavins and Steen 2003;Stockwell 2002)这门学科旨在帮助我们更好地理解人们阅读、想象和理解文学作品时涉及的心理过程。为了实现这一目标,该学科不仅研究作品的形式、风格和语言,同时还借鉴认知科学领域(如神经科学、认知心理学和认知语言学)已取得的成果。如此一来,这样一种接受敏感的研究方法便能为阅读提供一种动态描述,而不是单一聚焦于"文学文本的技巧或读者,而是当一个人与他人接触时所产生的那种更为自然的阅读过程"(Stockwell 2002:2)。认知诗学的理论框架及术语将在下文分析中出现,我会对其进行介绍和解释。

由于小说第440至441页中的多模态空间安排尤其引人注目,为我们的研究提供了一个很有价值的出发点,因此我选择这两页的内容来分析。

这两页对"探索#5"中的一个情节进行了特写,在整个职业探险队全部迷失在房屋内或是被房屋内的黑暗所吞噬(字面或隐喻意义上)之后,由奈维德森独自拍摄。纵向排列的文字横跨两个页面,这意味着读者必须翻转书页才能阅读上面的内容。叙事内容传达了以下情节:

440

Slowly but surely,

hand over hand,

Navidson

pulls himself up

the ladder. But

after presumably

hours and

of climbing

with only brief

stops to take a

gulp of water or

have a bite of some

high-calorie energy

bar, Navidson

admits he will

probably have to

tie himself to a

sleep. This idea,

rung and try to

however, is so

unappealing he

continues to push on

for a little longer. His

tenacity is rewarded.

Thirty minutes later

he reaches the last

rung. A few more

seconds and he is

standing inside a very

Erich Kästner in *Olberge Wein-berg* (Frankfurt, 1960, p. 95) comments on the force of vertical meanings:

The climbing of a mountain reflects

redemption. That is due to the force of

the word 'above,' and the power of

the word 'up.' Even those who have

long ceased to believe in Heaven

and Hell, cannot exchange the words

'above' and 'below.'

441

And idea Escher beautiful sub-verts in *House of Stairs*, disen-chanting his audience of the gravity of the world, while at the same time enchanting them with the peculiar gravity of the self.

图 2　丹尼尔夫斯基(Danielewski 2000)《叶之屋》: 440 – 441

Reprinted by permission of The Random House Group Ltd.

奈维德森双手交替,沿着梯子缓慢却坚定地向上爬。就这样,奈维德森攀爬了数小时,只做短暂停歇,喝口水或是咬口高热量的能量棒,其后他不得不承认,他可能得趴在梯子的横档上尝试睡上一会儿。然而,这种想法对他来说没有吸引力,他决定再继续向上攀爬一会儿。他坚忍不拔的精神得到了回报——30分钟后,他抵达最后一个梯级。几秒钟之后,他便置身于一个非常⋯⋯(Danielewski 2000:440-441)

就在此刻,叙事停止了,读者们必须翻页才能继续读完这个句子,从而弄清奈维德森到底站在何处。

认知诗学范畴中的图形(figure)和背景(ground)关联在首句就被构建了起来。图形和背景是一种从视觉感知发展而来的认知诗学框架。图形就是指能抓住人们注意力、处于前景位置的凸显实体,它成为视觉和/或想象的焦点,与其背景形成对比。这里,通过提喻式的映射,注意焦点首先在于奈维德森的手,再转到其本人。在这一叙事世界中,占据主语主位位置的奈维德森被赋予了能动性和动态,被描述为射体,梯子则被标记为界标。由于他的移动路径是向上的,位移过程便可看作一个"上方"(UP)意象图式。实际上,这种语言结构超越了其(作为页面上的文字的)静态显现模式,为叙事世界注入了活力与生气。

在这个片段中,我们还可以从视觉上(清晰地)辨认出其图形化。从整体上看,这个标志性的空间布局构筑出了一架横跨左右两个页面的梯子。这架梯子的每一道横档都由两行隔得很近的简短文字构成;这样,一个横档就是这样两行文字组成的一个群集。文字周围都是空白。在多模态分析中,群集(cluster)指的是"对各个词语的一种局部性的分组"(Baldry and Thibault 2006:31)。因此,随着观看者/读者的注意发生转移,群集也会产生改变,继而让分析者感知到小规模群集的作用及视野内群集的组合关联。

在一片暗淡的空白页面中,深黑色的印刷文字显得很突出,就像日常生活中一架倚靠在墙边的真梯子一样,占据着图形的位置。通常来说,阅读行为有助于将视觉中的图形-背景结构分为若干层级。注意具有即时性,相应地,主要图形便是在某一特定时刻被聚焦的文字。在本选段中,这些层级从单个群集、句子(类似于诗歌中的跨行连续,以跨群集的方式继续推进)到由印刷形成的整个梯子,都在渐行渐远。留在视野里的是当前这个横跨页面,还有从此书边框外瞥到的真实世界。

梯子的单词顺序及其空间方位决定了我们必须遵循的阅读路径。即使书本已被翻转,起始点很明显在原来页面的左上角。然而,书本的物理旋转促使我们的眼睛出现一种不太熟悉的运动。前三行文字每行自左至右水平位移,形成了矢量,指引着阅读方向。在多模态研究中,"矢量"利用动力、方向性、定向等特性对阅读/观察路径施加影响(Baldry and Thibault 2006:35-36)。这一层层"梯级"也证实了这一点:眼睛沿着向上的路径一步一步向上一级梯级移动,文本碎片不同寻常的上移导致阅读过程有几分不适和别扭。这种上升式的设计导致了一种非比寻常的阅读路径。梯级向上堆积,形成了一种新的矢量结构,促使读者的眼睛跨越空间,在视觉上进行"群集跳跃"(Baldry and Thibault 2006:26),尽管语言叙事是线性的。

在群集跳跃的过程中,眼部运动表现出了类似"动态遮挡"(kinetic occlusion)的特点(Gibson 1966:203-206)。"动态遮挡"这一概念出自感知与生态心理学家 J. J. 吉布森(J. J. Gibson)的著作(1966:203-206),指一个表面越过另一个表面。吉布森以一幅从墙上掉落的图片为例,对整个过程,尤其是对周围环境的视觉处理,进行了雄辩有力的评论:

> 就视觉纹理而言,前边缘处发生了抹擦,后边缘处未发生抹擦,阵列中的图形的侧边缘处发生了纹理的剪切。这种种转变都意味着纹理的连续性遭受了破裂性的损伤……(1966:203;强调为原文所加)

斯卡利(Scarry 2001：12－13)也提到了动态遮挡,但她在阐释这一概念时,在吉布森所举例子的基础上增添了手拂过脸部这一运动。这两个例子都涉及了同一种情况,即某一表面或物体对处于视野下方的表面或物体进行了短暂性的"抹擦"。但吉布森(Gibson 1966)和斯卡利(Scarry 2001)对动态遮挡的描述存在一个关键的差别。前者的兴趣点在于视觉处理,而后者关注的是文学体验,故而其兴趣点在于想象性的处理。因此,我将结合吉布森与斯卡利二者的理论,运用动态遮挡的概念对《叶之屋》的多模态性进行分析。

从《叶之屋》想象的叙事世界开始,奈维德森向上攀爬的动作离不开在梯子一级级横档上的"双手交替"。从客观的侧面视角来看,当前手在后手上方掠过,继而达到更高梯级时,在文本世界中会出现短暂的动态遮挡现象,前手会挡住后手。回到《叶之屋》的视觉结构,每一个梯级在被阅读时,都会吸引读者的注意力,前一个梯级的内容也得到凸显。不同于动态遮挡的字面意义过程(Gibson 1966),即看见一个物体在另一物体前穿过,眼睛的运动使梯级产生遮挡,因为正在被阅读的梯级这一群集所具有的现时性会遮蔽之前的梯级。而这个过程,正如斯卡利所指出的那样,"明确说明了持久性"(Scarry 2001：13):之前的梯级虽然不再是焦点,但仍然持续存在于下方,并在眼睛向最高梯级移动的过程中,形成一个由较低梯级累积而成的分层结构。此外,我们在"缓慢却坚定地""双手交替着""数小时"的语法结构中能感知到类似效果的存在:利用词汇重复、平行结构、语音模式来对应这种分层结构,突出了奈维德森单调的、持续了很长时间的攀爬活动。

这个选段中采用的阅读路径引起了自觉共鸣。通过向上运动以及感到的不适,读者的眼睛与奈维德森这个人物建立了一种对应关系。读者和文本在身体和视觉上的相遇,对应着攀爬运动的叙事描述,进而还对应着现实世界中真实的攀爬运动。通过在语言上使用现在时,视觉再现得到了加强,进而促使眼睛展现出一种概念隐喻。概念隐喻理论(参见 Lakoff and Johnson 1980)表明人类的概念模式在本质上是隐喻性的。就其本身而论,概念隐喻渗透在语言之中。假若我现在停下来,略带口语化地问"你看见(知道)我的意思了吗?",我这句话实则从"所知即所见"(KNOWING IS SEEING)这一概念隐喻派生而来,要想理解我打算表达的含义,这一隐喻必须在无意识的状态下被激活。概念隐喻包括源域(source domain)和目标域(target domain),源域中的概念元素通过隐喻连接被转移至目标域,而目标域因此常被重新描述。这样一来,通过与基于身体和/或日常经验的起点域(源)相比,概念隐喻为我们提供了一种理解抽象概念(目标)的途径。

这里起作用的概念隐喻是"文学体验是身体运动"(LITERARY EXPERIENCE IS PHYSICAL MOVEMENT)。这与理查德·格里格(Richard Gerrig)所持的"叙事体验近似于运输过程"的观点十分契合,他关于阅读的想象过程的模型便基于这个运输隐喻。他谈及读者时称,读者"通过表演那个叙事过程而被运输"(Gerrig 1993:2;强调为原文所加)。因此这条隐喻绝非新揭示出来的,但是我认为它在《叶之屋》中的表现是与众不同的。格里格所说的"表现"是指纯粹借助想象和情感的力量沉浸于或被传输至虚构世界,然而这种阅读路径增添了一个表现维度,即阅读文字时眼部的移动和参与,这与文本世界中的维度是平行对应的。这个概念隐喻是由文字和图像的相互作用而产生的,它的显现是作家与读者共同努力的结果:前者根据叙事内容决定和安排视觉的布局,后者的视觉历程体现了"文学体验是身体运动"这一概念隐喻。如果这个选段中的视觉因素没有被纳入考虑的话,我们可能也就不会去考虑这个视觉的概念隐喻行为了。

在选段的右侧页面还有一架梯子,它处于较大的那架主要梯子的顶部,因此必须再把书转过来阅读。从左到右、从上往下,这架梯子(包括顶部和底部平台在内)上写着:

埃里克·克斯特纳(Eric Kästner)……对垂直意义的效力发表了一番评论:

> 登山与救赎有着异曲同工之妙。这是由于"上方"这个词的效力和"向上"这个词的力量。即使是那些早已对天堂和地狱失去信仰的人也不会将"上方"和"下方"两个词互换。

> 埃舍尔在《梯之屋》(*House of Stairs*)中完美颠覆了这一观念;他让他的读者们对世界的重力祛魅,同时又让他们对自身奇特的重力陶醉。(Danielewski 2000:441)

对于"向上""上方"和"下方"等词的思考实质上是对相关概念隐喻——"好的即上升的"(GOOD IS UP)和"坏的即下降的"(BAD IS DOWN)——的深思。在这些概念隐喻中,通过参照上升体验,心理判断便得到了解释。关于这些词语的"力量"与"效力"的讨论暗示了它们在思想结构中的重要地位。换言之,"好的即上升的"和"坏的即下降的"已然成为基本的隐喻,对人类理解过程至关重要。这架视觉的梯子及其实行的阅读模式使观察识解产生了扭曲。"好的即上升的"表明了对到达梯顶端时会发生的情景的认知期待。反过来,当阅读路径向下行进时便会出现悖论。言语和视觉之间的差异产生了意义的张力:阅读的方向性是否会使语言内容的含义发生倒转?此外,在翻页以确定奈维德森的下一个方位之前,读者已经沿着梯子向上向下分别攀爬了一次。这一冲突没有得到解决,产生了一种"悬而未决"的效应,使读者对翻页之后背面那一页上方位的性质感到焦虑与担忧。值得注意的是,这种叙事焦虑并不是由无缝的多模态整体引发的,而是由言语和视觉模式之间的张力差异所导致。因此,这种效应也许能被视为媒介内部(intramedial)的多模态效应。当张力在小说媒介内部出现时,两种符号模式(即言语和视觉交流)之间的分歧也会导致张力的产生。

上述引文还揭示了该小说对埃舍尔(Escher 1951)著名画作《梯之屋》所做的有趣的媒介间指涉。在埃舍尔画作的标题与丹尼尔夫斯基的小说标题之间,不仅在词汇和句法反复方面存在一定的关联,而且它还暗示了一种含蓄的媒介间重现。埃舍尔的《梯之屋》恰巧与《叶之屋》中通过对文本的编排以构筑视觉"阶梯"的那一部分内容相关。丹尼尔夫斯基的梯子从不同方向横贯页面,埃舍尔的阶梯同样如此。此外,埃舍尔的画作尝试了不同的视角。他所描绘的阶梯平面呈现出了矛盾的角度,故而似乎有悖于重力定律。因此,对于熟悉埃舍尔画作的读者来说,丹尼尔夫斯基利用埃舍尔的《梯之屋》进行媒介间指涉,以达成对"好的即上升的"和"坏的即下降的"两个概念隐喻的颠覆,因为如果重力不存在的话,用以构成这两个概念隐喻的身体经验便与这两个概念隐喻了无关联。

在小说第 440 至 441 页的两架梯子顶部分别有一个小箭头,箭头都向下回指梯子本身,似乎并非要将读者引向某个特定的物体。这也不是指示阅读方向,因为只有当读者"攀爬"至中间那架梯子的顶部时,她/他才能与箭头相遇。一种可能性是这些箭头事实上是与阅读方向有关的,但它们表现得更像是视觉矢量:第一个箭头将读者的目光推向第二架梯子的顶部,之后再沿着第二个箭头指示的方向开始阅读。另一种可能性是,第一架梯子顶部的箭头向下直指地面,可以说,是在以图解的方式提醒读者下落的可能性。考虑到这种认知可能性,加之矢量具有遵循箭头所指方向的本能,读者的目光可能会在此影响下以文学"自由落体"的形式返回梯子。在这种情况下,伴随着读者视线的同步下降,箭头代表了流行儿童游戏"蛇梯棋"中的蛇。这体现了小说的创新性和趣味性,但它也增加了叙事焦虑,暗示了奈维德森及与其处于平行关系的读者所选择的危险路线。

这个选段证实了文本意义是如何以多模态的方式生成的,并继而展现了多模态性和媒介间性之间的关联,包括对读者文本体验的影响。在下一节中,我将探讨迄今为止还未提及的媒介间性的更深层形式,即本体论的媒介间性,并在此基础上进一步扩展分析,探讨读者是如何将《叶之屋》当作一种多模态、媒介间的客体进行体验的。

"中间"的本体论

奥斯特林(Oosterling 2003)在《可感知的媒介间性与中间性：走向"中间"的本体论》("Sens[a]ble Intermediality and *Interesse*：Towards an Ontology of the In-Between")一文中，探讨了"在媒介间艺术实践中得到提升的'中间论'经验"(2003：31)。对于奥斯特林来说，这是一种哲学追求，专注于"中间性经验的特性……，以这种中间性(inter)形式而存在(esse)所具有的不稳定及非话语特性"(Oosterling 2003：31；强调为原文所加)。奥斯特林对法国后结构主义批评和崇高美学进行了比较，发现媒介间体验在艺术世界中可能没有那么独特，是跨媒介和多模态经验普遍存在的当代全球生活的重要特色。虽然奥斯特林对21世纪的文化和批判性思维提出了有趣的看法，但不幸的是，他既没有为适于媒介间性的艺术品提供可复制的方法，也没有描绘出跨媒介美学经验的大致轮廓。

查普尔和卡滕贝尔特(Chapple and Kattenbelt 2006)对媒介间性体验及其本体论维度也十分感兴趣，他们采用的是一种更具体的方法。他们结合戏剧和表演，对媒介间性进行了思考，指出：

> 虽然媒介间性乍一看像是一种由技术引起的现象，但有时候即使没有任何技术在场，它其实也能奏效。媒介间性与戏剧实践相关，从而能够改变人们对表演的感知，这一点在演出过程中可以得到体现。表演会产生不同的现实，就在这些不同现实的交汇处，我们可以捕捉到媒介间性的存在。
> (Chapple and Kattenbelt 2006：12)

虽然在上文中查普尔和卡滕贝尔特指的是戏剧研究，但我认为在小说中，尤其是在多模态小说中，这种实践和感知的变化同样也是显而易见的，并且与沃尔夫所说的"自现代主义以来，在西方文化中发生的

'媒介间转向'"是一脉相承的(Wolf 2005：256)。查普尔和卡滕贝尔特继续说道：

> 媒介间性在表演所创造的不同现实之间占据一个空间,因此它是一种至少涉及三方的现象。媒介间性是一股强有力的、潜在的激进力量,它在表演者和观众之间,在剧院、表演和其他媒介以及不同现实之间运行,而剧院为媒介间性提供了一个可以表现的舞台空间。(Chapple and Kattenbelt 2006：12)

媒介间性具有经验性、施行性、可转化性的这一观念十分重要,其价值超越了戏剧演出本身。多模态小说既凸显了自身的物质性,也凸显了读者对文学体验的具象参与过程。在某些情况下,读者的具象参与性超越了预期的习惯性翻页行为,呈现出了一种更具表现性的维度。因此,我认为当文学作品中的多模态性成功地将读者置于本体论(虚拟和现实的)"中间"位置时,媒介间空间便产生了。在下面两节中,我将结合马克·Z. 丹尼尔夫斯基所著的《叶之屋》进一步探讨多模态性和媒介间性之间的关系,并借此论证多模态文学作品是如何将读者置于跨媒介美学体验的"中间"空间的。

形意的跨世界和媒介间空间

读者与书本的身体互动是小说多模态布局的产物,如读者需要把书转过来阅读。正如上文分析的选段所示,在对小说叙事进行探索的过程中,页面上的文字复制了屋内黑暗中不断变化的建筑结构,也由此复制了人物在其中的旅程。小说第 440 至 441 页所再现的是奈维德森的个人探险,读者也跟着体验了一遍。这种追随体验的方式,在读者与奈维德森这一人物之间形成了平行关系。在我看来,这种方式创造了一种具有双重指示的主体性,这一构想是对戴维·赫尔曼

（David Herman）有关"你"的双重指示定义的扩展，其中：

> 观众会发现他们或多或少都会不由自主地将自己与文中所
> 指称的"你"对号入座。"你"的指示效力便是双重的；换言
> 之，嵌入了描述性内容的话语语境的范围是不确定的，而
> "你"所指定或选定的参与者的范围原则上也是如此。
> （Herman 1994：399）

按照赫尔曼所说的后一句话来看，主体合并现象的核心在于"你"的指
称对象是模糊的。在小说第 440 至 441 页中没有出现第二人称代
词，但人物角色和读者确实产生了融合。尽管我并不能因此而称其
体现了具有双重指示的"你"本身，但我认为这体现了具有双重指示
的主体性，它建立在类似于"虚拟性（小说主角）与现实性（读者）的
叠加"（Herman 1994：387）这一基础之上。只不过在此例中，融合是
由多模态拼版而非代词的多义指称引起的。读者既是小说的观察者，
同时又是其积极的参与者。

　　身体活动与双重指示性参与的结合，其本身也许就可以被视作跨
媒介召唤，读者将对奈维德森行进过程的叙事描述转化成现实世界中
的行动，从而实现动态移动。因此，文本世界通常的构筑方式与体验
在《叶之屋》中被改变。文本世界理论（参见 Werth 1999；Gavins
2007）简而言之就是一种话语框架，其重点关注在于语言结构如何触
发各种各样的文本世界。该理论利用强有力的概念隐喻"文本即世
界"（TEXT AS WORLD），来表达读者通过对任一指定话语实现认知，
从而进行话语建构的方式。这是一种富有想象力的建构，它可以足够
逼真，以至于具有某种类似真实世界的特质。因此，文本世界是一种
头脑建构，是生产者与接受者合力的产物。此外，这种文本世界在许
多概念等级上运转。初级为交流活动所发生的语境，被称作"话语世
界"，指的是参与者的外部和即时状况。第二级是"文本世界"本身，
如上文所述，它是交际行为的认知再现。在被分析的选段中，页面中

间的梯子便是凸显的文本世界,如图3所示。而那个包含有学术性评论的较小梯子,则创造了另一个独立的文本世界,其中还嵌套了又一个文本世界,后者是以埃里克·克斯特纳的直接引语形式存在的。越过这两级之后便是媒介间的参照世界了。

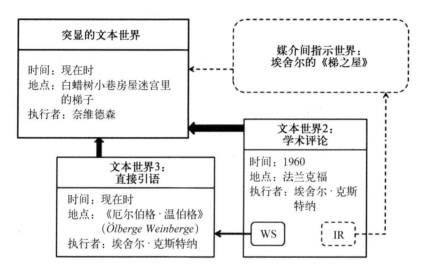

图3 丹尼尔夫斯基《叶之屋》(Danielewski 2000:400–441)的文本世界

由于与梯子相应的视觉设计和其他因素,读者做出了跨世界的推断,即埃里克·克斯特纳对"上方"和"下方"两个词的评论,影响了读者对凸显的文本世界中奈维德森攀爬梯子这一行为的理解和阐释,这在上文的分析中已展示出来。图3中较大的箭头标示了文本世界2和文本世界3中的意义是如何融入凸显的文本世界的。

就摘录的文本世界结构而言,最令我感兴趣的是,像《叶之屋》这样的多模态小说是如何构筑本体论的深层层次和媒介间空间的。作为一部多媒态小说,《叶之屋》突出强调了读者对文本世界的构筑,要求读者与作为客体的书本进行身体互动,并通过与奈维德森这一人物产生主观共鸣,将读者双重指示化。与声称读者可能会通过想象将自己代入某一人物角色的文学认同理论不同,我认为丹尼尔夫斯基只不过是在鼓励读者对奈维德森形成部分认同感,因为文本同时也将读者戏剧化地转变为参与者。读者不仅将自己投射进文本的世界,而且扮演着更加积极、有形的角色。

在一篇关于多模态性和想象力的文章中,克里斯蒂娜·霍尔(Christine Hall)表示多模态式儿童书籍会影响想象域对实际文本的相对定位,因为想象力不再在"一个独立而有界的世界"中发挥(2008:137)。相反,霍尔称"想象力是一种行为,它不是由文字或观察接收器所引发,而是由读者对于某个客体的深切投入所引发"(Hall 2008:138)。《叶之屋》同样需要读者们的深刻投入,其影响建构出我所说的"形意跨世界"(figured trans-world)。

"形意跨世界"这一概念源自霍兰等人(Holland et al. 1998)对"文化环境中的身份建构"问题的研究及其源头之一——维果茨基(Vygotsky 1978)针对儿童游戏的探讨。霍兰等人的研究证明了文化世界的存在,在这个世界中,身份可以通过集体想象和积极参与来建构。这类世界被称为"形意世界"(figured world)。霍兰等人对其做出了如下定义:

> 所谓"形意世界",指的是一个社会和文化建构的阐释场域,在这个场域中,能识别特定的人物角色和行动者,特定行为被赋予了意义,特定结果比其他结果更受重视。……这些集体性的"假设"(as-if)世界都是涉及社会历史因素的人为理解或想象,它们影响行为的发生,从启发式发展的角度来看,也影响着参与者的观念形成。随着时间的推移,感知(看、听、触摸、品味、感受)这一形意世界的能力,会通过持续性的参与得以显现。(Holland et al. 1998:52-53)

虽然"形意世界"这一概念被认为是一种通过文化得以具体实现的行为,但它并未完全脱离阅读活动,因为霍兰等人在论述形意世界那一章节的开篇处,就承认阅读属于人类的一种努力,这种努力与想象世界的构筑紧密相关,因此也与社会性建构的"假设"世界有关,即使没有达到与其等同的程度。

物质对象与人工制品在形意世界中占据中心位置,用维果茨基(Vygotsky 1978)的话来说,它们起着"枢轴"(pivot)的作用。霍兰等人对维果茨基的假说进行了总结:

> 在描述儿童如何形成进入某个想象世界的能力时,维果茨基提到了"枢轴",这是一种象征性的中介装置。儿童不仅利用它来组织特定的回应,还利用它转移到另一个世界的框架中。(Holland et al. 1998:50)

关于形意世界,枢轴的用法是同义的:"人工制品'开启'形意世界"(Holland et al. 1998:61)。就文学作品而言,作为客体的书本是一种具有中介性质的人工制品,它能够召唤并促使人们向其想象的世界转移。然而,它并不能形成一个形意世界,因为虽然文学是一种集体性的文化努力,但它既不能在读者中产生相似的共同体验,也不取决于相同的积极参与和/或表现。多模态文本强调的是阅读体验的具象化特征。正如克雷斯在其著作《新媒体时代的读写能力》(*Literacy in the New Media Age*)中所阐述的那样,"想象,就设计需要而言,就是为再现世界施加秩序,是朝着外部世界进行活动的一种方式"(Kress 2003:60)。

我在此提出的"形意跨世界"这一概念,并不等同于霍兰等人基于社会所提出的"形意世界"概念。在我的构想中,当读者被文本要求和/或指引转化为话语世界中的表现性角色时(这一角色要求读者进行有形的活动,并或多或少地暗示读者积极参与叙事过程),一个形意跨世界才得以形成。为了激活形意跨世界,读者必须扮演这一角色。在《叶之屋》关于梯子的选段中,书本的多模态设计使其成为一个被翻转、把玩的客体。施行书本的这些功能就是在模仿奈维德森的移动过程,从而形成双重指示的主体性。如此一来,作为物质性人工制品的书本便成为一个开启文本世界并使其形意化的枢轴。关键的是,这一过程在读者身上形成了一种具体有形的跨界投射,体现了参与者与执行者之间的内在联系。

"跨世界"这一理念有利于维持文本世界与话语世界之间严格的本体论边界,这些边界对于文本世界理论极为重要。形意跨世界涵盖了读者在话语世界中的表现,即他们对文本世界的叙事中的行为进行形象化再现,而不是非得对两个世界加以"运输"或压缩不可。

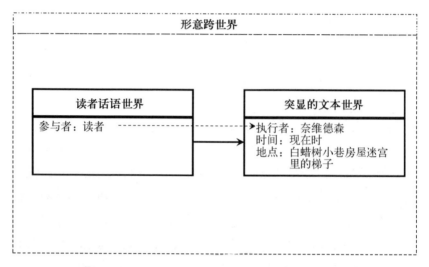

图4 丹尼尔夫斯基《叶之屋》(Danielewski 2000: 440 - 441)的形意跨世界

至关重要的是,形意跨世界解释了读者的自我意识及其对作为客体、叙事和文学体验的书本的高度参与。

形意跨世界似乎瓦解了话语世界和文本世界之间的距离,它本身可被视作与《叶之屋》相联系而出现的一个媒介间空间,是文字、图像及读者动态活动的符号学组合的结果。从其体验上来说,读者会感觉到自己位于现实世界与故事世界之间。查普尔和卡滕贝尔特认为:

媒介间空间的边界被虚化了——我们处于空间、媒介和现实之间,并身处三者的混杂过程中。因此,媒介间性成为一种思想和过程发生转变的过程,通过表现会生成一些不一样的

东西。在媒介间性的概念中,我们借鉴了思想史,将媒介间
性定位为"对于整体的重新认知",通过表现得以重新建构。
(Chapple and Kattenbelt 2006：12)

虽然查普尔和卡滕贝尔特这里具体谈论的是戏剧表演,但多模态文学体
验对表现维度的要求、双重指示的主体性以及形意跨世界的创建都淡
化了本体论的边界。在《后现代主义小说》(*Postmodernist Fiction*)中,
布莱恩·麦克黑尔(Brian McHale)讨论了"半透膜"(semipermeable
membrane)这一概念(1987：34 - 36),指叙事世界之间的灵活边界。
形意跨世界突破了小说与现实之间的半透膜,从本质上说,它是一种
媒介间空间。

　　赫尔曼谈及具有双重指示性的"你"时表示,小说利用双重指示词
所产生的效果,"通过对小说被阅读时的真实或可能语境(特征)进行
正式编码,反过来激发我们思考语境是如何渗透并改变其内在固有的
叙事结构的"(Herman 2002：350)。可以发现,形意跨世界本身对于
这种效果的产生至关重要,因为尽管文本世界和话语世界在本体论上
是相互分离的,但读者对于动态参与的印象加剧了两者间边界(或换
言之,那一层半透膜)的模糊性。从本体论层面来说,话语世界和文本
世界是两个截然不同的世界,但丹尼尔夫斯基通过"表现"将读者与书
本间的关系做了戏剧化处理,从而激发了具体的跨世界投射,使边界
本身变得几乎无法辨别了。《叶之屋》的读者并不只是"阅读"这部小
说,他们还通过主观和身体的共鸣使自己与奈维德森保持一致,像他
一样,在这种媒介间空间中对其进行积极探索。在下一节中,我将探
讨将读者引入叙事世界表现角色的另一种方式——叙事铭刻,并继续
阐述形意跨世界作为媒介间空间的这一概念。

字里行间的读与写

　　丹尼尔夫斯基没有很认真地对待读者相对于小说的定位。如上

文详述的,读者在阅读《叶之屋》的过程中所扮演的积极的、实际上由身体承担的角色,可以通过形意跨世界这一概念得到解释。形意跨世界及其所创造的读者与人物之间的具象投射关系,不仅仅存在于我们对"奈维德森录像"的探究之中,也出现在叙事的其他层面,贯穿整部小说。就叙事而言,附录 E 中收录的佩拉菲娜写给约翰尼·特鲁安特的信件,也激发读者参与一个形意跨世界。与前面的例子不同,这里产生的形意跨世界,并非能够引发叙事行动的读者举动的产物。因此,这个例子为我们呈现了形意跨世界更深层次的细节、它的构筑过程和"潜在的激进力量"(Chapple and Kattenbelt 2006:12)。

惠尔斯托的信由特鲁安特的母亲佩拉菲娜撰写。写信当时她是一名在惠尔斯托研究所(一家精神病院)接受治疗的患者。信件往来始于 1982 年,持续至 1989 年佩拉菲娜死于"自我造成的窒息"(Danielewski 2000:643)。刚开始时,信中都是母亲对儿子温柔而亲切的问候与关爱,但渐渐地,佩拉菲娜变得越来越偏执,甚至暗示研究所的新任主任可能会谋杀她。她的妄想症在一封写于 1987 年 4 月的简信中达到了顶峰(Danielewski 2000:619):

> 亲爱的,亲爱的约翰尼,
> 注意:下一封信我将会以如下方式进行编码:
> 利用每个单词的首字母来构造后续的单词和短语:你精妙的
> 直觉会帮你清理空格:我已托
> 夜班护士将此信寄送出:我们的秘密将会是安全的
>
> 爱你的,
妈妈

约翰尼和读者通过这封信知晓了密码,由此破解了下一封信,它也确实是按照佩拉菲娜所描述的方式来编码的(Danielewski 2000:620-623)。

如果按照表面文本(即以编码形式存在的文本)来阅读的话,下一封信在语义层面上几乎是没有意义的。因此,为了找回其意义,读者必须使用密码对信件内容进行翻译。这个翻译过程相当容易,尽管我不愿透露具体的文本内容,但它向我们揭露了佩拉菲娜在惠尔斯托研究所的经历中一些令人不安的信息。就这项研究而言,有趣的一点在于被曝光的叙事中读者参与的必要性。

在上文的摘录中,多模态的设计具有引导作用,在佩拉菲娜的信中,读者也获得了一些以密码形式存在的指示:"利用每个单词的首字母来构造后续的单词和短语"。读者在积极破译佩拉菲娜的信件时,便进入了一个形意跨世界。读者不仅仅是阅读特鲁安特的家书,更是对其进行了解码操作,这一过程体现了与特鲁安特一致的双重指示主体性。重要的是,读者对文本进行了操作,关注其表面并刻写了秘密信息,进而构筑出由读者亲自撰写的替代表面。这是形意跨世界的另一种形式,因为它涉及读者对叙事相关文本的积极参与。它也是一种媒介间空间,因为尽管读者是将小说的书面文本翻译成自己的书面文本,但这是一种媒介创造行为,显示了两种书面人工制品(已出版的和个人的)之间存在的不同媒介状况。

如佩拉菲娜信件的解码这种对文本铭刻(textual inscription)中媒介间空间的形意参与现象,特鲁安特在导言中描述此书的时候就有所暗示。在对小说特点进行详尽的,甚至是有些矛盾的罗列之后,特鲁安特无奈地写道,"——找到属于你自己的话语;仅此建议"(Danielewski 2000:xvii)。这条看似轻率的评论蕴藏着一个尖锐的真相,其意义为形意跨世界的生成提供了一个隐含的指示。严格说来,在破译佩拉菲娜的信的过程中,读者所寻找的是佩拉菲娜的话语,而不是读者自己的。但这样一来,我们如何掌握佩拉菲娜那令人惊恐的倾诉呢?也许它被匆匆记入附录E大片的空白处;也许它被草草写在一张碎纸片、一张书页上,折叠后被夹进书里。此外,由于学者、学生及能力卓越的读者都乐于接受特鲁安特所面临的挑战,整本小说都涉及了形意参与的问题,因此,我们可能会忍不住在页面的空白区域写下一些注释。

这种反应看上去似乎更符合学术界读者的情况,但小说"真正的"读者们均坦言他们也会这么做。例如,在亚马逊网站上有这样一条书评,一位名叫"劳拉·A."的买家坦言,"才刚读了几页(就被迷住了),我决定自己去弄点书签和便利贴,这样的话我就能返回并重新阅读我感兴趣的内容了"(见参考文献中的 Website 1)。作为执行写作行为(佩拉菲娜的秘密信息以及我们自己做出的注解)的读者,我们都更加注重特鲁安特的话语。"——找到属于你自己的话语"中显得很霸道的第二人称代词属于顿呼,这种直截了当的呼语暗示了媒介间转换(intermedial transposition)的实现,即真正的读者成为代词所指的对象,并且,作为《叶之屋》阅读过程的一部分,读者也催生了一种更具个性化的新的写作模式。

丹尼尔夫斯基这部小说完整的标题是《叶之屋:赞帕诺著;约翰尼·特鲁安特导读并作注》(*House of Leaves, by Zampanò with introduction and notes by Johnny Truant*)。特鲁安特的脚注遍布整部小说,很可能也分布在赞帕诺的手稿上,这些脚注都是他的文本铭刻。如果我们在自己手中这本书上标注文学和/或个人评论,就与特鲁安特在双重指示上形成一致,也因此构筑了另一个形意跨世界。简言之,我们确实添加了自己的话语;我们将约翰尼的请求付诸实践。在此过程中,我们为小说搭建了另一个叙事层(如图 5 所示),它是具有高度主体性的媒介间空间。这部由特鲁安特导读与作注、由赞帕诺撰写的书便有了属于我们的副本。在很多小说中,此举并不会拥有这样的语义权重,但《叶之屋》凭借其递归式的叙事结构和多重作者,将此举转化为一个重要的叙事事件。在这个充满双重指示的形意跨世界中,作为"作家"的我们享有一定的主动权,这让我们沉迷于为作品架构出更深层次的叙事框架。我们添加的涂鸦式文字均出于我们自己个人的想法,而不是受到他人指示而做出的,尤其当读者的话语世界得到充分发挥,阅读和阐释行为本身也被叙事戏剧化时,更是如此。正如马丁·布里克(Martin Brick)所说,"个人经历是丹尼尔夫斯基作品的核心"(2004;强调为原文所加)。

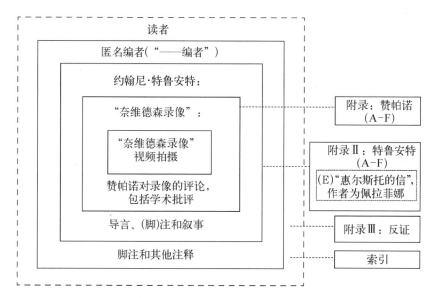

图5 《叶之屋》的叙事层级，包括读者"形意"层面

有趣的是，文本铭刻构筑了形意跨世界，继而创造了一个媒介间空间。在这个空间中，读者不仅仅在本体论意义上置身于各个现实之间，还充当了中间人的角色，因为他们不只是《叶之屋》的读者，还是它的众多作家之一。

结 语

在本文中，我始终在探索多模态小说印刷本与媒介间美学体验之间的联系。无论是在媒介间指涉与召唤方面，还是在媒介间本体论的构建方面，《叶之屋》都充分利用了其媒介间边界。多模态性唤起了双重指示的主体性和形意跨世界，这两者都打乱了读者先前的定位，扰乱了真实与虚构的现实。这样，文本世界与话语世界之间的边界也被模糊化了，从而将读者卷入小说的物质性与叙事结构当中。因此，作为读者的我们似乎成为遗产链的下一位继承者。"奈维德森录像"以文本描述的方式"展现"在我们眼前，手稿由赞帕诺传给特鲁安特，又由特鲁安特传给我们。我们所在的媒介间空间以及每位读者依靠自己的行为与写作建立起来的形意跨世界,似乎都在表明:对文本传承的这种文学解读已是不争的事实——在书本上写下的内容与文本世界相关联,属于形意跨世界的一部分,至关重要的是,读者在话语世界中具有不可抹去的作用。

查普尔和卡滕贝尔特(Chapple and Kattenbelt 2006:12)在描述媒介间空间时,强调了"转化"与"重新感知"的潜力。在阅读《叶之屋》过程中,由多模态和表现所生成的媒介间空间证明这一点是正确的,因为小说的每一位读者都是独特的媒介间审美体验的一分子,这取决于他或她进入形意跨世界的程度,以及他或她对于埃舍尔的《梯之屋》这类媒介间指涉的熟悉程度。虽然对于文学文本的解读因人而异,但读者关于《叶之屋》的中间性体验得到了提升,转变了他们的文本感知:小说及其叙事开始被视作亲密的私人邂逅。

孙茜　陈俊松　译

参考文献

Baldry, Anthony, and Paul Thibault (2006). *Multimodal Transcription and Text Analysis: A Multimedia Toolkit and Coursebook*. London: Equinox.

Balme, Christopher B. (2001). "Lepage und die Zukunft des Theaters im Medienzeitalter." In: Leeker, Martine(ed.). *Maschinen, Medien, Performances: Theater an der Schnittstelle zu digitalen Welten*. Berlin: Alexander Verlag, 668 – 683.

Bray, Joe, and Alison Gibbons, eds.(forthcoming 2010). *Mark Z. Danielewski*. Manchester: Manchester University Press.

Brick, Martin(2004). "Blueprint(s): Rubric for a Deconstructed Age in *House of Leaves*." *Philament* 2. Online, Retrieved August 2006 from http://www. arts. usyd. edu. au /publications /philament /issue2 _ Critique _ Brick. htm, 2004: no pagination.

Chapple, Freda, and Chiel Kattenbelt (2006). "Key Issues in Intermediality in Theatre and Performance." In: Chapple, Freda, and Chiel Kattenbelt (eds). *Intermediality in Theatre and Performance*. Amsterdam; New York: Rodopi, 11 – 25.

Cottrell, Sophie (no date). "Bold Type Interview: A Conversation with Mark Z. Danielewski." Online, Retrieved September 2007 from http://www.randomhouse. com/boldtype/0400/danielewski/interview.html, no pagination.

Danielewski, Mark Z.(2000). *House of Leaves by Zampanò with Introduction and Notes by Johnny Truant*. London; New York: Doubleday.

Escher, M. C.(1951). *House of Stairs*, Lithograph.

Gavins, Joanna(2007). *Text World Theory: An Introduction*. Edinburgh: Edinburgh University Press.

Gavins, Joanna, and Gerard Steen(2003). *Cognitive Poetics in Practice*. London: Routledge.

Gerrig, Richard (1993). *Experiencing Narrative Worlds: On the Psychological Activities of Reading*. New Haven: Yale University Press.

Gibbons, Alison(2008). "Multimodal Literature 'Moves' Us: Dynamic Movement and Embodiment in *VAS: An Opera In Flatland*." In: *HERMES* Journal of *Language and Communication Studies* 41: 107 – 124.

——(2010). "'I contain multitudes': Narrative Multimodality and the Book That Bleeds." In: Page, Ruth(ed.). *New Perspectives on Narrative and Multimodality*. Abingdon: Routledge, 99 – 114.

——(forthcoming 2010). *Multimodality, Cognition, and Experimental Literature*. London; New York: Routledge.

Gibson, J. J.(1966). *The Senses Considered as Perceptual Systems*. London: George Allen & Unwin Ltd.

Hall, Christine(2008). "Imagination and Multimodality: Reading, Picturebooks and Anxieties about Childhood." In: Sipes, Lawrence R., and Sylvia Pantaleo(eds.). *Postmodern Picturebooks: Play, Parody, and Self-referentiality*. New York; London: Routledge, 130 – 146.

Hayles, N. Katherine(2002). *Writing Machines*. Cambridge: The MIT Press.

Herman, David (1994). "Textual You and Double Deixus in Edna O'Brien's *A Pagan Place*." *Style* 28(3): 378 – 410.

——(2002). *Story Logic: Problems and Possibilities of Narrative*. Lincoln; London: University of Nebraska Press.

Holland, Dorothy, and William Lachicotte, Jr., Debra Skinner and Carole Cain (1998). *Identity and Agency in Cultural Worlds*. Cambridge; London: Harvard University Press.

Kress, Gunther (2003). *Literacy in the New Media Age*. London: New York: Routledge.

Kress, Gunther, and Theo van Leeuwen(1996). *Reading Images: The Grammar of Visual Design*. London: Routledge.

Lakoff, George, and Mark Johnson (1980). *Metaphors We Live By*. Chicago; London: University of Chicago Press.

McHale, Brian(1987). *Postmodernist Fiction*. London; New York: Routledge.

McLuhan, Marshall (1964). *Understanding Media: The Extensions of Man*. New York: McGraw-Hill.

Nørgaard, Nina (2010). "Multimodality and the Literary Text: Making Sense of Safran Foer's *Extremely Loud & Incredibly Close*." In: Page, Ruth (ed.). *New Perspectives on Narrative and Multimodality*. Abingdon: Routledge, 115 – 126.

Oosterling, Henk(2003). "Sens(a) ble Intermediality and *Interesse*." *Intermédialités* 1, 29 – 46.

Pressman, Jessica(2006). "House of Leaves: Reading the Networked Novel." In: *Studies in American Fiction* 34(1). Online, Retrieved February 2007 from http:// gateway. proquest. com /openurl?ctx_ver = Z39.88-2003 &xri: pqil: res_ver = 0.2 &res_id = xri: lion&rft_id = xri: lion: ft: abell: R03944197: 0, no pagination.

Rajewsky, Irina O. (2005). "Intermediality, Intertextuality, and Remediation: A Literary Perspective on Intermediality." *Intermédialités* 5: 43 – 64.

Scarry, Elaine(2001). *Dreaming by the Book*. Princeton: Princeton University Press.

Stockwell, Peter(2002). *Cognitive Poetics: An Introduction*. London: Routledge.

Vygotsky, L. S.(1978). *Mind in Society: The Development of Higher Psychological Processes*. Cambridge: Harvard University Press.

Website 1. Laura A. "Obsessive House of Horrors." In: Amazon.co.uk, Customer Reviews for *House of Leaves*. Online, Retrieved May 2008, from http://www. amazon.com/review/product/038560310X/ref = cm_cr_pr_link_3?_encoding = UTF8&pageNumber = 3&sortBy = bySubmissionDateDescending, no date: no pagination.

Werth, Paul (1999). *Text Worlds: Representing Conceptual Space in Discourse*. London: Longman.

Wolf, Werner (2005). "Intermediality." In Herman, David, Manfred Jahn and Marie-Laure Ryan (eds). *Routledge Encyclopedia of Narrative Theory*. London; New York: Routledge, 252 – 256.

第十四章

媒介间元再现

玛丽娜·格里沙科娃

（塔尔图大学）

导　言

西摩尼得斯（Simonides）将绘画定义成"无声的诗歌"，而诗歌则是"会说话的绘画"，这很自然地就暗示了语言媒介和视觉媒介的互补性，实际指向绘画中天然存在的诗意，又或诗歌中天然存在的画面。从这点来讲，语言媒介和视觉媒介在某种程度上是互相延伸的。与此相反，列奥纳多·达·芬奇（Leonardo da Vinci）在《论绘画》（*Treatise on Painting*）中的名言"绘画是无声的诗歌，诗歌是看不见的绘画"，则指出了两者的差异性，从而向这两种艺术的融合提出问题。在这种情况下，这两种艺术中的"缺陷"（绘画的"无声"及诗歌中的"无像"）可以被视为它们自身的构成原则。语言艺术追求可视性和感官存在，因此写作的要旨之一就是"即视感"，这似乎又成了一种渴望或不可能达到的目标："语言艺术通过关系的、图解的方法，甚至是有争议地采用暗喻，来尽可能地达到它所能企及的象似性和在场性"（Steiner 1982：22）。用语言捕捉视觉，这种尝试的"失败"往往被不同流派、不同作家当成了创作的主题（参见 Grishakova 2006；本书第九章）。与此类似，视觉艺术通过索引性、象征性的示意手段来实现其表述。语言艺术尝试追求感官的存在,而视觉艺术则追求完整的言说。两者都未能达到其理想境界,而就此来看,它们之间仍存在着一种颇有意义的沟壑。

最近40年来出现了一系列视觉理论,它们关注视觉与语言之间这种产生意义的鸿沟,即"在可以看见的和可以言说的之间的裂缝"(Mitchell 1994:12),以此作为它们的出发点。这些理论高度关注媒介这种固有的混杂属性——在同一"图标文本"(iconotext)中图像性对语言性的反抗,图像性和象征性(连贯的和离散的)元素在同一种媒介内部的混杂。语言媒介和视觉媒介这种相互区别又彼此互补的特点已经成为符号学研究的对象之一。按照约瑟夫·库尔泰斯(Joseph Courtés)的观点,在视觉符号和它们的假定含义之间从来就没有稳定的对等性(1995:243)。他注意到,将视觉符号降低为对等物系统(这与语言的意指十分类似)是一种错误的行为:在语义化之前,也无论如何语义化,视觉符号都属于感知系统。但是,它们仍然能够在其他(语用的、认知的)系统中形成比较松散的符号。按照朱里·洛特曼(Juri Lotman)的观点,离散语言和连续语言是不可能相互转化的,在离散单位(象征符号)和连续语义单位(例如绘画、电影、梦境、舞蹈、仪式行为等)之间,只能建立起大致的对等关系,意义被"涂抹"到n维的文本空间。从视觉语言"翻译"到语言系统或者是反而行之,都将导致严重的意义错位和漂移(Lotman 1981:9–10)。

这种语言和图像之间的张力在"元图画"(metapicture)(Mitchell 1994)中表现得尤为明显。元图画又被称为"图画悖论",它们直接挑战了视觉再现和视觉感知的条件。元图画的不稳定作用,其"狂野"和对阐释的抵制,既表明了"不可能存在一种严格意义上的元语言"——这为元图像提供了一种恰当的描述方式——又表明了视觉和语言经验的重叠(Mitchell 1994:83)。这种"元绘画主义"(metapictorialism)是现代派和先锋派画家普遍共有的特点。温弗里德·内特(Winfried Nöth)区分了元图画(关于图画的图画或图画的图画,即包含了对其他图画的引用或其他形式的互文指涉)和"自我指涉式图画"(指向自身的图画）（2007）。他认为，这两类只有部分重合，但其差异却被 W. J. T. 米切尔（W. J. T. Mitchell）忽视，因为后者的定义同时包含了这两类。诺特以语言学中关于元语言和自我指涉语言的概念为类比，说明了这两类图画之间的区别。元语言是二阶语言系统，是抽象的、描述性的更高一级语言，而自我指涉语言是一阶语言系统，是指向自身的。

但是，米切尔的"元图画"既是一种人工制品，又是一种元指涉。它其实是"元小说"的一种视觉类比，后者中一阶语言和二阶语言能够同时存在，而并非"元语言"的等同物。一方面，"元图画"表明了严格意义上的元语言是不可能存在的，而另一方面，它几乎能完美地转换成元指涉的描述。

与"元语言"和"自我指涉语言"不同的是，元小说和自我指涉小说的概念几乎是不加区分而可以混用的，它们都指自我指涉这种现象。自我指涉揭示了虚构再现的传统，从而告诉我们关于虚构性的一些东西。与此相似，任何"元图画"都能够告诉我们一些关于绘画主义的东西，从而反思了它自身及其他图画。元虚构性和元绘画主义将自我指涉性和元描述合二为一。然而，米切尔的"元图画"概念适用于图画的元再现和对自我指涉的再现，而我所提出的"元视觉"和"元语言"这两个概念（参见 Grishakova 2004）指的是媒介间的元再现。

显然，米切尔的"元图画"肯定有其言语类似物——自我指涉的语言"元文本"，其语言再现的状况被揭示或者质疑。元视觉文本诉诸语言再现，元语言文本则唤起视觉再现，以补偿其缺乏的语言信息。伪感官意象由文本线索触发，并不稳定；也由于这些本质特点，它能够和语言再现形成互补（参见 Mitchell 1986；Esrock 1993；Aldrich 1972；Hester 1972）。元视觉文本和元语言文本同属元再现这一类别。

认知语言学和心理学上使用的"元再现"这一概念适用于对一种再现的（头脑中的、隐含的，或是公开的、直白显示或者具现的）再现："内嵌了一种低等级再现的高等级再现"（Wilson 2000：411）。"元再现"的这种用法已经提到了媒介间转移——例如，在声音或者图像中对头脑再现的某种再现，或者反之（内特的分类仅仅包括了视觉媒介中对公开再现的公开再现）。这样的话，"元再现"可以拓展到媒介间再现的其他形式。①媒介间（视觉-言语）转移和转换在图像符号和象征符号之间产生了一套由近似的、不严格的对等物构成的系统，于是在语言再现和视觉再现之间，媒介间元再现揭示出这些组成元素之间的张力，同时，还强调了单一媒介无法完全表述感知的多模态属性。任何语言或视觉文本都可能是一个意象文本（imagetext）或图标文本，图像或象征符号在这里主导一切，而且这两种符号都或多或少互相存在张力。勒内·马格里特（Réne Magritte）在他那件著名艺术品上的铭文是，"这不是一个烟斗"；他的意思是这仅仅是对烟斗的绘画性再现，而这两类符号的相互抗争正是元再现的内容。元语言文本，例如对艺术品的艺格敷词文本（ekphrastic text）、专为电影创作的小说（cine-novel），或者是图像诗歌（graphic poetry），探索了语言再现的疆域，诉诸视觉形式（图像元素、现实或虚构影片、艺术品、梦境、幻觉、头脑意象等），从而反思了语言媒介的不完整性。元视觉文本则将意象和文本信息并置，揭示了它们的不一致性（俄国形式主义者指出了有声电影的重复结构，告诫说声音会有损于电影诗学；然而，意象和声音的赘述被证明不过是一种幻觉），从而反思了视觉再现的不完整性。

在视觉艺术（尤其是油画）中，象征元素和图像元素之间的张力已经得到充分论述，而头脑意象的不可捉摸性却难以描述，且对其研究甚少。在小说文本中，这种张力的首要来源是虚构化行为的双重属性，即叙事呈现的摹仿性和讲述性，即"被展示的"和"被讲述的"；或

---

① 另见 Wolf 2009。沃纳·沃尔夫（Werner Wolf）提出应该使用"元指涉"（metareference）这一概念而不是"元再现"，因为前者想必缺乏具体的语言意义，"当被用于非再现性或非文本性（即非语言的）媒介时，不会产生问题"（2009：16）。然而，"指涉"（reference）一词本身就是一个在语言学上具有偏见的概念：只有语言（或者语言与指示性动作的结合）可以毫不含混地将人们的注意力吸引到某一个特定的物体上。在弗里德里希·弗雷格（Friedrich Frege）提出的"感官"与"指涉"的对立中，指涉与符号和言外世界的关系有关，而"再现"这一词语（如斯珀伯[Sperber]对它的使用）则属于认知性的和建构性的功能，是心理世界模型和话语实践行为之间的协调者。

者,按照 A. J. 格雷马斯(A. J. Greimas)的话,就是叙述的表演性和认知性。任何小说作品既是一个文本,同时又是一个虚构世界。阅读涉及在言语表述和感知的视觉模式之间不断调整,这种调整就是读者推演出的关于故事世界的头脑意象(参见 Esrock 1994)。读者处在一个比小说人物更有利的位置,因为他/她在视觉上更有优势,具有多种视角,能够构建关于小说世界的头脑意象。在文本所提供的图式指涉框架和读者在头脑中推断出来的虚构世界的综合性意象之间,存在着一条有意义的鸿沟。我所说的小说世界的意象,大致上与罗曼・英伽登(Roman Ingarden)所说的"具体化"(concretization)是一个意思——艺术品是一种"图式性的构成",包含了"不确定的地方",这些地方在读者阅读过程中被部分充实("具体化")。想象场景的重构在"图式方面"和"被再现的实体"这个层面尤为活跃。"图式方面"是"视觉、听觉或其他方面,通过这些方面,作品所再现的人物和地点被'准感官式地'理解","被再现的实体"则是构成文学作品人物和情节的物体、事件和状况(*Stanford Encyclopedia* 2004;Ingarden 1973)。

　　语言和视觉的张力的第二个来源是讲述和观察的叙事功能差异,或者用格雷马斯的话来说,就是叙述的表演和认知方面。这种不一致性在第一人称同故事叙事("人物叙事")中最为明显,这种叙事融合了作家功能和人物功能:"一方面是演员,一方面又是讲述者,叙述者这种奇怪的混杂身份正是虚构和叙述奇怪的交叉点之一"(Ricardou 2002:182)。第一人称同故事叙述者(目睹者-参与者)具有一种特权,能够看见小说世界中的其他人物,同时自身又得以部分"隐身"。从外部来看,他仅仅是被"他者"所塑造的,而从内部来看,他又仅仅是米哈伊尔・巴赫金(Mikhail Bakhtin)所说的"内部经验的语言"。

　　作者全知的概念及传统中将"知道"认为是"看见"的做法,有时候会导致将作者视野的暗喻当作一种自然主义解读。一些受米歇尔・福柯(Michel Foucault)影响的评论家甚至批评那些现实主义作家,指责他们通过"全景视野"对人物实行了警察式的控制。正如多丽特・科恩(Dorrit Cohn)正确指出的那样,福柯的权力关系理论只存于行动主体或那些"本体论上的对等主体"之间,将其运用到叙事主体上是缺乏动力的。她进一步指出,全景视野是一种外部操控的手段:"看守……只能发现犯人那些明显的需要惩罚或者奖励的行为活动"(Cohn 1995:9,13;重印于 Cohn 1999)。然而,外部操控或者身体上的强迫对福柯来说,是"规范化"(normalisation)这个更广泛过程的一部分:权力结构不仅仅控制着身体,而且还被内化进了主体的思想和语言。科恩认为热拉尔·热奈特(Gerard Genette)关于叙述的概念是对作者全知的一种限制:在小说世界中,作者的全景视野(即人物的感知)被聚焦行为限制了。这种图示是自然主义的,而且的确很类似于福柯关于控制的图景,尤其是当小说家有意突出小说人物取决于作者的意愿时,更是如此。然而,如果将小说文本从一个更广泛的认知视角视为作者与读者、叙述者与受述者之间的双重交流,这种"揭示性视角能赋予这些被创造出来的人物一种被想象出来的内心世界",因此小说世界可以被认为是一种"共现"(appresentation)形式——参与者的观察并将他者建构为自我的一部分,从而使对世界的认知视角得以延展,知识得以增长。从这点来看,作者并不完全具有全知:相反,在叙事过程中,作者采用叙述能动性来延伸他在叙述过程中的理解和知识。叙事是一种产生意义的过程,而不仅仅是将已经事先打包好的信息从作者发给读者,因此,创作过程往往会带给作者一种惊奇感,例如列夫·托尔斯泰(Leo Tolstoy)就对安娜·卡列尼娜"预料之外"的行为感到十分吃惊。

作者功能被分布到起中介干预作用的叙事能动性之中。视觉功能,也就是在小说世界中的视野,被分配给了同故事叙述者或人物。经典叙事学,如热奈特和西摩·查特曼(Seymour Chatman)往往倾向于将语言和视觉分开,也就是将"叙述"和"聚焦"分开。将作者的全知与其视野直接等同,或将作者言语行为和人物所见严格区分开,这两种研究策略看来还需要进一步细化。

显然,作者-叙述者不能够直接"看见"小说世界。然而,正如早期叙事学所说,作者型叙述者有可能采用人物的视角或者"模拟"从某个指示中心(deictic center)出发的视角,即从故事世界中的一个想象点出发("假想式聚焦";参见 Herman 1994)。任何"语言图像"都是创作意象的蓝本,而不是那个意象本身。它是一个感知语言化之后的符号,在故事世界之中具有最基本的时空位置,因而也带上了主观色彩。甚至非人格化的(故事外第三人称)叙述还包含了叙述者在故事世界中模拟"在场"的指征(指示性表达,新旧信息的分布,即主位与述位,还有情态和评价性词语,参见 Uspensky 1970;Boldyrev 2000;Lenz 2003;Schmid 2005 及其他)。因此,作者型叙述者的"准感知"复制了人物的"物理"视野,在故事世界中模拟出叙述者的在场。这种双重聚焦来自被再现的外向之事物和进行再现的内向意识的分离,是虚构再现的显要标志之一。

第一人称同故事叙述者在作者和人物之间占据了中间位置,体现了言语和视觉、再现中摹仿和讲述层面之间的张力。叙述者对"全景"的"镜像"欲望因为知识的局限性而受到阻碍:它激发了视觉对语言的抗争,是对语言化的一种暂停甚至封堵。后者意味着文本不可确定性的程度不断提高。

元视觉文本

人物肖像构成了元视觉文本的一大类。一方面,人物肖像画尽管深深地打上了其时代的美学和文化传统的烙印,但仍受到写实规约的影响,也就是要求被绘人物与其再现之间必须有相似性。这种写实风格包括了摆姿势。保罗·斯皮尼奇(Paolo Spinicci)在欧洲美学学会的开幕大会上提出了作为肖像条件的摆姿势的定义:"一种有意识的行为,包括将脸和身体按照某种方案摆放,这种摆放方案完全取决于被观察者的意识和想以某种特殊的方式——一种被刻意选择的方式——展现在观察者面前的欲望"(2009)。尽管姿势有可能是被艺术家(人物肖像的作者)所指挥,但它却属于被画者并被其认可:这种姿势就是为了能够展现出被画者的身份。正如斯皮尼奇所说,这一事实使得肖像画成为第一人称叙事。肖像画包含图像和象征-指示性（叙事）成分之间的张力。后者（姿势，属性——书籍、地图、工具等，衣物，官方画像中的制服、奖章，布景和背景）都具有指示性功能：它们旨在被解读、被投射到某种现实之上。因此肖像是一扇通往现实的窗户，即便是朱莉·赫弗南（Julie Heffernan）的《自画像：2007 年附言》（"Self-Portrait as Post Script 2007"）也是如此：画中，艺术家赤裸入镜，环绕其身边的是行猎的收获（鸟、动物、海洋生物，如一只巨大的乌贼），她的头和身体由孔雀羽毛和花环装饰，让我们不由得想起洛可可绘画的风格。

将叙事学术语（如叙述者、聚焦、元叙述等）运用到视觉艺术研究中时，必须要注意它们只有被批判性地作为隐喻式的临时概念，与其初始用法有所差异，才有可能被成功地运用于这一领域（参见 Grishakova 2006）。电影叙述者被等同于摄像机这一电影的组成手段（M. Jahn），或是电影背后的"组织和发送者"（Chatman），叙述者功能最终被交给了观众（Bordwell）。事实上，看似匿名的摄像工作和主宰着电影摄制的整个（人机）互动框架，这两者之间的相互运作有利于识别作者身份和叙事主体。

阿尔弗雷德·希区柯克（Alfred Hitchcock）的电影《后窗》（*Rear Window*, 1954）体现了作为观察者的人物寻找可见之物的意义，克服环境寻求叙事控制权的抗争。正如该电影的评论家们已经注意到的那样，电影中的"窗户"实际上是一面"镜子"（Fawell 2001；Wood 1991）。人物窗子对面的公寓里所有的事件，或者说不同的人生故事，或多或少都反映了主人公及未婚妻莉萨背后"隐藏"的故事，这个隐藏的故事在潜意识本能和冲动的层面逐渐展开。因此从"后窗"所看到的人生，揭示了人物在极为传统或含混的对话背后所隐藏和压抑的故事——"被困于自身存在习惯之中的人"（Fawell 2001：2）。

观察，也就是目击者或"眼睛"的角色，是主人公职业的自然主题化结果。由詹姆斯·史都华（James Stewart）饰演的杰夫是一位摄影记者，他被不情愿地放置到目击者的位置：由于腿受伤，他无法动弹。

为了弥补不能行动的缺陷,杰夫沉浸于连续的细致观察。他也使用了女人,操控其好奇心,甚至还使用了一些光学设备,作为义肢与被观察者互动。《后窗》是一部自我指涉的电影,以电影拍摄和电影观看为模型。评论家们指出了希区柯克在电影中对照相机的痴迷性使用(例如,参见 Fawell 2001:22)。主人公在观察他邻居窗户里的生活时,就起到了摄像机的作用。杰夫可以被认为是嵌套故事(其他人物的生活故事)的"叙述者",这些嵌套故事的发展几乎都是通过他的眼睛来讲述的。尽管在"叙述"谋杀故事时,摄像机保留了一定的自主性(当杰夫睡着时或者没有看出窗外时,摄像机在不断地"扫描"窗户和后院),但杰夫的窗户起到了主要参照点的作用:即便是在使用"客观摄像头"的时候,希区柯克也仍然给予了观众从杰夫的窗户能看到的额外信息(Fawell 2001:46)。

杰夫的护士斯特拉指责他偏执狂似的观察,认为他这种情况是典型的不自觉的窥淫狂症:"我们成了偷窥狂(Peeping Toms)。人们应该走到外面、向内看,来寻求改变。"评论家们不遗余力地去寻找杰夫"怪异"举止、热爱"偷窥"和不愿意结婚的原因。他们把这归结于他的自我主义、被压抑的同性恋倾向、性无能、忧郁症及神经官能症。但是杰夫的潜在同性恋或性无能的假定标志其实可以有多种不同的解释,尽管电影中确实有大量性暗示和双关含义。

斯特拉和莉萨这两个女人从大众的角度来评价杰夫。她们最开始都是他观察的障碍:她们认为他的行为变态,想通过正常对话和在对话中打断他的言语,把他从这种几乎是偏执狂式的偷窥行为中拯救出来。杰夫认为这两个女人非常"传统",太盛气凌人(评论家和传记者有时会提及希区柯克本人的厌女症,例如,参见 Spoto 1983)。然而,当杰夫发现了托瓦尔德的邪恶行为模式之后,这两个女人也加入了他的观察行为。希区柯克采用了神秘和无声的手法,打断了日常生活和刻板化行为。视觉的"原始"力量在这一突破中起到了关键作用。在杰夫的观察中总是存在一种职业热情。如何用不同的方式分尸(评论者将其解读为性与暴力之间的相似性),这一问题中不是没有电影的热情：它实际上就是剪辑和蒙太奇的问题。

视觉风格明显与对话是矛盾的。如果说在希区柯克的电影中，音轨与意象是相互竞争的关系，甚至是"偷走了观众的注意力"（Fawell 2001：5），那么音轨中的对话似乎还有自己的功能。在这部电影中，言语表达了语言与视觉之间的内部不和谐：它是紧张的、充满敌意或模棱两可的，充满了刺耳、焦躁的音调。背景的自然声音和音乐或支持并强化了意象，或与其构成矛盾，人声则在这一背景中显得极为明晰。不仅如此，在希区柯克的元视觉文本中，还有被压抑的言语对应物，即一直没有被言说的词语。在杰夫的公寓中，它们被暗示、刺耳的音调、尖叫、叹息及神秘的声音所勾勒。观众有理由怀疑这类"无声的言语"原则上是不可能被完全语言化的。

视觉与语言之间的矛盾构成了整部电影的主轴，轴上被叠加了其他对立和模式（男性气质和女性气质，传统与非传统，等等）。希区柯克从早期的无声电影中学到了很多，尤其是德国表现主义。在《后窗》中，他先提供视觉信息，随后通过语言评论来确认或驳斥它（Bordwell 1997：41），这种策略是基于早期无声电影的结构（场景和幕间提示词的转换）而设计的。另一方面，电影与摄影之间的联系也变得外显：它提醒观众有声影片的次要属性，以及电影文本中固有的视觉和言语之间的主要差异。

在 1960 年由迈克尔·鲍威尔（Michael Powell）执导的英国惊悚片《偷窥狂》（*Peeping Tom*）中，充满了希区柯克式的暗指和残留。这部电影往往被与《惊魂记》（*Psycho*，1960）、《迷魂记》（*Vertigo*，1958）和《夺魂索》（*Rope*，1948）联系起来，但是其最明显的前文本仍然是《后窗》。"偷窥"是后弗洛伊德时代一种普遍的心理疾病，是这部电影的主要关注对象。《后窗》中隐含的观察者与被观察者之间的"推定共谋"母题被鲍威尔明确地主题化了。鲍威尔的电影体现了镜头（作为作者的替身，试比较 Rothman 1982）谋杀般的力量：在这里，镜头成了观察和谋杀的工具。窥淫狂观察者和杀人犯都是希区柯克电影中的典型人物，在《偷窥狂》中融合在了同一个人身上。男主角马克·刘易斯是一个电影制片厂的摄影师,他用附着在便携式摄像机上的一枚刀片杀死女性。他把杀人过程拍摄下来,尝试记录被害者死前脸上的惊恐表情。之后,他拍摄了警察在犯罪现象的工作,在故事主线之外创造了一些支线情节——"电影中的电影"。语言(徒劳的拍摄和解释)和视觉(神秘、不可捉摸、恐怖却又难以抗拒的)之间的张力变得更加不可调和。是女性再一次体现了西格蒙德·弗洛伊德(Sigmund Freud)关于厌恶和吸引的辩证:一方面导致疯狂和谋杀,另一方面又属于刻板行为和传统对话的世界,神秘在此被解释并消解。

定场镜头引入了一个不祥的场景:马克拍摄了一位妓女,摄像头向着她靠近。观众能够看到她脸上在未知的危险前表现出越来越强烈的恐惧感,能听到她的尖叫,看到她张开的嘴部特写——这些都让人不由得想起希区柯克的《惊魂记》,那也同样是一部用镜头冒犯女性身体的电影。然而无论是谋杀者还是受害人,都没有出现在画面中:镜头拍摄了两个人物互相看对方的情景,然后被一长串主观镜头画面打断,观众看不见拍摄者马克,他似乎和手上的摄像机脱离了开来。

与此形成强烈反差的生日派对场景则展示了电影现实的另一面:单纯和常规的"日常生活"。马克的角色再次变得含混:"客观镜头"显示出他正在通过窗户偷窥租客海伦的生日派对。海伦在楼下遇到了马克,邀请他也加入。海伦的语言从头至尾都是惯常而有礼的她的音调很独特而且强烈:"我是海伦·斯蒂芬,我们正在开一个派对——其他的租客也在这儿。还有一些朋友。我们想邀请你也加入。请进来吧,你会看到其他住在这儿的人。"之后海伦又敲开了他的门,和他分享了生日蛋糕。像这样惯常而且彬彬有礼的对话,与之前的定场镜头及马克房间里的电影秀(马克早上在看犯罪现场录制的镜头)成了强烈反差。海伦问起了马克的职业,请求他展示一下他做什么工作,而马克给他看的却是他父亲为了研究恐惧心理而拍摄的一段纪录片。观众在这里只能看到一些电影的片段:镜头在海伦的脸部和播放纪录片的屏幕之间交替,好像在记录海伦的反应(惊奇、焦虑、恐惧等)。这一策略将观众也带入了马克的窥淫狂行为,使之成为马克的共犯,因为海伦是马克杀人冲动的下一位潜在受害者。海伦不能完全理解马克父亲邪恶实验的意义。海伦是好心的、无辜的,丝毫没有怀疑或了解到主宰马克人生的邪恶力量。发现这些邪恶勾当时,她充满了道德上的愤怒——这是面对非理性力量的理性反应。海伦和马克之间接下来的对话是这样的:

> 海伦:马克,多么漂亮的小男孩啊!他是谁?
> 马克:我。
> 海伦:当然,就是你!那么,谁拍的这个片子?
> 马克:我父亲。
> 海伦:多么了不起的主意!你可以把这个给你的孩……(对屏幕上吓坏了的、正在哭泣的小男孩的近景镜头做出反应)你肯定是有一场噩梦……(小男孩儿在爬过花园的墙去看一对亲吻的情侣,海伦对此评论)你在看什么呢?淘气的小子。我希望你应该被打屁股。(父亲在晚上把小男孩儿叫醒,在他床上放了一条蜥蜴,海伦对此评论)马克,看看你父亲拍的东西多奇怪!马克,这该不会只是开玩笑吧,是吗?

海伦的问题越来越坚持和深入:"能跟我解释一下这到底都是什么吗?好了,马克,这到底是什么?那是一条蜥蜴,它怎么到那儿去的?你就不想解释一下吗?我想了解我到底都看了一些什么东西呀!"而马克的反应变得更加情绪化,他的回答更加急促而且支离破碎:他快进了影片,直到海伦关掉了投影仪。这一幕讲述了电影的最基本困境——语言的限制,它没有能力完全展示感知世界的过度复杂性。马克似乎没有意识到他行为的潜意识动机:他被他性格中明暗两面相反的力量驱动着。海伦只有到了整个故事的最后面,也就是在马克自杀前的一刻,才能够理解马克到底为什么如此神秘。马克用他惯用的手法,也就是用摄像机上的那枚刀片,结束了自己的生命。希区柯克和鲍威尔的电影中都存在着观众(外部)和人物(内部)之间的不一致视角:

对观众来说,语言化总是比视觉信息要慢了一拍,而语言化决定了叙述的速度。

在视觉媒介中,从语言媒介转化来的元小说和元叙事手法具有了新的功能,产生了不同的效果。因此,在小说中作家和小说人物的转述性接触往往能够产生小说人物的"超现实化"(hyperrealization)效果——小说人物被提升到和真实作者等同的本体论地位,而作者则能够含混地像创世神或真实人物般,在小说世界中自由行动。在弗拉基米尔·纳博科夫(Vladimir Nabokov)的小说《庶出的标志》(*Bend Sinister*)中,小说人物听到了在被扔进作家的废纸篓时,"一页稿纸发出的小心翼翼的声响"(就是小说中此人物被创造出来的那一页),而且,他在小说世界中被杀死,却在最高级的故事外现实层面中获救。在小说《洛丽塔》(*Lolita*)中,"真正的"(小说中的)洛丽塔在分娩时死亡,而作为作者想象产物的洛丽塔却被小说不朽的艺术所挽救。在马克·福斯特(Mark Forster)的电影《奇幻人生》(*Stranger than Fiction*, 2006)中,作者以元文本的形式侵入了自己的小说人物的生活,而作者和小说人物的碰面,则导致作家从文本外看不见的神位上跌落——电影原作者卡伦·埃菲尔(Karen Eiffel)以通过种种手法杀死她的主要人物而出名,她在小说人物的命运中所起的作用具有超自然性——成为一个"真实的"、活生生的人。凯伦·埃菲尔与小说中的主要人物见面之后,不得不取消了该人物的死亡结局,而且改变了小说的结尾,原因就是,小说人物不再只是一个"纸片人",而作家没有办法杀死一个真实的人。

元语言文本

元视觉文本指的是视觉再现的某个不充分或虚拟的语言对等物,而在元语言文本中,过度的语言化是为了弥补视觉再现的不足,也就是那些叙述者和人物想去看却看不到的,或者只是他们想象为真实的东西。亨利·詹姆斯(Henry James)的《螺丝在拧紧》(*The Turn of the*

Screw)中的女家庭教师就是一个这样的例子——这个文本积极唤起了有关虚拟世界和人物的形象。正如克里斯蒂娜·布鲁克-罗丝（Christine Brooke-Rose）所观察到的那样，詹姆斯的文本"邀请评论家无意识地去'上演'女家庭教师的困境"（1981：128）。她展示了评论家如何再次写作小说故事并添加了缺漏的信息。与此相似，女家庭教师将故事语言化，是为了弥补受阻的视觉化。将鬼魂比作"信件"，也就是女家庭教师正在写的关于该故事的信件——"我看见他，就像我看见这张纸上我写出来的信一样"（James 1996：654）——这指向了该故事的元小说意义，即把叙述和观察之间的不一致主题化。

肖莎娜·费尔曼（Shoshana Felman）和布鲁克-罗丝都强调了詹姆斯小说中视觉和镜子结构的作用（Felman 1977；Brooke-Rose 1981）。女家庭教师正在寻找"与镜子的接触"，其实就是眼神交流，这样才能将他者认成"自我"的一部分，从而对他者进行视觉控制，这大概类似于雅克·拉康（Jacques Lacan）所说的镜像阶段的第二阶段（自恋）。对女家庭教师来说，"看"似乎是最可靠的信息来源："能够看见"意味着"能够知道"，也就能通过语言表达出来，例如，"我只是问了一下，他应该知道；而唯一能够弄清楚他是否知道的办法就是看见它"（James 1996：652）。然而，这里有一种视觉"盈余"（surplus），它超出了女家庭教师的掌控，并抗拒语言化。

故事主体包括对框架叙事中提到的事件的不断重复：他们在主叙事中不断重复，具有颠覆性和回归性。在主叙事框架中，一系列完美的镜像接触被建立起来，即在他者中看见自我。母亲看到了孩子所看到的；第一人称叙事者从道格拉斯的凝视中"读到"了他的想法；女家庭教师看到了道格拉斯所看见的，而且道格拉斯看见了女家庭教师看到了这些；等等。反之，女家庭教师的故事退化成一系列可疑的、不完美的视觉接触。根据女家庭教师的"镜像理论"，与鬼魂的接触应该在孩子身上留下明显可见的"痕迹"。然而孩子们是不能反射任何物体的镜子，鬼魂往往会避免与女家庭教师的直接视觉接触，而女管家格罗斯女士似乎是一个并不完美的镜子。这样一来，读者就处在一种不确定的状态中,无法得知"镜子的那一面"是否有任何东西,也就是女家庭教师是否在镜子的那一头。

故事的叙事框架有三重叙事调节(女家庭教师、道格拉斯、第一人称叙述者),这就已经带来了语言和视觉之间的不少失调之处。叙事开端就被延缓了。初步信息非常少,但道格拉斯暗示将来也不会有更多的信息被揭示:"故事本身不会讲述"(James 1996:637)。尽管,或者说幸亏故事本身令人无从捉摸,女家庭教师想看和想知道的欲望随着叙事进程变得愈发强烈。结果,女家庭教师开始将其他人物的虚拟言语也说了出来。她实际上自行演绎了故事,接手了作者的角色。

女家庭教师和管家的第一次谈话呈现出"惊人的、欲望得到满足的样子",充满了"晦涩难懂和弯弯绕绕的暗指"。语言化的机会不但被东家"不许说"的命令所限制,也被管家的保守性格、孩子们对全面接触的抗争和反对所限制。管家不识字,不会阅读校长寄来的信件,无法扮演女家庭教师镜像角色,这一事实带来了进一步的限制。第一个幽灵以转喻方式与女家庭教师手稿中的信件相关。这也是"看见"并不代表"知道"的第一个实例,在此语言化被阻止了。"正如那些信件一样,鬼魂实质上也是沉默的形象"(Felman 1977:149)。管家以为迈尔斯在学校偷了那些信并因此被开除,这在信件和隐秘的堕落之间建立起了隐喻般的联系。实际上,迈尔斯"说了些事情",他将那些本不该被语言化的东西说了出来。

对女家庭教师而言,第一个幽灵代表了对视觉控制权的篡夺:她被一个陌生人观察了。这种被观察的感觉被进一步投射到了孩子们身上:他们的行为让女家庭教师怀疑"被人秘密地观察着"(James 1996:695)。这种感觉在湖滨一幕达到了高潮,当时弗洛拉似乎"解读、指控并审判"了女家庭教师(James 1996:720)。第二个幽灵表明,鬼魂要找的人并不是女家庭教师。似乎是为了弥补"镜像接触"和操控感的缺失,女家庭教师在窗户的另一面取代了鬼魂的位置,将脸贴到玻璃上,正如鬼魂以前在她面前所做的那样。镜子的逆转后来又出现了两次(迈尔斯在草坪上看着塔,还有弗洛拉在湖的对岸;参见

Brooke-Rose 1981）。不可控制的视觉"盈余"超出了女家庭教师的能力，这种感觉在新幽灵出现之后愈发强烈："我完全不知道该怎么将我的故事写成文字，才能让它成为我头脑状态的可信图像"；"我完全讲不清楚我是怎么与那些间隙斗争的"（James 1996：667，670）。

女家庭教师承担了孩子们和鬼魂之间的"屏幕"的角色："我看得越多，他们看得就越少"（James 1996：668）。然而，她觉得自己并不是完美的屏幕，因为自己看到的还不够多。女家庭教师需要看到鬼魂，才能对视觉接触有控制权，才能达到"全景视野"（James 1996：671）。她担心孩子们可能看到的比她看到的还多："看得不够多"会在孩子们身上产生一种晦涩、撒谎和"戏剧化"的印象。孩子们和鬼魂的交流可能发生在女家庭教师的背后，不在她的视野里。

为了弥补与鬼魂接触的不足，女家庭教师想要求孩子们做出完整的忏悔（语言化）："为什么不直接坦白告诉我，这样我们至少可以与之共处，并且也许可以在我们命运最奇怪之处，认识到我们在哪里，它到底意味着什么？"（James 1996：685）。她怀疑孩子们会在她不知情的情况下模仿坏仆人的语言，还猜测这些语言化的特色。语言化的必要性后来越来越重要。最终，绝望的女家庭教师开始和另一位女家庭教师的鬼魂交谈，并为管家语言化了鬼魂的假定言说（James 1996：705，707）。这样一来，叙述者寻求视觉控制的欲望刺激她寻求语言上的控制，也就是我们所说的"叙事权威"。

詹姆斯的故事中视觉和言语的矛盾张力与对叙事权威的追求有关。韦恩·布斯（Wayne Booth）指出，詹姆斯经常将叙述者从一个"纯粹的反映者"转变为一个彻头彻尾的演员。他的有些故事，由于两种叙述者的不完全融合，是双重聚焦的（Booth 1983：346）。但是《螺丝在拧紧》中的情形更加复杂。詹姆斯有意识地采用了视觉和戏剧的隐喻来解释他的写作方式。对他来说，小说的创作过程是"观看者和被观看者的协商"（Hale 1998：86）。这部小说激发"视觉"阅读，作为故事讲述者的女家庭教师被认为控制着故事。然而，在寻求控制语言化和进入其他人物内心的同时，由于其所见的不完整性或扭曲性，她被永久性地降到一个无助的旁观者的身份中。

　　纳博科夫的中篇小说《眼睛》(*The Eye*)直接将对叙事权威的争斗主题化为对"视野"的争斗。第一人称叙述者被分裂为两个主体（叙述者和观察者），并沿着叙事的"莫比乌斯带"移动，从对立面来看待作为人物的自己。这样一来，第一人称叙述者的有利地位，即在小说世界中观察其他人物而自身得以"隐形"的优势，被彻底地"翻了出来"。

　　在这部小说中，第一人称叙述者自杀了，但是他的精神却活了下来，重新创造周遭的世界。这个自我（"我"）具有旁观者、目击者、观察者的功能，也就是在虚构世界中的"不可见的存在"或移动视角，尽管它仍然是一种身体存在。"我"的另一半则以斯穆罗夫的名字，在故事世界作为一个人物活了下来。斯穆罗夫能以映像的方式出现在其他人物的头脑中并由此得以具现。"我"在故事的第一部分是视觉的客体，而在第二部分则成为视觉的主体，而斯穆罗夫则是被分离的另一个自我，出现在其他人物中间。之后"我"看见了作为他者的自我，然而这"可见的一面"在讲述其他人物的经验的语言中被语言化。"我"，也就是拉康式的主体，"不是作为人类思想和行动的中心，而是居住在人类头脑中的不可捉摸的存在，它控制着，却不可被控制"（Nobus 2003：61），经常被他者所渗透而显形为"另一半"。用巴赫金的话说，叙述者被从内部经验的语言转述为了外部表达的语言。"我"（I，谐音为 Eye，"眼睛"）进行了一场调查，在其他人物头脑的不同拷贝中寻找真实的、"原初"的斯穆罗夫。最后，两者得以融合。

　　故事的第一部分包括一系列静止画面、生动画面、照片或壁画（这与第二部分从万尼亚的照片中剪下的斯穆罗夫形象相对应），而"我"是空洞的中心：我和玛蒂尔达，我和男孩们，我和戏剧性的恶棍，还有嫉妒的丈夫卡什马林，等等。纳博科夫将摄影图像的主要"不完整性"视为生活的一个碎片，它脱离了环境，脱离了生命的有机结构——瓦尔特·本雅明(Walter Benjamin)和罗兰·巴特(Roland Barthes)也指出了这一点。第二部分包括斯穆罗夫在其他人心目中的形象：他是一个"寄生虫"形象,一个"顽固的寄生虫"(Nabokov 1965:113),被他们的视觉记忆所保留。

主人公和叙述者的身份是通过小说结尾的镜像反射来确立的。然而,作为观察者的"我"和作为行动者或被观察者的"我"在整个叙述中仍然是截然不同的。这种不同在语法上也得到支持,体现为第一人称和第三人称的设置。第一人称叙述者是作者的代理人,就像它是主人公的另一个自我一样。正如保罗·利科(Paul Ricœur)所说,每一个叙事行为都已经涉及对所叙述事件的反思:"叙事'抓握在一起'能让自己远离自身的生成过程,并以这种方式把自己分成两部分"(1990,2:61)。放置在故事世界中的"我"(第一人称叙述者)只能从内部——用内心体验的语言——看到,因此是部分脱离实体的。它总是吸引读者的参与性观察和"具体化",即被赋予血肉,成为一个图式性实体。相比之下,外在的"我"被呈现为他者,与内在的体验相疏离。

毫无疑问,纳博科夫的中篇小说所指向的文学传统之一是忏悔散文——让-雅克·卢梭(Jean-Jacques Rousseau)、费奥多尔·陀思妥耶夫斯基(Fyodor Dostoevsky)和他们的追随者。在《眼睛》中,叙述者"真诚"忏悔的老套路被戏剧化了。故事的"我"——主人公和不可靠的叙述者——就如同陀思妥耶夫斯基作品中的常见情形一样,缺乏自信,在自大狂和自卑情结之间纠结,焦虑地寻找自己在别人身上的"映像"。他也是这个故事的作者,"可以加速或延缓"角色的动作,或者"把他们分在不同的组里,或者以不同的模式排列他们":"对我来说,他们的整个存在只是屏幕上一处微弱的闪光"(Nabokov 1965:100)。叙述者从外部观察事件,但也以一个角色或鬼魂的身份进入虚构世界;他可能"招募"角色作为他的代理人,与角色融合,脱离角色,或者完全停止观察他。最后,他是作者的另一个自我:根据小说惯例,作者不应该"真诚地"说话,而必须被自己模糊的"映像"遮蔽在文本内。

尽管主人公和叙述人最终的完全融合从来没有在《眼睛》中发生,至少在语法上没有发生过,而且两个故事的相互映照仍然是部分的、扭曲的，但文本中散布着多种符号，表明了两个故事的相对对称性，即"我"和斯穆罗夫的相对对称性，从而指向了他们隐含的身份。成对的角色像男像柱一样站在门的两边，稳定地形成了主角的"框架"：第一个故事中的男孩，还有第二个故事中的赫鲁晓夫和穆欣（Nabokov 1965：24，42）。《阿里亚纳，俄罗斯少女》（*Ariane, jeune fille russe*）——让·朔普费尔（Jean Schopfer）的小说，以克劳德·阿内（Claude Anet）的笔名出版——出现在两个故事中。即使第一部分自杀枪击的现实仍然是假设的，这个伤口在它的镜像对应物中也能感觉到："几天来，我已经感觉到被子弹刺穿的胸部有一种奇怪的不适，这种感觉就像黑暗房间里的穿堂风。我去看了一位俄罗斯医生"（Nabokov 1965：72）。

因此，在纳博科夫的中篇小说中，忏悔散文典型的话唠叙述者和主人公装腔作势的空谈者形象，与人物叙述者"真实"形象的不可捉摸性形成了对比，后者被"我"，也就是故事的"空洞中心"所遮蔽。文本被构建为一个语言镜子的系统，旨在捕捉这种难以捉摸的形象，但无法成功。

纳博科夫的中篇小说预示了罗伯-格里耶（Robert-Grillet）在《偷窥者》（*Le Voyeur*）和《嫉妒》（*La Jalousie*）等作品中的"缺席（隐藏的、看不见的）故事"策略，这原本可以通过目击者的眼睛聚焦，但由于证人的叙述被证明是不可靠的，或纯粹是假设性的，所以它抗拒重构，并且只能从"表层"叙述中推断出来。马丁·艾米斯（Martin Amis）也在《其他人》（*Other People*，1981）中试验了这种技术。失忆女主人公玛丽·兰姆（别名埃米·海德）的故事向读者提出了挑战，读者习惯于"解读人物的思想"，并根据人物的外在表现（"第三人称视角"）重建人物的内心生活。矛盾的是，"第一人称视角"的缺失极大地减少了这种重建的机会：玛丽的头脑是空白的，她既没有过去也没有未来。然而，玛丽的故事是一个双层故事。表面故事是玛丽漫无目的地漫游世界，这在其"空白"的意识中漫不经心地反映出来，包含了虐待狂谋杀埃米·海德的痕迹和凶手入侵式的存在，读者完全有理由认为凶手其实就是叙述者。艾米斯的操控型作者叙述者"折磨着人物,使之具有生命",并最终消灭他们(Finney 1995:3)。第二个深层的故事隐藏在表面之下,读者几乎看不见。

看起来,这些叙事如此有效——就读者(观众)的反应而言——不仅是因为它们包含了鬼魂、神秘或侦探故事的元素,还因为它们需要读者的积极支持、具体化和"从叙事的对立面"来审视故事的愿望——正如 E. 威尔逊(E. Wilson 1969:121)所说,来看看"挂毯的背面"有什么(James 1996:689)。

结 语

从更广泛的文化角度来看,语言和视觉之间的张力关系是知识斗争的一个方面,是一场对立的认识论竞赛:"文化史在一定程度上是图像和语言符号之间争夺统治地位的漫长斗争,每一个符号都声称自己对只有它才能获得的'特性'拥有某些所有权"(Mitchell 1986:43)。元再现叙事说明了在存在不确定性,知识获取途径有限,或捕捉可观察事物并将其语言化的可能性也较低的情况下,假设的形成过程。人类认知是多模态的:多种不同来源(语言、视觉、听觉、嗅觉等)的线索形成我们对周围世界的认识,刺激着假设的形成,然而这些线索的意义可能不会立即显现,线索本身也会被不同的读者或观众以不同的方式挪用。正如大卫·波德维尔(David Bordwell)所说,"旁观者可以以电影制作者无法预见的方式'超越'电影所给出的信息"(2008:149)。任何艺术作品,无论是语言的,还是视觉的,都是如此。它开启了新的视角,比作品的即时交流内容更广泛,提供了超越其直接意义的、通向新意义的途径。媒介间元再现,无论是视觉再现的语言再现,翻译成文字语言的心理意象,还是相反的、由文字语言触发的心理意象,都是人类在其周围世界的导航工具,也是感知与知识之间的桥梁。

惠海峰 译

参考文献

Aldrich, Virgil C.(1972). "Pictorial Meaning, Picture Thinking, and Wittgenstein's Theory of Aspects." In: Shibles, W.(ed.). *Essays on Metaphor*. Whitewater: Language Press, 93 – 103.

Boldyrev = Болдырев, Николай (2000). "Отражение пространства леятеля и пространства наблюдателя в высказывании." *Логический анализ языка. Языки пространств*. Москва: Языки русской кулътуры, 212 – 216.

Booth, Wayne C.(1983). *The Rhetoric of Fiction*. Harmondsworth: Penguin, 1983.

Bordwell, David(1997). *Narration in the Fiction Film*. London: Routledge.

——(2008). *Poetics of Cinema*. New York and London: Routledge.

Brooke-Rose, Christine(1981). *A Rhetoric of the Unreal: Studies in Narrative and Structure, Especially of the Fantastic*. Cambridge: Cambridge University Press.

Chafe, Wallace (1994). *Discourse, Consciousness, and Time: The Flow and Displacement of Conscious Experience in Speaking and Writing*. Chicago: Chicago University Press.

Cohn, Dorrit(1995). "Optics and Power in the Novel." *New Literary History* 26: 3 – 20.

——(1999). *The Distinction of Fiction*. Baltimore and London: Johns Hopkins University Press.

Courtés, Joseph (1995). *Du lisible au visible*. Bruxelles: De Boeck Université, 1995.

Esrock, Ellen J.(1994). *The Reader's Eye: Visual Imaging as Reader Response*. Baltimore, MD: Johns Hopkins University Press.

Fawell, John(2001). *Hitchcock's* Rear Window: *The Well-Made Film*. Carbondale and Edwardsville: Southern Illinois University Press.

Felman, Shoshana (1977). "Turning the Screw of Interpretation." *Yale French Studies* 55/ 56: 95 – 207.

Finney, Brian (1995). "Narrative and Narrated Homicide in Martin Amis' *Other People* and *London Fields*." *Critique* 37: 3 – 15.

Grishakova, Marina (2004). "Vision and Word: The Seat of the Semiotic Conflict (H. James, V. Nabokov, A. Hitchcock)." In: Grishakova, M., and M. Lehtimäki (eds.). *Intertextuality and Intersemiosis*. Tartu: Tartu University Press, 115 – 133.

—— (2006). *The Models of Space, Time and Vision in V. Nabokov's Fiction: Narrative Strategies and Cultural Frames*. Tartu Semiotics Library 5. Tartu: Tartu University Press.

Hale, Dorothy J. (1998). "Henry James and the Invention of Novel Theory." In:

Freedman, J. (ed.). *The Cambridge Companion to Henry James.* Cambridge: Cambridge University Press, 79 – 101.

Herman, David (1994). "Hypothetical Focalization." *Narrative* 2.3: 230 – 253.

Hester, Marcus B. (1972). "Metaphor and Aspect Seeing." In: Shibles, W. (ed.). *Essays on Metaphor.* Whitewater: Language Press, 111 – 123.

Ingarden, Roman (1973). *The Literary Work of Art.* Evanston: Northwestern University Press.

Jacobs, Karen (2001). *The Eye's Mind: Literary Modernism and Visual Culture.* Ithaca and London: Cornell University Press.

James, Henry (1996). *Complete Stories: 1892 – 1898.* New York: The Library of America.

Lenz, Friedrich, ed. (2003). *Deictic Conceptualisation of Space, Time and Person.* Amsterdam and Philadelphia: John Benjamins.

Lotman = Лотман, Юрий (1981). "Риторика." В: Структура и семиотика художественного текста. *Труды по знаковым системам* XII. Тарту: Издательство Тартуского университета, 8 – 28.

Mitchell, W. J. T. (1986). *Iconology: Image, Text, Ideology.* Chicago and London: University of Chicago Press.

—— (1994). *Picture Theory: Essays on Verbal and Visual Representation.* Chicago and London: University of Chicago Press.

Nabokov, Vladimir (1965). *The Eye.* New York: Phaedra.

Nobus, Dany (2003). "Lacan's Science of the Subject: Between Linguistics and Topology". In: Rabaté, Jean-Michel (ed.). *The Cambridge Companion to Lacan.* Cambridge: Cambridge University Press, 50 – 68.

Nöth, Winfried (2007). "Metapictures and Self-referential Pictures." In: Nöth, W., and N. Bishara (eds.). *Self-reference in the Media.* Berlin and New York: Mouton de Gruyter, 61 – 78.

Ricardou, Jean (2002). "Text Generation." In: Richardson, Brian (ed.). *Narrative Dynamics: Essays on Time, Plot, Closure, and Frames.* Columbus: The Ohio State University, 179 – 190.

Ricœur, Paul (1990). *Time and Narrative*, vol. I – III. Chicago: University of Chicago Press.

Rothman, William (1982). *Hitchcock: The Murderous Gaze.* Cambridge, Mass: Harvard University Press.

Schmid, Wolf (2005). *Elemente der Narratologie.* Berlin and New York: Walter de Gruyter.

Spinicci, Paolo (2009). *The Nature of Portraits: Some Phenomenological Remarks.* Paper delivered at the inaugural conference of the European Society for Aesthetics,

April 4 − 5, 2009, Fribourg.

Spoto, Donald (1983). *The Dark Side of Genius: The Life of Alfred Hitchcock*. New York: Ballantine Books.

Steiner, Wendy (1982). *The Colors of Rhetoric: Problems in the Relation between Modern Literature and Painting*. Chicago: University of Chicago Press.

Uspensky = Успенский, Борис (1970). *Поэтика композиции*. Москва: Искусство.

Wagner, Peter, ed. (1996). *Icons — Texts — Iconotexts: Essays on Ekphrasis and Intermediality*. Berlin and New York: Walter de Gruyter.

Wilson, Deirdre (2000). "Metarepresentation in Linguistic Communication." In: Sperber, Dan (ed.). *Metarepresentations: A Multidisciplinary Perspective*. Oxford and New York: Oxford University Press.

Wilson, Edmund (1969). "The Ambiguity of Henry James." In: Willen, Gerald (ed.). *A Casebook on Henry James's "The Turn of the Screw"*. New York: Thomas W. Crowell Company, 115 − 153.

Wolf, Werner (2009). "Metareference across Media: The Concept, Its Transmedial Potentials and Problems, Main Forms and Functions." In: Wolf, W. in collaboration with K. Banthleon and J. Thoss (eds.). *Metareference across Media: Theory and Case Studies*. Dedicated to Walter Bernhart on the Occasion of his Retirement. Amsterdam and New York, NY: Rodopi, 1 − 85.

Wood, Robin (1991). *Hitchcock's Films Revisited*. London and Boston: Faber & Faber.

Zalta, E. N., ed. (2004). *Stanford Encyclopedia of Philosophy*. http://plato.stanford.edu/archives/spring2004/entries/ingarden.